Diabola/Panther · Was heißt hier lesbisch?

Feministisches Forum – Hamburger Texte zur Frauenforschung

herausgegeben von der
Gemeinsamen Kommission und Koordinationsstelle
Frauenstudien/Frauenforschung Hamburg

Band 2

Was heißt hier lesbisch oder Wie sag ich's meiner Mutter?

Lisa Diabola
Lucie Panther

Centaurus-Verlagsgesellschaft
Pfaffenweiler 1995

Zu den Autorinnen:

Lisa Diabola, Diplompsychologin, führt eine eigene psychotherapeutische Praxis für Frauen in Hamburg; langjährige Erfahrung in Frauenberatung und feministischer Therapie, speziell mit lesbischen Frauen.

Lucie Panther, ebenfalls Diplompsychologin, ist in der feministischen Bildungsarbeit autonomer Frauenprojekte in Hamburg tätig; Lehraufträge an verschiedenen Universitäten.

Die Deutsche Bibliothek - CIP-Einheitsaufnahme

Diabola, Lisa:
Was heißt hier lesbisch oder Wie sag ich's meiner Mutter /
Lisa Diabola ; Lucie Panther. -
Pfaffenweiler : Centaurus-Verl.-Ges., 1995
(Feministisches Forum ; Bd. 2)
ISBN 3-89085-730-2
NE: Panther, Lucie:; GT

ISSN 0941-4398

Lektorat: Susanne Jaenke
Umschlagabbildung: © Anja Schulz
Satz: Vorlage der Autorinnen
Druck: Fuldaer Verlagsanstalt, Fulda

Vorwort

für k.d. lang

Es war neulich in der Umkleidekabine bei H & M, als auch *sie* sich nahtlos in den stets präsenten musikalischen Hintergrund einfügte: k.d. lang, die offen lesbische Kult-Sängerin aus Kanada, besang "Miss Chatelaine" - zur offensichtlichen Freude aller Anwesenden und ohne erkennbare Umsatzeinbußen für die Ladenkette. Nur die Lektorin dieses Buches nahm vom Hosenkauf Abstand, eilte verwirrt an die frische Luft und legte ihre Stirn in Falten.

"Was heißt hier lesbisch?" - Ob k.d. lang diese Frage jemals in den Sinn kam?

"Wie sag ich's meiner Mutter?" - Ob eine so selbstverständlich lesbische Tochter sich jemals mit diesem Problem herumschlug?

Ein Blick in den Blätterwald verstärkte die Zweifel daran, ob die Welt im Jahre 1994 wirklich (noch) auf Bücher über lesbische Identitätsfindung wartet. Der *Stern* pries in einer Titelstory "die Lust, lesbisch zu leben", und die *Brigitte* brachte schon 1992 ein Dossier zum Thema Homosexualität. Ein *Cosmopolitan*-Special sprach uns vom schlimmsten aller *Cosmo*-Vorwürfe frei: "von wegen prüde: Spaß, Lust, Toleranz und sexuelle Befreiung liegen im Trend"; in einem weiteren Artikel wurden "die schärfsten Lesben-Nester und andere Geheimtips" kundgetan. Auch der *Spiegel* registrierte den neuen "Lesben-Schick" made in USA, Tenor: "Sie wollen vor allem ihren Spaß" und "haben oft mit dem Feminismus nichts mehr im Sinn".

Die flächendeckende Medienpräsenz läßt keinen Zweifel: Lesben sind *in* - jede/r kennt uns, jede/r mag uns, und alle gönnen uns jede Menge "Spaß". Und so schlecht kann die Welt nun auch nicht (mehr) sein, wenn wir selbst beim Jeanskaufen "unsere" Musik zu hören bekommen. Warum also wird dieses Buch publiziert, das ursprünglich vor zehn Jahren als Diplomarbeit am Psychologischen Institut der Universität Hamburg entstanden ist? Ganz einfach: weil diese Arbeit wunderbar geschrieben ist, die Gemüter zu bewegen vermag und ebenso historisch wie zeitlos ist.

Die Schreibweise und die Machart der Arbeit unterscheiden sich ausgesprochen wohltuend vom üblichen akademischen Standard. Lisa Diabola und Lucie Panther reihen nicht ehrfurchtgebietende Zitate aneinander, sondern experimentieren mit Alltagsdokumenten wie Tagebuchauszügen, Briefen, Gesprächsprotokollen u.ä., die sie als Basis ihrer Forschungsarbeit benutzen. Sie haben die Arbeit in einer

Sprache geschrieben, die auch ohne abgeschlossenenes Hochschulstudium verständlich - und sogar genießbar! - ist, und das gleichermaßen für siebzehnjährige Schülerinnen, ratlose Mütter und begeisterte Feierabend-LeserInnen. Die Autorinnen bringen ihre Leserschaft auf leicht zugängliche Weise zum Nachdenken, was auf dem hiesigen Buchmarkt meist nur Übersetzungen aus dem Englischen zu gelingen scheint.

Das Buch bewegt die Gemüter, weil es die alltägliche Lebenspraxis, das sehr Persönliche und scheinbar Individuelle mit gesellschaftlichen Strukturen und alteingesessenen weiblichen Sozialisationsmustern verknüpft. Die geschilderten Konflikte zwischen Müttern und Töchtern, zwischen "Töchtern", zwischen Geliebten mögen manchmal klein-formatig und banal erscheinen, aber sie dürften hinsichtlich der zugrundeliegenden Strukturen einen bewegenden Wiedererkennungseffekt haben. Lisa und Lucie führen damit ganz praktisch ein Verständnis von Frauenforschung vor, in dem sich Praxis, Theorie und Aktion - sprich: Lebensalltag, Reflexion und Veränderungsprozesse - gegenseitig bedingen.

Dabei kann es auf manche paradox wirken, daß eine Arbeit unter Pseudonym publiziert wird, in der es doch gerade ums Coming-out und ums Öffentlich-machen in einem umfassenderen Sinne geht. Der Grund für diese Entscheidung liegt in der hier hautengen Verknüpfung von Forschungsthema und Lebensalltag: Die Autorinnen forschen über sich selbst und ziehen sich dabei bis aufs Hemd aus. Hätten sie andere Frauen so lebens-nah erforscht, also über Dritte solche Intimitäten preisgegeben (was sie im übrigen zusätzlich auch noch tun), wäre ein Schutz der Personen durch Pseudonyme ohnehin selbstverständlich gewesen. Diesen Schutz möchten sie sich selbst (und ihren Müttern/Familien) auch zukommen lassen.

Aus wissenschaftlicher Perspektive mag man ihnen durchaus gewisse Defizite vorwerfen können: So dürfte z.B. heutzutage ihre Definition des Identitätsbegriffes avantgardistischen Theoretikerinnen (vgl. Judith Butler 1991) bestenfalls ein müdes Lächeln entlocken. Auf der anderen Seite waren die Autorinnen schon ihrer Zeit voraus: Ihr im Laufe des Forschungsprozesses entwickeltes Postulat, "die andere anders sein zu lassen", nimmt neuere Diskussionen um Differenzen unter Frauen, um Macht und Konkurrenz (gerade in Arbeitszusammenhängen) bereits vorweg. Besonders beeindruckend dabei ist, daß sie diesen Gedanken nicht nur theoretisch formulieren, sondern in konkreten Konfliktsituationen und in ihren angenehm unterschiedlichen Schreib-Stilen in die Praxis umsetzen.

Die Arbeit ist daher gerade wegen ihrer unkonventionellen Machart in eine Buchreihe aufgenommen worden, die von einer Hochschulstelle - der Hamburger Koordinationsstelle Frauenstudien/Frauenforschung - betreut wird. Unser Anliegen ist es, mit diesen Arbeiten Frauenforschungs-Produktionen raus aus dem Elfenbeinturm in die weite Welt zu schicken; sie sind viel zu schade, um als bloße "Prüfungsschriften" zu verstauben. Wir betrachten Abschlußarbeiten keineswegs -

wie in universitären Zirkeln durchaus üblich - als Wissenschaft dritter Klasse, sondern als geradezu ideale Verbindungs-Stücke zwischen frauenbewegter Lebens-Praxis und feministischer Theorieproduktion. Da immer wieder die Abgehobenheit, Unverständlichkeit und Lebensferne auch von feministischen Theorien beklagt wird, möchten wir mit diesem Buch einen anderen Umgang zwischen/mit Kopf und Bauch aufzeigen.

Der dritte obengenannte Publikationsgrund, die Historizität wie auch Zeitlosigkeit der Arbeit, hat den Autorinnen und mir (als Lektorin) während der mehrjährigen Bearbeitungszeit oftmals Kopfzerbrechen gemacht. Es war schnell offenkundig, daß sich eine zehn Jahre alte Diplomarbeit nicht mal eben aktualisieren läßt - das hätte bedeutet, einen neuen Text zu schreiben. Wir haben Inhalt und Grundstruktur beibehalten, das Manuskript aber zwecks besserer Lesbarkeit gründlich überarbeitet. Das Buch ist dadurch auch ein historisches Dokument, zum einen für einen bedeutenden Zeitabschnitt der Frauenbewegung und zum anderen für eine bestimmte Entwicklungsphase, die sicherlich viele Frauen aus eigener Erfahrung kennen. Lisa und Lucie wollen ihre LeserInnen nicht (nur) mit Anekdoten aus dem prallen Lesben-Leben unterhalten, sondern verstehen ihre Geschichte(n) als exemplarisch.

Zu diesem historischen Selbst-Verständnis gehört auch, daß die Autorinnen heute "vieles" (Lisa)/"manches" (Lucie) anders sehen - sie haben sich weiter-entwickelt. Aus zehn Jahren Abstand blicken sie mit einem liebevollen Lächeln zurück und ersparen den LeserInnen rein gar nichts: Astrologisches Basiswissen, selbstgeschriebene Gedichte, Psycho-Jargon, häufiges Liebesleid und noch häufigere Umzüge - all das gehört(e) dazu! Da frauenbewegte Dokumente auch in den eigenen Reihen viel zu wenig wertgeschätzt werden bzw. kaum ein Bewußtsein für den Wert der eigenen Geschichte besteht, möchten wir mit diesem Buch ein Gegengewicht setzen.

Der neben ihrem altmodischen Charme aber auch zeitlose Charakter der Arbeit zeigt sich vor allem in der von Lisa und Lucie als Grundstruktur benannten "verinnerlichten Frauenverachtung", die ihrer Meinung nach die Wurzel für ihre Probleme mit dem Coming-out, mit den Müttern und vor allem miteinander bildet. Wenn Frauen sich auf Frauen beziehen, werden sie zwangsläufig mit ihrer eigenen gesellschaftlichen Minderwertigkeit, ihrer Zurichtung auf die Interessen anderer und ihrer eigenen inneren Leere konfrontiert. Und das geht - bei allem "Spaß" und aller "Lust" (s.o.) - doch nicht ganz ohne eine ordentliche Dosis Feminismus, genauer gesagt: Es führt mitten ins Herz des Feminismus. Diese von Lisa und Lucie sehr klar gezogene Querverbindung zeigt, daß es keineswegs nur um Toleranz-Werbung für eine gesellschaftliche Minderheit geht, sondern um eine grundsätzliche Wert-Schätzung von Frauen und Frauenbezügen - welcher Art auch immer.

Und daß daran auch im Jahre 1994 noch viel zu tun bleibt, dürfte trotz Rauschen im Blätterwald unbestritten sein.

Dieses Buch verdankt seine Existenz der Gemeinsamen Kommission Frauenstudien/Frauenforschung, die die Buchreihe "Feministisches Forum - Hamburger Texte zur Frauenforschung" herausgibt; Dagmar Filter und Gisela Kamke von der Koordinationsstelle Frauenstudien/Frauenforschung, die die Ressourcen und vor allem stets ein offenes Ohr zur Verfügung stellten und Jutta Orth und dem Centaurus-Verlag, die eine immense Geduld mit uns hatten. Für unermüdlichen Einsatz in Feierabend- und Wochenendarbeit danke ich zuallererst den Autorinnen, Lisa Diabola (die sich besonders der sprachlichen Überarbeitung widmete) und Lucie Panther (die zusätzlich die Druckvorlage am Computer erstellte).

Susanne Jaenke

Koordinationsstelle
Frauenstudien/Frauenforschung

P.S. Der amerikanischen Illustierten *Vanity Fair* vertraute k.d. lang an, daß sie bei ihrem öffentlichen Coming out - neben der Angst um ihre Karriere - am meisten Angst um ihre Mutter hatte. Ms Lang wiederum befürchtete für ihre Tochter erheblich negativere Konsequenzen, als tatsächlich eintraten.

Butler, Judith: Das Unbehagen der Geschlechter, Frankfurt/M. 1991
Brigitte-Dossier: Ich bin lesbisch - Ich bin schwul, Heft Nr. 24, 11.11.1992
Cosmopolitan-Special: Frauen, die Frauen lieben, Heft Nr. 9, September 1993
Spiegel, "Verbotene Früchte", Heft Nr. 29, 19.7.1993, S. 145f
Stern, "Wenn Frauen Frauen lieben", Heft Nr. 37, 9.9.1993, S. 32-46
Vanity Fair, "k.d. lang cuts it close", August 1993, S. 96-98, 142-146

An dieser Stelle möchten wir all denen danken, die während der Entstehung dieser Arbeit mit uns gewohnt, gearbeitet, gel(i)ebt, gelitten und gestritten haben.

Inhalt

Vorsätze

- Diese (Forschungs-) Arbeit ist zum Nachfühlen, Nachdenken, Nachmachen.
- Sie dreht sich um die Identität von Frauen.
- Sie dreht sich um das unscheinbare "s" des Untertitels, um das Selbstverständnis lesbischer Frauen und um die Schwierigkeiten, die sie in dieser patriarchalen Gesellschaft damit haben.
- Sie dreht sich um Lucie Panther und Lisa Diabola, die dieses Thema mit ihrem Leben füllen und sich dafür auf eine Abenteuerreise begeben, von der sie anfangs nicht wissen, wohin sie führen wird.
- Diese Arbeit ist das Mosaik aus den Erfahrungen, die die beiden von ihrer Reise mitgebracht haben.
- Sie hätte nicht im Alleingang geschrieben werden können. Nur mit dem sicheren Gefühl im Rücken, daß die andere ihr dicht auf den Fersen folgt, konnte sich jede von uns so weit vorwagen.
- Diese Arbeit will anecken.
- Sie will die Öffentlichkeit mit der Existenz von Lesben konfrontieren.
- Sie will es nicht länger anderen überlassen, über uns zu schreiben.
- Sie öffentlich zu machen ist dennoch ein Gefühl wie "ohne Haut auf dünnem Eis" (aus: "Nie wieder", einem Lied von Ulla Meinecke) - wir geben viel von uns preis.
- Diese Arbeit will ihre LeserInnen verwickeln.
- Sie will ein Stück lesbischer Lebensrealität dokumentieren.
- Diese Arbeit, insbesondere ihr Untertitel, will nicht zu der Annahme verleiten, daß wir hier nach in der Kindheit begründeten Ursachen für unser Lesbisch-Sein suchen.
- Sie will weder mit den Müttern abrechnen, noch ihnen irgendeine Schuld in die Schuhe schieben. Sie versucht vielmehr, jene Mechanismen zu entlarven, die uns von uns selbst und der anderen entfremden und auf diese Weise das Patriarchat im Innersten zusammenhalten.
- Sie hofft, ein Beitrag zur Überwindung von solchen Strukturen unter Lesben zu sein, die denen des Patriarchats nur abgeguckt sind.
- Sie ist für alle Menschen, die um-denken wollen.

- Diese Arbeit ist eine Schwester folgender Gedanken:

  "Immer mehr Frauen begreifen ihre Heterosexualität als das, was sie ist: Resultat einer permanenten Dressur und Gehirnwäsche, an ihnen vollzogen ausschließlich im Interesse des Mannes. Es ist schwer, so früh andressierte Verhaltens- und Denkweisen zu durchschauen und abzulegen angesichts weiterhin herrschender patriarchaler Macht. Aber es ist möglich, wie wir seit zehn Jahren sehen, und in dem Maße, wie es verwirklicht wird, müssen patriarchale Machtstrukturen zerbröckeln." (Judith Offenbach 1983, 230)

1. Kapitel

Wegweise(r)

Bevor es mit der Lektüre losgehen kann, müssen wir den LeserInnen noch einige Hinweise mit auf den Weg geben, die zum besseren Verständnis notwendig sind. Dies ergab sich u.a. aus Gesprächen mit all denen, die unsere Zwischenprodukte schon während des Entstehungsprozesses gelesen und die vorhandenen Texte mit uns besprochen haben. Dabei stellte sich heraus, daß Außenstehenden längst nicht klar war, was uns völlig selbstverständlich erschien. Auf diese Weise entdeckten wir Lücken, die wir im folgenden füllen werden.

Eine Chronologie der Bearbeitung

Die vorliegende Forschungsarbeit zu dem Thema "Was heißt hier lesbisch? Oder: Wie sag' ich's meiner Mutter?" besteht aus zwei großen Teilen: der *Prozeßrückblende* (2. Kapitel) und dem *Auswertungsteil* (3. Kapitel).

In der Prozeßrückblende haben wir versucht, möglichst wirklichkeitsgetreu wiederzugeben, was seit Beginn der Forschung (Oktober 1981) bis zum willkürlich festgesetzten Prozeßendpunkt (Mai 1983) mit uns, den Autorinnen, und dem Thema geschehen ist. Aufgeschrieben haben wir diese Dokumentation von Mai bis Herbst 1983, also nachdem der Prozeß schon abgeschlossen war, sozusagen aus der Erinnerung. Teilweise haben wir sie auch mit Materialien ergänzt, die direkt aus der Prozeßarbeit stammen, beispielsweise Auszüge aus unseren Forschungstagebüchern. Die Leserin/der Leser stelle sich dieses zweite Kapitel also so vor, als ob Lucie und Lisa die Geschichte ihrer Arbeit erzählen. Auf diese Weise wollen wir den Weg, den unsere Forschung genommen hat, transparent und den Prozeß mit all seinen Umwegen, Sackgassen und Abzweigungen nachvollziehbar machen. Die Prozeßrückblende ist unsere Materialsammlung, d.h. wir selbst sind unser "Forschungsmaterial". Über sie sind wir zu den Erkenntnissen gelangt, die wir in der Auswertung festgehalten haben. Vieles von dem, was wir in der Prozeßrückblende nur anreißen, wird im 3. Kapitel klarer. In der Prozeßrückblende verfolgen wir immer drei Ebenen des Prozesses:

- die Entwicklung der Beziehung zwischen uns
- die Entwicklung der Beziehung zu unseren Müttern
- die Entwicklung des Themas/der Arbeit

Jeder Abschnitt der Prozeßrückblende beschäftigt sich mit einer dieser drei Ebenen, und zwar innerhalb eines bestimmten Zeitraumes (meist semesterweise). Das Aufrollen der Geschichte findet also auf drei parallellaufenden Gleisen statt. Die Prozeßrückblende heißt "heißer Brei", weil wir uns in dieser Zeit um das für uns eigentlich Entscheidende herumgedrückt haben - wir sind um den "heißen Brei" herumgeschlichen. Erst in der Auswertung hatten wir keine Angst mehr, uns die Zunge zu verbrennen und stießen auf das, was der "heiße Brei" war/ist.

Nach Fertigstellung der Prozeßrückblende machten wir uns an die Auswertung derselben und ackerten uns genau durch diesen "heißen Brei" hindurch. Dies dauerte von Herbst 1983 bis Frühling 1984. In den Auswertungteil fließt auch das Material ein, das in der Gruppe "Lesben und ihre Mütter" entstanden ist. Diese Gruppe haben wir während der Prozeßzeit durchgeführt.

Zu unserem Schreibstil: Die Leserin/der Leser lasse sich nicht durch den sehr freizügigen Umgang mit den Zeiten, den die Verfasserinnen in ihrer Arbeit pflegen, verwirren. Um sich besser in die jeweilige Situation hineinversetzen zu können, benutzen sie für Vergangenes mit Vorliebe das Präsens. Dagegen: Um mehr Distanz halten zu können, schreiben sie über sich selbst oft in der dritten Person. Auch die bisweilen nicht zu überhörende Ironie dient demselben Zweck.

Zur theoretischen Grundlage - unsere "Stieftochter" Frauenforschung

Auf den folgenden Seiten beschäftigen wir uns mit einer rückblickenden Einschätzung unseres Forschungsansatzes. Darin nehmen wir natürlich schon einige der Ergebnisse, die sich erst im Laufe der Arbeit herauskristallisieren, vorweg. Es bleibt den LeserInnen überlassen, ob sie diesen Teil in diesem Zusammenhang oder erst ganz zum Schluß der Arbeit lesen - vielleicht sogar zweimal?

Wir müssen gestehen: Wie die "Rabenmütter" vernachlässigten wir unseren wissenschaftstheoretischen Hintergrund Frauenforschung und schenkten ihr bis kurz vor Fertigstellung der Arbeit wenig Beachtung - zumindest nicht in Form einer Diskussion. Wir haben sie einfach gemacht. Selbstverständlich hatte jede von uns ihr Vorwissen zum Thema Frauenforschung; wir haben auch beide anfangs unser ausdrückliches Interesse daran deutlich gemacht. Aber wir haben nie eine grundsätzliche Auseinandersetzung darüber geführt, haben sie nie losgelöst von konkreten Arbeitsproblemen thematisiert. Durch dieses unorthodoxe Vorgehen ersparten wir uns inhaltsleere, langwierige und -weilige Theoriediskussionen und arbeiteten immer praxisorientiert.

Unausgesprochen haben uns, im nachhinein betrachtet, die folgenden Erfahrungen mit Wissenschaft und Vorstellungen von Frauenforschung geprägt und geleitet:

Durch unsere Erfahrungen und Erkenntnisse aus den Frauenforschungsseminaren an der Universität mußten wir mit unseren herkömmlichen Forschungsvorstellungen gründlich aufräumen. Wissenschaft entpuppte sich für uns als "die Verdunklung dessen, was zu gefährlich ist" (zitiert nach einer Freundin). Das bedeutet, daß Wissenschaft und Forschung in unserer Gesellschaft zur Stabilisierung der *herr*schenden Machtverhältnisse dienen. Alles andere hat darin keinen Platz, ist zu "gefährlich". Auch uns als Frauen und Lesben finden wir darin nicht wieder - wir gehören nicht zu den Mächtigen und haben auch kein Interesse daran, Machtverhältnisse zu verschleiern, im Gegenteil: Wir wollen sie offen machen und verändern. Eine Forschung, die für uns von Nutzen sein soll, muß zum Ziel haben, Licht in dieses patriarchale Dunkel zu bringen.

In diesem Zusammenhang ersetzen wir alte Begriffe durch neue: Subjektivität statt Objektivität, Prozeß statt Produkt, Veränderung statt Festhalten, Betroffenheit statt beruflicher Qualifikation, Zusammenhänge statt Einzelphänomene, Subjekt statt Objekt, Beschreiben statt Zählen, Parteilichkeit statt (scheinbarer) Neutralität, Durchschaubarkeit statt Verschleierung, Bewußtmachung und Aufhebung von Unterdrückungsmechanismen statt *Herr*schaftsstabilisierung, "Sicht von unten" (Maria Mies 1978, 48) statt Sicht von oben. Demzufolge bedeutet Forschung für uns, die wir in dieser sexistischen, patriarchalen Gesellschaft leben, notwendig eine Forschung aus der Sicht der Frauen.

Unter Frauenforschung verstehen wir den "Prozeß, in dem Frauen ein praktisches Veränderungsinteresse an ihrer Situation als Unterdrückte entwickeln" (Christa Kickbusch u.a. 1979, 365). Daraus wird ersichtlich, daß Frauenforschung eine "Wissenschaft in Bewegung" (Margaret Steffen u.a. 1983), d.h. prozeßorientiert, ist. Sie hat kein umfassendes Theoriemodell, das wie ein Strickmuster genutzt werden könnte, sondern erfordert immer wieder aufs neue praktisches, konkretes Experimentieren. Jeder Forschungsschritt entwickelt sich nach eingehender Reflexion aus dem vorherigen.

Dieser Forschungsprozeß ist sowohl der Weg als auch das Ziel dieser Forschung. Sie ist nie endgültig und hat deshalb auch kein Endprodukt im herkömmlichen Sinne. Außerdem ist es notwendig, ganzheitlich vorzugehen, weil die Abspaltung von Seins-Aspekten, die auch zu herkömmlicher Wissenschaft gehört, immer zur Verschleierung von Wahrheit dient. Hierzu zählt auch die herkömmliche Trennung von *privat* und *öffentlich*, die gerade das Dasein von Frauen so wesentlich beeinflußt, weil sich ihr Leben im sogenannten Privatbereich, dem *Reproduktionsbereich* abzuspielen hat. Männern dagegen gehört die Öffentlichkeit, der *Produktionsbereich*, der gesellschaftlich höher geschätzt und bewertet ist. Was *privat*, *nicht öffentlich* und *reproduktiv* ist, ist es nicht wert, öffentlich diskutiert oder gar als Problembereich betrachtet und beforscht zu werden.

Dieser gesellschaftliche Mechanismus macht es möglich, daß weitgehend ungeachtet von der Öffentlichkeit Millionen von Frauen Jahr für Jahr mißhandelt und vergewaltigt werden - und viele Frauen nehmen diese Tatsache so hin, weil sie diese Mißachtung verinnerlicht haben. Es scheint fast naturgegeben, schicksalhaft; das Risiko, das mit Frausein verbunden ist.

All das war, zusammen mit den "Methodischen Postulaten zur Frauenforschung" von Maria Mies (1978), wegweisend für unsere praktische Arbeit. Im 2. Kapitel haben wir uns mit unseren anfänglichen Vorstellungen darüber, ob dieses Thema für Frauenforschung geeignet ist, auseinandergesetzt. Jetzt, nach getaner Arbeit, wollen wir überprüfen, inwieweit wir die forschungstheoretischen Ansprüche, die wir an unsere Arbeit gestellt hatten, verwirklicht haben:

So *betroffen* waren wir noch nie und wurden es immer mehr, je mehr wir uns dem "heißen Brei" näherten. Wir haben unsere lesbische Lebensrealität beforscht. Das Thema entsprang unserem Alltag und war auf diese Weise ständig mit uns verwoben; ob am Schreibtisch oder in der "Frauenkneipe". Das Thema ist unser Leben, sind wir!

Unsere *Parteilichkeit* ergab sich aus der Tatsache, daß wir selbst unsere *Forschungsobjekte* waren. Forscherinnen und Beforschte sind identisch, und von daher ergab sich die *Identifikation* mit unseren Forschungsobjekten von selbst. Wir forschten in unserem eigenen Interesse. Durch diesen Umstand war zugleich das sonst übliche Herrschaftsverhältnis ForscherIn/Beforschte aufgehoben. Auch in der Gruppe "Lesben und ihre Mütter" ermöglichte unser Thema eine große Identifikation zwischen uns, den Forscherinnen, und den Frauen aus der Gruppe, den Beforschten. Wir haben als Lesben zusammen mit anderen Lesben über unser Lesbisch-Sein gearbeitet.

An einer anderen Ecke allerdings gab/gibt es ein Parteilichkeitsproblem, und zwar mit unseren Müttern. Während der Arbeit fragten wir uns immer wieder, ob wir unsere Mütter nicht doch einfach nur zu simplen Forschungsobjekten degradieren, ohne einen Funken Parteilichkeit für sie übrig zu haben. Ist es mit unserem feministischen Forschungsbewußtsein zu vereinbaren, daß so viel von unseren Müttern in der Arbeit steht, ohne daß sie selbst zu Wort kommen und ihre Sichtweise darstellen? Werfen wir nicht teilweise ein sehr schlechtes Licht auf unsere Mütter und damit gleichzeitig auf uns als halbherzige Frauenforscherinnen? Unser schlechtes Gewissen[1] hat uns oft geplagt.

Da unsere Forschungsobjekte wir selbst waren und nicht unsere Mütter, die zudem mit fortschreitendem Prozeß immer mehr aus unserem Forschungsinteresse herausfielen, versuchten wir, möglichst bei *unseren* Erfahrungen mit unseren

---

1 Dies verstehen wir inzwischen allerdings auch als Ausdruck eines Schuldgefühl-Mechanismus', der besonders dann einsetzt, wenn Töchter beginnen, sich von ihren Müttern abzunabeln.

Müttern zu bleiben. Wir wollten den Forscherinnenblick also auf *uns* und auf das, was *wir* mit ihnen erlebt haben, werfen, anstatt sie unter die Lupe zu nehmen. Wir wollten uns nicht in Spekulationen über sie ergehen und keine Urteile über sie fällen. Außerdem soll in der Arbeit deutlich werden, daß wir sie nicht für schuldig an dem Dilemma mit unserer *verinnerlichten Frauenverachtung* halten. Sie sind - genau wie wir selbst - subtilen *herr*schaftsstabilisierenden Mechanismen auf den Leim gegangen. Es dreht sich also in gar keinem Fall um eine persönliche Schuldzuschreibung - was erstmal leichter ist, als umfassende Machtstrukturen zu erkennen. Der Weg zu dieser Erkenntnis war ein langer Prozeß und führte uns von einer fast symbiotischen Identifikation mit der Mutter (Lisa) bzw. einer trotzigen Abgrenzung (Lucie) über Wut und Haß zu einer *kritischen Parteilichkeit* für unsere Mütter im Bewußtsein der herrschenden Gesellschaftsstrukturen. Da wir uns während der Arbeit mitten in diesem Prozeß befanden, ist es möglich, daß es uns nicht immer ganz gelungen ist, unsere Mütter im obigen Sinne darzustellen.

Aus dieser Betroffenheit und Parteilichkeit ergibt sich unsere *Forschungsberechtigung*. Die Wahl unseres Themas hängt mit unserer Zugehörigkeit zur Lesben- und Frauenbewegung zusammen, in deren Interesse wir auch forschen. Unsere Kompetenz ergibt sich nicht aus unserer beruflichen Qualifikation, sondern aus unserem Lesbisch-Sein. Wir sind keine karrierebewußten Akademikerinnen, die sich ein modisches Thema ausgesucht haben, um sich zu profilieren und denen die Verwendung ihrer Forschungsarbeit gleichgültig ist.

Wenn wir Realität in ihrer Vielschichtigkeit und ihren prozeßhaften Veränderungen darstellen wollen, reichen die Methoden und Denkweisen traditioneller ergebnisorientierter Forschung nicht aus; beispielsweise wird durch Hypothesenbildung die Breite an Erkenntnismöglichkeiten eingeschränkt, Realität nur eingleisig erfahrbar gemacht. Um dieser beschränkten Denkweise zu entgehen, wählten wir - wie viele andere Frauen auch schon - den Weg der *Prozeßforschung*. Wir hatten keine bestimmte Fragestellung ("Wie sag ich's meiner Mutter?" war nur ein anfänglicher Aufhänger), sondern waren offen für alles, was sich zwischen uns und unserem Thema entwickeln würde. Es ergaben sich sehr viel mehr Prozesse, als wir am Anfang gedacht hatten. Ein Prozeß war die Veränderung des Themas: Wir gelangten von den Müttern zu uns. Ein anderer war die schrittweise Entwicklung zum tatsächlichen Come-out mit den Müttern, ein weiterer die Entwicklung zwischen uns, noch ein anderer, daß wir in einem permanenten Coming-out[2] mit uns selbst

---

2 Nach Martin Siems (1984, 9) ist *Coming-out* "der Prozeß, zunächst selbst die eigene Homosexualität akzeptieren und als etwas Positives und Wertvolles schätzen zu lernen und sich danach auch nach außen offen als Homosexueller zu erkennen zu geben, d.h. sich in einer feindlichen Umwelt als 'anderer' zu behaupten." Martin Siems bezieht sich auf männliche Homosexualität. Trotzdem stellen wir uns hier hinter diese Definition und verweisen auf das 3. Kapitel, in dem wir den Coming-out-Begriff aus lesbischer Sicht vertiefen. In Abgrenzung zu der prozeßhaften Bedeutung des Begriffs Coming-out benutzen wir den Begriff *Come-out* für ein punktuelles Öffentlichmachen unserer lesbischen Identität.

standen, uns selbst kennenlernten. Es ließen sich noch eine Reihe weiterer Prozeßebenen aufzählen, doch betonen wollen wir nur noch die folgende: das schrittweise Erkennen von patriarchalen Gesellschaftsstrukturen, die unser Dasein bestimmen. Insgesamt hatte diese Arbeit einen *Bewußtwerdungsprozeß* zur Folge, der durch die Intensität, mit der er stattgefunden hat, einen Prozeß konkreter Veränderung eingeleitet hat. Der Prozeß ist nicht abgeschlossen, und er wird weitergehen, unser Leben begleiten. Sein Ende in bezug auf diese Forschungsarbeit ist, wie schon angedeutet, ein willkürliches.

Solch ein Wirken auf *Veränderung* war ein weiterer Anspruch, den wir an unsere Arbeit gestellt hatten. Sie war von Anfang an nicht nur für Schreibtischschubladen oder Bibliotheksregale bestimmt, sondern sollte direkte Auswirkungen auf unseren Alltag haben, etwas in Bewegung setzen. Das hat sie zweifellos getan. Mit List und Tücke von vornherein eingeplant, haben wir das Come-out unseren Müttern gegenüber im Laufe der Arbeit tatsächlich vollzogen - das, was Anlaß der Forschung war, haben wir also direkt in Aktion umgewandelt.

Doch noch weitreichender als dieses Ziel, das es vordergründig zunächst zu erreichen galt, war folgende Veränderung, die sich im Laufe der Arbeit herauskristallisierte: Wir stehen mehr zu uns (nicht nur in bezug auf unser Lesbisch-Sein), sind offensiver und in unseren Ansichten radikaler (im Sinne von: an die Wurzel des Übels gehend) geworden.

Unser von Anfang an erklärtes Bestreben, die Erkenntnisse, die wir aus der Arbeit gewonnen haben, nicht nur auf der Beschreibungsebene zu lassen, sondern sie zu leben, haben wir dadurch ein Stück mehr erreicht.

Mit dem Schreiben dieses 1. Kapitels wollen wir unseren LeserInnen unsere Interessen, Absichten und Ziele *durchschaubar* und den Forschungsweg nachvollziehbar machen. Diesem Anspruch versuchen wir in der Arbeit durchgängig gerecht zu werden. Wir wollen nichts unterschlagen, auch keine Widersprüchlichkeiten, keine Umwege. Das ist u.a. auch deshalb nötig, um überhaupt die Prozeßhaftigkeit der Arbeit und die daraus resultierenden Veränderungen begreifbar zu machen. In der Prozeßrückblende haben wir diesen Weg möglichst präzise nachgezeichnet, damit die LeserInnen ihn genau verfolgen können. Wir vertuschen in unserer Forschung nichts, sondern machen transparent, weil sie für diejenigen handhabbar sein soll, die sie angeht. Deshalb verzichten wir auch auf eine unverständliche und damit verschleiernde Wissenschaftssprache.

Schon in einer frühen Phase dieser Arbeit stellten wir fest, daß wir sehr unterschiedlich sind, beispielsweise als es um unsere Befürchtungen ging, miteinander zu forschen. Damit hatten wir in dieser Form nicht gerechnet. Wir erlebten diese Verschiedenheiten als bedrohlich für uns und hatten Angst vor der Andersartigkeit der anderen. Um diesem Problem gerecht zu werden, entwickelten wir das Postulat *Andersartigkeit*: Wir nehmen Unterschiede ernst und schöpfen daraus Erkenntnisse.

Im Laufe der Arbeit bestätigte sich unsere Vorahnung von der patriarchalen Angst vor dem Unterschied. Immer wieder stellten wir am eigenen Leib fest, daß

Frauen sich in ihren leicht zu erschütternden Identitäten durch die Andersartigkeit anderer bedroht fühlen, sich selbst in Frage gestellt sehen. Weiter gefaßt erklärt sich so auch die Angst heterosexueller Menschen vor der Andersartigkeit homosexueller Menschen.

Um unser Postulat umzusetzen, waren wir gezwungen, uns ständig selbst zu erkennen, uns selbst zu erfahren und uns der anderen nahezubringen. Nur so konnten Unterschiede wirklich deutlich werden. Dieser Weg hatte zur Folge, daß wir nicht nur die andere besser akzeptieren lernten, sondern vor allem uns selbst mehr Identität schufen, uns selbst mehr akzeptierten. Die Angst vor der Andersartigkeit der anderen verlor in dem Moment an Bedrohung, als wir anfingen, uns in unserer Einzigartigkeit zu entdecken. Durch diesen Ansatz gelangten wir später zu tieferen Erkenntnissen über unsere gemeinsamen Betroffenheiten, die uns sonst vielleicht verborgen geblieben werden.

Mit diesen "gemeinsamen Betroffenheiten" sind patriarchale Machtstrukturen gemeint, deren Erkenntnis uns dazu brachte, am Ende dieser Arbeit im 3. Kapitel unsere "lesbische Sicht der Welt" zu entwickeln. Dadurch konnten wir gleichzeitig unserem Anspruch, Prozesse nicht nur zu beschreiben, sondern sie auch zu analysieren, gerecht werden.

Im folgenden Lisas und Lucies abschließende Gedanken zu dieser Frauenforschungsarbeit.

Lisa: "Frauenforschung hin und her - die Wahrheit sagen ist oft schwer!"

"Die oben aufgeführten Postulate hatte ich zu Beginn der Arbeit auch schon im Kopf, hatte mich mehrere Semester lang intensiv mit Frauenforschung auseinandergesetzt, aber sie noch nicht betrieben, noch nicht gelebt. Mein Bezug war eher intuitiv. Ich wußte, daß meine Forschungsarbeit etwas mit mir als Frau und Lesbe zu tun haben sollte; damit war klar, daß ich Frauenforschung betreiben würde. Aber was das bedeutete, realisierte ich erst, als ich mittendrin steckte. 'Eine Prozeßarbeit schreiben' oder 'der Weg ist das Ziel', all das war mir sonnenklar, bevor es losging. Doch welche Beinhaken mir mein produktorientiertes Denken auf diesem Weg stellen sollte, merkte ich erst unterwegs. Besonders deutlich wurde das, als der festgelegte Prozeßzeitraum schon fast abgelaufen war und meine damalige Liebesbeziehung in der dicksten Krise steckte. Ich spürte die ganze Stärke meines Sicherheitsbedürfnisses. Ich wollte alles fest-halten. In demselben Ausmaß, in dem ich mich an den altbekannten, vertrauten Rahmen der Beziehung klammerte und Schwierigkeiten hatte, die Veränderung zu akzeptieren, fiel es mir auch schwer, mich wirklich auf den Forschungsprozeß einzulassen, auf diese Fahrt ins Ungewisse mit ihren ständigen Kursänderungen. Langsam kam ich meiner 'Prozeßfeindlichkeit' auf die Spur. Immer wieder ertappte ich mich dabei, mich nach 'richtigen' Ergebnissen zu sehnen, die doppelt unterstrichen werden können. Ich hoffte auf kausale Zusammenhänge, auf Gründe und Ursachen und darauf, daß wir sie finden würden. So und nicht anders hatte ich denken gelernt: linear, kausal, dualistisch. Dieser Grundpfeiler herkömmlichen Wissenschaftsverständnisses steckt in mir: das Denken in Ursache - Wirkung, wenn - dann, entweder - oder.

Es hielt meine Illusion am Leben, auf handfeste Ergebnisse zu kommen - und versperrte den Blick für die Vielschichtigkeit der Wirklichkeit. Realität läßt sich auf keinen Nenner bringen. Sie fließt, verschiebt sich ständig, lebt, ist im Begriff ... Also kann es nicht darum gehen, sie in starre Kategorien und unbewegliche Beweisketten zu sperren, sondern eher darum, eine annähernd *identische Reduplikation*[3] von ihr zu schaffen, in die jede Veränderung, jeder Widerspruch, jeder Bruch miteinfließen kann. Prozeßdenken hat viel mit Loslassen, Vertrauen und Mut zu tun - Frauenforschung also auch.

An all dem, so stellte ich Laufe der Arbeit fest, mangelte es mir. Zu tief war das hierarchische Denken verankert. Mir fiel nichts anderes ein, als mich dafür zu verurteilen, mich für 'prozeßfeindlich' und 'frauenforschungswidrig' zu halten ..., bis ich irgendwann erkannte, daß genau das mein Prozeß war, meine Entwicklung von dem einen Denken und Wissenschaftsverständnis zum anderen. Meine Sehnsucht nach handfesten Ergebnissen gehört auch dazu, sie war der Ausgangspunkt dieser Reise. Auf dem Weg hat sie mich immer mal wieder in irgendwelche Sackgassen und Umwege gelockt, die ich aber nicht hätte abkürzen können und wollen. Sie gehören genauso dazu; ohne sie wäre ich heute nicht da, wo ich bin. Indem ich diesen meinen Weg abqualifiziere und ihn nicht für super-frauenforschungsmäßig halte, setze ich das alte Schwarz-Weiß-Denken fort, das die Welt in gute und schlechte Schubladen einzuordnen versucht.

Mit dieser Erkenntnis ließ ich die Erfahrung meines Prozesses zu, merkte, daß ich mich schon längst darauf eingelassen hatte und daß ich natürlich Frauenforschung machte - was denn sonst? Ich hatte am eigenen Leib in der Auseinandersetzung mit meinem Wissenschaftsverständnis erfahren, daß jeder Schritt wichtig ist. Es gibt keine guten und schlechten Schritte. Es kommt nur darauf an, zu gucken, wo ich gerade stehe - und diesen Standort anzunehmen. Dann bin ich immer am Ziel. Das Paradoxe daran ist, daß genau dann, wenn ich die Suche nach den Ergebnissen aufgebe und mich dem Weg anvertraue, sie sich von selbst ergeben. Mit immer noch leichtem Erstaunen stelle ich jetzt am Ende der Arbeit fest, daß wir sie haben. Solch eine Erfahrung gemacht zu haben ist ein Ergebnis, von dem ich nicht mal zu träumen wagte.

Wenn ich in wenigen Worten sage, was mir diese Arbeit 'gebracht' hat, sind es folgende:

Ich habe auf einer tiefen Ebene erfahren, daß ich mir durch die Abwertung meines derzeitigen Standortes - egal ob in bezug auf Prozeßforschung, auf den

---

3 Diesen Begriff haben wir von unserem Betreuer Dr. Heiner Zillmer übernommen. Gemeint ist das Vorgehen, nach dem wir die Prozeßrückblende erstellt haben, nämlich alle Facetten des Prozesses so genau wie möglich zu spiegeln und dadurch eine Art "Abziehbild der Wirklichkeit" zu schaffen.

Umgang mit meinem Lesbisch-Sein oder auf sonstwas - meinen eigenen Boden unter den Füßen wegziehe. Ich habe be-griffen, daß dahinter die Mechanismen 'verinnerlichter Frauenverachtung' stecken, die mich klein halten, stumm machen und den 'Fehler' bei mir suchen lassen. Ich habe angefangen, Zusammenhänge außerhalb meiner Person zu erkennen und gerade dadurch Verantwortung für mich zu übernehmen."

Lucies nachträgliche Gedanken

"Mein erster praktischer Versuch, Frauenforschung zu betreiben, war das Frauenhausforschungsprojekt[4]. In dieser mehrjährigen Arbeit stellte ich fest, wie schwer es ist, Frauenforschungstheorie in die Praxis umzusetzen, was es bedeutet, sich auf Prozesse und Irrwege einzulassen und vor allem ihren Wert zu erkennen (vgl. Angelika Ebbinghaus u.a. 1982, 337-344). Ein weiterer wichtiger Punkt war, daß ich lernte, daß Frau nicht gleich Frau ist. Unter anderem daraus entwickelte sich für diese Arbeit unser Postulat *Andersartigkeit*.

Im Anschluß an die Frauenhausforschungsarbeit war ich der Meinung, daß einige der Frauenforschungspostulate aufgrund des Themas, das wir dort hatten, nicht völlig umgesetzt werden konnten. Wir konnten beispielsweise das Maß des Über-andere-Forschens zwar bis auf ein Minimum verringern, aber letztlich nicht völlig aufheben. Wir waren parteilich, aber es war eine Teilidentifizierung mit den Frauen aus dem Frauenhaus. Ich fragte mich also: Wäre es möglich, noch parteilicher, betroffener, prozeßorientierter, verändernder zu forschen? Ich wollte 'radikaler' werden, mehr an die Wurzeln des Übels Frauenunterdrückung gehen und zu Einschätzungen gelangen. Wie ginge das, ohne andere Frauen zu meinen Forschungsobjekten zu machen? Nur über mich selbst. Auf diesem Hintergrund ist auch die Entscheidung für diese Arbeit zu verstehen. Meine Erwartungen wurden letztlich übertroffen, wie schon aus der vorangegangenen Nachbetrachtung der Postulate ersichtlich ist.

In unserer Auswertung gelangen wir zu der Erkenntnis, daß Frauen ihre gesellschaftliche Minderwertigkeit verinnerlicht haben, ihnen der Aufbau einer eigenen Identität verweigert wird und sie nicht lernen, aus sich zu schöpfen, ihren Blick auf sich selbst zu richten und eine Verbindung zu ihrem inneren Ich herzustellen - uns inbegriffen. Die Art und Weise, in der wir gearbeitet haben, bedeutet in diesem Zusammenhang eine konkrete Veränderungsstrategie, denn wir haben während der ganzen Arbeit nichts anderes versucht, als unsere verschüttete Innenleitung wiederherzustellen. Dieser Weg war ein Mittel, unserer verinnerlichten Minderwertigkeit entgegenzuwirken. Es war zwar oft schmerzhaft und schwierig, zu Erkenntnissen zu gelangen, aber letztlich fühle ich mich heute selbstbe-

---

4 Lucie ist eine von mehreren Frauen des Hamburger Frauenhauses, die im Frühjahr 1980 anfingen, die Erfahrungen dieses Frauenprojektes im Rahmen einer Forschungsarbeit aufzuarbeiten. Nach zweieinhalb Jahren Arbeit entstand daraus das Buch "Wendepunkte".

wußter, mehr bei mir, empfinde Verinnerlichungen nicht mehr als meinen Mangel, als meinen Fehler. Mir macht das Leben, auf das ich mich eingelassen habe, nicht mehr solche Angst, und ich muß diese nicht mehr hinter vordergründiger Stärke verbergen.

Eine Frage, die bei so einer Arbeit ständig von Bedeutung ist, die wir aber ähnlich wie das Thema Frauenforschung immer unausgesprochen haben mitlaufen lassen, möchte ich an dieser Stelle besonders erwähnen: Welche Bedeutung kommt *Sprache* im Zusammenhang mit Frauenforschung zu? Gerade bezogen auf unsere Erkenntnisse im 3. Kapitel wäre es bestimmt interessant zu schauen, wie die Verinnerlichung von Minderwertigkeit bei Frauen durch sexistischen Sprachgebrauch unterstützt wird. Letztlich ist Sprache ein Machtmittel und kann zu einem Gewaltmittel werden. Durch sie wird unsere Wirklichkeit geschaffen - was in unserer Gesellschaft für Frauen bedeutet, daß sie 'wirklich' minderwertig sind. Dies zeigt sich im ganz gewöhnlichen Sexismus unserer Sprache. Er dient dem Ziel, wie vergleichsweise auch die Sprache der Judenverfolgung, Frauen/ Menschen 'als minderwertig zu definieren, um sie dann in ihren Rechten einzuschränken, massiv benachteiligen, verfolgen, einsperren oder sogar ausrotten zu können' (Senta Trömel-Plötz 1984, 52).

Was können wir, gerade wenn wir Frauenforschung betreiben, dem entgegensetzen? Unser Bemühen war es immer, eine klare, deutliche Sprache, frei von kategorisierenden, klischeehaften Begriffen zu finden. Ein Ausdruck davon ist der zum Teil tagebuchartige Stil der Arbeit, sind die bildlichen Überschriften und teilweise ungewöhnlichen Schreibweisen. Ich glaube, daß wir unserer Wirklichkeit eine Sprache gegeben haben. Sollte den sensiblen LeserInnen dennoch auffallen, daß wir uns sexistischer Begriffe bedient haben, so ist dies damit zu erklären, daß wir unsere eigenen Verinnerlichungen noch nicht überall aufgebrochen haben."

Zur praktischen Arbeit - Frauenforschung wie sie leibt und lebt

Aus unserem Forschungsverständnis ergibt sich die Art und Weise, wie wir gearbeitet haben:

Den Anfang der Prozeßrückblende erstellten wir so, daß jede von uns ihre Wahrnehmungen zu jedem Prozeßabschnitt aufschrieb und wir beide Versionen zu einer zusammenflickten. So erklären sich auch die anfangs noch sehr gebräuchlichen Anführungszeichen, die deutlich machen, daß das Gesagte zunächst nur für eine von uns gilt. Dies geschah vor allem auf dem Hintergrund des bereits erwähnten Postulats *Andersartigkeit.* Wir wollten unsere Unterschiede ernstnehmen und deshalb auch unsere verschiedenen Positionen deutlich machen. Im Laufe der Zeit veränderten wir unsere Arbeitsweise dahingehend, daß sich jeweils eine von uns einen Prozeßabschnitt aussuchte, den sie genauer beleuchten wollte. Mit Hilfe eines Brainstormings, in dem die andere ihre wichtigsten Gedanken dazu festgehalten hatte, entwickelte erstere dann einen Textvorschlag, der für beide galt. Dieser wurde so lange besprochen und verändert, bis er, oft nach langen Diskussionen, von beiden abgesegnet wurde. Diese Arbeitsweise haben wir dann auch in der Auswertung beibehalten. Die anfängliche Trennung wurde immer mehr aufgehoben. Auf diese Art und Weise haben wir uns langsam aneinander herangetastet, auch mal etwas über die andere geschrieben, uns in ihre Welt hineinversetzt und uns in unserer Wahrnehmung korrigieren lassen, wenn die andere sich nicht richtig gesehen fühlte. Dies war die größte Hilfe, uns in unserer Andersartigkeit wirklich akzeptieren zu lernen.

Daß wir verschieden sind, springt schon durch unseren unterschiedlichen Schreibstil ins Auge. Nicht in diesen Prozeß verwickelten LeserInnen fällt dies wohl noch mehr auf als uns selbst. Wir verzichten darauf, unsere Schreibweisen weiter zu analysieren, sondern fassen sie als lebendige Dokumentation unserer Einzigartigkeit auf.

Die Prozesse, die nur eine von uns betrafen, beispielsweise die Geschichte und die weitere Entwicklung der Beziehung zur Mutter, hat jede für sich geschrieben. Auch dort, wo es sehr in persönliche Tiefen ging, waren wir uns selbst die besten Fachfrauen. Die Texte im 3. Kapitel, in denen es darum geht, beispielsweise dem Mechanismus "verinnerlichte Frauenverachtung" in unserer persönlichen Struktur auf die Spur zu kommen, stammen aus der jeweils eigenen Feder. Aber auch hier haben wir uns gegenseitig unsere Wahrnehmung geschenkt und versucht, die Welt aus dem Blickwinkel der anderen zu sehen.

Das in der Gruppe "Lesben und ihre Mütter" entstandene Material, das neben der Prozeßrückblende das zweite Standbein unserer Arbeit ist, haben wir nicht extra dargestellt, sondern in die Gesamtauswertung miteinfließen lassen.

Nach Beendigung der Gruppe standen wir zunächst mit einem Berg von Tonbandprotokollen da, die in den zehn Sitzungen entstanden waren. Die Auswertung der Gruppenprotokolle begann dann mit einem Wochenende im Sommer 1983, an dem wir in Zusammenarbeit mit zwei Psychologie-Studentinnen, die unsere Tonbänder abgeschrieben hatten, drei Kategorien entwickelten, die unserer aller Ansicht nach die inhaltlichen Schwerpunkte der Gruppenprotokolle darstellten.

Ausgerüstet mit diesen Kategorien knöpften wir uns dann noch einmal die Prozeßrückblende und die gesamten Gruppenprotokolle vor, um dieses Material auf unsere Schwerpunkte hin zu durchforsten. Was wir auf dieser Suche alles gefunden haben, taucht in Form von Zitaten im Auswertungsteil auf.

Die sonstige Auswahl und Begründung unserer Methoden - z.B. warum wir so eine Gruppe gemacht haben, mit welchem Konzept usw. - fließt ins 2. Kapitel ein und wird jeweils zu dem Zeitpunkt der Prozeßrückblende angesprochen, an dem wir uns Gedanken darüber gemacht haben. Auf diese Weise kann auch unser Forschungsweg genau nachvollzogen werden. Wir hatten eben kein festes Konzept im

Kopf, als wir anfingen, die Arbeit zu schreiben, sondern die Arbeitsweise ist zusammen mit dem Prozeß und mit uns gewachsen. Dabei sind folgende (Hilfs-) *Mittel* und *Methoden* entstanden:

Forschungstagebuch

Darin schrieben wir von Anfang an alles auf, was uns während des Prozesses an Gedanken, Gefühlen, Ideen über den Weg lief. Der Tagebuchstil machte es leicht, einfach drauflos zu schreiben und uns von sonst üblichen Forschungsarbeitsansprüchen zu lösen. Es war eine wichtige Gedächtnisstütze und lieferte allerlei Material. Wichtig daran ist, das Tagebuch wirklich zu benutzen, auch für scheinbar Unwichtiges, das später allerdings wieder an Bedeutung gewinnen kann. Uns ist dies leider nicht immer gelungen. Wir hätten uns viel Arbeit sparen können, wenn wir dieses Hilfsmittel konsequenter genutzt hätten. Nach dieser Erfahrung wissen wir jetzt, daß es ein sehr prozeßforschungsförderndes Mittel ist.

Brainstormings, themenzentrierte Texte und Diskussionen

Es scheint vielleicht banal, diese als Methoden aufzuführen, aber alle drei Mittel waren wichtige Hilfen im Prozeß der Herstellung dieser Arbeit. Durch schriftliche Brainstormings und themenzentrierte Texte - entweder bezogen auf einen inhaltlichen Schwerpunkt oder einen bestimmten Zeitabschnitt - schufen wir die Grundlage für diese Arbeit. Die Diskussion dieser Materialien wiederum führte zu inhaltlichen und/oder sprachlichen Veränderungen, Erweiterungen oder Streichungen, woraus schließlich die hier vorliegende Endfassung der Texte entstanden ist. In gewisser Weise verloren wir dadurch auch unsere Angst, etwas von uns zu Papier zu bringen und damit festzuschreiben. Die Brainstormings erwiesen sich als nützlicher als mündliche Vorbesprechungen bestimmter Textabschnitte, weil wir durch das Schreiben genauer und eindeutiger werden mußten, wodurch es für die jeweilige Textschreiberin einfacher war, die Wahrnehmung der anderen zu begreifen und in die endgültigen Texte einzuarbeiten.

Tonbandprotokolle

Dieses Hilfsmittel setzten wir hauptsächlich für die Dokumentation der Gruppensitzungen ein. Aus den vom Tonband abgetippten Protokollen konnten wir dann die jeweiligen Zitate der Gruppenteilnehmerinnen in unsere Auswertung übernehmen, wobei wir hier und da Füllwörter gestrichen und Satzstellungen verändert haben, um die gesprochene Sprache fließender lesbar zu machen.

Forschungssupervisionsgruppe

Mit vier anderen Psychologie-Studentinnen, die ihre Forschungsarbeiten auch jeweils zu zweit mit einem Frauenforschungsansatz schrieben, trafen wir uns regelmäßig, um eventuelle Arbeitsprobleme - in erster Linie zwischenfrauliche - zu bewältigen. Da wir in ähnlichen Situationen steckten, waren wir oft von ähnlichen Schwierigkeiten betroffen, beispielsweise wenn es um die Probleme des Zu-zweit-Schreibens ging. Oft genug mußten wir uns gegenseitig aus schwierigen Situationen heraushelfen.

Außerdem hatten unsere Themen auch etwas gemeinsam: Es ging bei allen in irgendeiner Form um die Probleme der Identitätsfindung von Frauen. Genau diese spiegelten sich auch in der Gruppe/in den Paaren wider, beispielsweise im Gewand der Konkurrenz zwischen uns und manchmal auch in anderen Kleidern. Die Gruppe half uns, dieses Phänomen zu erkennen, und war gleichzeitig eine Bekräftigung der (übrigens auch ähnlichen) Ergebnisse, zu denen wir in unseren Arbeiten gekommen sind. Einmal mehr haben wir die Verwobenheit mit unserem Thema am eigenen Leibe erfahren.

Zwischen-Feedback

Wir gaben sowohl FreundInnen von uns als auch unserem Betreuer unsere Zwischenprodukte zum Lesen. Die Rückmeldungen verarbeiteten wir in Form von Anmerkungen oder Korrekturen. Vor allem aber bestätigten sie uns in dem Weg, den wir eingeschlagen hatten, motivierten uns zur Weiterarbeit und vermittelten uns das Gefühl, nicht völlig isoliert vor uns hin zu forschen.

Ähnliche Auswirkungen hatte die Tatsache, daß wir unser Thema überallhin mitnahmen und erzählten, worüber wir unsere Forschungsarbeit schrieben. Daraus entwickelten sich häufig ganz nebenbei Gespräche in der "Frauenkneipe", im Café oder sonstwo, die uns auf neue Ideen brachten oder einfach nur den Spaß an der Arbeit wieder herstellten. Ohne all diese Frauen, die oftmals vielleicht gar nicht gemerkt haben, wie sehr sie uns halfen, wären wir vielleicht manches Mal an unserer Arbeit verzweifelt.

Auch die Hilfsmittel, die wir im Zusammenhang mit der Gruppe "Lesben und ihre Mütter" benutzt haben, seien hier kurz aufgeführt: Die *Traumreisen*, die wir uns selbst ausgedacht haben, weil es für Lesben keine vorgefertigten gibt, die *Rollenspiele*, das *Bilder-Malen* und die *Entspannungsübungen* dienten dem Zwecke, an tiefere Erfahrungen zu gelangen. Anregungen dafür erhielten wir zum Teil in einer weiteren *Supervisionsgruppe* an der Universität, der wir uns zu diesem Zweck angeschlossen hatten. Sie half uns vor allem, Konflikte zwischen uns zu erkennen und zu klären.

Zum Schluß noch ein Wort mit auf den Weg: Die Verfasserinnen haben sich durch ihre Offenheit teilweise sehr verletzbar gemacht. Die LeserInnen werden gebeten, respektvoll und vorsichtig mit dem hier Geschriebenen umzugehen.

> "Aber es ist immer peinlich. Da ist so viel, für das ich mich schäme. Ich schreibe in der Ichform, was irgendwie notwendig erscheint, viel von dem, was ich sagen will, ginge in meinem Fall verloren, wenn ich mich nicht direkt einbringen würde. Aber ich fühle mich so verletzbar, mein Gott, eine Lesbe. Ja, sicher, eine Erfahrung von Menschen. Aber unbeschrieben. Unerlaubt. Es hat keine Tradition. Keine Sprache. Keine Geschichte anerkannter Worte." - "Aber natürlich wollen die Leute etwas darüber wissen", unterbrach sie mich. "Und du darfst dich nicht zum Schweigen einschüchtern lassen. Sonst wird das Schweigen ewig dauern."[5]

In diesem Sinne soll es jetzt losgehen!

5 Kate Millett in einem Gespräch mit Doris Lessing (Kate Millett 1983, 539)

2. Kapitel

Wie sag ich's meiner Mutter?
Oder: Um den heißen Brei herum

Vorgeschichten

Lisa Diabola

Ich bin die älteste Tochter meiner Mutter, die die jüngste Tochter ihrer Mutter ist, die die ...

1959, im Zeichen der Wasserfrau, trennte ich mich zum ersten Mal von ihr.

Ich bin braunäugig, warmherzig und angstzittrig.

Ich bin Traktorfahrerin, Astrologin und Psychologiestudentin.

Ich finde es schwer zu sagen, wer ich bin.

Ich bin ehrlich.

Ich bin Klammeräffin und Freiheits-Fan.

Ich bin unermüdliche Tänzerin.

Ich bin auf der Suche nach mir.

Ich stehe dazu.

Ich bin ewig Anklagende und Verteidigerin meiner selbst.

Ich bin lesbisch.

Lucie Panther

Ich bin 1956 im Zeichen des Zwillings geboren und seitdem nie länger als fünf Wochen vom Hamburg fortgewesen.

Ich bin die jüngste der drei Töchter meiner Eltern.

Ich bin als Kind von einer Fischschuppenhaut befallen worden, ein epileptischer Anfall suchte mich heim, und irgend jemand stach mir ein Loch ins Herz.

Ich bin seit fünfzehn Jahren Handballerin.

Ich bin Buchhändlerin, obwohl mir Bücher manchmal stinken.

Ich bin leidenschaftliche Autofahrerin und war Taxifahrerin, obwohl ich Autos eigentlich schrecklich finde.

Ich bin Psychologiestudentin, obwohl ich soviel Kritik an Therapie und Wissenschaft habe.

Ich bin Mitschreiberin eines Buches und stolz darauf.

Ich bin neugierig - auf die Welt, auf andere Menschen und auf mich.

Ich bin dabei, mich zu häuten.

Ich bin Frau und frauenbewegt - ich liebe Frauen?

Ich bin lesbisch.

Lisa und Lucie lernen sich im April 1978 in der Frauengruppe des Fachbereichs Psychologie der Universität Hamburg kennen und machen beide in einer Arbeitsgruppe zum Thema "Selbstbehauptung" mit. In dieser Gruppe entsteht die Idee, eine Frauen-Wohngemeinschaft zu gründen. Vier Frauen, u.a. Lisa und Lucie, suchen eine Wohnung und ziehen bald darauf zusammen.

Lucie erinnert sich: "Lisa war die Frau in der Frauengruppe, die mich am meisten interessierte. Ich hatte schon früh die Vorstellung, daß ich mich in sie verlieben könnte. Ich weiß noch, daß mir an ihr auffiel, daß sie fast immer lächelte, zu allen sehr lieb und offen war, auf mich sehr weich und warm wirkte - im Gegensatz zu mir. In der Gruppe habe ich Lisa erst sehr spät, mal nebenbei beim Spätzle-Kochen, erzählt, daß ich lesbisch bin, weil ich dachte, wenn wir zusammenziehen wollen, müßte ich das ja mal sagen."

Lisa erinnert sich: "Lucie war die erste Lesbe in meinem Leben! Sie hatte Verbindung zur Frauenbewegung, bei der ich auch gern 'mitmachen' wollte; sie führte mich in die 'Frauenkneipe'; sie erzählte mal so locker am Ende unserer gemeinsamen Frauengruppe, daß sie lesbisch ist. Meine Reaktion war sehr liberal, tolerant; ich fand das total in Ordnung. Mit wieviel Spannung, Faszination und Geheimnisvollem das für mich verbunden war, behielt ich für mich. Ich glaube, Lucie sonnte sich darin, daß sie mir in vielem was 'voraushatte'; ich hab' sie auch immer brav darin bestätigt, sie anerkannt, ja, fast bewundert, manchmal dabei aber auch still in mich hineingelächelt, weil ich ihr übermäßiges Bedürfnis nach Bestätigung so spürte. Aber ich spielte das Spiel mit.

Mit der Entscheidung, mit Lucie und zwei anderen Frauen eine Wohngemeinschaft zu gründen, fiel damals wohl auch unbewußt die Entscheidung, mich ganz auf Frauen zu beziehen. Und Lucie lebte mir das in unserer gemeinsamen Wohnung hautnah vor.

Wenn ich sowas schreibe, sträubt sich was in mir, ihr so viel Bedeutung zukommen zu lassen. Ich bin da sehr ambivalent. Auf der einen Seite hat sie die wirklich gehabt; auf der anderen Seite weiß ich, wie sie es liebt, wichtig für jemanden zu sein. Hab' ich ihr vielleicht nur den 'Gefallen' getan, ihr das zu bestätigen, um selbst wiedergeliebt zu werden?

Ich war immer die in unserer Wohngemeinschaft, die am unkritischsten auf Lucies Seite stand, wenn es um Konflikte ging. Ich hinterfragte sie nicht, jedenfalls nicht öffentlich. Dafür hatte ich auch den besten Draht zu ihr. Ich akzeptierte sie, dafür ließ sie mich an sich ran. Je länger wir zusammenwohnten, desto mehr hat mich Lucies Überzeugt-Sein von sich (oder das, was danach aussah) auch mal genervt; vielleicht, weil ich selbst so wenig davon hatte. Immer mußte sie davon reden, wie toll sie schon wieder irgend etwas gemacht hatte - und wollte das dann auch noch mal von uns anderen bestätigt haben!

Beim Durchsehen meiner alten Tagebücher fällt mir auf, daß ich mit keiner Silbe erwähne, daß Lucie lesbisch ist. Nur einmal vermerke ich, daß eine Freundin bei ihr übernachtet und ich das Gefühl hab', daß sich 'da was abspielt'. Ich stelle mir und meinem Tagebuch die Frage, ob ich wohl auch mal 'dahinkomme' ...

Ich komme dahin! Als ich im Frühling 1979 mit meiner alten Freundin Katrin nach Griechenland fahre und wir nacheinander 'Rubinroter Dschungel' (Rita Mae Brown, 1978) - Pflichtlektüre für alle Lesben und solche, die es werden wollen - verschlingen, wird mir klar, daß ich mich in sie verliebt habe. Sie ist schon lange Jahre meine beste Freundin, die engste Vertraute, aber jetzt hat sich das Gefühl verändert. Ich spüre zum ersten Mal, daß ich in eine Frau verliebt bin - und bin völlig ratlos, weiß nicht, was ich machen soll. Wieder zu Haus, wird Lucie meine Ratgeberin. Ich weihe sie in mein Geheimnis, von dem auch Katrin noch nichts weiß, ein und verbringe manche Nacht auf ihrem Kohleofen hockend, rede mit ihr über das, was in mir vorgeht. Tagebuchnotiz von damals:

> 'Lucie will mir einen Schubs geben, sagt sie! Ich glaube auch, daß ich einen brauche, möchte ihn mir so gerne selbst geben!'

Mir fällt gerade auf, daß ich eigentlich mein Coming-out beschreibe - ja, Lucie hat auch viel damit zu tun. Sie kriegt in dieser Zeit viel von meinen inneren Zwisten, meiner Ambivalenz, meinen Ängsten gegenüber der Veränderung in mir mit.

Als es dann mit Katrin und mir nichts wird, spüre ich, daß sich Lucies und meine Beziehung verändert: Es kribbelt! Lucie ist dann die erste Frau, mit der ich diese Gefühle auch auslebe. In meiner Verliebtheit schreibe ich ein Gedicht, das ich ihr schenke:

bauch-, kribbel-, kitzel-
wellen, die gestern ans andere ufer schwappten;
tragt mich wohin ihr wollt,
ich hab' die seligkeit getrunken.

Auch hier ist sie wieder die Erfahrenere, die, die schon viel weiter ist als ich. Ich hebe sie auch noch mit hinauf auf diesen Sockel, eine Tendenz, die sich ja schon vorher zwischen uns angedeutet hat. Das, was Lucie am Anfang so gelockt hat, meine Zuneigung und Anerkennung zu bekommen, wird ihr allmählich zuviel. Sie distanziert sich. Ich reagiere mit Panik, will wieder an sie rankommen ... und erreiche das Gegenteil: Sie verliebt sich in eine andere! Ich werde verlassen und wehre mich nicht einmal, lasse alles über mich ergehen."

Lucie: "Dadurch, daß ich mich in Lisa verliebt hatte, lernte ich sie besser kennen, vor allem auch die Seiten, die mich störten. Neben ihr erfuhr ich mich völlig anders, als die Aktive, Raumgreifende, vielleicht auch ein wenig als die, die über andere 'hinwegtrampelt'. Als ich mich in eine andere Frau verliebt hatte, erwartete ich eigentlich, daß Lisa wütend wird, mir sagt, wie unverschämt ich bin, aber sie tat es nicht. Ich hatte eher den Eindruck, sie versucht zu verstehen, zu akzeptieren - das war zu der Zeit wahrscheinlich auch das einzige, womit ich umgehen konnte. Ganz tief drinnen hatte ich allerdings gehofft, sie würde massiver eine Stellungnahme von mir dazu fordern."

Lisa: "Damals sah ich keine Möglichkeit, aus meiner Rolle herauszukommen. Ich forderte zwar Auseinandersetzungen und Klärung mit ihr, aber wohl nie mit solchem Nachdruck, daß sie darauf eingehen mußte. Ich betrog mich selbst und auch Lucie mit meiner vermeintlich überdimensionalen Toleranz, mit der ich eben alles verstehen konnte, selbst, daß sie sich nach so kurzer Zeit schon von mir abwandte und sich halt in jemand anders verliebte! Ich konnte sie ja nicht zwingen, mit mir zusammen zu sein; also fand ich mich damit ab und nahm meine offensichtliche Minderwertigkeit (warum sollte sie mich sonst verlassen?) schicksalsergeben an; schließlich war ich ja selbst von ihr überzeugt. Wogegen sollte ich mich also wehren? Ab einem bestimmten Zeitpunkt haben wir dann nicht wieder über unsere Liebesbeziehung geredet. Sie war sozusagen tabu, fast, als ob es sie nie gegeben hätte.

Gerade deshalb, weil ich mich zum ersten Mal auf eine Frau eingelassen hatte, war die Verletzung sehr groß. Aber anstatt diese in Wut oder sonstwas umzuwandeln und an die richtige Adresse zurückzuschicken, fraß ich sie in mich hinein, bildete mir ein, ganz gut damit klarzukommen, lebte ganz normal weiter mit Lucie zusammen in der Wohngemeinschaft, sah ihre Geliebten ein- und ausgehen, studierte weiterhin mit ihr zusammen und wußte gar nicht so recht, warum es mir eigentlich manchmal so schlechtging.

Wenn ich das jetzt alles so aufschreibe, stehen mir die Haare zu Berge. Wie untreu bin ich mir damals selbst geworden! Wie sehr hab' ich mich von mir entfernt, wie klein hab' ich mich machen lassen und selbst gemacht!

Als 'kleines Würstchen', das ich schon teilweise in der Beziehung zu Lucie war, gehe ich auch hinaus. Und ich glaube, es ist noch heute das 'kleine Würstchen' in mir, das Lucie dann und wann zur Raserei bringt - genauso wie es ihr Sich-auf-den-Sockel-Stellen ist, das mich tierisch nervt, wenn es mal wieder auftaucht. Diese Positionen haben wir in der kurzen Liebesbeziehung, die wir hatten, in extremen Formen erlebt, und ich wage mal die These, daß es heute noch immer um dasselbe, um oben und unten, Macht und Ohnmacht, geht, wenn wir uns mal wieder in den Haaren liegen."

Lucie: "Es stimmt, ich wollte 'von Bedeutung' für Lisa sein - konnte ihr dafür einen neuen Erfahrungsbereich eröffnen, mal wieder Impulse setzen. Bloß, mit dieser Rollenverteilung ist eine Liebesbeziehung nur kurzfristig aufrechtzuerhalten. Eigentlich wollte ich nicht die 'große Starke' sein, sondern wollte mich fallenlassen können und auch gefordert werden, ohne gleich Angst vor Liebesverlust haben zu müssen - die ich damals immer sofort hatte. Aber wir schafften es beide nicht, uns von den Bildern, die wir voneinander und von uns selbst hatten, zu lösen.

Das, was ich jetzt von dieser Zeit in Worte fassen kann, hatte damals absolut keinen Zugang zu meinem Bewußtsein - Frauen, die mich darauf hinwiesen, verstand ich nicht. Mein Ausweg war eine neue Affäre - da fühlte ich mich zunächst mal wieder sicher.

Nach dem Ende der Liebesbeziehung zu Lisa war mir klar, daß damit nicht alles vorbei sein würde. Das wollte ich nicht. Ich war froh, daß wir zusammen wohnten und arbeiteten. Es tat mir oft weh, wenn ich merkte, daß wir aneinander ziehen und zergeln, ohne uns wirklich zu begegnen. Aber das habe ich mir nicht anmerken lassen."

Wie es weiterging ...

- Mit der Jahreswende 1980, vier Monate nach der Trennung von Lucie, bekommt Lisa neuen Aufschwung. Sie entschließt sich, einen alten Traum in die Wirklichkeit umzusetzen: endlich mal eine lange Reise in ein fernes Land! Zusammen mit einer Freundin aus der Wohngemeinschaft plant sie ihren Amerika-Abflug für August.
- Lucie steckt in ihrer ersten großen L(i)ebenskrise, ihre neue Geliebte hat sich von ihr getrennt. Im April beginnt sie mit der Frauenhausforschungsarbeit.
- Zur selben Zeit lernt Lisa Christine kennen. Sie ist sofort Feuer und Flamme. Drei Wochen später "wird es dann endlich was"; beide merken, daß sie irre verliebt sind. Die Beziehung ist von Anfang an Himmel und Hölle zugleich, damals allerdings doch noch mehr Himmel, siebenter sozusagen.
- Lucie reagiert nicht besonders begeistert auf diese Beziehung. Lisa versteht das nicht und findet es unverschämt; nicht mal ihr Glück scheint Lucie ihr zu gönnen!
- Im August kehrt Lisa, wie geplant, Christine, Lucie und Hamburg den Rücken und fliegt nach Amerika.
- Lucie ist weiterhin im Frauenhaus engagiert, die Arbeit an dem Buchprojekt kostet viel Zeit und Energie. Im Februar 1981 verliebt sie sich in Silke.
- Schweren aber auch sehnsüchtigen Herzens kommt Lisa im März von ihrer Reise zurück. Die Beziehung zwischen Christine und ihr hat die siebenmonatige Trennung überlebt. Sie lieben sich weiterhin.

- Ebenso wie Lucie entscheidet sie sich, aus der Frauenwohngemeinschaft auszuziehen.
- Lisa beginnt, ihrer Umwelt zu vermitteln, was sich auf dieser Reise langsam herauskristallisiert hat: Sie ist lesbisch! Das war ihr vorher noch nicht so hundertprozentig klar. Lisa:

  "Ich glaube, so in dieser Zeit regt sich auch zum ersten Mal das Bedürfnis, meiner Mutter zu erzählen, was los ist. Ich erzähle ihr alles mögliche von der Reise, aber das Wichtigste, daß ich als Lesbe gereist bin, nicht!"

- Lucie macht ein Urlaubssemester und konzentriert sich ausschließlich auf das Frauenhaus und ihre Liebesbeziehung zu Silke. Zwischendurch überlegt sie gelegentlich, wie sie ihre Forschungsprojekterfahrungen an der Universität umsetzen kann.

Die beiden erinnern sich weiter ...

Lisa: "Nach meiner Rückkehr habe ich lange Zeit Eingewöhnungsschwierigkeiten. Viele Freundinnen sind mir fremd geworden. Lucie gehört zwar noch eher zu den vertrauteren, aber auch mit ihr ist es nicht mehr so wie früher. Aus Amerika hab' ich ihr einen mir ziemlich wichtigen Brief geschrieben, in dem es darum geht, wer und was sie für mich ist, welche Bedeutung sie hat. Der Brief ist eine Art Come-out Lucie gegenüber. Er soll sie darauf vorbereiten, daß ich als hundertprozentige Lesbe nach Hause kommen werde, und er enthält den Appell, mich so zu akzeptieren, mir mein Lesbisch-Sein abzunehmen, es nicht zu hinterfragen. Irgendwie wünsche ich mir von ihr eine Bestätigung, eine Art Absegnung. Ich schiebe ihr die Kompetenz zu, darüber zu entscheiden, ob ich eine 'richtige' Lesbe bin! Göttin, das ist mir richtig peinlich. Welche Macht über mich hab' ich ihr dadurch gegeben!

Die Stellungnahme, die ich von ihr erwarte, fällt ziemlich knapp und dürftig aus. Nach diesem Schritt nach vorn, den dieser Brief für mich bedeutete, pendelt sich unser Verhältnis wieder auf 'Normalnull' ein, nicht zu nah und nicht zu fern!"

Lucie: "Dieser Brief! Ich hatte ihn völlig vergessen, fand ihn jetzt aber wieder und las ihn noch mal. Mir war es im nachhinein noch sehr unangenehm, daß ich dazu damals nicht mehr gesagt habe - ja, ihn sogar vergessen hatte. Er erinnerte mich zu sehr an eine Rolle, die ich immer wieder hatte/habe und nicht mehr wollte/will: die 'Wegbereiterin', die 'Initialzündung' zu sein.

Mir ist wieder eingefallen, daß ich damals nach dem Lesen in mich hineinlächelte und sowas dachte wie: 'Jetzt ist es auch bei Lisa soweit'. Gleichzeitig hatte ich auch Angst. Hatte sie mich nun sozusagen 'überholt'? War ich jetzt überhaupt noch von Interesse bei all den neuen Inspirationen, die sie von ihrer Reise mitgebracht hatte, beispielsweise Astrologie oder ihre Auseinandersetzungen mit Lesbisch-Sein, die ich auf einer anderen Ebene als bei mir vermutete, viel spiritueller?

Ich war neugierig auf diese 'neue' Lisa und wollte abwarten. Erst jetzt lese ich in diesem Brief die vielen Angebote an mich, die ich damals nicht wirklich wahrgenommen habe, sondern mehr für Höflichkeitsfloskeln hielt.

Als Lisa aus Amerika wiederkam, waren wir uns sehr fremd, irgend etwas stand zwischen uns. Das hat mich ziemlich getroffen. Ich war enttäuscht, weil ich das Gefühl hatte, ich zähle als Mensch nicht mehr so viel für sie, weil wir ja auch nichts mehr zusammen machten. Es war ein unsichtbarer Schleier, den wir beide nicht zerreißen konnten. Welche Ansprüche konnte ich schon bei ihr geltend machen als verflossene Liebhaberin, die ihr auch noch wehgetan hat? Unsere Liebesbeziehungen zu Christine bzw. Silke ließen uns kaum Raum für andere Frauen, wenn uns nicht die Arbeit mit ihnen verband. Eine andere Schwierigkeit war das Verhältnis zwischen Christine und mir. Wir konnten uns nicht besonders gut leiden. Ich fühlte mich in einer eigenartigen Weise für Lisa verantwortlich, wollte, daß sie mit einer Frau zusammen ist, die ihr guttut. Und das Gefühl hatte ich nicht immer. Ich habe diese Zweifel dann beiseite geschoben, weil ich dachte, vielleicht bin ich ja nur eifersüchtig. Später habe ich die beiden ein wenig dafür bewundert, daß sie so lange eine Beziehung haben konnten."

So ungefähr ist der Stand unserer Beziehung, als ...

... wir überlegen, zusammen zu forschen

Im Oktober 1981 treffen wir uns im Forschungsseminar, das zur Anleitung und Betreuung von Examensarbeiten dient, wieder.

Lisa will mit Frauen über Frauen schreiben. Ein Thema, das sie im Kopf hat, ist das Verhältnis zwischen Müttern und Töchtern, wenn die Töchter feministisch werden. Lucie kann sich vorstellen, mit Lisa über dieses Thema zu schreiben, allerdings mit einer kleinen Veränderung: Statt *feministisch* soll es *lesbisch* heißen. Zu diesem Zeitpunkt hat Lisa sich (noch) nicht getraut, den Titel genau so zu bezeichnen, wie sie sich das eigentlich dachte. Außerdem erschien es ihr auch zu illusionär, wirklich "darüber" zu schreiben. Diese Idee nimmt erst Formen an, als sie mit Lucie darüber redet, die an *diesem* Thema auch interessiert ist. Mit ihr zusammen kann Lisa sich eine Lesben-Arbeit vorstellen. Lucie ist sofort begeistert von dem Thema. Es hat mit ihr zu tun, mit ihrer lesbischen Lebensrealität, und es scheint ihr auf günstige Weise die Postulate der Frauenforschung zu vereinbaren.

Doch aus Lucies und Lisas Vorgeschichte wird deutlich, daß sie sich gut überlegen müssen, ob sie zusammen schreiben können oder nicht! Sie überlegen...

Was Lisa bei einer Zusammenarbeit mit Lucie befürchtet:

"Einmal ist da meine grundsätzliche Angst, daß ich, wenn ich mit jemandem zusammen schreibe, das Ganze nicht mehr so machen kann, wie ich will. Das ist klar und erstmal nichts Schlechtes, bloß ...

- ... gerade mit Lucie befürchte ich, daß es aufgrund unserer alten Beziehungsstruktur zu Machtkämpfen, Durchsetzungskraftakten u.ä. kommen kann, in denen ich mich letztendlich verlieren sehe. Ich habe Angst, untergebuttert zu werden.
- Irgendwie habe ich das unbestimmte Gefühl, daß Lucie und ich verschiedene Vorstellungen von Thema, Vorgehensweise, Aufbau der Arbeit usw. haben.
- Diese Bedenken fußen teilweise auf meinem Gefühl, daß Lucie zu diesem Zeitpunkt eine völlig andere Einstellung zu ihrem Lesbisch-Sein hat als ich und viel mehr dazu steht. Ich befürchte, daß sie meine Widersprüche und Zweifel abbügelt, daß sie keine 'Schwäche' von mir akzeptieren kann. Und gerade damit will ich mich ja in der Arbeit auseinandersetzen!
- Zu diesem Zeitpunkt zweifle ich auch daran, daß unsere emotionale Basis solche Schwierigkeiten verkraften können wird. Ich spüre Distanz und habe oft das Gefühl, keinen 'richtigen Draht' zu Lucie zu bekommen.
- Nicht zuletzt befürchte ich unterschiedliche Vorstellungen über den Abgabetermin der Arbeit. Lucie scheint die Sache schneller durchziehen zu wollen. Ich habe Angst, in Zugzwang zu kommen und z.B. Uni-Veranstaltungen dafür aufgeben zu müssen."

Was für Lisa dafür spricht, mit Lucie zusammen zu schreiben:

"Nach einigen Auseinandersetzungen, die wir in dieser Entscheidungsphase haben, bekomme ich doch das Gefühl von einer gemeinsamen Basis, auf der wir die auf uns zukommenden Schwierigkeiten schon werden angehen können. Ich bin zuversichtlich. Außerdem will ich gern wieder etwas Kontinuierlicheres mit Lucie zu tun haben. Das Thema liegt mir sehr am Herzen, und mit ihr zusammen kann ich darüber schreiben."

Was Lucie bei einer Zusammenarbeit mit Lisa befürchtet und erwartet:

"Ich wußte, daß wir unsere frühere Geschichte noch nicht verarbeitet hatten und daß wir leicht mal Konflikte haben könnten: Ich sah mich schon als diejenige, die immer klein beigibt, damit wir uns nicht völlig zerstreiten und unsere Arbeit scheitert. Andererseits merkte ich, daß ich gern mit Lisa arbeiten wollte und gleichzeitig Klärung zwischen uns anstrebte. Es war mir wichtig, mein Verhältnis zu ihr wieder zu intensivieren, ich wollte eine alte Freundin nicht einfach verlieren. Bei unseren ersten Gesprächen merkte ich, daß wir beide anders geworden waren, offener für Kritik, selbstkritischer und gleichzeitig selbstbewußter - aber da war auch etwas wie: immer noch die alten Bilder voneinander in den Köpfen haben und sich schwer tun, die neue andere zu sehen. Trotz alledem wollte ich mit Lisa schreiben und war mir irgendwann auch sicher, daß es gehen würde. Mir war klar, daß wir manche Schwierigkeiten zu überwinden hätten, aber ich wollte mich auf dieses Abenteuer einlassen."

Nach einigem Hin und Her wiegt die Anziehungskraft einer Zusammenarbeit doch viel schwerer als alle Bedenken. Beide entschcidcn sich *für* das Experiment. Nach der Vorgeschichte über Lisas und Lucies Beziehung ist auf den folgenden Seiten zu lesen, was jede in bezug auf das Thema mitbringt.

Lisa: "Wenn sie das nicht weiß, weiß sie nichts von mir!"

Das Bedürfnis, meiner Mutter zu erzählen, daß ich lesbisch bin, wird mit meiner Rückkehr aus Amerika geboren. Erst als ich für mich klar habe, was ich leben will, möchte ich mit ihr darüber reden. Ich hatte keine Lust, sie an der Entwicklung, an meinem In-der-Luft-Hängen und all dem, was vor der Reise war, teilhaben zu lassen; aber von dem Ergebnis wollte ich sie unbedingt wissen lassen. Vielleicht war das Bedürfnis auch deshalb so groß, weil ich meiner Mutter und allen anderen Leuten, die diese langsame, schrittweise Erkenntnis ja nicht mitbekommen hatten, wenigstens jetzt klarmachen wollte, daß ich mich verändert hatte. Platt gesagt: Ich bin als eine losgefahren, die in der Luft hing, und als Lesbe wiedergekommen. Von dem, was sich für mich über lange Zeit entwickelt hatte, wollte ich den anderen jetzt wenigstens die verkürzte Form vermitteln.

Da gab es sicherlich auch den irrationalen Wunsch, als vollkommen neue Frau von der Reise zurückzukehren. Die Reise sollte es ja bringen! Ich wollte meiner Umwelt eine wie ausgewechselte, tolle Traum-Lisa präsentieren und mich darin bestätigen lassen. Lesbisch-Sein als Identitäts-"Krücke"?

Auch meine Mutter sollte wissen, daß ich "anders" geworden war - obwohl ich wußte, daß sie nicht begeistert sein würde! In diesen ersten Monaten nach meiner Reise beschäftige ich mich viel damit, daß ich's ihr sagen will, wie ich's ihr sagen will. Ich träume davon:

> "Meine Schwester schreibt mir einen Brief, in dem es um ihren Besuch in Hamburg geht. Irgendwo unten in der Ecke, kurz vor Schluß, fragt sie, ob ich wirklich lesbisch bin. Während ich den Brief lese und bei dem Wort zusammenzucke, liest meine Mutter, hinter mir stehend, mit. Ich habe ein sehr schlechtes Gewissen, fühle mich ertappt,

schuldig. Sie ist geschockt. Ich glaube aber, wir verstecken unsere Gefühle voreinander und lesen darüber hinweg. Als ich aufwache, ist das Gefühl 'oh Gott, jetzt weiß sie's!' hautnah." (Tagebuchnotiz, Mai 1981)

Meine Mutter macht damals öfter so scherzhafte Bemerkungen darüber, daß ich die Männer ja wohl nicht leiden könne und wohl nie was mit einem haben würde... Ich spüre ihre Neugier und sehe ihre hilflosen Versuche, etwas über mich zu erfahren. Ich bleibe stumm - und schreibe im Juni 1981 lieber einen Brief in mein Tagebuch, der eigentlich an sie gerichtet ist:

"Liebe Mutti!
Du hast mich gerade angerufen, und ich hab' mich echt darüber gefreut. Wir haben über dies und jenes geredet, Wichtiges und weniger Wichtiges, auf eine Art, wie wir es noch gar nicht so lange tun, nicht mehr wie große Mutter und kleine Tochter, sondern irgendwie gleichberechtigter. Mutti, ich merke immer wieder, daß Du wissen möchtest, wie ich lebe, wen ich liebe. Es läuft immer über diese scherzhafte Ebene, darüber, daß ich ja nicht heiraten will; aber Du schneidest sie so oft an, daß ich allmählich nicht mehr ausweichen kann und will. Ich möchte Dir erzählen, Mutti, obwohl ich unwahrscheinliche Angst vor Deiner Reaktion habe. Ich finde es aber auch nicht gut, daß Du nicht weißt, was für ein Leben Deine Tochter führt. Wir haben leider nie offen miteinander geredet, ich würde es zu gern können. So bleibt nichts als dieses verdammte Schreiben.
Ich lebe mit Frauen zusammen, wir reden über unsere Rolle als Frauen, arbeiten in Frauenprojekten, und ich habe das Gefühl, daß ich mit ihnen weiterkomme. Es sind nicht nur die Frauen aus meiner Wohngemeinschaft oder aus dem Frauenhaus, es ist eine ganze Bewegung, die auf der Suche nach einem neuen Weg ist, die unzufrieden ist mit dem Leben, das sie führen soll. Wir wollen raus aus dem engen Rahmen, der für uns zugeschnitten ist. Wir wollen auch keine *Gleich*berechtigung mit Männern, das ist ein häufiges Mißverständnis. Ich glaube eher, daß zu viele Menschen mit ihrem Leben auf dem Holzweg sind und vieles damit zusammenhängt, daß wir in einer Gesellschaft leben, in der männliche Prinzipien und frauenfeindliche Normen vorherrschen. Wir machen da nicht mehr mit! Ich fühl' mich einfach wohler mit Frauen. Ich vermisse keinen einzigen Mann. Mutti, Du hast mir immer gesagt, ich solle mich vor ihnen in acht nehmen; sie wollen doch immer nur 'das eine'. Damals hab' ich Dir nicht geglaubt - jetzt hoffe ich, daß Du mir glaubst und versuchst, mich zu verstehen. Ich hab' zwar nicht allzu schlechte Erfahrungen mit Männern gemacht, aber sie können ganz einfach nicht an die mit

> Frauen ranreichen, es fehlt ganz einfach was! Mutti, ich liebe diese Frauen auch. Im Moment nur eine, und zu der hab' ich schon seit über einem Jahr eine feste Beziehung, die mir sehr wichtig ist. Ich kann in dieser Beziehung viel mehr ich selbst sein als in allen Beziehungen zu Männern zusammen. Es gibt noch viel zu entdecken, mich als Frau. Und ich bin stolz und glücklich, daß ich eine bin und andere lieben kann!"

Was ich inzwischen (Mai 1983) am deutlichsten aus diesem nie abgesandten Brief herauslese, ist der Wunsch, daß sie mich versteht. Ich versuche, ihr zu erklären, *warum* ich so lebe und rechtfertige mich dafür. Ich sage nicht einfach: "Ich bin Lesbe, und das ist toll so!", sondern führe den ganzen feministischen Überbau als beweiskräftiges Argument an. *Das* muß sie doch einsehen!

"Wie sag' ich's meiner Mutter?" ist einfach mein Thema im Sommer 1981. Ich rede mit vielen Lesben darüber und begreife, daß es nicht nur für mich problematisch zu sein scheint.

Im Oktober nehme ich meinen ersten Anlauf: Nach dem beeindruckenden Vorbild einer amerikanischen Freundin, die nach einer Europareise auf der Hochzeit ihrer Schwester verkündet, daß sie nun lesbisch sei, nehme ich mir vor, die Verlobungsfeier meiner Cousine für ähnliche Zwecke zu nutzen. Ich halte das Ganze für eine günstige Gelegenheit, meine Mutter mal in einer anderen Umgebung als meinem Elternhaus und in einer anderen Stimmung als der alltäglichen anzutreffen. Ich hab's mir fest vorgenommen; es soll endlich über die Bühne gehen! Gegen Mitternacht erwische ich sie während einer Tanzpause irgendwo allein, fasse mir ein Herz und stelle ihr die unglückliche Frage: "Wie findest du's eigentlich, daß ich nichts mehr mit Männern zu tun hab'?"

Ich frage, anstatt zu sagen! Ich schiebe ihr die Verantwortung zu, etwas aus der Situation zu machen. Ich überlasse ihr die Entscheidung, mir mein Come-out zu ermöglichen oder nicht. Ich konfrontiere sie nicht. Natürlich wählt auch sie den einfacheren Weg, weicht aus und sagt irgend etwas in Richtung: "Na, gut find' ich das nicht, aber du mußt das ja wissen. Das ist doch bestimmt nur eine Phase; wenn dir erstmal andere Männer begegnen ..." Peinlichkeit macht sich zwischen uns breit. Was sie nicht ausspricht, ich aber trotzdem höre, ist: "Oh Gott, nicht darüber sprechen! Ich will das gar nicht so genau wissen. Laß mir meine Illusion!" Dabei spüre ich eine Mauer zwischen uns, so kalt und undurchdringlich, wie ich sie noch nie gespürt habe. Ich gebe auf. In einem Brief an eine Freundin schreibe ich einen Tag später:

> "Ich möchte so gern mit meiner Mutter reden, darüber, wie's ihr wirklich geht und wie's mir wirklich geht. Wir wissen sehr wenig voneinander, reden über Pulloverstrickmuster und haben nie über was Wichtiges geredet. Ich möchte ihr so gern erzählen, daß ich seit zwei Jahren Frauenbeziehungen lebe und daß das ganz viel von mir

ausmacht. Denn ich höre an allen Ecken und Enden zwischen den Zeilen heraus, daß es ihr langsam unheimlich wird mit mir, so ohne Typen. Ich denke, sie ahnt, daß ich Frauen liebe, ich erzähl' ja auch nichts mehr von Männern. Aber es war schon immer tabu bei uns, über die wirklich wichtigen Dinge zu reden. Wie soll ich es da fertigbringen, ihr zu erklären, daß ich in ihrem Sinne in einer so wichtigen Beziehung nicht 'normal' bin!? Auf der anderen Seite hab' ich es satt, mich zu verstecken und Theater zu spielen. Es ist sehr frustrierend. Ich hatte mir für diesen Besuch eigentlich vorgenommen, 'es' ihr zu sagen. Aber ich merke immer mehr, daß es nicht so einfach geht. Vielleicht akzeptiere ich es auch selbst noch nicht genug, kann nicht voll dazu stehen. Wie soll ich auch, nach zwanzig Jahren Hetero-Leben?! Aber da ist auch so was wie wachsende Sicherheit in mir, daß das der richtige Weg ist für mich! Sonst würde ich ja auch gar nicht das Bedürfnis haben, meine Mutter vor so vollendete Tatsachen zu stellen."

Nach diesem Frust begrabe ich das Thema nicht, sondern will jetzt erst recht wissen, warum das Ganze so schwierig ist. Kurz darauf beginnt das Semester, und ich komme auf die Idee, darüber meine Forschungsarbeit zu schreiben. Zu diesem Zeitpunkt entspringt die Arbeit sozusagen direkt meinem Alltag, hat ganz viel mit dem konkreten Bedürfnis zu tun, meiner Mutter von meinem Lesbisch-Sein zu erzählen.

Was mich zusätzlich an dem Thema lockt, ist:

- ... die Möglichkeit, Frauenforschung zu machen, denn schon auf den ersten Blick erfüllt es ziemlich viele Frauenforschungspostulate (Maria Mies 1978). Dadurch daß das Thema aus meiner eigenen Realität heraus entstanden ist, bin ich Betroffene und Forscherin zugleich. Die Auseinandersetzung mit dem Thema könnte ihren konkreten Ausdruck in einem tatsächlichen Come-out finden. Dadurch wirkt es auf Veränderung hin und bleibt keine Schubladenforschung, könnte vielleicht auch anderen Frauen Anstöße geben.
- ... die Möglichkeit, meine Arbeit als Lesbe zu schreiben und mich mit mir und meinem Lesbisch-Sein auseinanderzusetzen. Ich spüre, daß es viel von mir ausmacht, aber was? Ich spüre, daß es mich verändert hat, aber wie? Ich spüre, daß ich Schwierigkeiten damit habe, aber warum?
- ... der Wunsch, offener und konfrontierender mit meinem Lesbisch-Sein umzugehen, was ein unvermeidbares Nebenprodukt der Arbeit sein wird!

- ... die Möglichkeit, das, was sowieso Thema bei mir ist, auch zum Forschungsarbeitsthema zu machen und dadurch die Energie, die ich in die Arbeit stecke, auch für mich zu nutzen. Das Thema bin ich!

Das Ausweiten dieses Themas auf eine Forschungsarbeit erfüllt natürlich auch die Funktion, ersatzweise für meine Mutter einer unbekannten LeserInnenschaft meine lesbische Identität zu erklären. Die Situation ist leicht paradox; ähnlich der, ein Buch herauszugeben, das sich mit der Angst, ein Buch zu veröffentlichen, beschäftigt. Das Schreiben und Veröffentlichen der Arbeit ist also schon ein Schritt in die Richtung, über die ich schreibe. Vielleicht liegt darunter auch so ein Motiv wie Selbstüberlistung. Ich kann mir vorstellen, daß es irgendwann einen Punkt gibt, wo ich's meiner Mutter einfach sagen *muß*, z.B. wenn sie mich nach meiner Forschungsarbeit fragt.

Was ich bei diesem Thema befürchte:

- Was auf der einen Seite ein Reiz ist, ist auf der anderen ein Risiko: über mich schreiben. Ich befürchte, mich in der Betroffenheit vom Thema zu verlieren und nicht genügend Distanz halten zu können, um darüber zu schreiben. Mach' ich's mir dadurch nicht unendlich schwieriger?
- Ich befürchte, daß das Ganze zu persönlich wird, ich mein Innen- und Intimleben auf die universitären Bibliotheksregale stelle und mich während des Schreibens ständig fragen muß, ob das nicht doch zu weit geht.
- Ich befürchte, die Arbeit mal irgendwann meinen Eltern zeigen zu müssen - und dabei auf der Stelle tot umzufallen!

Bei Lucie ist das etwas anders

Mein Verhältnis zum Thema selbst war bei mir zunächst zweitrangig. Bezug hatte ich - das merkte ich am Kribbeln. Doch was das genauer bedeutete, wußte ich nicht. Da wollte ich mich auf einen Prozeß der Findung, des Sichtbarwerdens einlassen. Mein Wunsch, mich meiner Mutter zu offenbaren, war nicht so ausgeprägt wie bei Lisa. Ich war viel abwartender, vorsichtiger. Ich hatte eine andere Geschichte mit meiner Mutter und meinem Come-out.

Bei näherem Hinsehen entsprach meine Angst vor einem Come-out den Gefühlen, die Kate Millet in "Fliegen" beschreibt:

> "Ein Come-out in den Medien. Öffentlich schwul vor Millionen in den Zahnarztpraxen. Eine Lesbe in dreiundneunzig Sprachen. Der Time-Artikel wühlte die Scheiße auf und bespritzte damit die Bewegung.

> Und ich ein Stock, mit dem man anderen Frauen drohen konnte. Und der Schmerz, den meine Mutter empfand. Meine Schuldgefühle ihr gegenüber eine bessere Rache als jede Beschimpfung. Ein Massaker." (1983, 30)

So ein Massaker wollte ich nicht! Lange Jahre ist es mir gelungen, diese beschämende Situation zu umgehen. Ich vertrat sogar offen, daß ich das Verhältnis zu meiner Mutter längst ad acta gelegt hatte, weil ich den ständigen Streit mit ihr satt hatte. Ich grenzte mich von ihr ab, gab mich nett. "Sie ist eben viel zu alt (Jahrgang 1913) und kann mich nicht begreifen; ich führe mein eigenes Leben, sie spielt keine Rolle mehr für mich." Das dachte ich jedenfalls, nachdem ich sie vor Jahren aus meinem Leben gekickt hatte, als ich die erste Beziehung zu einer Frau einging.

Zu dieser Zeit, das war im Frühjahr 1976, wohnte ich noch zu Hause, meine Freundin kam oft zu Besuch, übernachtete auch bei mir. Wir spielten Verstecken mit meinen Eltern, sie durften uns ja nicht erwischen, das war uns beiden irgendwie klar. Ich erinnere noch gut, daß es in der Zeit Tage gab, an denen ich aus dem Fenster meines Zimmers starrte und hin und her überlegte, ob ich "es" nun erzähle; es brannte mir auf der Seele, ich wollte diese für mich so irrsinnige Erfahrung mitteilen, meine Mutter und meinen Vater daran teilhaben lassen. Ich malte mir aus, wie sie reagieren würden - und kam zu dem Schluß, daß es furchtbar wäre. Dazu kam, daß meine Freundin noch minderjährig war - womöglich drohte mir Strafe. Auf jeden Fall würde es einen Skandal geben; und was würden die anderen im Verein sagen (wir spielten dort beide Handball und machten Jugendarbeit)? Ich hatte nie etwas darüber gehört und gelesen, was mit lesbischen Frauen passiert, wenn sie sich offen zeigen; aber das war es vielleicht gerade, woraus ich schloß, daß es bestimmt gefährlich wäre. Außerdem stellte ich fest, daß ich mit meinen Eltern schon seit Jahren über nichts von Bedeutung für mich gesprochen hatte - warum sollte ich es jetzt tun? Um von diesen qualvollen Gedanken loszukommen, entschied ich mich, nicht mit meiner Mutter oder meinem Vater zu reden. Gefühlsmäßig hätte ich es eher noch mit meinem Vater gekonnt, aber auch das wollte ich nicht. Ich hatte Angst, verletzt zu werden, erwartete kein Verständnis von den beiden.

Außerdem merkte ich auch, daß es mir Spaß brachte, so etwas Verruchtes, Abenteuerliches zu tun. Ich fand Gefallen daran - ich wollte ja schon immer was Besonderes sein, und jetzt war ich es, wenn auch im Dunkeln. Mit diesem Entschluß war verbunden, daß ich auch sonst nirgendwo mein Leben offenbarte; nur meine besten Freundinnen wußten davon und die wenigen Freunde. Damit tröstete ich mich auch - mir wirklich wichtige Menschen wissen ja, wie ich bin.

Zwei Jahre später zog mich die Frauenbewegung endgültig in ihren Bann. Über meine Schulfreundin Sarah hatte ich schon viel davon gehört, war aber immer sehr distanziert geblieben. Mir reichte, was ich von Sarah mitbekam, was sie über Frauenunterdrückung sagte, von Lesben und ihrer Lesben-Wohngemeinschaft erzählte. Ich fühlte mich bei ihr und in ihrer Wohngemeinschaft wohl, aber für mich konnte ich mir das zunächst nicht vorstellen. Es erschien mir alles zu chaotisch und in eigenartiger Weise auch bedrohlich, wenn ich dies auch hinter zur Schau gestellter kritischer Distanz verbarg. Mit Beginn meines Studiums änderte sich das. Ich machte mich selbst auf die Suche nach meiner Frauenidentität. Uni-Frauengruppe und Frauenwohngemeinschaft waren die ersten Schritte. Als nächstes stürzte ich mich in die "Frauenkneipe", den Frauenbuchladen, dann ins Frauenhaus, schließlich ins Buchprojekt. Ich lernte, daß es wichtig ist, meine Umwelt mit mir und meiner Identität zu konfrontieren. Ganz langsam schuf ich mir Zusammenhänge, in denen ich offen zu meinem Lesbisch-Sein stehen konnte, traute mich langsam, "es" zu sagen, obwohl es mir immer wieder schwer genug fiel. Letztlich blieben noch meine Familie und der Sportverein übrig. Ein Come-out im Sportverein verschob ich. Ich dachte, irgendwann werde ich es schon sagen können. Ich machte mir klar, daß es sehr schwer ist, gerade "das" von sich zu erzählen, und wollte Geduld mit mir haben.

Meine Eltern wollte ich nach wie vor nicht konfrontieren. Es tat mir oft gut, daß sie nicht mehr von mir wußten. So konnte ich unbefangen, ohne Angst vor lästigen Fragen zu ihnen gehen und mich dort erholen, was ich oft nötig hatte.

1979 fragte mich meine damalige Geliebte, wie ich das denn mit meinen Eltern überhaupt aushalten könnte. Sie könne sich gar nicht vorstellen, ihren Eltern nichts zu erzählen, dazu wäre "es" zu wichtig für sie. Sie fuhr dann zu ihren Eltern und erzählte ihnen von der Beziehung zu mir. Für mich, und heute denke ich auch für unsere Beziehung, war die Reaktion ihrer Mutter furchtbar. Sie sagte so etwas wie: Wenn sie sich vorstellen würde, den Busen ihrer Freundin zu streicheln, ekelt es sie. Oh, diese Schande, diese Schmach, sie blieb nicht ohne Auswirkung auf uns. Für mich war danach klar, daß ich diesen Schritt nicht machen würde. Ich könnte es nicht ertragen, auf all diese Ablehnung und Vorurteile zu stoßen. Aber ich begann, mich mehr mit meiner Familie zu beschäftigen. Ich blätterte Fotoalben durch und dabei wurde mir klar, welche Sicherheit mir meine Eltern bedeuteten, daß es gut war, daß sie mich immer meine Sachen haben machen lassen. Ich verlor den Groll auf meine Mutter, wurde verständnisvoller ihr gegenüber, weil ich feststellte, daß ich sie genau für das gehaßt und verachtet hatte, wofür ich jetzt als Feministin eintrat. Mit anderen Frauen war ich viel nachsichtiger, konnte mir erklären, warum sie so und nicht anders sind - nur bei meiner Mutter war ich es nicht. Das änderte sich, ich wurde weniger aufmüpfig zu Hause, war netter, interesssierter. Meine Mutter übrigens auch - selbst wenn wir weiterhin über relativ belanglose Dinge redeten (Strickmuster, Kochrezepte usw.). Und sie versorgte mich wie eh und je mit Marmelade, Kaffee und Butter.

Danach vergingen ungefähr zwei Jahre, bis Lisa mir erzählte, zu welchem Thema sie gern ihre Forschungsarbeit schreiben würde. Es rührte sich was in mir: Sollte ich "es" vielleicht doch noch schaffen? Ginge es über diesen Rahmen, noch ein Stück mehr für mein Selbstverständnis zu tun und meine Angst zu überwinden -

sozusagen Forschungsarbeit als Therapie? Letztlich könnte ich mich ja auch trotz allem gegen ein Come-out entscheiden, wenn ich kein gutes Gefühl dazu hätte, es mich überfordern sollte. Damit beruhigte ich mich. Heute ist mir klar, daß schon die Entscheidung für dieses Thema ein Come-out-Schritt war: Wir mußten ja nun überall erzählen, zu welchem Thema wir schreiben, und manchmal war es nicht einfach. Ein großes Kribbeln erfüllte mich, wenn ich nicht von vornherein die Reaktionen abschätzen konnte. Lange Zeit habe ich gehofft, daß mich niemand fragt, worüber ich meine Forschungsarbeit schreibe. Meine Eltern fragten übrigens nie.

Für mich stand die Frage nach dem Come-out der Mutter gegenüber immer im Zusammenhang mit einem Come-out überhaupt in allen Lebensbereichen. Mir schwebte als Ziel vor Augen, mal unbefangen in allen Situationen zu meinem Leben zu stehen, mehr Mut zu haben, mich gegen frauen- und lesbenfeindliche Äußerungen zu wehren und nicht still zu bleiben, wenn mir der Rahmen zu gefährlich erscheint. Ich wollte raus aus dem Dunkel der Nacht, der Subkultur, wollte als Lesbe das Tageslicht erblicken. Außerdem hatte ich noch ein besonderes Interesse:

Ein sehr entscheidender Grund für mich, bei diesem Thema mitzuarbeiten, war ein forschungstheoretischer. Ich war nach einigen Überlegungen davon überzeugt, daß dieses Thema geradezu prädestiniert für Frauenforschungsansätze sei und sie dort leichter umzusetzen wären als beispielsweise im Frauenhausforschungsprojekt.

Ich habe Lisa davon damals nie etwas gesagt. Ich vermutete bei ihr völlig andere Vorstellungen zu Forschung als bei mir bzw. unterstellte ihr, daß es ihr nicht so wichtig sei. Ich traute mich nicht, eine Forschungstheorie-Diskussion mit ihr zu führen; zum einen, weil ich solche Diskussionen oft genug geführt hatte, mit den Ergebnissen selten zufrieden war und lieber konkret arbeiten wollte, und zum anderen, weil ich mich mit meinen Erfahrungen nicht in den Vordergrund stellen und Lisa damit nicht erschlagen wollte - im nachhinein ein äußerst zweifelhaftes Vorgehen, weil ich Lisa da etwas vorenthalten habe in der Absicht, ihr zum einen ihre Befürchtungen nicht zu bestätigen und zum anderen, um mich auf meinem somit nicht hinterfragbaren Erfahrungsschatz ausruhen zu können.

Erste Annäherungsversuche

Das Thema hängt zu Beginn der Arbeit ganz eng mit dem Come-out der Mutter gegenüber zusammen. Wir taufen es vorläufig: "Wie sag ich's meiner Mutter?" Rückblickend ist uns jedoch deutlich geworden, daß es schon zu diesem Zeitpunkt ein viel übergreifenderes Coming-out meint.

Daß wir genau damit Schwierigkeiten haben, zeigt sich schon allein an unserem Umgang mit dem Thema. Es fällt uns gar nicht so leicht, das erste Papier fürs

Forschungsseminar so zu formulieren, daß daraus ersichtlich wird, daß wir über unser eigenes Lesbisch-Sein schreiben:

> "In unserer Arbeit möchten wir der Frage nachgehen, warum viele lesbische Frauen (uns eingeschlossen) Schwierigkeiten damit haben, ihre Mütter über ihre L(i)ebensweise aufzuklären. Welche Erwartungen, Befürchtungen und Ängste spielen eine Rolle? Was passiert, wenn sie (wir) es tatsächlich tun? Wie reagiert die Mutter? Welche Veränderungen gibt es nach dem 'Come-out' bei der Mutter, bei der Tochter, in ihrer Beziehung zueinander? Wir möchten insofern eine Prozeßarbeit schreiben, als wir unsere eigene Entwicklung in bezug auf das Thema nicht aus den Augen verlieren wollen. Auch sonst beabsichtigen wir, uns an die Postulate der Frauenforschung, von denen die eigene Betroffenheit eines ist, zu halten. Wir möchten demnächst einmal im Forschungsseminar über unsere Probleme und Vorstellungen zu diesem Thema reden. Geschrieben ist bisher noch nichts, wir befinden uns in der Denkphase."

Damals sind wir noch sehr zurückhaltend. Wir jubeln "es" den SeminarteilnehmerInnen mehr oder weniger geschickt unter, indem wir das für uns eigentlich Wichtigste in Klammern setzen, um es wie eine kleine Randbemerkung fallenzulassen (nach dem Motto: "Übrigens, wir sind auch lesbisch!").

Hingegen drückt das kleine, auch in Klammern gesetzte "i" bei L(i)ebensweise schon zu diesem Zeitpunkt aus, daß unser Lesbisch-Sein mehr als eine sexuelle Präferenz ist. Was wir damals mit diesem Wort gar nicht so bewußt, sondern eher intuitiv formuliert haben, entpuppt sich später als ein zentraler Punkt der Arbeit.

Lisa: "Das tatsächliche Come-out im Forschungsseminar erleichtern wir uns dadurch, daß wir in einer Sitzung, in der nur sehr wenig Leute anwesend sind, die Gelegenheit beim Schopf packen, um über unser Thema und unsere Vorstellungen zu reden - auch hier der Weg des geringsten Widerstandes. Aber nachdem diese Hürde einmal genommen ist, macht es uns in diesem Rahmen nie wieder solche Schwierigkeiten, über unser Thema (und das impliziert ja: über unser Lesbisch-Sein) zu reden. Ich bin nach dieser Sitzung so froh über den guten Verlauf, daß ich unter das Protokoll schreibe: 'Bemerkenswert war noch die gute Atmosphäre im Seminar, obwohl der anfangs kleine Kreis sich immer mehr erweiterte.' Heute (Juni 1983) denk' ich: 'Scheiße! Muß ich dankbar dafür sein, daß sie nicht gleich wie die Hyänen über mich herfallen? Das habe ich doch gar nicht nötig! Wieso gebe ich ihnen diese Macht?' Wie ist eigentlich meine eigene Einstellung zum Thema, wenn ich davon ausgehe, daß andere so entsetzt darüber sein können; wenn ich erleichtert darüber bin, daß sie's nicht sind? Anfangs jedenfalls, also in diesem Winter 1981/82, sieht es mit meiner Einstellung nicht so gut aus. Das Thema beschert mir nicht selten peinliche Situationen (so empfinde ich es damals jedenfalls), die ich mir ja zu allem Überfluß auch noch selbst eingebrockt habe. Ich vermeide tunlichst, Gespräche mit MitstudentInnen aus früheren Semestern auf das Thema 'Forschungsarbeit' zu bringen. Früher oder später kommt dann nämlich die Frage: 'Und worüber schreibst *du*?!'

Wenn diese Frage allen Ablenkungsmanövern zum Trotz mal fällt, sage ich zu dieser Zeit meist 'über Mütter und Töchter' - und fühle mich mies dabei! Es ist zwar nicht direkt gelogen, aber auch höchstens die halbe Wahrheit. Und dabei wollte ich doch über ein konsequentes Lesbisch-Sein schreiben!

Anfangs kommt über das Thema und mein Umgehen damit jedenfalls erstmal heraus, wie zurückhaltend ich damit bin, wie wenig konfrontativ, wie sehr ich ein Come-out von den zu erwartenden Reaktionen meines Gegenübers abhängig mache. Wenn ich mich einigermaßen sicher fühle, sage ich nämlich schon die ganze Wahrheit. Ich bin erstaunt, als ich merke, daß es Lucie auch nicht so leicht fällt, wie ich gedacht hatte. Meine Befürchtung, mit dieser Schwierigkeit des Nicht-voll-dazu-Stehens allein zu sein, kriegt ihren ersten Knacks."

In der bereits erwähnten Forschungsseminar-Sitzung fällt auch zum ersten Mal die Frage, wie wir es denn eigentlich mit unseren Vätern halten. Sind sie vollkommen von unserer Fragestellung ausgeschlossen? Wenn ja, warum? Können wir sie einfach so außen vor lassen und uns nur auf die Mütter konzentrieren? Ja, wir können! Wir haben uns das Thema bis jetzt immer in bezug auf die Mütter gedacht und stolpern auch erst jetzt darüber, daß wir die Väter ganz "vergessen" haben. Warum das so ist, ist eine andere Geschichte, auf die wir später eingehen. Was außerdem in dieser Sitzung wichtig war (Auszug aus Lisas Protokoll):

> "Warum gerade die Mutter bei diesem Öffentlich-Machen eine so zentrale Rolle spielt, war dann die nächste Frage. Es wurde gemutmaßt: *Sie* ist aufgrund ihrer Mutterschaft die Verkörperung der typischen über den Mann definierten Frau und übernimmt damit stellvertretend die Funktion der gesamten heterosexuellen Gesellschaft. Die emotionale Verbindung zu ihr bewirkt auf der einen Seite das Bedürfnis, sich ihr anzuvertrauen, auf der anderen die Angst, ihre Erwartungen an eine 'normale' Tochter zu frustrieren. Frau muß schon eine gewisse Sicherheit haben, auf dem richtigen Weg zu sein, um dieses Risiko einzugehen. An diesem Punkt ist wichtig, daß wir uns selbst fragen, warum wir unseren Müttern davon erzählen wollen, welcher Impuls so stark ist, daß wir unsere Energie sogar in eine Forschungsarbeit darüber stecken.
> Vor dem Hintergrund der Frauenbewegung bedeutet Lesbisch-Sein nicht nur sexuelle Orientierung, sondern ist eine Lebensweise. Wenn unsere Mütter darüber nicht informiert sind, wissen sie nichts von uns!
> Das Bedürfnis zu erzählen, könnte auch als ein Versuch angesehen

werden, der Mutter Rückmeldung darüber zu geben, wie ihre Tochter mit der an sie herangetragenen Frauenrolle umgegangen ist. Es kamen verschiedene Erklärungsmodelle zur Sprache, bei denen die Beziehung zur Mutter einen wichtigen Punkt für das Lesbisch-Werden der Tochter ausmacht. Es gibt die These, daß Mütter, die die Frauenrolle stark verinnerlicht haben, den 'geheimen Auftrag' an ihre Töchter weitergeben, sich von dieser Norm zu befreien, von ihr abzuweichen. Dann könnte das Mitteilungsbedürfnis der Tochter als eine Art Erfolgsmeldung betrachtet werden, daß sie diesen Auftrag, der allerdings beiden unbewußt ist, erfüllt hat. Genauso kann das Come-out aber auch als Protest verstanden werden, ein so unfreies Leben wie das der Mutter als Prototyp einer funktionierenden Frau nicht führen zu wollen. Die Diskussion machte deutlich, daß wir uns in der Arbeit mit der Mutter-Tochter-Beziehung ganz allgemein und auch mit Erklärungsmodellen für das Lesbisch-Werden der Tochter auseinandersetzen müssen."

Wie aus dem Protokoll hervorgeht, stehen in dieser Phase folgende Fragen im Vordergrund:

- Warum ist gerade das Come-out der Mutter gegenüber so wichtig und so schwierig?
- Warum haben wir ein so starkes Bedürfnis, ihr davon zu erzählen?

Ausflug zu den Müttern

Im April 1982 im Zeichen des Stiers (was für Erdverbundenheit, Durchhaltevermögen und konkrete Veränderung sprechen könnte) geht es richtig los. Wir stürzen uns in die Arbeit. Als erstes greifen wir die offenen Fragen aus dem vorangegangenen Wintersemester auf und beschäftigen uns mit unserer Motivation zu diesem Thema: Warum ist unser Bedürfnis, "es" unseren Müttern zu erzählen, so groß? Welcher Impuls ist so stark, daß wir sogar unsere Forschungsarbeit darüber schreiben wollen?

Jede von uns schreibt einen Text (im folgenden "Motivationstext" genannt). In der anschließenden Auswertung finden wir auf beide Fragen dieselbe Antwort: Wir entdecken, daß hinter dem Bedürfnis, "es" zu sagen, der Wunsch steht, allgemein konsequenter und offener lesbisch zu sein, unsere Identität nicht länger zu verleugnen. Deshalb wollen wir unseren Müttern sagen, daß wir lesbisch sind, *und* deshalb wollen wir unsere Arbeit gerade darüber schreiben. Wir wollen uns nicht länger verstecken! Das Schreiben der Arbeit und das Come-out der Mutter gegenüber als Prozeß der lesbischen Selbstfindung. Lucie:

> "Wir kanalisieren über diese Arbeit unser Problem; sie hat sozusagen einen therapeutischen Zweck. Wir lassen zwar unsere Energie in die Arbeit fließen, anstatt mit unseren Müttern zu reden, aber wir wollen darüber auch Kraft finden, ihr und anderen gegenüber offener zu werden."

Die Unzufriedenheit mit der Situation zwischen unseren Müttern und uns ist zu dieser Zeit der Ausgangspunkt für die Arbeit. Der Wunsch und die Unfähigkeit, "es" ihr zu sagen, haben den Stein ins Rollen gebracht. Aus den Motivationstexten und unserer Diskussion darüber entwickeln sich drei Stränge, die wir ab diesem Zeitpunkt weiterverfolgen:

Warum wir "es" unseren Müttern nicht erzählen, muß zu tun haben

- ... mit dem Phänomen Mutter-Tochter-Beziehung,
- ... damit, wie ich mich selbst als Lesbe akzeptiere und
- ... mit meiner gesellschaftlichen Realität als Lesbe.

Das erste Gerüst ist da! An ihm hangeln wir, in abgewandelter Form, bis zum Ende der Arbeit entlang. Mit diesen drei Aspekten ist die Struktur unserer Arbeit geboren, sanft und ohne Komplikationen. Der nächste Schritt ergibt sich von selbst:

Wir müssen uns erstmal dem ersten Punkt, unseren Müttern, zuwenden. Sie funken uns schon jetzt immer dazwischen. Während wir eigentlich noch über unsere Motivation reden wollen, schleichen sie sich immer wieder ein und beanspruchen Raum. Wir sind randvoll mit den "alten" Geschichten mit unseren Müttern und wollen die erstmal loswerden. Wir fangen bei uns selbst an und schreiben jede einen halben Roman über uns und unsere Mütter (im folgenden "Muttertext" genannt). Lisa:

> "Ich bekomme beim Schreiben zunehmend das Gefühl, meine Lebensgeschichte aufzuschreiben - naja, wenn's denn sein soll! Es bringt mir aber auch Spaß. Ich vertiefe mich mit Wonne in die kleine Lisa und die Geschichte mit ihrer Mutter, stoße auf viel Vergessenes und längst Weggepacktes. Auf der anderen Seite bleibt oft ein schales Gefühl bei dem Gedanken, daß ich ja doch nur aufschreiben kann, was ich eh schon weiß. Ich kann's dadurch nur noch mal in seiner Gesamtheit vor mir ausbreiten und angucken, aber auf die brandneuen, fundamentalen Erkenntnisse werde ich dadurch nicht stoßen (ach Lisa, diese Ansprüche!)."

Während der Textanfertigung kramen wir nach alten Briefen, Fotos und Tagebuchaufzeichnungen und reden miteinander darüber. Jede versucht, die Geschichte der anderen nachzuvollziehen, sie aus der Distanz heraus zu begucken und der anderen zu sagen, was ihr auffällt. So machen wir es dann auch, als die Texte endlich fertig, ausgetauscht und gelesen sind. Wir führen ein Gespräch über jeden Text und nehmen es auf Kassette auf.

Wir tasten uns an das Phänomen "Mutter-Tochter" heran, erstmal um seiner selbst willen. Später merken wir, daß wir durch die Auseinandersetzung damit zu der Frage kommen, ob das Problem "Wie sag ich's meiner Mutter?" eine alte Geschichte hat. Hatten wir schon immer Schwierigkeiten, etwas Wichtiges von uns zu erzählen? Welche Strukturen gibt es in der Beziehung zu unserer Mutter, die ein Come-out erschweren? Durch die Texte und unsere Gespräche reißen wir vieles in dieser Richtung an, haben verschiedene Vermutungen:

- Die Mutter ist von klein auf die offiziell zuständige Instanz für die Beziehungen, die ich habe und die sie entweder mißbilligt oder unterstützt. Das mag u.a. ausschlaggebend dafür sein, daß ihr bei meinem Come-out soviel Bedeutung zukommt.
- Wenn ich als Lesbe authentisch sein will, dann muß ich meine Umwelt (Mutter) *ent-täuschen,* ihr die Täuschung, die sie in bezug auf mich hat, wegnehmen. Es fällt mir schwer, jemanden zu enttäuschen, denn das bedeutet u.U. den Verlust von Zuwendung, von der gerade Frauen so existentiell abhängig sind.
- Was ich mir deshalb vom meiner Mutter wünsche, ist eine Art Erlaubnis, mein Leben so zu leben, irgendwo die irrationale Hoffnung, daß sie ihr "okay" dazu gibt.
- Das Come-out der Mutter gegenüber gibt meinem lesbischen Leben eine neue Realität, so etwas wie Endgültigkeit. Dann kann und will ich nicht mehr zurück.

- Meine Mutter verkörpert in diesem Zusammenhang eine Menge von Leuten, denen ich "es" auch verheimliche.
- Hinter dem speziellen Problem mit meiner Mutter steht, daß ich meiner ganzen Umwelt gegenüber offensiver lesbisch sein will.
- So, wie ich mein Lesbisch-Sein nach außen vertrete, vertrete ich es auch nach innen (und umgekehrt). Mein Umgehen damit hat etwas mit meiner verinnerlichten Einstellung dazu zu tun.
- Nicht zuletzt kommen wir den Wiederholungen der Mutter-Tochter-Strukturen in unseren heutigen Beziehungen zu Frauen auf die Spur.

Diese Gedanken haben sich durch die Arbeit an den Motivations- und Muttertexten entwickelt. Auch wenn sie zu diesem Zeitpunkt erstmal so nebeneinander stehenbleiben und nicht gezielt weiterverfolgt werden, haben sie dadurch, daß sie aus unseren eigenen Erfahrungen gewachsen sind, doch schon wesentlich mehr "Fleisch" als die rein hypothetischen Annahmen aus dem vorangegangenen Wintersemester.

Aber wie geht's nun weiter? Was fangen wir mit diesen Vermutungen an, was mit den Muttertexten? Uns kommen keine zündenden Ideen - und das Forschungsseminar gibt uns statt praktischer Hinweise zur Auswertung viele interessante Gedankenanstöße, durch die wir noch mehr den Überblick verlieren. Vorläufig finden wir keine Antwort.

So nebenbei beginnen wir in diesem Semester damit, Literatur zu sichten und zu lesen und überhaupt alles zu sammeln, was uns in die Finger kommt und im entferntesten mit Müttern und Töchtern/Lesben zu tun hat. Außerdem fängt Lisa einen Briefwechsel mit Renate Stenmans an, einer Lesbe, die ihre Forschungsarbeit auch über Lesben und Mütter geschrieben hat und deren Artikel in "Psychologie Heute" vom Juni 1980 Lisa eigentlich zum ersten Mal auf die Idee gebracht hatte, darüber zu schreiben. Sie ist sehr froh, daß der Kontakt zustande kommt und einige Briefe hin und her gehen. Dieser Austausch kurbelt unsere Energien an. Das Ganze bekommt dadurch eine größere Dimension. Unsere Arbeit ist nicht nur für uns interessant!

Was sich im Laufe des Semesters abzeichnet, ist, daß wir allmählich über uns beide hinausschauen und andere Frauen nach ihren Erfahrungen fragen wollen. In unserem täglichen Leben stellen wir immer wieder fest, daß alle Frauen sehr interessiert auf unser Thema reagieren. Wir wollen langsam heraus aus unserem stillen Kämmerlein, wir wollen an die Öffentlichkeit, und wir wollen mit denen arbeiten, die von der gleichen Situation betroffen sind, also mit Lesben, anstatt weiter so viel Konzentration auf die Mütter zu verwenden. Wir sind sehr neugierig darauf, uns mit anderen Lesben über dieses Thema auszutauschen, wissen aber noch nicht wie und verschieben eine Entscheidung darüber auf das nächste Semester. Hier macht sich schon die langsame Verlagerung des Schwerpunkts unserer Arbeit bemerkbar: von den Müttern zu uns!

Lisa: "Gegen Ende des Sommersemesters haben wir wieder einen Termin im Forschungsseminar, in dem wir diesmal aus unseren Muttertexten vorlesen. Und wieder ist es wie eine Premiere. Ich habe das Gefühl, aus meinem Tagebuch vorzulesen, bin verunsichert. Kann ich das wirklich so schreiben? Die anderen Frauen ermutigen uns. In dieser Forschungsseminar-Sitzung wird noch etwas anderes unübersehbar, das sich in letzter Zeit langsam aber sicher in den Vordergrund vorgearbeitet hat: Wir müssen 'es' wirklich bald sagen! Das Gefühl, so viel über meine Mutter und mich preiszugeben, ohne daß sie davon weiß, wird langsam unerträglich. Brauche ich auch hierfür eine Erlaubnis - ihre Einwilligung, meine Forschungsarbeit darüber zu schreiben, daß ich offensichtlich ihre Erlaubnis brauche, lesbisch zu sein? Jedenfalls ist da immer wieder dieses Gefühl, daß ich ihr das nicht antun kann - weder lesbisch zu sein, noch meine Arbeit darüber zu schreiben. Und wenn ich's schon tue, muß sie es wenigstens wissen. Sonst laufe ich auch Gefahr, genau das zu tun, was ich an herkömmlicher Wissenschaft kritisiere: meine Mutter zu meinem Forschungsobjekt zu machen. Es gibt keinen Weg zurück. Die Frauen aus dem Seminar gehen sogar noch weiter und sagen, daß unsere Mütter es wahrscheinlich schon wissen, aber nicht wahrhaben wollen. Aus Gründen der Konfliktvermeidung und gegenseitigen Schonung wurde mal irgendwann stillschweigend die Abmachung getroffen, diesen 'heißen' Punkt nicht anzusprechen. Und jetzt sind wir auf dem besten Weg, diese Abmachung zu brechen. Die theoretische Auseinandersetzung macht den Sprung in die Praxis immer unausweichlicher. Daß wir uns in diesem Semester inhaltlich so intensiv mit unseren Müttern befassen, hat konkrete Auswirkungen auf die Beziehung zu ihr. (Hurra! Unsere Arbeit wirkt auf Veränderung hin!)"

Lucie: "Die Forschungsarbeit nimmt jetzt mehr Raum ein in meinem Leben, und ich finde überhaupt wieder mehr Spaß an der Uni - dafür kriselt es in meiner Beziehung zu Silke, und die Arbeit an dem Frauenhaus-Buch beansprucht mich auch stark.

Mit Lisa habe ich jetzt formal mehr zu tun, aber ich erlebe unser Verhältnis als distanziert, unterkühlt, fast unpersönlich. Wir reden über die Inhalte unserer Arbeit und über unsere Mütter, beziehen aber selten die Erfahrungen daraus auf unsere jeweilige Lebenssituation oder gar auf unser Verhältnis zueinander. Ich ahne nur, daß da Verbindungen bestehen. Phasenweise bin ich sehr unglücklich über unseren Umgang miteinander. Ich suche nach neuen Kontakten, will mich aus der Enge meiner Liebesbeziehung lösen, aber zwischen Lisa und mir gelingt es nicht. Manchmal frage ich mich, ob das auch mit meinen Vorbehalten gegenüber Christine und Lisas Beziehung zu ihr zu tun hat oder mit meinem kritischen Verhältnis zu den Dingen, die Lisa an der Uni macht - fürchtet sie Bedrohung von mir? Und irgendwie stimmte es auch: Ich habe manchmal gedacht, daß Lisa ihre psychotherapeutischen Ausbildungen etwas mehr unter feministischen Gesichtspunkten betrachten sollte, und ich habe mich oft gefragt, wie sie als meist einzige Lesbe in den TherapeutInnenzusammenhängen klarkommt. Jedenfalls: Wir waren uns fern, und es blieb auch kaum Raum zu zeigen, was wir aneinander schätzten, wie ich beispielsweise Lisas Beschäftigung mit Astrologie. Dabei habe ich sie immer sehr bei sich und dicht an ihren Interessen erlebt, und das beeindruckte mich."

Lisa: "Ich habe derweil einen heimlichen Konflikt mit Lucie, den ich bis jetzt (Mai 1983) verschwiegen habe, weil er mir sehr unangenehm ist. Aber zu schonungsloser Frauenforschung gehört auch gerade der Mut, in schmuddeligen Ecken rumzustöbern. Deshalb traue ich mich jetzt einfach mal, das aufzuschreiben:

Die drei Stränge, auf denen die Arbeit von Anfang an aufbaut, sind eigentlich von mir! Ich habe sie in meinem Motivationstext entwickelt! Gewiß, nichts Sensationelles und Weltbewegendes, aber immerhin der Grundstein für unsere Arbeit. Mich ärgert schon lange, obwohl ich's nicht wahrhaben will, daß Lucie immer wieder wie selbstverständlich davon spricht und schreibt, daß wir diese drei Stränge zusammen entwickelt haben. Meine Mutter hat sich auch immer mit meinen Schulzensuren gebrüstet, mit meinen Federn geschmückt. Ich habe eine uralte Angst, daß sie (die Federn) mir weggenommen werden können. Ich hab' mich gescheut, Lucie von Anfang an zu sagen, daß mich das stört, weil ich mich so kleinkariert und egoistisch fand. Ich tue es jetzt, weil ich daran eine Struktur zwischen Lucie und mir aufweisen will, die ich von meiner Mutter und mir kenne - und weil ich denke, daß gerade in Dingen, die ich am liebsten vertuschen möchte, die größten Schätze verborgen liegen!

Meine Mutter hat versucht, mir beizubringen, mich nicht für 'was Besseres' zu halten, nur weil ich, im Gegensatz zu ihr, aufs Gymnasium ging. Das war aber die einzige Karte, die ich gegen ihre sonstige Allmacht, die ich erst jetzt langsam zu erkennen wage, ausspielen konnte; das einzige, wo sie nicht mithalten konnte, wo ich ihr tatsächlich überlegen war. Für mich spielte ich diese Karte sehr hoch aus. Ich traute ihr nichts mehr zu; ich konnte sowieso alles besser als sie! Blusen, die sie tagsüber für mich gebügelt hatte, bügelte ich abends noch einmal, weil sie es eben nicht gut genug gemacht hatte; aber heimlich, denn sie durfte ja nicht wissen, daß ich ihr das nicht zutraute. Ich schämte mich dafür, mich ihr überlegen zu fühlen!

Inzwischen ist September 1983. Der obige Text brachte mich dazu, die Sache mit den drei Stränge anzusprechen. Es ergab sich ein sehr offenes Gespräch mit Lucie, in dem noch anderes zu Tage trat:

Gleich die ersten Texte gaben mir das Gefühl, daß Lucie die Dinge oberflächerlicher beguckte. Es ist mir fürchterlich peinlich, aber ich fühlte mich ihr überlegen. Und sonst war ich ihr doch immer eher unterlegen - das kannte ich, das durfte sein. Jetzt spürte ich, daß ich ihr in bezug auf 'Tiefgang' in der Arbeit nicht so viel zutraute - und hielt es geheim! Ich brauchte es auch nicht an die große Glocke zu hängen, denn es reichte mir vollends, mich in der befriedigenden Bestätigung zu baden, daß ich 'ihr ja eigentlich doch überlegen bin'. Solche Gefühle kenn' ich in bezug auf meine Mutter, sehr gut auch in bezug auf Christine (und frühere Partnerschaften) und nicht zuletzt auch aus engen Freundschaften wie mit Lucie.

Was ich jetzt darüber denke, ist, daß mein Kopf durch diese Überlegenheitsmanöver meine eigentliche Ohnmacht (meiner Mutter, Christine, Lucie ... gegenüber) vertuschen will und mir eine Machtillusion vorgaukelt. Das muß ich früh gelernt haben, um mich meiner Mutter gegenüber nicht total ausgeliefert zu fühlen! Mein kleines, selbstgezimmertes Geheimnis, das mich am Leben hielt: 'Eigentlich bin ich stärker als du!'

All das wurde angekratzt, als Lucie ganz selbstverständlich die drei Grundstränge der Arbeit als unsere gemeinsame Idee ausgab, wodurch mir auch noch das bißchen Bestätigung flöten ging, Urheberin dieser Gedanken zu sein. Obwohl diese Geschichte viel in mir auslöste, dauerte es ein Jahr, bis ich mit meinen Peinlichkeitsgefühlen darüber so klar war, daß ich Lucie davon erzählen konnte - und selbst dann geschah es noch mit großer Angst vor ihrer Reaktion, mit dem Gefühl im Bauch: 'Wie sag ich's meiner Lucie?'

Der andere Pol dieser Machtstruktur ist, daß ich gerade in diesem Sommersemester 1982 eine große Abhängigkeit davon spüre, was Lucie von meinen Texten hält. Ich bin immer sehr gespannt, wie sie auf etwas Geschriebenes reagiert, ohne weiteres bereit, etwas zu verändern, was sie nicht richtig findet - fliegender Wechsel von Über- und Unterlegenheitsgefühlen!

Und sonst?

Ich bin erstaunt über Lucies Motivationstext, aus dem hervorgeht, daß auch sie sich Gedanken darüber macht, wie offen sie überhaupt mit ihrem Lesbisch-Sein umgeht. Sollte sie da etwa gar nicht so sicher sein, wie ich es ihr immer unterstellt habe?!

Ich bekomme einen Schreck, als ich lese, daß sie unsere alte Beziehungsgeschichte anrührt. Die möchte ich am liebsten umgehen. Um so mutiger finde ich, daß sie sie in ihrem Text anspricht. Von Lucie aus ein klarer Schritt nach vorn! Ich fühle mich in diesem Semester in bezug auf uns eher verhalten, bringe nur Ausschnitte von mir ein, obwohl durch unsere regelmäßigen Treffen, die wir inzwischen eingeführt haben, und durch die intensive Arbeit an den ersten Texten gute Möglichkeiten für mehr bestehen. Die Annäherung ist nur sehr zaghaft.

Was sich auch schon in diesem Semester abzeichnet, ist unsere Tendenz, die Dinge sehr unterschiedlich zu bewerten. Während ich mit dem, was wir in diesem Semester geschafft haben, eigentlich eher unzufrieden bin, sieht Lucie das mal wieder ganz rosig. Ein Papier, das sie für das Forschungsseminar schreibt, hat den Grundtenor: 'Das haben wir schon alles geschafft...!', womit ich mich nur sehr schwer identifizieren kann. Ich schließe das Semester eher mit dem Gefühl ab:

'... und das und das und das hätten wir noch intensiver bearbeiten können...!' Diese unterschiedlichen Bewertungen unserer Arbeit begleiten uns auch die restliche Zeit und führen später noch zu ernsteren Auseinandersetzungen.

Das waren: Lucie Sorglos und Lisa Negativa im Sommer 1982."

Lucie: "Wie meine Mutter wollte ich nie sein"

Aus allen Materialien, die ich im Sommer 1982 zu dem Thema "Meine Mutter und ich" gesammelt und geschrieben habe, ist folgende Dokumentation entstanden:

Erinnerungen an meine Mutter und mich, als ich noch klein war, sind zuerst immer damit verbunden, daß meine Mutter mich bestraft oder kommandiert: Sie schreit laut nach mir, damit ich zum Essen komme; sie versucht, mir den Arsch vollzuhauen, aber die Lederhose verhindert das, oder ich kann ausbüxen; sie will mir was verbieten, ich wehre mich. Sie nörgelt ständig an mir herum, weil ich ihr nicht mädchenhaft genug bin. Hierzu ein Gespräch mit meiner Mutter, erinnert im Sommer 1978 im Rahmen eines Selbsterfahrungsseminars:

Meine Mutter steht auf einem Balkon. Ich, Lucie, 13 Jahre alt, komme gerade darunter vorbei. Sie lächelt mich aufgesetzt sorgenvoll an.

Mutter: "Wie siehst du bloß wieder aus?"

Lucie: "Was paßt dir denn nicht daran?"

Mutter: "Diese ausgebeulten Jeans und verlotterten Klamotten! Siehst aus wie ein Brit[6]. Gar nicht ein bißchen mädchenhaft!"

Lucie: "Nee, daran liegt mir auch überhaupt nichts. So fühle ich mich wohl. Ich will nicht so gestriegelt und geleckt herumlaufen wie die albernen Gänse aus der Schule."

Mutter: "Du mußt doch ordentlich aussehen. Wie sieht das denn aus, wie du herumläufst?"

Lucie: "Das ist mir doch scheißegal. Du tust gerade so, als ob du immer toll angezogen bist."

Mutter: "Ich bin immer ordentlich angezogen. Du läufst ja sogar sonntags so zerlumpt herum, und deine Haare müßten auch mal wieder gemacht werden."

---

6 Die Bedeutung dieses Wortes ist mir bis heute nicht ganz klar. Ich hatte jedenfalls die Vorstellung, daß es sich um einen besonders furchtbaren Menschen handeln mußte.

Lucie: "Ich ziehe mich so an, wie es mir Spaß macht und wie ich es für mich am besten halte, und zum Friseur gehe ich auch nicht. Da denke ich ja hinterher immer, daß ich nicht mehr ich bin. Das will ich nicht. Kommt überhaupt nicht in Frage. Wozu soll das denn gut sein?!"

Mutter: "Mit dir kann man doch nirgendwo hingehen. Was denken denn die Leute von dir? Die denken doch: 'Aus was für einem Haus die wohl kommt!' Das macht doch einen schlechten Eindruck."

Lucie: "Bisher habe ich nirgendwo einen schlechten Eindruck gemacht. So gut bin ich erzogen! Schließlich bewertet nicht jeder so nach Äußerlichkeiten wie du. Es gibt da vielleicht noch anderes. Früher haben die eher von mir gedacht: 'Was ist das für ein armes Würstchen!', als ich noch in braven, biederen Klamotten herumgelaufen bin."

Mutter: "Wenn du dich da bloß nicht täuschst. Du wirkst so gar nicht nett."

Lucie: "Ich täusche mich nicht, und einfach nur nett sein, wie ein blöde Puppe herumlaufen, will ich auch nicht. Ich will so akzeptiert werden."

Dann habe ich Situationen in Erinnerung, in denen meine Mutter mich gepflegt hat, sie besorgt war: als ich ein Hautekzem hatte, als ich den epileptischen Anfall bekam und ständig ins Krankenhaus mußte; später, als ich wegen meines Herzfehlers immer wieder zu Kontrolluntersuchungen ging. Kurz: immer, wenn ich krank war. Da hab' ich ihre ungeteilte Aufmerksamkeit und Pflege genossen. Aber ich habe nie krank markiert. Das hätte sie herausgekriegt.

Als ich mit zwölf meine erste Regel bekam, hat sich meine Mutter auch um mich gekümmert. Wenn ich damals besser gewußt hätte, was ich machen muß, hätte ich es ihr am liebsten nicht erzählt. Aber ihre Reaktion war dann besser als gedacht. Sie hat mich mit Orangensaft versorgt, mir Binden und einen schrecklichen Monatsslip verpaßt - ohne viele Worte, das wäre mir auch zu peinlich gewesen! Aufgeklärt war ich durch ein Buch, das mir meine Mutter mal gegeben hatte, ohne weitere Erklärungen. Ich habe nie mit ihr über Sexualität, Beziehungen, Männer oder Frauen geredet. Ich kann mich überhaupt nicht daran erinnern, mit meiner Mutter mal ein ernsthaftes Gespräch geführt zu haben.

Nur einmal, da war ich noch sehr klein, vor der Schule noch, da hab' ich mal 5 Mark für Süßigkeiten aus meinem Sparschwein genommen, was ich nicht durfte. Meine Mutter war entsetzlich enttäuscht von mir. Sie hat nicht richtig geschimpft oder geschrien, sie hat mich traurig und kopfschüttelnd angeschaut und mir klargemacht, daß das so nun nicht ginge. Das hat mich zutiefst beeindruckt, und bis heute ist es so, daß ich nie jemanden bestehlen könnte. Wenn mir das unterstellt würde, wäre ich in meinem Stolz unendlich verletzt. Ich hatte so ein schlechtes Gewissen! Später, als sie das erste Mal Zigaretten bei mir entdeckte und als ich das erste Mal um vier oder fünf Uhr morgens nach Hause kam, hat sie noch mal versucht, mit mir zu reden; aber da war es gar nicht mehr möglich. Ich habe abgeblockt und nicht mehr hingehört.

Wir haben uns oft gestritten, vor allem als ich auf dem Gymnasium war. Ich war die einzige in der Verwandtschaft, und sie konnte bald mit dem, was ich lernte, nicht mehr mithalten. Das spürte ich und versuchte, es auszuspielen. Sie vertuschte ihre Schwächen. Ich habe sehr schnell begriffen, daß sie nicht mehr wußte, wie sie sich gegen mich wehren konnte. Als ich dann in der Schule in Geschichte etwas über den Nationalsozialismus erfuhr und tief erschüttert war von der Geschichte des Landes, in dem ich lebte, kam es zu heftigen Konflikten. Ich habe natürlich zu Hause gefragt, wie es damals war, und meine Mutter behauptete tatsächlich, daß Hitler was Gutes an sich hatte. Er hätte allen wieder Arbeit gegeben und die Autobahnen gebaut. Ich bin vor Wut fast geplatzt, und mir war es unangenehm, daß ausgerechnet meine Mutter so etwas sagt. Ich habe sie angeschrien, teilweise nicht mehr mit ihr geredet. Auch die Hausarbeit habe ich schließlich verweigert, nachdem sie ständig nörgelte, daß ich die Teller nicht richtig abtrockne bzw. abwasche. Da habe ich ihr das Handtuch in der Küche vor die Füße geschmissen und nie wieder einen Finger krumm gemacht, solange ich zu Hause gewohnt habe.

Ich konnte mir das alles leisten, weil ich die uneingeschränkte Sympathie meines Vaters hatte. Ich wußte, daß er mich verteidigen würde. Mit ihm habe ich als Kind viel zusammen gemacht. Ich kann mich noch erinnern, daß ich als ca. Vierjährige immer vom Schlafzimmerfenster aus gewunken habe, wenn er zur Arbeit gefahren ist. Er hat mich oft mitgenommen, schon bevor ich in die Schule ging und später dann in den Ferien. Ich fand es toll in der Druckerei, in der er gearbeitet hat. Samstags bin ich morgens zu ihm ins Wohnzimmer gegangen, wo er geschlafen hat, und wir haben zusammen geklönt. Danach sind wir einkaufen gefahren, oder er hat mich zur Schule gebracht. Wir haben uns zusammen um das Aquarium gekümmert und sind am Wochenende Wasserflöhefangen gefahren. Zum Handball ist er auch mitgekommen, jedenfalls bis ich sechzehn war. Von da an hat sich keiner meiner Eltern mehr darum gekümmert, was ich mache.

Meine Mutter wollte gerne, daß ich konfirmiert werde und zur Tanzschule gehe. Zur Tanzschule bin ich nicht gegangen, konfirmiert wurde ich, aber ich konnte durchsetzen, daß es in einer anderen Kirche war, bei einem netteren Pastor. Ich habe nie verstanden, warum meine Eltern mich dahin geschickt haben, wo sie doch selbst nie in die Kirche gingen.

Meine Mutter hatte eigentlich immer die unangenehmen Dinge mit mir zu erledigen, mein Vater hat sich darum gedrückt, denke ich inzwischen. Sie hatte tagtäglich mit mir zu tun, für meinen Vater blieben die Sonntagssituationen. Es muß auch schrecklich gewesen sein, daß meine Ablehnung ihr gegenüber so deutlich war und dazu noch Streit mit meinem Vater kam.

Ich weiß nicht mehr, wann es eigentlich gewesen ist, daß ich mit meiner Mutter nicht mehr reden konnte. Ich erinnere nur Streitereien, und irgendwann hab' ich nichts mehr erzählt. Sie hat sich oft darüber beklagt, wollte mehr von mir wissen.

Aber ich wußte irgendwann, daß es sie eigentlich gar nicht richtig interessierte. Ich hatte den Eindruck, daß alle anderen ihrer Meinung nach viel besser und netter waren als ich.

Sie hat mich dazu angehalten, etwas zu leisten, hat mir in der Grundschule immer die Schularbeiten nachgesehen, darauf geachtet, daß ich alles ordentlich mache. Davon ist viel hängengeblieben. Nur ihr war ich nie perfekt genug. Es war ihr auch wichtig, daß ich einen ordentlichen Beruf erlerne. Deshalb fanden meine Eltern es gut, daß ich nach der Schule erstmal eine Lehre gemacht habe und Buchhändlerin geworden bin. Danach hatten sie auch nichts mehr gegen ein Studium, obwohl sie Psychologie als eine brotlose Kunst empfanden.

Auf dem Gymnasium konnte meine Mutter mir nicht mehr helfen. Sie versteckte sich dahinter, daß mein Klassenlehrer gesagt hatte, wir sollten selbständig arbeiten, aber ich kapierte schnell, daß das ein Vorwand war. Sie wollte sich und mir nicht eingestehen, daß sie gar nicht in der Lage war, mir zu helfen. Das war eine Eigenart von ihr, die ich nicht leiden konnte: Sie hat nie einen Fehler eingestanden oder mir zugebilligt, daß ich auch mal recht hatte.

Ich habe mich von ihr nie richtig ernstgenommen gefühlt, später habe ich sie nicht mehr ernstgenommen. Das veränderte unser Verhältnis: Es machte sich Gleichgültigkeit breit. Ich habe zugesehen, daß ich Konflikte vermied.

Später, einige Zeit nachdem ich ausgezogen war, bekam ich ein wahnsinnig schlechtes Gewissen, weil ich plötzlich zu der Erkenntnis gelangte, daß ich meine Mutter genau für das mit Verachtung gestraft hatte, worauf ich heute als Feministin hinweise: Frauen bleibt oft kein anderer Weg als der der Hausfrau in die Isolation. Das sind gesellschaftliche Strukturen und kein individuelles Versagen. Durch diese Erkenntnis war es mir möglich, meine Mutter besser zu akzeptieren. Trotzdem ist unser Verhältnis heute nicht offener, nur entspannter. Sie versorgt mich weiterhin mit Essen und selbstgestrickten Socken. Unsere Zusammentreffen sind nicht mehr so unangenehm wie früher. Ich interessiere mich mehr für ihren Alltag, und solange wir nicht über Politik reden, ist es gut. Wir reden nichts Persönliches, wir umarmen uns nicht, höchstens ein Händeschütteln.

Meine Mutter war für mich nie ein Vorbild, ich wollte nie so sein wie sie. Sie hat mir alles verweigert, was ich von ihr wollte. Ich wollte Anerkennung von ihr, sie wollte, daß ich noch besser werde. Vor anderen war sie stolz auf mich, aber mir hat sie höchstens gesagt, daß meine Zensuren ja ganz gut wären. Ich habe mir immer gewünscht, daß sie anders ist, wollte andere Frauen als Mutter haben. Dieser Wunsch hat sich meistens nicht lange gehalten, weil mir die Mütter von meinen Freundinnen und Freunden auch nicht besser vorkamen als meine. Im Gegenteil, ich durfte meistens noch viel mehr, hatte mehr Freiheiten als andere. Dafür sorgte allerdings mein Vater. Ich hätte gerne ein anderes Verhältnis zu ihr gehabt, aber wir haben uns immer mißverstanden, gestritten und nachher nicht mehr miteinander geredet. Ich habe lange darunter gelitten. Eigentlich wollte ich das Gefühl haben: Was ich mache und wie ich bin, ist schon richtig. Stattdessen war es für mich so, daß ich sie einerseits mit allen Mitteln bekämpft habe und andererseits nur den Wunsch hatte, daß sie mich anerkennt und Verständnis für mich hat.

Ergänzen muß ich noch zwei Punkte, die bei einem Gespräch über unsere Familienfotos deutlich wurden bzw. im Motivationstext standen:

- Als wir uns gegenseitig die Fotos zeigten, fiel mir auf, daß ich nur auf wenigen Bildern mit meiner Mutter zusammen bin und wenn, dann immer mit ausreichender Distanz und einem wenig begeisterten Gesichtsausdruck - ganz anders die Bilder von meinem Vater und mir. Sie wirken herzlicher, näher. (Und das alles, obwohl mein Vater meistens fotografiert hat!)
- Im Motivationstext schreibe ich: "Sie war der erste Mensch, der meinen Haß erregen konnte, andererseits muß ich sie auch mal geliebt haben ..."

Einige Tage, nachdem der obige Text entstanden war, diskutierten Lisa und Lucie ihn. Im folgenden einige Auszüge aus diesem Gespräch:

Lucie: "Ich stelle bei mir fest, daß ich immer wieder so reagiere, wie ich auf meine Mutter reagiert habe. Das ist in engen Beziehungen besonders stark. Daß ich moralisch unter Druck setzen kann und wahnsinnig aggressiv werde, wenn das bei mir jemand macht. Daß ich sehr aufopferungsvoll sein kann, darauf aber auch Resonanz erwarte. Wenn die nicht kommt, bin ich schwer enttäuscht. In etwa so: Ich habe etwas investiert, jetzt will ich auch was wiederhaben. Manchmal bin ich ganz selbstlos, wie meine Mutter, die mich völlig aufopfernd versorgt hat, sich selbst scheinbar nicht so beachtet hat."

Lisa: "Eigentlich hattest du sie ja nicht als Vorbild, und jetzt gibt es doch Parallelen. Wie findest du das?"

Lucie: "Nicht besonders angenehm, aber ich bin auch nicht überrascht, daß das jetzt kommt. Ich hatte immer das Gefühl, sie macht mich fertig, will mich kaputtkriegen. Ich war abhängig von ihr, weil ich noch keine achtzehn war. Ich konnte nicht einfach weggehen und mir was anderes suchen. Ich mußte mich mit ihr auseinandersetzen. Immer, wenn ich nicht das machte, was sie wollte, setzte sie eine trauervolle Miene auf, als ob ich sie zutiefst in ihrer Seele verletzt hätte. Und ich dachte, daß es ihr doch eigentlich egal sein könnte, ob ich beispielsweise in die Tanzschule gehe oder nicht."

Lisa: "War das öfter so mit diesem Blick, den du ja auch beim Klauen beschrieben hast?"

Lucie: "Ja, daß ich sie so enttäuscht hatte, das war das Schlimmste, und nicht, daß ich geklaut hatte."

Lisa: "Mir ist unheimlich deutlich geworden, daß es um Willen und Durchsetzung geht bei euch beiden. Als ob die eine ein größerer Dickkopf ist als die andere, eine Art Machtkampf: Wer hält hier die Fäden in der Hand? Wer hat das Sagen?"

Lucie: "Wobei ich diejenige war, die immer geschrien hat und immer aggressiv geworden ist, und meine Mutter diejenige, die dann irgendwann beleidigt nichts mehr gesagt und mit mir 'ne Woche lang nicht geredet hat. Das ist von ihr ausgegangen, so daß mein Vater mir sogar einmal zehn Mark gegeben hat, damit ich wieder mit ihr rede. Vor meinem Vater hab' ich nie Angst gehabt, aber vor meiner Mutter, vor ihren Reaktionen. Ich wußte, daß mein Vater auch manches ärgerlich fand und mal rumgekeift hat, aber davor hatte ich nie solche Angst. Er hat - das ist auch ein bißchen feige gewesen - manche Sachen meine Mutter regeln lassen, worüber er sich aufgeregt hat. Ich habe sie immer als sehr moralisch und völlig ohne Begründung erlebt: 'Das mußt du doch nicht machen! Das tut man doch nicht!' Ohne mir sagen zu können, warum denn eigentlich. Wenn sie mir wenigstens hätte klare Begründungen liefern können!

Sie war mir immer im Weg. Irgendwie war sie mir immer im Weg bei dem, was ich wollte, außer wenn ich krank war. Andererseits durfte ich sehr viel, auch von ihr aus, mehr als andere Kinder in meinem Alter und auch mehr als meine Geschwister. Ich hab' ein Mofa zur Konfirmation gekriegt und durfte auch in den Sportverein, obwohl ich krank war. Ich durfte immer allein überall hin, hab' mehr Taschengeld gekriegt als andere in meiner Klasse. Ich durfte alles an Reisen machen. Aber ich hab' auch Sachen heimlich gemacht, zum Beispiel den Moped-Führerschein. Ich hab's dann nachher erzählt, aber erstmal hab' ich das für mich behalten. Oder ich habe mir heimlich eine neue Brille gekauft, weil ich wußte, daß meine Mutter eine Nickelbrille absolut nicht leiden könnte. Sie haben auch nicht kontrolliert, wo ich hingehe. Sie haben schon gefragt, und dann hab' ich erzählt, ich war in der Schule und dann hab' ich noch die und die besucht, aber daß vielleicht Zeiten dazwischen fehlten, ist ihnen nie aufgefallen.

Es hat früh eine Abspaltung gegeben zwischen dem, was zu Hause war, und dem, was ich sozusagen öffentlich gelebt hab'; es gab ein privates und ein öffentliches Leben. Und was ich außerhalb von zu Hause gemacht habe, wurde immer mehr: Erst war es die Schule, dann kam noch der Sport dazu, dann kamen die Frauen. Meine Eltern hatten damit nichts mehr zu tun. Angefangen hat es etwa, als ich zum Gymnasium kam; und mit sechzehn war dann der Punkt, von wo an meine Eltern mit dem, was ich gemacht habe, nicht mehr konfrontiert waren. Von der Schule hab' ich hin und wieder noch mal erzählt: welche Zensuren ich hab' oder wann wir auf

Klassenreise fahren. Als ich dann noch die Oberstufenreform hatte, konnte ich sagen: 'Das ist so kompliziert, das versteht ihr sowieso nicht!' Da haben sie sich, vor allem meine Mutter, immer weniger um mich gekümmert. Ich lernte in der Schule, mit jemandem zu diskutieren und daß Argumente wichtig sind. Ja, und das konnte meine Mutter alles nicht. Das, was ich für mich an Werten entwickelte, dem entsprach sie überhaupt nicht."

Lisa: "Und du entsprachst nicht dem, was sie von dir erwartet hat?"

Lucie: "Ja, sie hat schon immer, als ich ein kleines Kind war, gesagt: 'Du siehst ja aus wie ein Brit.' Das war was ganz Schreckliches, was ganz Abartiges, und manchmal hab' ich jetzt das Gefühl, das war so etwas wie eine 'Self-Fulfilling-Prophecy' (dt.: Sich-selbst-erfüllende-Prophezeiung).
Ich bin dann auch so geworden, sowas völlig 'Abartiges'. Das war ja schon in der Schule so. Ich gehörte nicht so richtig zu dem normalen Clan, war ein bißchen außen vor, ein bißchen phlegmatisch, aber nicht doof und immer ein bißchen cool, distanziert und leicht ironisch. Auch in der Schule hab' ich immer weniger erzählt und nur eine äußere Fassade gewahrt. Ich hatte für mich das Gefühl, daß ich innerlich langsam absterbe. Ich war überhaupt nicht in der Lage, mich über irgendwas zu freuen oder irgend etwas ganz furchtbar zu finden, sondern das war so ein entsetzliches Ebenmaß.
Und andererseits war ich eigentlich ziemlich empfindlich, gerade in der Zeit der Pubertät. Ich hab' das Gefühl gehabt, andere nutzen das aus und machen mich zur Sau. Meine Mutter hat immer gesagt, das wär' nicht schön, daß ich immer so wütend werde, das müßte man doch vernünftig regeln. Ich wußte ganz genau, ich hatte die besseren Argumente, und dann gab ich mir die Blöße, aggressiv zu werden. Sie hat das genutzt, um den Spieß wieder umzudrehen und mir zu sagen, daß ich da was ganz Schlechtes mache: 'Wer schreit, hat Unrecht!' Oh, und dann hätte ich auf sie losgehen können! Ich bin da immer drauf reingefallen, bis ich irgendwann kapiert hab', so bringt's nichts. So erreiche ich nie etwas. Da hab' ich mich wahnsinnig zugemacht und mich zurückgezogen, nichts mehr gesagt, keine Blöße mehr gegeben.
Als ich von Fritz Zorn das Buch 'Mars' gelesen hab', dachte ich, mein Gott, wenn ich nicht aus irgendwelchen Gründen rechtzeitig die Kurve gekriegt hätte, ich wäre genauso geendet wie der Mann (er hat Krebs gekriegt und ist gestorben). Wie er sein Elternhaus beschreibt, diese Sterilität, Form-Wahren ist alles; das kannte ich auch, vor allem von meiner Mutter. Von ihr bin ich zwar versorgt worden, aber das, was ich an Gefühlen haben wollte, habe ich nicht gekriegt."

Lisa: "Was wolltest du denn haben? Wie hätte deine Mutter idealerweise ausgesehen?"

Lucie: "Ich hätte gewollt, daß sie mich als gleichberechtigt anerkennt, daß sie mir ihre Erfahrungen vermittelt als *ihre* Erfahrungen, aber nicht, daß sie mir sagt, so muß ich jetzt auch werden. Und daß sie Interesse an dem hat, was ich mache. Dafür hat sie sich nie interessiert, weder für die Schule, noch für den Sport. Heute sagt sie zwar, sie findet toll, daß ich das immer noch mache, aber sie hat mir auch immer Knüppel in den Weg gelegt, indem sie mir immer gesagt hat: 'Du machst das ja doch nie zu Ende, was du mal angefangen hast.' Dabei stimmt das überhaupt nicht; ich hab' nie was abgebrochen, was ich mal richtig angefangen hatte. Darüber hab' ich mich immer wahnsinnig geärgert. Sie sollte mich nicht so provozieren, sondern sich mit mir auseinandersetzen und nicht Angst haben, daß sie ihre Position verliert, wenn sie mir mal einen Schritt entgegenkommt."

Lisa: "Du hast deine Mutter so beschrieben, daß sie immer genörgelt hat und immer ablehnend war und daß du sie auch abgelehnt hast. Kannst du dich noch daran erinnern, daß es auch mal anders gewesen ist? Als kleines Kind, als Säugling kannst du deine Mutter einfach nicht ablehnen, da bist du vollkommen abhängig. Kannst du dich noch an irgendwas erinnern, wo sie doch noch ein Vorbild war? Oder gab es da nur Wut?"

Lucie: "Dies mit der Wut, das ist aus der Pubertät. Vorher war ich nicht so aggressiv. Ich war viel sicherer. Das ist komisch, ich war mir als Kind viel sicherer, daß ich das durchsetzen kann, was ich will. Es hat mich zwar genervt, wenn ich mal nicht machen konnte, was ich wollte, aber irgendwie hat mich das dann nicht so in meinen Grundfesten erschüttert. Es war mir, glaub' ich, auch gleichgültig, weil ich wußte, daß mein Vater da ist, und er hat mich über alles geliebt. Das hat mir gereicht."

Lisa: "Meinst du das wirklich?"

Lucie: "Ja. Und das einzige, woran ich mich noch erinnern kann - das ist, glaub' ich, meine früheste Erinnerung -, ist eine Situation im Badezimmer, als meine Mutter mich angezogen hat. Ich muß so zwei, drei gewesen sein, und ich erinnere noch, daß sie mir die Hände verbunden hat, weil ich ja dieses Hautekzem hatte. Ich mußte mit 'Penaten-Creme' eingeschmiert werden, und dann kam da ein Verband drum. Ich hab' mich dabei wohlgefühlt, weil ich wußte, das macht jetzt meine Mutter."

Lisa: "Dann hat irgendwann überwogen: 'Lucie, wie kann man nur! Wie kann man nur so rumlaufen, wie kann man nur Geld klauen, wie kann man nur so wütend werden!' ?"

Lucie: "Ja. Das mit den Klamotten, das war wichtig. Das war eine Möglichkeit, mir meine Selbstbestimmung zu nehmen. Daß sie nämlich bestimmt hat, was für Sachen ich anziehe und was für Sachen ich auch nur haben darf. Ich konnte zwar sagen, ich will dies und ich will das nicht, aber es hat immer heftige Kämpfe gegeben. 'Aber du siehst doch nett aus damit!' Und ich hab' immer gedacht, ich find' mich so furchtbar, ich find' das so schrecklich. Ich hatte immer das Gefühl, sie will mich absichtlich häßlich machen; was ja auch kein Problem war, ich war ja eh ein bißchen zu dick. Obwohl sie witzigerweise nie dran herumkritisiert hat, daß ich zu dick werde. Sie hat das zwar unterstützt, wenn ich angefangen hab', Diäten zu machen, aber sie hat mir das nie vorgeworfen."

Lisa: "Sie war auch nicht so drauf aus: 'Hübsch werden und Männer fangen!'?"

Lucie: "Nee, nie, gar nicht. Männer, um Gottes willen! Über Männer wurde bei uns nie geredet. Ich weiß noch, daß mir nur die Vorstellung sehr unangenehm war, daß ich mal einen Freund mit nach Hause nehme. Zwei- oder dreimal habe ich das gemacht, daß mich da welche abgeholt haben, aber das war mir so peinlich!"

Lisa: "Was hat dir deine Mutter vermittelt, was Frauen sind, wie die werden müssen?"

Lucie: "Aggressiv durfte ich schon mal nicht sein. Und kleine Mädchen sollen auch nicht so sein. Sie hat mir immer nur vermittelt, daß sie enttäuscht ist, daß ich nicht viel lieber mit Puppen gespielt habe. Mein Lieblingsspielzeug waren Lego-Steine und Autos. Die kamen nach meinem Vater gleich als Nächstes. Ich glaub', dieses Nicht-so-aggressiv-Sein, das war wichtig für sie."

Lisa: "Wer schreit, hat Unrecht? Du hast dann ja auch irgendwann aufgehört zu schreien."

Lucie: "Ja, das fällt mir jetzt auf, wo du das sagst, daß ich mich da ganz stark angepaßt hab'. Diese Auseinandersetzungen, die konnte ich nicht mehr aushalten. Das war furchtbar, du gingst morgens aus dem Haus und wußtest, du streitest dich nach dem Mittagessen. Irgendwann hab' ich aufgegeben, ich hab' resigniert, hab' mich angepaßt, hab' dann nicht mehr rumgeschrien, sondern war brav. Meine Mutter hat dann teilweise gesagt, sie hat mit mir überhaupt keine Probleme, weil ich immer bei mir aufgeräumt hab'.

Ich hab' auch immer angerufen, wenn ich später oder gar nicht kam. Hab' immer alles sehr ordentlich gemacht, Abitur bestanden, dann ordentlich gearbeitet. Schluderei oder sowas gab's bei mir nicht. Ich hab' nicht auf der Straße rumgehangen. Das war das Schlimmste für meine Mutter, was sie

sich vorstellen konnte, daß ich eine 'Gammlerin' werde. Nach 'Brit' kam dann Gammlerin, weil Gammlerin moderner war.
Meinen Vater hab' ich gerne vorgezeigt, aber bei meiner Mutter war mir das immer unangenehm. Ich fand sie auch immer so unecht. Es kam mir aufgesetzt vor, wenn sie freundlich zu Freundinnen war, die ich mitgebracht hatte, so daß ich dachte, so lieb sind die ihr gar nicht. Bei meinem Vater wußte ich, daß er meine Freundinnen gerne mochte und immer rumgeflachst und rumgealbert hat."

Lisa: "Hast du auch gesagt: 'Mutti, wie kann man nur!' ?"

Lucie: "Oh ja, das fällt mir jetzt auch wieder ein, ich hab' ihr das oft gesagt. Ich hab' sie angeschrien und hab' ihr gesagt, ich möchte nie so werden wie du, dann würde ich mich umbringen. Nie, nie, nie will ich so werden wie du."

Lisa: "Und sie hat dasselbe gesagt: 'Wie kann man nur so sein wie du!' Habt ihr euch mit den gleichen Haltungen bekämpft?"

Lucie: "Ja, ja, und ähnlich verletzend wahrscheinlich. Sie hat sich das noch weniger anmerken lassen als ich."

Nach diesem Gespräch schreibe ich in mein Tagebuch: "Es war furchtbar für mich, feststellen zu müssen, daß ich womöglich doch Ähnlichkeiten mit meiner Mutter habe."

In meinem Motivationstext (Mai 1982) steht zum Stand mit meiner Mutter:

> "Als Lisa und ich im letzten Wintersemester überlegten, ob wir zusammen über uns und Lesben und ihre Mütter unsere Forschungsarbeit schreiben, lebte ich mit meiner Mutter in einem 'Waffenstillstand'. Wir gaben uns Mühe, nett zueinander zu sein, sprachen über unverfängliche Ereignisse und Dinge wie z.B. Blumenzüchten, Sport, Stricken, tratschten über die Verwandten. Ich vertuschte und vertusche ihr gegenüber immer noch mein Leben, wie dem Rest der Familie gegenüber auch, erzähle ihr nur von mir bis zu einem 'zulässigen' Grad, so daß sie weiß, daß ich zu essen hab', auch ein wenig studiere, nicht gerade faul und anscheinend soweit zufrieden bin. Daß ich eine 'Linke' und Feministin bin, ist wohl allen aus meinen Äußerungen klar.
> Ich weiß nicht, wie es in der Seele meiner Mutter ausschaut. Über Gefühle wird nicht geredet, Politik auch nur selten gestreift. Sie fragt mich auch nicht, ob ich einen Freund habe. Ich fahre regelmäßig zu meinen Eltern und bekomme von meiner Mutter auch immer etwas zu essen mit. Für mich ist es nicht nur ein unfreiwilliger Zwang, ich fahre gern nach Hause. Ich hänge an der Gegend, freue mich, meine Eltern

> zu sehen und mag die Marmelade. Sie sind eine Sicherheit für mich, obwohl mir eigentlich klar ist, daß es ein irrationales Gefühl ist, denn real bin ich nicht von ihnen abhängig. Aber ich weiß, daß ich mich im Zweifelsfall immer auf sie verlassen kann.
> Seitdem feststeht, daß wir diese Arbeit schreiben wollen, laufe ich ständig mit weit geöffneten Augen und Ohren herum und suche nach 'Material', das ich verwenden könnte. Zu Hause bei meinem Eltern beobachte ich mich und meine Mutter, merke, daß ich mutiger werde, sie mehr an meinem Leben teilhaben zu lassen. Beispielsweise habe ich mal meine Freundin mitgebracht und erzähle vom Frauenhaus. Aber offen zu sagen, was ich lebe, traue ich mich noch nicht. Ich merke, daß ich bei meinen Überlegungen immer wieder an den Punkt komme, wo ich feststelle, daß ich dringend mit meiner Mutter reden müßte, gerne wissen möchte, wie sie einige Sachen sieht. Dasselbe gilt für meine Schwestern. Dann ertappe ich mich immer wieder dabei, daß ich diesen Gedanken verwerfe, meine Forschungen gerne auf andere Ebenen verschieben möchte und lieber andere befragen will."

In dieser Zeit fühle ich eine Art "Come-out-Druck" in mir: Eigentlich müßte ich es ja nun endlich sagen - ich will es doch, und wie sollen wir weiterarbeiten, ohne der Mutter von uns und unserer Arbeit zu erzählen? Genauso deutlich spürte ich auch: Nein, es geht nicht, ich bin noch nicht so weit. Ich kann es nicht ohne übermäßige Angst machen.

Bei Lisa beobachtete ich kleinlaut, wie geradlinig sie auf ihr Ziel zusteuerte, schrittweise ihr Come-out vorbereitete. Mußte ich es auch so tun oder zumindest so ähnlich? Irgend etwas sperrte sich bei mir. Mein Herantasten verlief eher wellenförmig: Mal wollte ich meiner Mutter gar nichts sagen, legte große Distanz zwischen uns, und dann unternahm ich wieder Versuche, ihr häppchenweise mehr von meinem Leben zu vermitteln, wobei ich das Entscheidende allerdings immer ausließ. Im nachhinein finde ich mich selbst viel zu pädagogisch - um mich und sie vor einer allzu großen gegenseitigen Enttäuschung zu bewahren?

Um den Druck loszuwerden, machte ich mir Gedanken darüber, was ich eigentlich wollte, wozu ich zu dem damaligen Zeitpunkt in der Lage war und ob am Ende dieser Arbeit tatsächlich auch ein praktisches Come-out stehen müßte, sozusagen als das notwendige "Produkt" der Arbeit, ohne das sie ihr Ziel verfehlt hätte. Besteht nicht auch eine andere Möglichkeit: am Ende der Arbeit zu beschließen, daß ich ihr gar nicht erzählen will, daß ich lesbisch bin? Was ich mich vorher vielleicht nicht getraut habe zu sagen (die Gründe dafür wollte ich ja herausbekommen), würde dann zu einer bewußten, stimmigen Entscheidung werden.

Bei meinen Überlegungen wurde mir klar, daß es falsch ist, nur ein bestimmtes Ziel vor Augen zu haben; der Weg war entscheidender. Was ich mit der Arbeit wollte, war in erster Linie, Licht in die Bedeutung meiner Mutter für mich im

Zusammenhang mit meinem lesbischen Leben zu bringen; aufgehängt an der Frage: "Warum sag' ich's ihr nicht einfach?" Deshalb war mir die Beschäftigung mit mir und meinen Erfahrungen mit meiner Mutter zunächst am wichtigsten - die wollte ich mir greifbar machen.

Das, was ich auf diesem Weg erfuhr, ging schon nahe genug an die Grenzen meiner Aufnahmefähigkeit: Ich entdeckte meinen Haß und meine Verachtung meiner Mutter gegenüber, meine Ohnmacht, meine Versuche, mich von ihrer Allmacht zu lösen, die aber nur in Distanzierung mündeten - sie ist eben kein Mensch, den ich lieben kann, und ich bin besser als sie. Daraus mußte ich mein Selbstbewußtsein beziehen. Das noch Fatalere: Wie verhalte ich mich heute Frauen gegenüber bzw. wie verhalten sich Frauen untereinander gerade in Liebesbeziehungen? Gibt es da nicht auch Verachtung und Selbstverachtung? In meiner Liebesbeziehung zu Silke fühlte ich mich ähnlich wie meiner Mutter gegenüber: wütend und ohnmächtig zugleich - von Selbstbewußtsein und Bei-mir-Sein keine Spur.

Für mich war es plötzlich viel interessanter zu schauen, wo gerade Lesben die Strukturen ihrer Mutter-Beziehung reproduzieren und wie das zustandekommt. Das fand ich für meine Lebenssituation viel wichtiger als mein Come-out. Damit wollte ich mir Zeit lassen: Wenn es anliegt, tue ich es schon, und wenn ich es nicht tue, wird es auch einen Grund haben - es bedeutet jedenfalls kein Scheitern. Äußerlich änderte sich in dieser Zeit nichts an dem Verhältnis zu meiner Mutter. Innerlich war ich aufmerksamer, veränderte langsam mein Verhältnis zu ihr. Hin und wieder spielte ich mal durch, wie es wohl wäre, wenn ich 'es' ihr sagen würde, aber ich hatte kein gutes Gefühl und merkte auch, daß ich große Schwierigkeiten haben würde, mit ihr zu reden. Ein Brief, in dem ich alles schreibe, was ich ihr schon immer mal sagen wollte, erschien mir naheliegender, mehr meinen Möglichkeiten gemäß. Aber auch das tat ich damals nicht.

Bezogen auf die Forschungsarbeit und die Frage, ob ich meine Mutter zu einem Forschungsprojekt degradiere, machte ich mir klar, daß ich bei meinen Erfahrungen bleiben muß - dann beforsche ich mich und nicht sie, jedenfalls solange ich keine Mutmaßungen oder Urteile über sie fälle, ohne daß sie eine Möglichkeit hat, selbst zu Wort zu kommen.

In den anschließenden Semesterferien (Sommer 1982) setze ich mich nicht direkt mit der Arbeit auseinander - Bücher, die ich lesen wollte, bleiben ungelesen. Aber ich ahne, daß das, was in der Zeit passiert, in irgendeiner Form mit dem Thema der Arbeit zu tun hat. Bloß wie? Schon im Juni schreibe ich an Lisa:

> "Die letzten Tage habe ich mich eingehend in Gedanken und auf dem Papier mit mir und meiner Mutter beschäftigt. Es ist mir merkwürdig damit gegangen. Dabei und beim Lesen der Bücher (Barbara Franck 1979, Erika Schilling 1981) habe ich immer wieder Stellen gefunden, mit denen ich mich stark identifizieren konnte. Immer wieder sind mir

> Situationen eingefallen, in denen meine Mutter eine Rolle spielte. Ich glaube, manche Reaktionen von mir heute besser verstehen zu können, entdecke Parallelen zu früher. Ich glaube fast, daß meine inneren Auseinandersetzungen mich bis in meine Beziehung zu Silke verfolgen. Ich, die 'Tochter', die verstanden und anerkannt werden will, die das Gefühl hat, daß ihr beides verweigert wird und ohnmächtig vor ihrer 'Angebeteten' steht und sich nicht wehren kann. Andererseits habe ich auch manchmal die 'Mutterrolle'. Ich reproduziere Silke, und sie kann besser von mir etwas einfordern als ich von ihr."

Nur wenige Wochen später zerbricht diese Beziehung. Ich bin ratlos, rastlos, haltlos, völlig in Aufruhr. Ich suche Ablenkung und fahre mit Freundinnen nach Südfrankreich, arbeite anschließend als Taxifahrerin, hole mir therapeutische Hilfe und beende das Frauenhaus-Buch. Lange später schreibe ich über diese Zeit:

Adieu, mon amour

Weinen,
Gänsehaut,
Schüttelfrost,
Appetitlosigkeit,
Felsbrocken liegen im Bauch.
Nächtliches Wachen
oder bedrohliche Träume,
im Tagebuch kaum noch leere Seiten.
Verzweiflung,
Angst,
Alleinsein.

Ich hatte in der Beziehung zu Silke völlig meine Autonomie verloren, war abhängig von Liebesbeweisen, hatte nicht einmal mehr das Selbstbewußtsein, für meine Gefühle einzutreten. Ich war nicht in der Lage, Widerstand dort zu leisten, wo es notwendig gewesen wäre, immer in der Angst, Silkes Liebe völlig zu verlieren. War es nicht mit meiner Mutter genauso gewesen? Ein ständiger Kampf um die Liebe der anderen, weil wir uns über Liebesbeweise definieren?

Lisa: "... trotzdem liebte ich sie über alles"

Auch Lisa schreibt im Mai 1982 auf, was ihr alles zu dem Thema "Meine Mutter und ich" einfällt:

Eigentlich sollte ich ein Junge werden, ein Stammhalter, der dann zu gegebener Zeit den Bauernhof meiner Eltern hätte übernehmen können. Klar war, daß ich mich ziemlich ins Zeug legen mußte, um diese Enttäuschung wettzumachen. Wenn schon kein Junge, dann wenigstens ein richtiges Mädchen, das anständig ist und das es zu etwas bringt! Ich habe dann auch alles, was ein Baby lernt, überdurchschnittlich früh gekonnt: krabbeln, laufen, sprechen, ... und am schnellsten habe ich gelernt, daß ich Zuwendung dafür bekam, 'begabt' zu sein. Ich war ein Vorzeigemädchen, süß und niedlich anzusehen, immer freundlich und nett. Es gibt kaum ein Baby- oder Kinderfoto von mir, auf dem ich nicht in die Kamera strahle. Leider weiß ich nicht, wieviel davon aus mir selbst kam und wieviel davon aus mir herausfotografiert wurde. Schließlich war ich wie alle Kleinkinder mit Leib und Seele abhängig von meiner nächsten Umwelt, besonders von meiner Mutter und ihrer Zuwendung.

Ich glaube, ich wollte es ihr schon ganz früh ganz recht machen. Ich war ein sehr bequemes Baby, habe ihr keine besonderen Probleme gemacht, war schon ziemlich früh einigermaßen selbständig und muß irgendwie vermittelt haben, daß ich mit allem klarkomme. Noch heute bin ich die Lisa, die immer alles so gut allein konnte, von Anfang an; später wurde ich zum Vorbild meiner armen jüngeren Geschwister erhoben, die dem natürlich nicht nachkommen konnten. Ich habe nie besonders viel Hilfe von meiner Mutter in Anspruch genommen, weder früher, z.B. beim Anziehen, noch später, z.B. beim Hausaufgabenmachen. Ich glaube, es hätte mir besser getan, nicht immer so selbständig sein zu müssen, sondern mich einfach auch mal an sie anlehnen zu können und mich von ihr führen zu lassen. Ich spürte die Erwartung, das Bild des intelligenten, eigenständigen Mustermädchens zu erfüllen.

Die früheste Erinnerung, die ich an meine Mutter habe, ist eine eher schreckliche: Sie hatte mich zu Haus' alleingelassen und war zum Arbeiten aufs Feld gegangen. Ich hatte Angst, wollte zu ihr und bin mit meinen ca. zwei Jahren vor Verzweiflung einfach die zwei Kilometer Feldweg langgetrippelt (meine erste Weltreise!), die sie sich von mir entfernt hatte. Meine Mutter war ziemlich erschrocken und schuldbewußt. Bezeichnend finde ich dabei, daß ich keine Anstrengung gescheut habe, um sie zu erreichen und wieder bei ihr zu sein.

Einen ähnlichen abenteuerlichen Ausflug habe ich noch mal im Alter von fünfeinhalb Jahren unternommen, als meine Mutter zur Geburt meines Bruders in die nächste Stadt ins Krankenhaus gebracht worden war. Irgendwie habe ich wohl geahnt, daß sie sich jetzt wieder von mir trennt, aber endgültiger (bevor mein Bruder kam, hatte ich ihre ungeteilte Aufmerksamkeit). Ich bin ihr wieder nachgelaufen, zu Fuß in Richtung Krankenhaus, bis ich mitten auf der Strecke von einer Bekannten aufgelesen wurde. Ich habe das Gefühl, daß ich ihr auf irgendeine Weise oft nachgelaufen bin und sie doch nie richtig erreicht habe.

Größtenteils habe ich schöne Erinnerungen an meine frühe Kindheit. Ich war viel draußen, hatte Bewegungsfreiheit und viel Unbekanntes zu erforschen. In den Erzählungen meiner Mutter bin ich ein neugieriges, unternehmungslustiges Kind, das sich immer wieder Neues einfallen läßt, was es ausfressen kann. Mit Puppen habe ich nie so gern gespielt, wie es auf den Fotos aussieht.

Obwohl mich meine Mutter, glaube ich, sehr mochte und stolz auf mich war, hat sie mir wenig davon gezeigt. Ich kann mich z.B. nicht daran erinnern, daß sie je mit mir geschmust hat, wohl ab und zu ein Küßchen, aber auch das war nur so hingehaucht, jeden Abend eins. Das Ritual sah so aus, daß ich vor dem Schlafengehen die Runde in unserem Wohnzimmer machte, jedem Familienmitglied die Hand gab oder die Wange hinhielt und dann Verschiedenes zurückbekam: von meiner Oma einen liebevollen Klaps auf den Hintern, von meiner Mutter die Wange, von meinem Vater früher die Wange, später (in der Pubertät) nur noch die Hand. Aber einfach so und ohne, daß ich's mir abholen mußte, kann ich mich kaum an Zärtlichkeit oder andere liebevolle Zuwendung erinnern. Auch zum Spielen hatte meine Mutter meist keine Zeit, schließlich war sie auch noch Bäuerin und Hausfrau. Ich war oft allein (in dem Dreihundert-Seelen-Kaff gab es kaum noch Kinder in meinem Alter) und hab' mich mit mir selbst beschäftigt; alle wußten ja, daß ich das so gut konnte!

Es gab eine Phase mit ca. drei bis vier Jahren, in der ich mich mehr mit meinem Vater verbunden fühlte und mit seinem Leben draußen auf dem Hof und auf dem Feld. Aber er wurde bald wieder von meiner Mutter als primäre Bezugsperson abgelöst. Mit ihr hatte ich, obwohl sie auch viel arbeitete, doch mehr zu tun, konnte wenigstens bei ihr sein, im Garten und im Haus. Inwiefern sie dabei wirklich für mich *erreichbar* war, nicht nur physisch anwesend, weiß ich einfach nicht mehr; das ist die große ungeklärte Frage.

Es gibt viele Fotos von mir aus dieser frühen Kinderzeit. Meine Mutter hat mich fotografiert und ein Extra-Album angelegt, was dann bei meinen zwei Geschwistern später gar nicht mehr in diesem Maße passierte. Die Fotos zeigen, wie schon angedeutet, ein nettes kleines Mädchen, das immer lächelt, meist mit Puppen ausstaffiert ist, lieb, aber auch lebendig, neugierig, aufgeweckt. Sie zeigen genau die Lisa, die meine Mutter gerne sehen wollte. Das ganze Album ist ein einziges Bild, das sie von mir entworfen hat und zu dem ich bereitwillig Modell gestanden habe. Manchmal sieht mein Grinsen aber eher nach einer Fratze aus, an der Grenze zum wutverzerrten Fauchen. Nur, Wut war nicht erlaubt, dann schon eher Tränen. Und davon habe ich, ersatzweise, viele geweint.

Darauf, daß ich mit fünfeinhalb Jahren einen Bruder bekommen würde, bin ich nicht vorbereitet worden; und wie das Ganze vor sich gegangen war, wurde erst recht nicht erklärt. Er war plötzlich eben einfach da! Ein Grund mehr für mich, um die Liebe meiner Mutter zu bangen und mich um sie zu bemühen, vor allem dadurch, ihren Erwartungen zu entsprechen.

Klar war, daß ich etwas Besonderes werden sollte. Noch heute strahlen die Augen meiner Mutter, wenn sie davon erzählt, daß ich schon ganz früh lange Gedichte auf Familienfeiern aufsagen konnte. Und immer wieder wird erzählt, daß ich schon mit vier Jahren Ortschilder buchstabieren und den Markennamen unseres Herdes abschreiben konnte. Die Fotos aus dieser Zeit zeigen mich fast immer bei irgendeiner Tätigkeit: Lisa beim Telefonieren, Lisa beim Klavierspielen, Lisa beim Essenkochen, Lisa beim Puppenanziehen ... - das kann sie schon alles! Sehnsüchtig wartete ich darauf, daß endlich die Schule anfing, damit ich noch mehr beweisen konnte. Ich kann mich noch ziemlich gut daran erinnern, wie enttäuscht ich war, als wir am ersten Schultag noch keine Hausaufgaben aufbekamen - wie gern hätte ich gezeigt, was ich schon alles konnte!

Schule war von da an mein Lebensinhalt. Gerade von meiner Mutter habe ich nie so etwas gehört wie: "Mädchen brauchen nix lernen, die heiraten ja doch!" Sie hat mich eher darin bestärkt, mich weiterzubilden und mich dadurch selbständig und unabhängig zu machen, etwas, was sie damals im Krieg nicht konnte, aber vermutlich gern gemacht hätte. Ich glaube, daß sie durch mich ein Stück von dem nachleben wollte.

Auch sonst bekam ich relativ wenig Erwartungen aufgedrückt, die praktische Seite der traditionell weiblichen Rolle zu erfüllen. Ich hatte nie Hausarbeit zu verrichten, sondern wurde stattdessen schon ziemlich früh mit aufs Feld genommen. Ab meinem zehnten Lebensjahr fuhr ich selbständig Trecker und half meinem Vater bei der Arbeit. Obwohl ich es ziemlich langweilig und eintönig fand, mit dem Trecker meine Runden auf dem Feld zu drehen, war mir doch bewußt, daß es eine "wichtigere" Sache war als die Hausarbeit meiner Mutter. Das war eben was für Frauen. Ich glaube, es war schon ein Privileg, daß ich als Mädchen so weit in den eigentlichen Männerbereich unseres Hofes vordringen durfte. Es war eben kein Junge da, der helfen konnte, und mir wurde, "obwohl" ich ein Mädchen war, doch eine Menge zugetraut.

Sonst spielen die Frauen in unserer Familie, so sieht es nach außen hin aus, eine ziemlich untergeordnete Rolle, sind nicht ganz ernstzunehmen und haben sich anzupassen. Die Form bleibt gewahrt: Es gibt einen Patriarchen und Frauen, die ihm gehorchen. Obwohl ich schon früh das Gefühl hatte, daß die Frauen die eigentlich Mächtigen waren, mußten sie sich vor dem einzigen Mann, meinem Vater, doch immer kleiner machen, als sie eigentlich waren (das schien zum Frau-Sein dazuzugehören). Die Frauen - das sind: meine Oma (Mutter meiner Mutter), meine Mutter, ich und später, als ich siebeneinhalb war, kam noch meine Schwester dazu.

Das auf mich zukommende Frauendasein, so wie es von meiner Mutter verkörpert wurde, erschien mir nicht besonders erstrebenswert. Ich kriegte mit, daß sie irgendwie litt und wohl was falsch gemacht hatte mit ihrem Leben. Sie vermittelte mir indirekt, daß ich's anders machen sollte als sie. Ab und zu erlebte ich auch

Streitereien zwischen meinen Eltern oder die bedrückende Atmosphäre vor- und hinterher. Meine Mutter ging meinem Gefühl nach fast immer als Verliererin daraus hervor. Ich wollte nie so ein Leben führen wie meine Mutter. Mir wurde immer gesagt, daß ich alles mögliche werden solle, nur eines nicht: Bäuerin, das, was meine Mutter ist! Es war dann auch das allerletzte, was ich mir für mich vorstellen konnte. Ebenso habe ich mich schon ziemlich früh entschlossen, nicht zu heiraten. Soweit ich mich erinnern kann, hat meine Mutter mich auf subtile Weise auch eher darin bestärkt als versucht, mich davon abzubringen.

Das Vorbild, das sie mir bestimmt gewesen war, begann während meiner Grundschuljahre langsam abzubröckeln, als ich beispielsweise nach ihren früheren Schulnoten fragte. Sie selbst sagte nichts Eindeutiges, aber aus den herablassenden Bemerkungen meines Vaters schloß ich, daß diese wohl nicht so gut gewesen sein konnten. Ohne Verständnis für den damaligen Kriegszustand haben zu können, ließ ich meinen Glauben an sie noch mehr erschüttern.

Trotzdem liebte ich sie über alles und wollte auch von ihr geliebt werden. Ich kann mich noch ziemlich genau an eine Situation erinnern, in der ich ca. acht Jahre alt bin und mir nichts mehr wünsche, als daß sie meine beste Freundin ist und bleibt. Aber ich glaube, wir hatten nie das Vertrauensverhältnis, nach dem ich mich eigentlich gesehnt habe.

Mit Beginn der Schule fing ich an, mein eigenes Leben außerhalb des kontrollierbaren Familienlebens zu führen, das mit der Zeit einen immer größeren Raum einnahm. Es war das Leben, das ich nicht mit meiner Mutter teilte und von dem sie auch nicht besonders viel erfuhr, denn ich erzählte wenig. Sie brauchte auch meine Hausaufgaben nicht zu überprüfen, erfuhr höchstens meine Zensuren und war beruhigt und zufrieden, denn alles klappte ja so gut! Von meinen Problemen und meinem Heimweh, das ich im Zeltlager hatte, erfuhr sie nichts. Über die wirklich wichtigen Sachen redeten wir schon damals nicht.

Als ich mit neun Jahren aufs Gymnasium in die nächste Stadt kam, wurde die Kluft noch größer. Es war wie eine andere Welt, aus der ich mittags nach der Schule in die alte vertraute zurückkehrte. Aber ich konnte keine Verbindung zwischen beiden Welten schaffen, konnte der alten nicht vermitteln, was in der neuen geschah, meiner Mutter nicht erzählen, was dort für mich passierte. Diese Schule hat eine Menge dazu beigetragen, daß wir uns immer fremder wurden. Von den Dingen, die ich dort lernte, verstand sie bald nichts mehr, fragte auch nicht mehr danach. Sie hätte sich ja doch nur eine Blöße gegeben. Schnell waren nur noch die Zensuren, die Endprodukte, die ich mit nach Hause brachte, interessant. Irgendwie muß sie das Gefühl gehabt haben, daß sie mir da nicht mehr reinreden kann, daß ich mir vielleicht auch gar nicht mehr reinreden lasse, jetzt, wo ich doch etwas "Besseres" werden würde. Ich war die einzige aus dem weiteren Familienkreis, die aufs Gymnasium ging, und ich hütete mich davor, die von allen Seiten auf mich zukommende Prophezeiung, daß ich jetzt bestimmt "eingebildet" werden würde, zu bewahrheiten. Auch meiner Mutter wollte ich nie dieses Gefühl geben, aber irgendwie muß es dann doch so bei ihr angekommen sein. Dabei hätte ich gern mehr Interesse von ihr gespürt. Ich merkte, daß es ihr unangenehm war, auf Elternversammlungen zu gehen, interpretierte es als Desinteresse oder Scheu vor den (ein)gebildeten Städtern. Irgendwie muß sie mich dann langsam auch immer mehr zu denen gezählt haben, muß gesehen haben, daß ich dem Dorfleben immer mehr entwachse. Ich bin sicher, daß ihr das wehgetan hat, aber sie hat nichts davon gezeigt.

Auch ich ließ mir nicht anmerken, welche Umstellungsschwierigkeiten und Minderwertigkeitsgefühle ich selbst hatte - unter den Städtern fühlte ich mich nämlich wie ein "Bauerntrampel", irgendwie minderbemittelt. Mir tat auch weh, daß sie so wenig Anteil an meinem Leben in der Schule nahm oder ich sie so wenig Anteil nehmen ließ - ich weiß nicht, was zuerst da war. Meine Wünsche sahen jedenfalls anders aus, den Vorstellungen von einer Idealmutter kam sie nicht nach. Die sah ich nur bei meinen Freundinnen aus der Klasse, die mit ihren Müttern über alles sprechen konnten, deren Mütter alles verstanden. So eine hätte ich damals auch gerne gehabt!

Auf der anderen Seite spürte ich eine unbeschreibliche Abhängigkeit von ihrer Einstellung mir gegenüber. Am allerwenigsten konnte ich aushalten, wenn sie mir böse war, wenn ich etwas falsch gemacht hatte. Das hat mich innerlich fast zerfressen. Bei vielem, was ich tat, versuchte ich, es ihr recht zu machen, ihr nicht wehzutun. Ziemlich deutlich habe ich noch in Erinnerung, als ich mit zehn Jahren eine Klassenfreundin übers Wochenende besuchte und mich gleich nach der Ankunft erstmal fürchterlich bei ihr ausweinte. Mir war klar geworden, daß ich überhaupt nicht allein entscheiden konnte, welche Klamotten ich mitnehmen wollte, daß ich total abhängig davon war, was meine Mutter wohl für richtig hielt. Ich hatte tatsächlich Angst, etwas "Falsches" einzupacken und sie dadurch zu verärgern. Ich kam mir vollkommen abhängig und entscheidungsunfähig vor.

In diesem Übergang von Kindheit zu Pubertät fühlte ich mich oft nicht verstanden von ihr, fühlte mich auch hinter meinen Bruder zurückgesetzt, mit dem ich oft stritt und den sie, weil er jünger war, immer beschützte. Ich fand sie ungerecht und gemein. Aus der ersten Tagebuchnotiz, die ich zu dieser Zeit (zehn bis elf Jahre) auf meiner ersten Schreibmaschine festhielt, wird deutlich, wie wenig ich mich von ihr verstanden fühlte:

> "Heute ist ein schrecklicher Tag. Zuerst die Zwei in der Englischarbeit und jetzt *das*:
>
> Ich will nach dem Essen vor den Schularbeiten noch mit der Innenausstattung meines neuen Einfamilienhauses mit Bungalow (leider nur aus Lego) anfangen, da kriegt Henner mal wieder einen seiner Tobsuchtsanfälle und schreit los: 'Das sind meine Lego', und haut mir das Dach, das ich gerade zum dritten Mal mühevoll reparierte, krachend aus der Hand. Ich protestiere natürlich, obwohl ich weiß, daß

das nichts nützt, denn Henner wird ja doch immer vorgezogen. Er weiß genau, daß 'Mutti' nur ihm glaubt, denn so doof, wie 'die anderen' immer denken, ist er nun auch nicht. Na ja, wie das so ist, gibt es erstmal wieder eine Moralpredigt (immer dasselbe): 'Jetzt laß ihm aber die Legos, er darf auch nie mit Deinen Sachen spielen.' Das hat ihr natürlich wieder mein liebes Brüderchen erzählt. Natürlich alles erfunden. Aber ihm wird ja alles geglaubt, und mir??? Aber jetzt reicht's mir langsam. Das war zuviel! 'Ja, natürlich, ich weiß, ich laß ihn nie spielen, nein, wie komm ich denn dazu.'
Jetzt krakeelt sie los: 'So, willst Du in Deinem Alter noch was mit dem Knüppel haben?' und kommt mit dem Kochlöffel in der Hand auf mich los. Ich kann noch schnell entwischen, und jetzt sitze ich hier oben und denke nach: Die erste Folge dieses Zwischenfalls wird sein, daß ich nichts zu Weihnachten bekomme ...
Auf meinem Bücherbord entdecke ich ein altes Buch, das mir Oma mal geschenkt hat: 'Heimatlos'. So komm ich mir jetzt vor. Hat mich eigentlich irgendeiner schon einmal irgendwann geliebt??? Meine 'Eltern' geben sich ja doch nur mit Henner und Carmen ab. Soll ich weglaufen? Soll ich Selbstmord machen? Manchmal wünsche ich, ich wäre niemals auf die Welt gekommen. Ich habe gerade ein Buch durchgelesen: 'Harriet, Spionage aller Art'. Diese Harriet ist auch von allen Freunden verlassen worden, hat sie aber doch noch wiedergefunden.
In der Schule ist es noch am schönsten. Ich hasse die Wochenenden, die ich zu Hause verbringen muß. Ich hab mir vorgenommen, 'sie' überhaupt nicht mehr zu beachten.
Manchmal tut Mutti mir leid. Sie hat schon schwierige Kinder. Aber kann ich vielleicht was dafür? Wer hat uns denn so erzogen? Ich hasse sie alle: Mutti, Papa, Oma, Henner, Carmen und mich. Ja, ich hasse mich!!! Die Lehrer sind meine Eltern, und meine Klassenkameraden sind meine Geschwister.
Ich habe meinen Grundsatz geändert -
aus: 'Die Schule ist eine unangenehme Unterbrechung der Ferien.'
wird: 'Die Ferien sind eine unangenehme Unterbrechung der Schule.'
Aber ich weiß jetzt schon, daß ich das nie aushalten werde."

So dramatisch sich dieser Gefühlsausbruch anhört, so wenig hab' ich meine Mutter davon mitkriegen lassen. Für sie gab es keine Probleme, also machte ich meine mit mir selbst ab. Wenn ich welche hatte, ging sie mit einer solchen Gleichgültigkeit (heute denke ich: Unsicherheit) darüber hinweg, daß ich ihr bald nichts dergleichen mehr erzählte. Wenn ich ängstlich war, irgendwo hinzugehen, wo ich niemanden kannte, meinte sie kurz: "Dann lernst du eben jemanden kennen!" Als ich die ersten

Verhärtungen in meiner Brust spürte und überzeugt davon war, demnächst an Krebs zu sterben, hat mich nur die reine Verzweiflung dazu gebracht, ihr davon zu erzählen. Ihre Reaktion war so verständnislos locker, wie ich erwartet hatte: "Ach, das ist doch bloß die Entwicklung!" Ein Leitspruch meiner Kindheit war übrigens: "Ach, stell dich doch nicht so an!"

Von meinem Haarausfall, den ich in der Pubertät hatte und der mich vollkommen erledigte, hab' ich ihr dann gar nichts mehr erzählt. Sie hätte meine Angst nur runtergemacht. Lieber gab ich heimlich mein ganzes Taschengeld für Anti-Haarausfall-Mittel aus. Ihr Motto war: "Probleme? So was gibt es nicht!" Also behielt ich sie für mich, und auch sonst redete ich nicht viel. Mir war klar, daß ich damit ihre Erwartungen enttäuschte. Sie hat sich immer Kinder gewünscht, die "was erzählen", und nur solche großgezogen, von denen sie nicht viel zu wissen kriegt. Und ich wollte immer eine Mutter, zu der ich mit allem, was ich habe, kommen kann, die ich an meinem Leben teilhaben lassen kann. Aber irgendwie ging es nicht! Wenn ich wirklich etwas Wichtiges auf dem Herzen hatte, hab' ich oft abends, wenn sie schon im Bett lag, vor ihrer Schlafzimmertür gestanden und Kämpfe mit mir ausgefochten, ob ich nun reingehen sollte oder nicht, erzählen sollte oder nicht. Ich hab' es nur getan, wenn es wirklich sein mußte, und selbst dann hat es mich ungeheure Überwindung gekostet.

Als ich, ich glaube mit neun Jahren, meinen allerersten Freund im Zeltlager kennengelernt hatte und, wieder zu Hause, Liebesbriefe von ihm bekam, wurde es meiner Mutter wohl unheimlich. Sie sah immer nur die vielen Briefe mit den Herzen drauf und fragte mich eines Abends, ob ich sie ihr nicht mal zeigen könnte. Ich glaube, ich war froh, endlich eine Aufforderung bekommen zu haben, sie in meine Liebesgeschichte einzuweihen, und zeigte ihr die Briefe vertrauensvoll. Sie sagte nicht viel dazu, nur, daß das sofort aufhören müsse; ich sei noch viel zu jung für so was. Ich habe mich, warum auch immer, in Grund und Boden geschämt und dem Jungen gleich einen Brief geschickt, daß das aufhören müsse; wir seien noch viel zu jung dazu!

Ähnlich verlief es, als mein nächster Freund mich sogar zu Hause besuchte, wir friedlich miteinander "Mensch ärgere dich nicht" spielten und Hand in Hand durch den Wald spazierten. Als das meiner Mutter zuviel wurde (sie dachte wohl auch, daß sich schon mehr zwischen uns abspielen würde), sagte sie mir wieder, daß das aufhören müsse! Was sollten denn die Leute denken, wenn ich mit meinen jungen Jahren schon mit einem Jungen Hand in Hand herumlaufe? Diesmal fiel es mir schon wesentlich schwerer, einfach so Schluß zu machen, aber das schlechte Gewissen meiner Mutter gegenüber war im Endeffekt doch stärker und sorgte dafür, daß ich mich auch von Ralph trennte. Überhaupt kann ich mich nicht daran erinnern, daß ihr jemals einer meiner Freunde recht war; die Zweier-Beziehungen, die ich hatte, wurden nie von ihr akzeptiert.

Ich verstand die Welt nicht mehr. Früher durfte ich doch so viel mit den Jungs aus dem Dorf machen, wie ich wollte, mit ihnen Fußball spielen, auf Bäume klettern, alles. Es gab ja keine Mädchen in meinem Alter. Aber plötzlich fühlte ich mich in meiner Freiheit erheblich eingeschränkt. Plötzlich sollte ich mich nicht mehr so viel mit den Jungs "rumtreiben", wieder waren die Leute aus dem Dorf und ihre Meinung über mich das Argument dafür. Die Art und Weise, auf die mir meine Mutter das vermittelte, machte klar, daß da noch was anderes im Spiel war: Sexualität! Ich war zehn oder elf geworden, und die Jungen waren nicht mehr nur einfach Spielkameraden. Von ihnen ging auf einmal etwas Gefährliches aus, vor dem ich mich hüten sollte. Sie hat mir zwar nicht ausdrücklich verboten, mit ihnen zusammenzusein, aber mich oft spüren lassen, daß sie nicht damit einverstanden war. Je älter ich wurde, desto eindringlicher wurden die Warnungen: "Laß Dich nicht auf die Jungs ein!"

Auf der anderen Seite, als krasser Gegensatz dazu, nahm meine Mutter meine wachsende Fraulichkeit nicht wahr. Als ich mich mit dreizehn endlich traute, sie zu fragen, ob ich nicht auch einen BH haben könne, alle anderen in der Klasse hätten schon einen, fühlte ich mich nicht besonders ernstgenommen von ihr. Sie machte sich fast lustig über mich, sah in dieser Beziehung immer noch das kleine Mädchen in mir. Wenn ich mir das heute überlege, muß das die totale Verwirrung für mich gewesen sein: Auf der einen Seite sah sie die Verführerin in mir, auf der anderen Seite wollte sie nicht wahrhaben, daß ich körperlich wirklich schon erwachsen wurde.

Ich glaube, diese Zeit war mit sehr widerspüchlichen Aufträgen gespickt. Es gibt ein Foto von mir mit ca. vierzehn Jahren, auf dem ich einen sehr kurzen Rock und Schuhe mit hohen Absätzen trage. Die Sachen hat meine Mutter mit mir zusammen ausgesucht, das Foto hat sie selbst gemacht. Ich glaube, unterschwellig wurde ich von ihr darin bestärkt, hübsch, locker, sexy und weiblich auszusehen, das auszustrahlen, was sie in ihrer Jugend nicht konnte oder durfte. Ich hab' mich nur immer drüber gewundert, warum die anderen Mädchen in meiner Klasse keine hohen Absätze tragen durften und um jeden Zentimeter Rocksaum kämpfen mußten. Ich durfte immer anziehen, was ich wollte, in dieser Beziehung hatten wir nie Schwierigkeiten miteinander. Auf eine gewisse Weise durfte ich auch immer machen, was ich wollte, hat sie mir wenig verboten. Trotzdem hing über vielem ein unsichtbares Warnschild, besonders wenn es um Jungs ging. Freiheit, die ich hatte und doch nicht hatte!

Sexualität - ein peinliches Thema. Als wir in der fünften Klasse Aufklärungsunterricht bekamen, sprudelte ich über vor Fragen. Neugierig stellte ich sie meiner Mutter, die versuchte, möglichst aufgeschlossen und frei zu antworten. Aber ich spürte, daß es ihr unangenehm war. Sie wich auf Fernseh-Aufklärung aus, die ich mir ansehen sollte, und versprach mir Bücher, in denen alles viel besser erklärt sei, als sie das machen könne. Eines Abends, ich war zwölf, kam sie in mein Zimmer und sagte, sie müsse mal mit mir reden. An ihrem unsicheren Lächeln erkannte ich sofort, daß es was mit Sexualität zu tun haben würde. Was sie ausstrahlte, war: "Irgendwann muß das ja doch mal gesagt werden, und jetzt will ich's auch schnell hinter mich bringen." Dann erzählte sie mir, daß ich wohl in nächster Zeit mal Blut in meiner Hose finden würde, daß das völlig normal sei, jeden Monat wiederkäme und zu meiner "Entwicklung" gehören würde. Ich war baff - und sie auch vollkommen erstaunt darüber, daß ich davon zum ersten Mal hörte. Sie erzählte auch noch, daß sie damals überhaupt nicht darauf vorbereitet worden war und daß sie nicht wollte, daß es ihrer Tochter genauso erging. Das rechnete ich ihr hoch an. Es war auch ein Stück von ihr, das sie mir da zeigte, und das geschah nicht häufig.

Als es mit dreizehn dann tatsächlich soweit war, dauerte es trotzdem einen ganzen Tag, bevor ich mich traute, es ihr zu sagen. Ihre Reaktion hat mich wirklich überrascht. Ich fand das alles so peinlich, aber sie freute sich richtig darüber, erzählte es auch noch ganz frech gleich meiner Oma weiter. Danach war es nie wieder Thema.

Bluten heißt: gebärfähig sein. Ab jetzt war die Angst meiner Mutter davor, daß ich "mit einem Kind nach Haus komme", nur noch größer. Das wäre das Schlimmste, was ich machen könnte. Es würde mein Leben verpfuschen und ihres, schloß ich aus ihrem bitteren Ton, gleich dazu. Bluten heißt auch Frau-Werden; frau wird von diesem Wendepunkt ihres Lebens an über Sexualität definiert, genauer: über Hetero-Sexualität. Wenn ich davon ausgehe, daß Mütter, abhängig davon, wie sie mit ihrer eigenen Sexualität klarkommen, entsprechende Botschaften an ihre Töchter weitergeben, habe ich keine besonders lockere Einstellung zur Sexualität vermittelt bekommen. Es war eher etwas Gefährliches, Unheimliches. Ich denke, daß es meiner Mutter auch nie besonderen Spaß gemacht hat. Ich kriegte zu hören, daß ich mich bloß nicht von den Jungs reinlegen lassen sollte und daß ich verdammt aufpassen müßte. Es klang nach einem Schicksal, dem Frauen ohnmächtig ausgeliefert seien. Frau konnte sich nur davor retten, indem sie solche gefährlichen Situationen vermied. Und genau das tat ich nicht! Ich verbrachte Nachmittage und Abende immer noch mit den Jungs aus dem Dorf, als einziges Mädchen. Und meine Mutter versuchte, mich davon abzubringen. Argument: natürlich auch wieder die Leute. Sie konnte mir immer noch ein wahnsinnig schlechtes Gewissen machen, aber allmählich begann ich, mich nicht mehr so unter Druck setzen zu lassen.

Einige Male bot sie mir an, mir die Pille zu besorgen, wenn ich sie brauchen würde. Ich fand das zwar sehr locker und modern von ihr, aber irgendwie auch komisch. Wofür hielt sie mich eigentlich? Für eine, die mit dem ersten besten ins Bett geht? Nee, sie hatte wirklich ein total falsches Bild von mir! Das Pillenangebot ging an meinen wirklichen Problemen vorbei. Ich schlug mich zu der Zeit noch mit dem pubertären Wechsel von Verliebtheit und Liebeskummer herum. Fürs Schlafen wollte ich mir erstmal den Richtigen aussuchen, das hatte noch Zeit und war mir viel zu wichtig. Es tat mir weh, was sie von mir dachte. Als ob alle Mädchen im Zeitalter der "sexuellen Revolution" und danach nur darauf warteten, jemanden fürs Bett zu finden.

Pubertät - nach ihren Worten bin ich da ohne größere Schwierigkeiten durchgerutscht. Sie bekam ja auch wenig davon mit. Ich begann langsam, meinen Schwerpunkt immer mehr in die Stadt zu verlagern; Schule und Freundinnen aus meiner Klasse nahmen einen großen Raum ein, der ihr verschlossen blieb. Sie fragte wenig, und ich erzählte wenig.

Je nach Gefühlslage fand ich das mal gut, mal schlecht, legte es einmal als Toleranz und Großzügigkeit von ihr aus, ein anderes Mal als Desinteresse an mir und meinem Leben. Im Gegensatz zu vielen meiner Freundinnen bekam ich z.B. auch nie eine feste Uhrzeit mit auf den Weg, zu der ich abends zu Hause sein mußte. Ich durfte eigentlich so ziemlich machen, was ich wollte. Bei dieser freiheitlichen Erziehung, die wohl ganz anders war als ihre eigene, überkam sie aber dann doch immer wieder die Angst, daß mir "das Schlimmste" passieren würde. Auf beiden Seiten fehlte einfach das Vertrauen! Jetzt denke ich, sie hätte sich ruhig öfter einmischen und mir ab und zu Grenzen stecken sollen. Das hätte ja auch Sorge um mich bedeutet. Aber die brauchte sie sich ja nicht zu machen; bei mir klappte doch alles so gut. Ich hatte doch immer so gute Zensuren!

Als ich dann mit dreizehn beim Klauen im Kaufhaus erwischt wurde, war das wohl ein echter Schock! Sie war sehr enttäuscht und böse. Im Endeffekt hielt sie dann aber doch zu mir, kam mit zum Verhör auf die Polizeiwache und gab mir Unterstützung. Vielleicht wollte ich das auch nur mal bewiesen haben! Wenn ich oder meine Geschwister sonst mal Mist bauten, war eine ihrer Sorgen oft, wie sie das jetzt meinem Vater wieder beibringen sollte. Er durfte nicht verärgert werden. Das hätte wieder schlechte Rückwirkungen auf sie gehabt. *Schonen* wurde und wird großgeschrieben, ist bestimmt auch nicht ohne Einfluß auf mich geblieben. Ich schone meine Mutter jetzt ja auch, habe Angst vor ihrer Reaktion auf mein Lesbisch-Sein und halte es lieber geheim. So, wie sie meinen Vater schont, möchte sie doch sicher auch selbst geschont werden. Diese kleinen Geheimnisse zwischen uns meinem Vater gegenüber hatten aber auch so etwas wie Verschwörungscharakter und brachten uns einander näher. Da hielten wir zusammen. Wenn er doch mal was rauskriegte, stand sie eher auf meiner Seite, nahm mich oft in Schutz und versuchte, ihn zu beschwichtigen. Das fand ich eigentlich immer in Ordnung von ihr.

Meine Mutter mag keine Auseinandersetzungen, zumindest wenn sie konträr sind. Um des lieben Friedens willen vertuscht sie gern die Unstimmigkeiten der Realität, vielleicht eine Art Überlebensstrategie, die sie im Laufe der Jahre entwickelt hat. Wenn ich ihr irgendwann erzähle, daß ich lesbisch bin, wird eine ihrer ersten Reaktionen bestimmt sein: "Oh Gott, wie soll ich das bloß Papa beibringen!" Aber ich will doch wissen, was *du* darüber denkst!

Mit siebzehn machte ich mit meiner Klasse eine Woche lang ein Intensiv-Seminar über Frauen- und Männerrolle. Ich wußte nicht recht, warum, aber es ging mir schlecht, ich hatte Angst. Meine damalige Interpretation war so, daß ich darunter litt, "immer noch nicht" mit einem Jungen geschlafen zu haben. Heute denke ich, daß es schlicht und einfach Angst genau davor war, vor Sexualität, Sexualität mit Männern; eine andere wurde mir ja nicht zur Auswahl gestellt. Ich bekam auch zum ersten Mal eine Ahnung davon, was es bedeutet, eine Frau zu sein. In dieser Hinsicht war dieses Seminar wegweisend für mich. Ich begriff, daß irgend etwas faul war an dieser Rollenverteilung, und ich spürte das auch in mir so intensiv, als ob ich mindestens schon ein unterdrücktes Frauenleben hinter mir gehabt hätte. Das war der Anstoß. Von da bis zur Frauenbewegung war's nicht mehr weit.

Obwohl ich spürte, wie unterdrückt meine Mutter war (ist), sprach ich nicht mit ihr darüber. Ich hätte gar nicht gewußt, welche Worte ich hätte benutzen sollen. Es wäre nur irgendwie wieder peinlich gewesen. Die Kluft zwischen uns hatte sich mit den Jahren noch mehr vergrößert. Ich erzählte kaum noch mal was außer der Reihe. Und wenn es doch sein mußte, dann zerkleinerte ich es in mundgerechte Happen, leicht zu schlucken und bekömmlich. Meine Arbeit in einer Psychiatrie-Laienhelfergruppe beispielsweise schien sie überhaupt nicht zu verstehen. Anstatt ihren herablassenden Bemerkungen über die "Verrückten" etwas entgegenzusetzen, erklärte ich (sie konnte mir immer noch leicht ein schlechtes Gewissen machen), daß sie sich doch immer so freuten, wenn sie Besuch bekamen. Meine wirkliche Motivation, mein Interesse an dieser Gruppenarbeit, ließ ich dabei im Hintergrund. Dafür hätte sie meinem Gefühl nach kein Verständnis gehabt. Und ich gab immer noch viel auf ihre Meinung, wollte ihr nicht wehtun.

Ich tat es dann aber doch! Sie hatte sich ja immer eine kluge, besondere, erfolgreiche Tochter gewünscht, doch ich schoß über das Ziel hinaus - und vor allem an ihr vorbei. Meiner Schulbildung war sie schon lange nicht mehr gewachsen. Es gab dann Momente, in denen ich meine vermeintliche Überlegenheit voll ausspielte und sie spüren ließ, daß ich ihr nicht viel zutraute. Es war wohl der Art ähnlich, wie mein Vater mit meiner Mutter umging; und sie ließ sich beides gefallen. Mir dreht sich immer noch der Magen um, wenn ich daran denke, wie unfair ich ihr gegenüber manchmal gewesen bin.

Seit ich mit achtzehn von zu Hause ausgezogen bin, hat sich das sehr verändert. So weit ich jetzt auch von ihr weggezogen bin und so selten ich nach Hause fahre, habe ich doch langsam begonnen, sie zu verstehen und mich um sie zu bemühen, die verschütteten Drähte wieder auszubuddeln.

Das, was die Beziehung zwischen meiner Mutter und mir am meisten kennzeichnet, auch schon in früheren Jahren, ist unsere Schwierigkeit, uns zu verständigen, unsere Sprachlosigkeit. Diese zu überwinden ist mir mit der Zeit immer wichtiger, aber auch immer schwieriger geworden. Sonst hätte ich ihr bestimmt schon mal irgendwann zugeflüstert: "Du, Mutti, wußtest du übrigens schon, daß ich lesbisch bin?!"

Nachsatz:

Wenn ich mir vorstelle, daß meine Mutter diesen Text mal irgendwann liest, wird mir ganz anders! Was hab' ich da eigentlich alles aufgeschrieben, so über ihren Kopf hinweg! Mein schlechtes Gewissen darüber hat mich manchmal ganz schön runtergezogen. Lieber wär's mir gewesen, sie wäre ab und zu dazwischengefahren und hätte empört widersprochen: "Aber, Lisa, das war doch ganz anders!" Aber schreiben heißt immer monologisieren!

(Ende des Muttertextes)

Im folgenden möchte ich die Entwicklung zwischen meiner Mutter und mir seit Beginn der Forschungsarbeit beschreiben - in einem Wort lautet sie: *Landgewinnung*.

Ich betrete Neuland. Das sichere Festland, von dem aus ich losmarschiere, habe ich ganz am Anfang unserer Arbeit im Motivationstext festgehalten. Dort steht:

> "*Meine Mutter*
>
> ist in einer anderen Zeit aufgewachsen als ich, mit anderen Werten großgeworden. Sie hat schon früh gewußt, was aus ihr werden sollte: Ehefrau, Mutter, Bäuerin. Sie hat zielstrebig darauf hingelebt und dieses Ziel wohl auch kaum in Frage gestellt. Hatte sie eine Alternative? Als die Ereignisse von ihr verlangten zu heiraten, tat sie es. Als die Ehe unerträglich wurde, ertrug sie es. Sie brachte drei Kinder zur Welt. Sie wohnt noch immer in dem Haus, in dem sie auch geboren wurde, und liest noch heute mit Leidenschaft Liebesromane, die in der Welt spielen, in der sie immer so gern leben wollte.
>
> *Ich*
>
> bin die älteste Tochter und habe das eben beschriebene Bild von ihr. Ich weiß, daß das Bild, das sie von mir hat, nicht der Realität entspricht, denn: Seit drei Jahren lebe ich lesbisch und beziehe mich in all meinen Zusammenhängen auf Frauen. Damit verweigere ich die Rolle, die allen Frauen, auch meiner Mutter, zugeschrieben ist, und entspreche nicht den Erwartungen, die man(n) in mich gesetzt hat. Dieses Lesbisch-Sein macht viel von mir und meiner Identität aus. Von all dem, so nehme ich an, weiß meine Mutter nichts.
>
> *Wir*
>
> haben nie viel voneinander gewußt. Das wirklich Wichtige blieb immer unausgesprochen. Genausowenig, wie sie mir von sich erzählt hat, habe ich ihr mein (Innen-)Leben mitgeteilt. Gefühle schienen etwas Peinliches zu sein; über sie zu reden war tabu. Das ist auch heute noch so. Mein sich abzeichnender, von ihrem so verschiedener Lebensweg

schuf eine eigenartige Mischung aus Nähe und Distanz: auf der einen Seite Stolz ihrerseits und Zufriedenheit meinerseits, daß ich 'es mal besser haben' sollte als sie, auf der anderen Seite Machtgelüste meinerseits und Unterlegenheitsgefühle ihrerseits, weil ich schon so viel weiter war als sie. Trotzdem war das Grundgefühl meist ein sehr positives bei uns beiden, denke ich.

Seit ich vor fünf Jahren von zu Hause weggezogen bin, ist unsere Beziehung immer gleichberechtigter geworden und wird beiderseits von sehr viel Fürsorge getragen. Trotzdem gehen wir nur sehr vorsichtig miteinander um, und der luftleere Raum zwischen uns ist geblieben. Was ich immer noch am schlimmsten finde, ist, daß wir nicht 'richtig' miteinander reden können. Die Unterhaltung ist begrenzt, dreht sich meist um Strickmuster, Kochrezepte oder die schwammigen Beschreibungen meines Lebens in Hamburg. Das Bedürfnis, ihr von meinem wirklichen Leben zu erzählen, ist groß - die Angst davor auch."

(Ende des Auszugs aus dem Motivationstext)

Auf diesem Stück gemeinsamen Landes kenn' ich mich gut aus, da kann mir nichts passieren - aber ich spüre die Begrenztheit, will darüber hinauskommen, den Spielraum erweitern. Sie hat sich ja schon immer darüber beschwert, daß ich so wenig erzähle. Mir ist klar, daß eine Veränderung unserer Beziehung nur darüber läuft, daß ich mehr von mir mitteile - überhaupt etwas von mir und dem, was mich betrifft, erzähle: Warum sollte ich gleich mit der Tür ins Haus fallen und ihr sagen, daß ich lesbisch bin, wenn sie noch nicht einmal weiß, was für eine Frau ich ansonsten bin?

Die folgende Tagebuchaufzeichnung, die ich Ende März 1982 nach einem Besuch bei meinen Eltern geschrieben habe, verdeutlicht unsere Art, miteinander zu reden - und wie sie sich langsam ändert:

"Beim gemeinsamen Arbeiten haben wir Gelegenheit, streßfrei miteinander zu reden. Man kann ab und zu was sagen, sich dann aber auch wieder der Arbeit zuwenden, ohne daß es verletzend ist. Zunächst bringen wir uns auf den neuesten Stand der Dinge. Es werden wieder und wieder dieselben Sachen durchgekaut, mit einer - so wirkt es auf mich - übergebührenden Intensität. Es geht um die Verwandtschaft: Was macht Opa? Wie geht's Tante Regina? Hast du Helen mal wieder gesehen? Ich spule das Raster der Standardfragen ab, sie antwortet. Ich gebe ab und zu zustimmende Kommentare. Ich bin interessiert (wirklich!).

Wenn es gerade paßt, greife ich Gelegenheiten und Stichworte auf, mit denen ich geschickt zu mir überleiten kann. Ich erzähle dann etwas,

meist gar nicht so Wichtiges, auf eine Art und Weise, die beruhigt. Ich habe eine andere Stimme als sonst und sage laufend Sachen im Stil von: '... und dann war da noch das und das, aber das hat mich auch nicht weiter aus der Fassung gebracht!' Ich teile Erlaubtes mit, Dinge, die sie gern von mir hört. Ich habe das Gefühl, daß ich nichts so erzählen kann, wie es wirklich ist. Andauernd auf der Hut sein, aufpassen, daß sie nicht zuviel erfährt. Was darf sie wissen, was nicht? Noch mal das Wort 'Frauen' benutzen? Angst, ertappt zu werden, und dabei trotzdem was von mir vermitteln - ganz schön anstrengend!
Sie hört zu, würde vielleicht gern mal nachfragen, aber tut's nicht. Sie sagt 'mhhh' zu fast allem, auch wenn ich's gar nicht richtig erkläre. Vielleicht traut sie sich nicht nachzufragen, weil sie dann wieder 'die Dumme' ist. Wir spielen 'Gespräch zwischen zwei erwachsenen, vernünftigen Frauen'.
Irgendwie war's heute aber auch anders - wir waren beide offener. Ich war sogar kurz davor, ihr zu erzählen, daß ich meine Forschungsarbeit über Mütter und Töchter schreiben will, natürlich erstmal so ganz allgemein formuliert! Auf der Suche nach Material für meinen Muttertext hab' ich sogar gewagt, sie nach meiner Kindheit zu fragen. Sie gibt bereitwillig Auskunft und wird fast schwärmerisch, als sie von früher erzählt: Ich war immer so lebendig, mußte alles auskundschaften, viel ausfressen, und war dabei so nett und freundlich. Ich bemerke meine Zufriedenheit, als sie so von mir erzählt. Das Gefühl, daß sie mich ja doch geliebt haben muß, verstärkt sich.
Dann kommen wir sogar auf sie zu sprechen. Ich höre unbekannte Worte aus ihrem Mund. Sie erzählt von ihrer Heirat und wie es dazu kam - wie es am Anfang war und wie später. Ich fühle mich ihr sehr nah, als wir so reden, für unsere Verhältnisse ziemlich offen.
Zusammenfassend sieht unsere Gesprächsebene momentan so aus, daß ich versuche, viel von mir zu vermitteln, aber noch sehr vorsichtig dabei bin. Ich erzähle Dinge, die ich ihr 'zumuten' kann, und zwar so, daß sie keinen Verdacht schöpft. Lesbisch-Sein zieht sich durch mein ganzes Leben. Aus diesem Leben die Stücke herauszufischen, die noch nicht zu stark gefärbt sind, und sie so zu servieren, daß ich ihr Bild von mir nicht zerstöre, ist anstrengend. Langsam knacke ich dieses Muster. Ich taste mich vor, fange an zu fragen und zu sagen ..."

Sagen, daß ich lesbisch bin, steht in bezug auf meine Mutter also auch stellvertretend dafür, sie mit ihrer Tochter bekanntzumachen, sie mit der wirklichen Lisa zu konfrontieren, die falschen Bilder zu zerstören. Dahinter steht die alte Sehnsucht nach Verständigung zwischen uns, nach einer echten Begegnung. Ich möchte, daß sie was von mir weiß, und zwar Wichtiges; nicht nur, wie ich mein neues Zimmer gestrichen habe und wohin ich dieses Jahr in Urlaub fahre, sondern das, was mich wirklich angeht. Dieser alte Wunsch nach Verständigung geht ja auch schon aus dem Muttertext hervor und ist eigentlich nie richtig befriedigt worden. Ich glaube mittlerweile, daß er mitentscheidend für mich war, Psychologie zu studieren. Endlich werden meine Probleme mal ernstgenommen, kein "Schwamm drüber!" und "Ach, das ist doch gar nicht so schlimm!" Dieser Wunsch nach Verständigung ist eigentlich schon eine halbe Antwort auf die Frage: "Warum habe ich ein so unbändiges Bedürfnis, 'es' zu erzählen?"

Ich werde in dieser Zeit also insgesamt mutiger, unsere alten Kommunikationsregeln zu durchbrechen. Bevor sie erfährt, daß ich lesbisch bin, soll meine Mutter überhaupt mehr Ahnung davon bekommen, wer ihre Tochter ist. Wie ich das mache, steht in folgendem Text, den ich im Sommer 1982, vier Monate nach der obigen Tagebuchnotiz, geschrieben habe:

> "In letzter Zeit spüre ich stärker als sonst, daß ich ihr endlich etwas sagen will, irgendwas, Hauptsache von mir. Ich möchte ihr beispielsweise erzählen, daß ich mit Christine zusammenziehen will, und vielleicht sogar sagen, daß ich meine Forschungsarbeit über Mütter und Töchter schreibe. Das ist zwar nur die halbe Wahrheit, aber besser, als auf ihre Fragen immer mit 'ich weiß noch kein Thema' zu antworten, während ich schon die ersten Texte zu Papier bringe. Besonders beim Muttertext wurde mir immer klarer, daß es sie ja auch 'ne Menge angeht, was ich da so über uns schreibe. Mache ich da nicht viel über ihren Kopf hinweg? Was würde sie wohl dazu sagen, daß ich unser Privatleben veröffentliche, daß ich das, worüber man nicht mal reden darf, einfach aufschreibe und jede/n lesen lasse? Eine Beruhigung war dann der Gedanke, daß es trotzdem hauptsächlich um mich geht, daß es sich um den Teil in meinem Leben handelt, der was mit ihr zu tun hat. Aber trotzdem: Wissen muß sie es, sagen muß ich es! Vielleicht auch wieder, um mir ihre Erlaubnis für das zu holen, was ich ohnehin schon tue?!
>
> Ich fahre also 'nach Hause' und verlebe dort ein sehr tolles Wochenende. Ich habe, wie schon lange nicht mehr, das Gefühl eines echten Drahtes zu meiner Mutter. Ich glaube schon, daß mich die Texte, die ich bis dahin geschrieben habe, die Auseinandersetzung mit Lucie, das Forschungsseminar, die Gespräche mit Christine, daß das alles zusammen mich mutiger gemacht hat, die Dinge einfach anzusprechen und Fragen zu stellen. Sie muß wohl schon von meiner Oma gehört haben, die ich ja letzte Woche gelöchert habe, daß ich plötzlich Interesse an der Vergangenheit zeige. Wohlwissend, daß sich eine Situation, in der wir ungestört reden können, nicht von allein ergibt, leite ich sie diesmal in die Wege und frage meine Mutter, ob sie sich mit mir in

den Garten setzt. Ich kann mich nicht daran erinnern, daß wir das überhaupt je gemacht haben, schon gar nicht wir zwei allein. Da sitzen wir also in der Sonne, sind zuerst etwas verkrampft, aber fangen dann an, sage und schreibe zwei Stunden 'richtig' miteinander zu reden! Toll - ich bin völlig geplättet davon, daß das so einfach geht und wie gut wir uns verständigen können.

Wir reden über die Zeit damals mit Mike, meinem ersten festen Freund, darüber, wie es für uns beide war. Sie ist jetzt noch genervt, wenn sie an ihn denkt; den mußte man ja abends immer rausschmeißen, sonst ging der doch nicht! Und ich erzähle ihr, wie beschissen die Trennung dann für mich war, dadurch, daß ich nach Hamburg ging. Das hätte ich ihr damals nie sagen können! Fast wäre mir sogar über die Lippen geflutscht, daß er der erste war, mit dem ich geschlafen habe - viel später, als sie wahrscheinlich gemutmaßt hat.

Wir reden darüber, daß ich mit fünfzehn nachts öfter mal durchs Fenster abgehauen bin und daß sie es immer gewußt hat, aber trotzdem nichts gesagt hat. Mit meiner Schwester macht sie's jetzt genauso. Und dann behauptet sie noch, daß sie früher, wenn ich von der Schule nach Haus gekommen war, immer extra in mein Zimmer kam, um sich nach mir zu erkundigen. Ich kann mich nicht mehr so richtig daran erinnern, aber irgendwie kommt so was rüber wie: 'Ich hab' mich um Dich gekümmert. Ich hab' Dich lieb gehabt.' Dabei schießt mir durch den Kopf, ob ich nicht doch vielleicht zu hart mit ihr bin ...

Als ich ihr, fast nebenbei, erzähle, daß ich die Forschungsarbeit über Mütter und Töchter schreiben will, findet sie das auch nicht weiter verwunderlich. Sie sagt dann zwar, daß aus ihr wohl nicht so viel rauszuholen sei, aber fängt dann doch wieder an zu erzählen: von ihrer eigenen Kindheit, einer nicht so rosigen wie meiner, von viel Schrecklichem, das ich noch nicht wußte.

Nur abends, als wir zusammen baden fahren und ich ihr eröffne, daß ich mal wieder umziehen und mir mit Christine zusammen eine Wohnung suchen will, ist sie wieder distanzierter und läßt mich Abwehr spüren. Darüber will sie anscheinend nicht soviel wissen. Ob sie wohl ahnt, daß mich mit Christine dann mehr verbindet als die gemeinsame Haushaltskasse? Langsam kommen dann doch einige Fragen: Warum überhaupt schon wieder woanders hin, ob ich mich mit meiner jetzigen Wohnpartnerin denn nicht mehr verstehe und was denn Christines Eltern machen ...!

Am nächsten Tag, als eine Freundin von ihr zu Besuch kommt, während wir gerade Erdbeeren pflücken, erzählt sie fast stolz, daß ich meine Forschungsarbeit über Mütter und Töchter schreiben will. Sie sagt: 'Wir haben uns gestern schon ganz lange unterhalten!' "

Die Veränderung zieht noch weitere Kreise. Ich setze mich auch mit meiner Oma, der Mutter meiner Mutter, auseinander. Schließlich weiß ich, daß eine Mutter nur das an ihre Tochter weitergeben kann, was sie von ihrer eigenen Mutter bekommen hat. Ich versuche, etwas über die Beziehung zwischen meiner Mutter und ihrer Mutter zu erfahren, und habe ein langes, ungewöhnlich intensives Gespräch mit meiner Oma, als ich sie während ihres Kuraufenthaltes besuche. Ich bekomme eine Ahnung davon, daß auch zwischen den beiden sehr viel Distanz war, sehe aber gleichzeitig, welche Rolle die äußeren Lebensbedingungen (Krieg etc.) dabei gespielt haben. Insgesamt bekomme ich dadurch mehr Verständnis dafür, warum es so ist, wie es ist. Auch meine Mutter kann nicht so einfach raus aus ihrer Haut.

Die Auseinandersetzung mit der alten Geschichte mit meiner Mutter und das Aufschreiben des Muttertextes während des ganzen Semesters haben Folgen. Ich schleppe das Thema überall mit mir rum und mache sogar kleine Testsprünge in die Praxis: Kurz vor dem eben beschriebenen Wochenende bei meinen Eltern habe ich in einer Selbsterfahrungsgruppe an der Uni ein erstes Probe-Come-out. Ich habe dort schon mehrmals von dem Problem, "es" meiner Mutter zu sagen, erzählt. In dieser Gruppe fällt es mir auch leicht, über mich als Lesbe zu reden, weil es dort außer mir noch mehrere gibt. In der letzten Sitzung bietet die Therapeutin mir an, mich mal in die gefürchtete Situation hineinzuversetzen und einen Dialog mit meiner Mutter zu führen, in dem ich "es" ihr sage. In meinem Tagebuch steht dazu folgendes:

> "Ich erzähle den anderen erstmal, daß ich zu Haus kein Theater mehr spielen möchte, sondern ganz da sein, nicht immer einen Teil von mir vor der Haustür stehenlassen will. Irgendwie hab' ich mich immer verleugnet, nur das gezeigt, wovon ich sicher sein konnte, daß es den Erwartungen meiner Mutter entsprach. Mir kommt das Gefühl wieder hoch, ihr etwas Unangenehmes sagen zu müssen und abends vor ihrer Schlafzimmertür zu stehen, mich aber nicht zu trauen, zu ihr reinzugehen. Und wenn ich mich dann doch mal überwunden habe, war ihre unbeholfene Reaktion eine Mischung aus Gleichgültigkeit, Abwehr und 'Stell Dich nicht so an!'
> Dann sitze ich vor einem Kissen, das meine Mutter sein soll und spiele den großen Moment. Ich sage 'es'! Ich bin ganz aufgeregt dabei, habe bei jedem Wort das Gefühl, es ist das falsche, fühle mich unsicher und sage lieber alles noch zweimal, damit sie mich auch wirklich versteht. Die Schwierigkeiten fangen schon da an, die richtigen Worte zu finden. So, wie ich es in dieser Situation formuliert habe, könnte ich es ihr nie ins Gesicht sagen. Das Wort 'lesbisch' in ihrer Gegenwart in den Mund zu nehmen, unvorstellbar! Entgegen meiner eigenen Wahrnehmung meinen die anderen Gruppenmitglieder, ich hätte mich sehr klar und verständlich ausgedrückt - kaum zu glauben!

> Dann soll ich die Rollen tauschen, meine Mutter spielen und auf das, was Lisa ihr gerade offenbart hat, reagieren: 'Nein sowas, Lisa! Ich hab's ja geahnt, aber daß du das jetzt einfach so sagst! Ich versteh dich nicht, gerade du; du könntest doch so viel aus deinem Leben machen. Ich bin geschockt! Was soll ich bloß deinem Vater erzählen?' Hinterher fällt mir ein, daß meine Mutter wahrscheinlich erstmal überhaupt nichts sagen würde, weil ihr das Ganze viel zu peinlich wäre. Vor diesem Loch habe ich schon jetzt große Angst.
> Ich tausche die Rollen und bin wieder Lisa. Das, was meine Mutter da eben gesagt hat, wirft mich total aus der Bahn. Ich bin völlig verunsichert, denke, daß es ja doch keinen Sinn hat, und fühle mich entsetzlich klein und schuldbewußt. Letzteres ist wirklich unerträglich!
> Von der Gruppe ermutigt wage ich einen zweiten Versuch und erzähle als Lisa noch einmal ziemlich ruhig und dicht bei mir selbst, wie das Ganze für mich ist. Meine Mutter (also ich nach einem weiteren Rollentausch) reagiert diesmal anders, ist verunsichert, aber findet es schon gut, daß ich den Mut habe, ihr die Wahrheit zu sagen. Und es muß ja auch was dran sein, wenn ich dabei glücklich bin - aber enttäuscht ist sie trotzdem!"

Diese Trockenübung war sehr intensiv. Ich komme dabei hautnah an meine Ängste heran. Die eine ist, daß ich bei diesem Sprung ins Ungewisse eine volle Bauchlandung mache, weil meine Mutter mich auflaufen läßt und ich gegen die altbekannte Mauer pralle. Ich bin auf ihre Reaktion angewiesen, sie muß das Spiel mitspielen. Was ist, wenn sie es verweigert, aus Angst, Abwehr, Es-nicht-wahrhaben-Wollen? Wenn ich davon ausgehe, daß meine Mutter und ich eine stillschweigende Abmachung darüber haben, daß wir uns schonen wollen, dann ist meine Angst berechtigt, daß sie gar nicht wissen will, was los ist und lieber ihre Illusionen behalten möchte. Ich hab' Angst, daß ihr dieses Neuland zu neu ist und sie mich dort einfach allein stehenläßt, entblößt wie ich bin. Was ist, wenn sie gar nicht hinguckt?

Befürchtung Nr. 2: Was ist, wenn sie hinguckt und entsetzt ist? Diese Vorstellung ist eigentlich noch grauenhafter. Ich habe große Angst davor, daß sie mich wirklich nicht mehr akzeptieren kann. Könnte ich das aushalten? Im Rollenspiel bekomme ich eine Ahnung davon, wie schlimm das für mich wäre. Dort fühle ich mich mies, klein und schuldig für das, was ich bin: lesbisch! In dieser Sitzung *spüre* ich zum ersten Mal, warum ich solche Angst habe, "es" zu sagen. Sie könnte mich wirklich einfach nicht mehr mögen! Dieses Risiko auf mich zu nehmen bedeutet, daß mir noch wichtiger als *ihre* Anerkennung *meine eigene* geworden ist, die ich nur dann habe, wenn ich ihr statt des altbekannten Lieb-Mädchen-Gesichts mein wahres hinhalte, auch wenn sie davor zurückschreckt. Das Risiko eingehen, ihre Ablehnung zu ernten, bedeutet auch, mich ein Stück mehr abgenabelt zu haben. Auch wenn es sehr schmerzlich wäre, ich würde ohne sie überleben.

Ich habe Angst, sie zu ent-täuschen. Das würde mir genauso weh tun wie ihr, denn immer noch sind unsere Gefühle auf eigenartige Weise miteinander verstrickt. Ent-täuschen bedeutet, ihr die Täuschung über mich wegzunehmen, sie ihrer Illusion zu berauben und mit der Realität zu konfrontieren. Ich brauche Mut, sie zu enttäuschen!

Ende Juli 1982 wage ich noch einen Vorstoß in die Praxis: Während einer Radtour durch Schleswig-Holstein machen Christine, ihr siebenjähriger Sohn Felix und ich einen Abstecher auf den Hof meiner Eltern. Sie sollen sehen, mit wem ich so viel zu tun habe, Christine kennenlernen, allerdings sozusagen inkognito, (noch) nicht als meine Liebesbeziehung, sondern einfach als Freundin. Ich möchte mich der Situation aussetzen, sie miteinander bekanntzumachen; möchte auch, daß meine Mutter Christine als Person kennenlernt, bevor sie eventuell die Klappe fallenläßt, wenn sie hört, welche Art von Beziehung wir haben (das hat sie später trotzdem getan!).

Jetzt, wo ich das alles aufschreibe, denke ich, ich hab' wirklich alles Erdenkliche veranstaltet, um meiner Mutter den Schock so erträglich wie möglich zu machen. Schonung! Sie sollte schon vorher sehen, daß Christine eine "ganz normale Frau" ist. Ich wollte ihr keine Gelegenheit geben, sich später in die Vorstellung zu verrennen, ich sei in die Klauen eines abnormen "Mann-Weibes" geraten, wie Mütter es gerne tun, wenn sie hören, daß ihre Töchter lesbisch sind. Natürlich ist dann nur eine böse Verführerin schuld! Tagebuchnotiz über diesen Besuch:

> "... Je mehr wir uns meinem Elternhaus (per Fahrrad) nähern, desto unruhiger werde ich - genauso wie Christine, die schon gar nichts mehr sagt. Was sie wohl denken? Ob es nicht langsam auffällt, was ich alles mit Christine unternehme: Urlaub auf Sardinien, gemeinsame Wohnungssuche, jetzt die Radtour ...? Ich versuche, mir und Christine einzureden, daß sie eben einfach als eine gute Freundin von mir mitkommt, so wie Lucie oder andere. Aber ich zweifle selbst daran, daß sie Christine mit denselben Augen begucken wie meine anderen Freundinnen. Trotzdem: Das Unternehmen scheint mir immer noch wichtig und richtig zu sein.
> Die Begrüßung ist steif und die Atmosphäre anfangs verkrampft. Alle sind nett, aber nur Oma geht so richtig auf Christine zu, hält ihr ewig lang die Hand. Später sitzen wir mit meiner Mutter in der Küche, drei Frauen, von denen keine so recht weiß, was die andere so alles weiß. Ich empfinde mich gedrückt und leise, vermeide den Blickkontakt, wenn ich mit meiner Mutter spreche, wage kaum zu registrieren, wie sie auf Christine reagiert. Als mein Vater noch dazukommt, tauen wir

alle etwas auf, lachen, trinken Bier, und ich wundere mich, wie einfach das geht, so zusammenzusitzen.
Als ich am nächsten Tag mehrere Male mit meiner Mutter allein bin, steht 'es' ganz dick und fett im Raum, die Luft ist zum Schneiden. Ich weiß nicht recht, was ich sagen soll, wir sind beide ganz still, und ich habe Angst, daß sie plötzlich einfach fragt. 'Es' ist so zum Greifen nah! Sie ist nett zu Christine, nicht so sehr wie Oma, aber immerhin. Christine meint ganz intuitiv, daß meine Mutter schon wisse, was los sei. Wie sie uns anguckt und ganz selbstverständlich fragt, ob wir Felix beim Schlafen nicht in unsere Mitte nehmen wollen! Dabei hatten wir gar nicht vor, die nebeneinanderliegenden Matratzen zu benutzen.
Als wir uns einmal unbeobachtet fühlen und hinten auf dem Hof schmusen, kommt sie, gerade als wir uns wieder ein Stück voneinander entfernt haben. Meine Göttin, das wär' ja was gewesen!
Ich glaube, das Ganze war eine gute Gelegenheit für sie, ein Gefühl dafür zu bekommen, mit wem ich da so viel zu tun habe. Ich kann mir auch vorstellen, daß dadurch die Hirngespinste, die sie sich entweder schon gemacht hat oder noch machen könnte, abgebaut werden. Für mich war wichtig, mich dieser Situation auszusetzen und zu gucken, wie es mir dabei geht, meine Angst zu spüren. Beim Abschied meint sie, daß wir doch ruhig bald mal wiederkommen sollten. In Felix ist sie auch ganz verknallt.
Was mich im nachhinein etwas unbefriedigt läßt, ist das Gefühl, wieder nur die halbe Wahrheit gesagt zu haben. Ich hab' mich in die Höhle der Löwin getraut und mich dann ganz leise auf Zehenspitzen wieder rausgeschlichen. Halbe Wahrheiten zu sagen ist manchmal schlimmer, als ganz zu schweigen ...!"

Ganz schweigen kann ich nicht mehr - und die halbe Wahrheit ist unerträglich. Alles läuft darauf hinaus, die *ganze* zu erzählen. In dieser ersten Jahreshälfte 1982 habe ich Schritte unternommen, die keinen anderen Weg mehr lassen als den nach vorn.

"Halt dich fest, Mutter, ich seil mich ab"

Lisa

Nach der eben beschriebenen Vorarbeit läuft der Prozeß wie von selbst, immer in Richtung Come-out. Das geht mir schon fast ein bißchen zu schnell. Ich realisiere langsam, was ich da in Gang gesetzt habe, möchte manchmal laut "Hilfe! Stop!" rufen und alles beim alten lassen. Wie ich schon ganz am Anfang in meinem Motivationstext vermutete, habe ich mich und meine Angst auf diese Weise ganz gut ausgetrickst. Für mich war schon damals sehr wahrscheinlich, daß eine konkrete Auswirkung dieser Forschungsarbeit das Come-out meiner Mutter gegenüber sein würde, sozusagen zwangsläufig. Wenn es die Arbeit nicht gäbe, hätte ich zwischendurch bestimmt schon einige Rückzieher auf Nummer Sicher unternommen. Aber die Arbeit gibt's, und das ist gut so!

Exkurs: Warum eigentlich nicht "Wie sag ich's meinem Vater?"?

An dieser Stelle möchte ich kurz erläutern, warum es für mich von Anfang an nur um ein Come-out meiner Mutter und nicht meinem Vater gegenüber ging.

Auf der einen Seite waren da all die Überlegungen im Zusammenhang mit der Forschungsarbeit: Wir vermuteten ja, daß das Come-out der Mutter gegenüber aufgrund der Beziehung zwischen Mutter und Tochter ein besonders schwieriges und besonders wichtiges sein müsse. Das wurde uns von vielen anderen Lesben bestätigt. Das Mutter-Tochter-Verhältnis hat den größten Einfluß auf meine spätere Identität als Frau, also auch als Lesbe. Von ihr übernehme ich Rollenverhalten, Selbstwertgefühl und Identität(sschwierigkeiten). Außerdem ist sie meine erste Liebesbeziehung. Ein Come-out ihr gegenüber erscheint also schon aufgrund dieser emotionalen Verstrickungen viel brisanter, als "es" dem Vater zu erzählen.

Die andere Seite, mein persönlicher und damit ausschlaggebender Anteil an dieser Eingrenzung des Themas, sieht so aus, daß ich gar kein Bedürfnis verspüre, meinem Vater davon zu erzählen. Er würde nur seine Vermutung, daß die Frauen in der Familie alle "Männerhasserinnen" sind, für bestätigt halten und das letztendlich gegen mich und auch gegen meine Mutter verwenden. Sie würde dann wohl die Schuld dafür zugeschoben bekommen, daß ihre Tochter so mißraten ist. Ich kann mir kaum eine andere Reaktion von ihm vorstellen und sehe wenig Chance, ihm irgend etwas, was mir daran wichtig ist, zu erklären.

Vielleicht werde ich's eines Tages auch meinem Vater sagen wollen. Für den Zeitraum der Arbeit war das nicht der Fall, und die Entscheidung war von Anfang an klar, ihn bei dieser Fragestellung nicht zu berücksichtigen.

(Ausnahmsweise eine Anmerkung aus der Sicht von 1994: Als ich es meinem Vater viele Jahre später erzählte, hat seine Reaktion meine Wunschvorstellung übertroffen - er wollte sogar die legendären Sektkorken knallen lassen!)

Wie's mit meiner Mutter weitergeht ...

Kurz nach unserem Besuch bei meinen Eltern finden Christine, ihr Sohn Felix und ich eine Wohnung und ziehen zusammen. Meiner Mutter ist, als ich's ihr erzähle, natürlich vollkommen unverständlich, warum ich aus meiner schönen, billigen alten Wohnung raus will, zumal ich da doch auch noch gar nicht lange wohne. Den wahren Grund kann ich ihr mal wieder nicht sagen. Sie ist nicht begeistert, und ich höre aus all ihren Kommentaren die Angst heraus, daß Christine und ich nicht "einfach nur so" zusammenziehen. Oder ist das meine eigene Angst? Ich denke bei allem, was ich sage: "Na, jetzt muß sie es sich aber zusammenreimen können!"

Der Hammer ist, als sie fragt, ob ich denn dann noch ein eigenes Zimmer habe! Sie hat also schon Vorstellungen von gemeinsamem Wohn- und Schlafzimmer, so à la Kleinfamilie. Meine abwehrende Antwort klingt nach: "Aber Mutti, wo denkst Du hin!" Ihre Frage gibt mir allerdings zu denken, und ich spekuliere hin und her, ob sie "es" ahnt oder nicht. Eigentlich ist es offensichtlich, aber ich glaube, genau in diesem Moment setzt dann bei ihr der Mechanismus ein: "Was ich nicht wissen will, kriege ich auch nicht mit!"

Das Forschungsseminar fragt schon seit Beginn der Arbeit in regelmäßigen Abständen, ob wir "es" denn inzwischen gesagt hätten. Kurz vor den Weihnachtsferien verkünde ich, daß es bei mir nun losgehen soll, wohlwissend, daß auch das wieder ein Mittel ist, meine Angst auszutricksen. Nun muß ich's entweder wirklich tun oder mich im Seminar blamieren.

Ein weiterer Schritt, den ich unternehme, ist wieder eine Art Probe-Come-out kurz vor Weihnachten bei meiner Lieblingstante Regina. Sie ist die einzige Verwandte aus der Generation meiner Eltern, die ich für so fortschrittlich und ansatzweise frauenbewegt halte, daß ich mir vorstellen kann, bei ihr nicht gleich in einer Schublade zu landen. Außerdem möchte ich wirklich antesten, ob ich "es" in Gegenwart eines Familienmitgliedes überhaupt über die Lippen bringe ... Es fällt mir sehr schwer! Als "es" endlich raus ist, achte ich sehr auf die Reaktion meiner Tante. Es scheint sie gar nicht so zu schockieren. Sie ist eher positiv interessiert und froh, endlich mal eine in nächster Nähe zu haben, die sie fragen kann, was sie "darüber" schon immer wissen wollte: nämlich, wie wir "es" nun eigentlich machen ...

Wenn das mit meiner Mutter auch so einfach ginge! Ich werde mutiger ...

Kurz bevor ich dann zum Weihnachtsfest nach Hause fahre, besuche ich Lucie. Als sie mir erzählt, daß auch sie sich spontan zu einem Weihnachts-Come-out entschlossen hat, freue ich mich sehr. Bis jetzt haben wir diese Prozesse sehr unabhängig voneinander laufen lassen und nie vorgehabt, das Come-out zur gleichen Zeit zu haben, nicht zuletzt, weil es für Lucie bisher auch gar nicht so anstand wie für mich. Nun aber entwickelt es sich augenscheinlich zu einer gemeinsamen Aktion. Ich fühle mich sehr verbunden mit Lucie - eine, die in einer ähnlichen Haut steckt wie ich. Das ist auch ungefähr der Zeitpunkt, an dem der schon beschriebene Schleier zwischen uns endgültig reißt. Das Come-out unseren Müttern gegenüber läuft fast gleichzeitig mit einem "Come-out" zwischen Lucie und mir. Wir kriechen aus unseren Schneckenhäusern hervor und zeigen uns uns gegenseitig. Wir haben Kontakt! Was noch simultan zum Come-out mit meiner Mutter läuft, ist der Anfang vom Ende zwischen Christine und mir.

Was das eine mit dem anderen zu tun hat, sei hier dahingestellt. Mir ist nur aufgefallen und ich halte für erwähnenswert, daß diese drei Prozesse zur selben Zeit passieren.

Wie ich's ihr nun endlich gesagt habe ...

Weihnachten - Familienfest - alles übt sich in Harmonie. Man geht freundlicher miteinander um, nimmt mehr Rücksicht aufeinander. Und ausgerechnet diese Zeit hatte ich mir ausgesucht, um meiner Mutter zu sagen, daß ich lesbisch bin! Nicht ohne Grund, denn ich bin eigentlich nur über Weihnachten länger als einen Tag zu Haus bei meinen Eltern. Und ich wollte für dieses Vorhaben einfach Zeit haben, meiner Mutter auch Zeit lassen, es ihr nicht an den Kopf werfen und dann wieder verschwinden, sondern dableiben, ansprechbar sein. Da das Ganze nicht unbedingt direkt unterm Tannenbaum geschehen sollte (eine schöne Bescherung!), fuhr ich schon drei Tage vor Heiligabend zu meinen Eltern. Ich hatte alles geplant, hatte so vielen Freundinnen von meinem Vorhaben erzählt, daß es schon allein deswegen kein Zurück mehr gab; ganz abgesehen von dem Gefühl, das bei fortschreitender Forschungsarbeit immer mehr in den Vordergrund trat: Wenn es jetzt nicht bald passiert, kann ich nicht mehr weiterarbeiten - Skrupel meiner Mutter gegenüber, ohne ihr Wissen über etwas zu schreiben, womit auch sie zu tun hat. Es war auch einfach soweit, die Zeit reif dafür.

Aber erst als ich mich in meinem Elternhaus befinde, wird mir klar, was ich mir da vorgenommen habe. Den ersten Tag verbringe ich damit, mir vorzustellen, daß ich "es" der Frau, mit der ich gerade über die üblichen Belanglosigkeiten rede, erzählen will - oder ich male mir aus, was wäre, wenn ich's ihr gerade jetzt sagen würde ... Ich lege mir Worte zurecht. Wann sag ich's ihr, wo, wie? Ich versuche, mich auf alle möglichen Reaktionen gefaßt zu machen. Es ist einfach alles drin.

Ich habe Angst, sie zu ent-täuschen!

Ich habe Angst, das Bild der Lisa, die sie mag, zu zerstören und ihre Zuneigung zu verlieren!

Ich habe große Angst davor, die Sprachlosigkeit zwischen uns zu überspringen und überhaupt anzufangen, davon zu reden, von mir zu erzählen, von meinen Gefühlen!

Immer, wenn ich sie ansehe, so leibhaftig vor mir sehe, erschrecke ich ein wenig darüber, daß sie anders aussieht als in meiner Vorstellung. In meiner Phantasie hab' ich mich schon so viel mit ihr und dieser Situation beschäftigt - aber jetzt ist es so *real*! Ich will "es" zumindest nicht in dieser Umgebung tun, die so vollgestopft ist mit alten Beziehungs- und Verhaltensmustern. Meine Versuche, sie aus dem Haus herauszuholen, haben am zweiten Tag Erfolg. Wir machen einen Spaziergang, auf dem es zu folgendem Gespräch kommt, dessen Hauptpassagen ich jetzt aus der Erinnerung wiedergebe:

Wir gehen nebeneinander her, haben dadurch wenig Blickkontakt. Nach einigen vergeblichen Anläufen fasse ich mir ein Herz. Es klopft!

Ich: "Mutti, ich wollte dir schon ganz lange was erzählen!"

Sie: "Na, dann schieß' mal los!"

Ich: "Christine und ich, wir wohnen nicht nur so zusammen, wir haben seit fast drei Jahren eine Beziehung; und ich hab' auch schon vorher Beziehungen zu Frauen gehabt." ("Es" ist raus. Ich bin baff!)

Sie: "Siehste - das hab' ich mir doch gedacht!" (Tonfall: Also doch! Die schreckliche Bestätigung für etwas, was sie nur geahnt hat. Solange sie es nicht *wußte*, gab es immer noch die andere Möglichkeit.)

Ich: (suche auf ihrem Gesicht nach Reaktionen; was löst es bei ihr aus?) "Es ist auch nicht so, daß ich jetzt einfach statt zu einem Mann eben zu einer Frau eine Beziehung hab', sondern es bedeutet viel mehr für mich. Es ist wichtig für mich, und es geht mir gut dabei! Es hat für mich viel mit Frauenbewegung zu tun, daß ich so lebe." (Ich möchte "es" plausibel machen, erklären.)

Sie: (sucht auf rationaler Ebene nach Gründen, die "dagegen" sprechen. Ich bekomme das Gefühl, sie will "es" mir ausreden.) "Ich hab' da ja im Prinzip nichts dagegen (wow!), aber - es sind doch auch nicht alle Männer schlecht; und alle Frauen sind auch keine Engel!"

Ich: "Natürlich sind nicht alle Frauen Engel, sollen sie gar nicht sein! Darum geht es auch gar nicht. Es geht darum, daß ich eine ganz andere Art von Beziehung mit ihnen leben kann, viel intensiver. Ich kann viel mehr ich selbst sein. Ich hab' auch keine besonders schlechten Erfahrungen mit Männern gemacht, sie können nur nicht an die mit den Frauen ranreichen!" (Ich wundere mich, daß mir das alles so locker über die Lippen kommt; aber kommt es bei ihr an?)

Sie: "Ach Mensch, heute sind die doch gar nicht mehr so. Du würdest doch bestimmt einen netten finden, mit dem es auch anders gehen könnte. Es gibt doch so viele junge Männer, die auch gleichberechtigte Beziehungen wollen. Außerdem hast du das doch noch gar nicht richtig ausprobiert!" (Das tut mir weh!)

Ich: "Hab' ich schon, aber dann hat's mir auch schnell gereicht. Ich weiß schon, wo das dann hingeht!"

Sie: "Willst du dir denn gar nichts aufbauen in deinem Leben? Das geht doch nicht immer so wie jetzt. Es ist doch viel schöner, sich was mit einem netten Mann zu schaffen. Willst du denn gar keine Kinder haben? Wenn du alt bist, bist du dann ja ganz allein!"

Ich: "Es geht mir nicht darum, was ich später mal habe oder nicht. Ich will *jetzt* leben! Und jetzt ist es wichtig und richtig für mich, es genau so zu machen. Was hab' ich davon, immer nur auf was hinzuarbeiten, wovon ich dann im Alter was habe?" (Ich merke mal wieder, wie grundsätzlich anders ich denke, lebe, liebe ... Es geht nicht nur um sexuelle Orientierung, sondern um vollkommen unterschiedliche Lebenseinstellungen.)

Sie: "Ja, aber dann hast du keine Kinder; niemanden, der sich um dich kümmert und kommt und nach dir sieht!" (Ich spür', wie wichtig das für sie ist und bin berührt. Sie sorgt sich um mich, was mir gemischte Gefühle bereitet. Ich möchte nicht, daß sie mein Leben für schwer hält!) "Willst du denn immer mit Christine zusammenbleiben? Und wenn ihr euch verkracht, fliegt eine aus der Wohnung raus oder wie?" (Ist sie Prophetin?)

Ich: "Wir sind beide keine Engel, und es kracht schon öfter mal. Wir werden die Beziehung so lange haben, wie sie gut ist. Mutti, für mich ist die Hauptsache, daß ich glücklich bin mit meinem Leben - und das werde ich nur so!" (Dagegen kann sie doch nichts sagen! Ich komme immer wieder auf das sogenannte Glück zurück.)

Sie: (kopfschüttelnd) "Nein, an den Gedanken kann ich mich einfach nicht gewöhnen! Früher wurde so was wer weiß wie bestraft!" (Ich glaube, jetzt sackt es, die echten Gefühle darüber kommen langsam hoch.)

Ich: "Ja, das ist auch schlimm genug gewesen - heute läuft die Bestrafung etwas unauffälliger ab!"

Sie: "Aber das ist doch bestimmt kein schönes Leben! Das mußt du doch immer geheimhalten. Wenn die das später rauskriegen, wo du arbeitest, dann bist du die Stelle doch los!"

Ich: "Aber die Zeiten ändern sich, Mutti! Wir brauchen uns nicht mehr so zu verstecken, und ich seh' das auch gar nicht ein! Deswegen erzähl ich's dir ja auch. Ich will kein Theater mehr spielen. Und ich hab' ziemlich lange mit mir gekämpft, dir das zu sagen. Das hat drei Jahre gedauert!" (Ich möchte so gern, daß sie merkt, wie wichtig und schwierig das jetzt für mich ist.)

Sie: "Dann mußt du ja immer in der Großstadt leben, hast du dazu denn Lust? In der Kleinstadt oder auf dem Dorf wirst du doch fertiggemacht! Bei uns wohnt doch einer im Dorf, der es nur mit Männern macht. Was meinst du, wie die hinter seinem Rücken über ihn reden?!" (Und jetzt ist ihre Tochter auch so eine!)

Ich: "Mutti, es ist mir aber wichtiger, das zu tun, was gut für mich ist. Beziehungen zu Männern sind nicht gut für mich. Irgend etwas läuft da schief, irgend etwas ist da nicht in Ordnung, auch wenn es nach außen hin 'gleichberechtigt' aussieht. Da ist immer noch zu viel Macht im Spiel, zu viel Unterdrückung. Ich weiß nicht, wie ich dir das sagen soll!" (Ich habe das starke Bedürfnis, "es" zu erklären, mit feministischer Theorie zu belegen - und merke, wie schwer das ist. Wo soll ich anfangen?)

Sie: "Ach, das hast du doch auch erst in Hamburg gelernt! Vorher warst du doch nicht so. Das ist doch erst durch diese ganzen Sachen gekommen, Frauenhaus und so!" (Natürlich liegt es nur am falschen Umgang. Wie abwertend das klingt! Eigentlich sollte ich jetzt sauer werden - anstatt dessen:)

Ich: "Ich hab' aber schon hier gemerkt, daß irgendwas faul ist mit den Männern. Deswegen bin ich in Hamburg in die Frauengruppen gegangen. Das war ja kein Zufall!" (Ich bin immer noch auf dem Erklärungs- und Rechtfertigungstrip.)

Sie: "Aber, Lisa, überleg' doch mal: Wenn alle so denken würden, dann würde die Erde ja bald aussterben! Frauen mit Frauen, das ist doch einfach unnatürlich!" (--- Das prallt nicht so einfach an mir ab. So was sickert durch viele kleine, ungeschützte Poren tief in mich ein. Ich fühl' mich zunehmend mies, krank, abartig. Trotzdem:)

Ich: "Das brauchen gar nicht alle so zu machen; aber ich möchte, wenn mir danach ist, so leben können! Für mich ist es natürlich, daß die Menschen, wenn sie auf die Welt kommen, sich zu beiden Geschlechtern hingezogen fühlen. Dann wird ihnen aber systematisch ausgetrieben, Beziehungen zum eigenen Geschlecht aufzubauen. Es darf nur das andere sein, es gibt keine Wahl mehr. Genau dieses Verbot find' ich aber unnatürlich. Wenn schon etwas so sehr verhindert wird, muß auch was dran sein!" (Aber auch dabei werde ich das Gefühl nicht los, im Grunde eine "perverse, lesbische Sau" zu sein! Ich sehe mich mit ihren vor-urteilenden Augen.)

Je weiter wir gehen, desto öfter holt sie ihr Taschentuch hervor und schnieft hinein. Ich traue mich nicht, sie richtig anzuschauen, aber ich fühle, daß sie weint oder zumindest dicht davor ist.

Ich: (will erklären, warum ich ihr so wehtun muß.) "Ich wollte so gerne, daß du das weißt, weil es so wichtig für mich ist. Sonst hätte ich ja ewig Theater spielen müssen."

Sie: "Ich kann da ja mit niemandem drüber reden. Papa und Oma kann ich das ja gar nicht erzählen!" (Oh, diese Schuldgefühle!)

Ich: "Die müssen es auch gar nicht wissen. Aber mit Tante Regina kannst du drüber reden; ihr hab' ich's auch erzählt!"

Sie: (erstaunt) "Und was hat sie dazu gesagt?"

Ich: "Daß ich glücklich werden soll damit, wenn es mein Weg ist."

Sie: "Ach, das sagt sie ja nur, weil sie selbst so viel Pech mit den Männern hatte!" (Was soviel heißt wie: Frustrierte Weiber halten zusammen, werden entweder selbst lesbisch oder können solche zumindest verstehen. Mir liegt auf der Zunge, sie zu fragen, ob sie denn so viel Glück mit den Männern gehabt habe - und ob sie wüßte, woran es lag, daß nicht!)

Ich: "War das Zufall, daß sie 'Pech mit den Männern' hatte? War das vielleicht ihre Schuld? Nee, damit haben die Männer reichlich viel zu tun!"

Sie: "Aber sie sind doch nicht alle so!" (Was soll ich darauf noch sagen?)

Ich: "Ist es nicht am wichtigsten, daß es mir gut geht dabei? Frauen können mir wirklich einfach mehr geben. Beziehungen zu Männern sind mir zu oberflächlich, da fehlt einfach was. Mit Frauen gibt es viel mehr Nähe, natürlich auch Krach, aber alles ist intensiver." (Ich versuche immer noch, "es" so gut wie möglich zu verkaufen.)

Der gehetzte Tonfall vom Anfang legt sich - jetzt entsteht häufiger mal betretenes Schweigen.

Pause.

Sie: "Nee, du, an den Gedanken kann ich mich einfach nicht gewöhnen!"

Ich: "Klar, das hast du dir ja auch anders vorgestellt mit deiner Tochter." (Ich versuche, mich in sie hineinzuversetzen.)

Pause.

Sie: "Aber Christine will ich hier nie wieder bei uns sehen!"

Ich: (bin sehr getroffen - warum nicht wütend?) "Schade, ich geh' bei ihren Eltern ein und aus!"

Sie: "Wissen die das denn auch?"

Ich: "Ja, klar!"

Sie: "Und Helen (meine Cousine in Hamburg), weiß die das auch?"

Ich: "Ja, klar!"

Sie: "Dann soll sie da bloß nichts drüber erzählen. Da muß ich jetzt ja immer Angst haben, daß das irgendwie rauskommt!" (Die Scham über ihre "kranke" Tochter, deren Unnormalität sie geheimhalten muß, rüttelt auch an meiner. Ich fühle mich wie aussätzig!)

Sie: "Willst du dich denn immer so verstecken?"

Ich: "Nein, deswegen erzähl' ich dir das ja!"

Jetzt, kurz bevor wir wieder zu Hause angelangt sind, weinen wir beide, jede für sich und aus verschiedenen Gründen. - Im Wohnzimmer frage ich in ihr verheultes Gesicht:

Ich: "Warum bist du denn jetzt so traurig?"

Sie: "Nee du, nee du, da werd' ich mich nie dran gewöhnen!" (Sie läuft raus, ich mal wieder hinterher. Dann:) "Das hättest du mir nie erzählen dürfen!" (Ätz, Würg, Kotz!!!)

Ich: "Ich wollte aber, daß du das weißt - sonst weißt du gar nichts von mir!"

Sie: (wegwerfend) "Ach!"

Abends nehme ich einen letzten Anlauf:

Ich: "Willst du jetzt gar nichts mehr dazu sagen?"

Sie: "Nein!"

Ich: "Ich glaube aber, daß das nicht gut ist, wenn du das so runterschluckst."

Sie: (weinend) "Ich weine doch sowieso schon immer so oft - du hättest mir das wirklich nicht erzählen dürfen!"

(Puh! Jetzt, wo ich das noch mal so am Stück aufgeschrieben und gelesen habe, merke ich, wie "heavy" das war. Ich kann es fast noch mal nachspüren - keine schönen Gefühle!)

Damit ist das Thema erstmal vom Tisch. Wir feiern Weihnachten zusammen, ohne noch mal ein einziges Wort "darüber" zu verlieren. Ich habe keine Energie mehr dazu und fühle auch, daß es jetzt an ihr ist, etwas dazu zu sagen. Nichts passiert - es ist, als ob *nichts* gewesen wäre, als ob ich ihr gar nichts erzählt hätte! Erst bin ich ganz erleichtert darüber, daß wir noch so "normal" miteinander umgehen können und daß ich jetzt erstmal Pause habe. Aber dann werde ich zunehmend unzufrieden und schwanke zwischen den folgenden Extremen hin und her. Das eine ist: Ich fühle mich nicht ernstgenommen - und bleibe auf dem Gefühl, die kranke, nicht-akzeptierte Tochter zu sein, sitzen. Das andere ist: Ich mache mir Vorwürfe und habe ein schlechtes Gewissen meiner Mutter gegenüber. Wie konnte ich ihr das antun! Jetzt sitzt sie allein mit dem ganzen Kram da!

Meine Befürchtungen haben sich also teilweise bestätigt, jedenfalls fürs erste. Die Mauer, hinter der sie sich verschanzt, und das Loch, in das ich falle, wenn ich auf sie zugehe, sind zwar nicht direkt in der Come-out-Situation aufgetreten, aber um so massiver hinterher. "Es" wird einfach nicht mehr angesprochen - als ob *nichts* gewesen wäre. In den Tagen danach hab' ich das Gefühl, daß sie es einfach nicht wahr-haben will. Ihr Satz "Das hättest du mir nicht erzählen dürfen!" hat das sehr deutlich gemacht und mich ziemlich getroffen. Für mich sagt er soviel wie: "Ich will es gar nicht wissen! Laß mir meine Illusion! Ent-täusch' mich nicht!" Es ist, als ob sie all meine Bemühungen, mich ihr zu nähern, das Risiko, das ich dabei auf mich genommen habe, ihr zu sagen, wie ich lebe, völlig ignoriert. Sie will mich gar nicht sehen, will lieber ihr schönes Bild behalten. Das tut weh!

Die andere große Angst, "so" wirklich nicht mehr von ihr akzeptiert zu werden, finde ich in folgendem Gefühl wieder: Ich hab' mich noch nie jemand anders gegenüber dafür, daß ich lesbisch bin, so mies, klein und schlecht gefühlt. Es kam mir noch nie so abartig, andersartig, ja, auch schon fast unnatürlich vor wie auf diesem Spaziergang und hinterher! Ob es tatsächlich die Abscheu meiner Mutter war oder meine auf sie projizierten Zweifel, läuft schon fast auf dasselbe hinaus.

So schäbig hab' ich mich selten in meinem Leben gefühlt!

Jetzt geht's erst los!

Mit sehr gemischten Gefühlen fahre ich nach Hamburg zurück: Auf der einen Seite bin ich schon froh, "es" endlich gesagt zu haben, den Druck los zu sein; auf der anderen Seite sind da diese Unzufriedenheit mit dem Ausgang und die wachsende Gewißheit, daß es mit dem "Es"-Sagen noch lange nicht getan ist. Jetzt geht's erst los!

Am Silvestermorgen kommt dann ein Brief von ihr, der mir sehr unter die Haut geht. Sie schreibt, wie es ihr gegangen ist, daß es ein Schock war und sie "es" wohl nie begreifen wird. Aber das Wichtigste sei, daß ich glücklich werde; wie, das sei meine Sache. Sie glaubt, daß ich da in etwas hineingeraten bin, aus dem man so schnell nicht wieder herauskommt, hofft aber dennoch, daß es eines Tages vorbei ist. Am tiefsten berührt mich, als sie schreibt, daß sie mich trotzdem liebhat und ich ihre große Tochter bleibe, auf die sie immer so stolz war und ist.

Das wollte ich hören. Ich merke, daß es zuviel verlangt wäre, von ihr zu erwarten, daß sie "es" voll akzeptiert, versteht, sozusagen toll findet. Dazu ist es wirklich zu exotisch für sie!

Daß sie mich "trotzdem" liebhat, ist deshalb eine besonders wertvolle Liebeserklärung. Es ist die Bestätigung, daß ich, egal wie ich bin, angenommen werde. Es gibt etwas zwischen uns, das auch durch mein Lesbisch-Sein, was für sie nach wie vor schrecklich ist, nicht angekratzt wird; etwas, was noch tiefer liegt. Es ist das erste Mal, daß ich so einen verhältnismäßig warmen, ehrlichen Brief von ihr bekomme. Mußte ich ihr dazu erst erzählen, daß ich lesbisch bin? Es ist, als ob ein sehr altes Muster plötzlich einen Knacks erhält. Es heißt: "Wenn ich nicht so bin, wie meine Mutter (oder: die anderen) es von mir erwartet, werde ich verlassen!"

Ich habe diese Überzeugung in meinem Leben möglichst wenig auf ihren Wahrheitsgehalt hin überprüft; das war mir immer zu gefährlich. Ich war eher bemüht, es meiner Mutter (und den anderen) recht zu machen. Mein Come-out ihr gegenüber erscheint mir jetzt fast wie eine späte Rebellion dagegen - oder auch eine Probe, wie sie zu mir steht, wenn ich mich auf so extreme Weise nicht ihrer Erwartung gemäß verhalte. Ich hatte den Mut, sie zu enttäuschen - und festzustellen, daß sie "trotzdem" zu mir hält.

An dieser Stelle möchte ich betonen, daß die feministische Lisa dieses "trotzdem" eigentlich für diskriminierend hält und dabei normalerweise auf die Barrikaden gehen würde. Für die aus ihrer Geschichte gewachsene Lisa hat es aber den eben beschriebenen Hintergrund, der mir in diesem Zusammenhang wesentlich wichtiger ist. Der Brief ist deshalb nur positiv für mich. Auch die Hoffnung meiner Mutter, daß es sich nur um eine Phase handelt, ist okay für mich, aus ihrer Sicht nachvollziehbar.

Beim Abtippen eine Woche später:

Inzwischen sehe ich alles wieder ganz anders!

Nicht nur die feministische Lisa sollte sich an diesem "trotzdem" stoßen, sondern auch die selbstbewußte! Was soll eigentlich diese Einschränkung mit dem "trotzdem"? Ich mache meiner Mutter eine Liebeserklärung (denn wenn ich ihr sage: "Ich liebe Frauen!", meine ich auch sie, die erste Frau in meinem Leben!), und was kommt zurück? - "Ich hab' dich trotzdem lieb." - Und wie reagiere ich? Ich bin überglücklich, denn ich habe nicht mal *so* viel erwartet. Mit wie wenig ich mich doch abspeisen lasse! Ich merke gar nicht mehr, daß ich mir eigentlich etwas ganz anderes gewünscht habe, nämlich ein uneingeschränktes, bedingungsloses "Ich liebe dich auch!" - auf das "Ich liebe dich trotzdem" kann ich eigentlich pfeifen!

Diese radikale Wende in meiner Sichtweise ist auf die erste Einzeltherapiestunde zurückzuführen, die ich gerade hatte und in der es - natürlich - um meine Mutter ging.

Und schon stimmt alles, was ich vor einer Woche geschrieben habe, nicht mehr. So kann es einer ergehen, die Frauenforschung macht! Ich tippe das "Überholte" *trotzdem* ab und lasse beides nebeneinander stehen, um die Veränderung meiner Einstellung zu verdeutlichen. Es gibt eben keine endgültigen Wahrheiten!

Dann fahre ich allerdings im alten Text fort. Die Leserin/der Leser wundere sich von daher nicht, wenn die folgenden Sätze und der anschließende Brief wieder einen eher erniedrigenden Grundtenor haben. Sie stammen aus einer anderen Zeit und dienen hier der Dokumentation meiner Entwicklung.

Also weiter im Text:

Meine Befürchtungen und Ängste haben sich letztendlich also doch nicht in dem Maße bewahrheitet. Meine Mutter brauchte nur einige Zeit, um "es" halbwegs zu verdauen und darauf reagieren zu können. Das hatte ich eigentlich schon von vielen anderen Lesben gehört - augenscheinlich mußte ich es aber selbst erfahren, bevor ich es glauben konnte.

Der Brief meiner Mutter rührt sehr viel in mir an. Ich setze mich hin und schreibe meine Antwort in einer Form, wie ich's noch nie vorher getan habe, sehr offen und warm. Ich möchte noch so viel loswerden, wozu mir auf dem Spaziergang und hinterher die Worte fehlten:

> "Liebe Mutti, 21. Januar 1983
> schon lange will ich Dir auf Deinen Brief antworten, über den ich mich unheimlich gefreut habe! Ich hatte schon Angst, daß Du gar nichts mehr dazu sagst und daß das Thema vom Tisch ist. Das hätte mich wirklich verletzt! Das würde bedeuten, daß Du mich 'so' nicht akzeptieren kannst - und ich möchte doch so gern, daß Du das tust!
> Aber dann kam ja Silvester Dein Brief, und es stand das drin, worauf ich gehofft hatte. Ich kann verstehen, daß Du Zeit brauchtest und immer noch brauchst.
> Ich weiß auch, daß Du geschockt warst (bist?) und das Ganze lieber nicht gewußt hättest, daß es Dir wehtut und Dich enttäuscht. Aber all das ist nicht nötig, Mutti! Ich bin so 'normal' wie alle anderen, ich habe ein Bedürfnis nach Nähe und Liebe wie alle anderen, ich bekomme das nur von Frauen, und es geht mir sehr gut dabei. Der Rest der Gesellschaft kann nur einfach nicht akzeptieren, daß es Menschen gibt, die 'anders' sind, die sich nicht an die Regeln halten. Lange genug haben sich Homosexuelle davon fertigmachen lassen und sich versteckt; das ist eine bittere Strafe und eine ungerechte. Wofür sollen wir uns bestrafen lassen? Ich sehe nicht ein, warum ich mich verstecken sollte, und ich bin froh, daß ich von zu Hause den Mut mitbekommen habe, dazu zu stehen. Das ist bestimmt nicht immer einfach, aber es gelingt mir immer besser.
> Ich bin Dir dankbar dafür, daß ich zu Hause gelernt habe, meine Wünsche nicht zu verdrängen, sondern das zu tun, was ich wirklich will. Und das mache ich jetzt - vielleicht wäre ich sonst schon längst unglücklich verheiratet. Aber Heiraten ist nicht mein Weg, Mutti! Ich sehe meinen Lebenssinn nicht darin, mir was mit Mann und Kindern aufzubauen. Mein Weg unterscheidet sich von den meisten anderen, weil es mir am wichtigsten ist, mich selbst zu entdecken und zu verwirklichen. Das kann ich mit Frauen, nur mit Frauen. Und ich bin stolz und glücklich, daß ich eine bin und andere lieben kann!

Hier in Hamburg brauche ich mich wirklich nicht so damit zu verstecken. Die meisten meiner Freundinnen sind lesbisch, wir unterstützen uns gegenseitig. Viele davon studieren Psychologie, wir verheimlichen es an der Uni nicht und werden trotzdem keine Nachteile davon haben; da brauchst Du wirklich nichts zu befürchten! Ein Beispiel: Der Professor, für den ich manchmal arbeite, weiß 'es' auch, 'trotzdem' habe ich den Job für nächstes Semester gekriegt. Wir werden eher unterstützt als fertiggemacht, jedenfalls von den fortschrittlichen Leuten. Natürlich weiß ich, daß das auf dem Land was anderes ist. Ich will auch gar nicht, daß es noch jemand aus der Verwandtschaft erfährt. Ich hab' es denen erzählt, die mir wichtig sind: Dir, Helen und Tante Regina. Du brauchst keine Angst zu haben, daß jemand anderes es erfährt, auch nicht von Helen oder Regina.

Mutti, ich kann mir gut vorstellen, daß Du Dich fragst: Warum? Was ist früher passiert? Was hab' ich falsch gemacht? - Das brauchst Du auch nicht! Ihr habt keine 'Schuld', niemand! Es war meine Entscheidung; und es ist mein Leben! Du brauchst Dich wirklich nicht für Deine Tochter zu schämen - ich tu's auch nicht!

Ich weiß, daß ich viel von Dir verlange. Es hat mir zu denken gegeben, als Du gesagt hast, ich hätte Dir das lieber nicht erzählen sollen. Aber ich hoffe auch, daß Du verstehst, wie wichtig das für mich war. Ich wollte nicht länger Theater vor Dir spielen, immer nur Dinge erzählen, aus denen Du keinen Verdacht schöpfen konntest, immer den größten Teil meines Lebens ausklammern, wenn ich Euch besucht habe. Das war eine Lüge Dir gegenüber - und ich hab' Dich noch nie gerne angelogen. Ich konnte es so einfach nicht mehr ertragen! Ich hab' Dich auch lieb, Mutti! Und *deswegen* wollte ich es sagen!

Es ist mir nicht leichtgefallen, das kannst Du mir glauben. Ich hatte große Angst davor. Ich wollte es schon ganz lange und hab' mich immer damit herumgequält.

Ich kann mir vorstellen, daß es auch nicht einfach für Dich war, mir den Brief zu schreiben; ich find's toll, daß Du's getan hast. Du schreibst, daß kein Menschenleben ohne Probleme ist und daß jeder selbst damit fertigwerden muß. Daß alle ihre Probleme haben, sehe ich auch so, aber es muß nicht jeder allein damit fertigwerden. Dadurch wird das Leben wirklich schwer.

Gibt es nicht doch jemanden, mit dem Du darüber reden kannst? Ich möchte Dich nicht einfach damit hängenlassen, und ich glaube, es ist nicht gut, wenn Du das alles so mit Dir allein abmachst. Ich möchte nicht, daß Du Dir darüber graue Haare wachsen läßt, denn dafür gibt es keinen Grund. Du brauchst Dir keine Sorgen um mich zu machen

und denken, daß ich mir ein schweres Leben ausgesucht habe. Alle anderen Möglichkeiten wären schlechtere gewesen!
Ich möchte aber auch nicht, daß Du es 'vergißt' und versuchst, diesen Teil von mir zu übersehen und totzuschweigen. Das würde mir sehr wehtun! Genauso macht es mich traurig, daß Du nichts mehr mit Christine zu tun haben willst. Sie hat auch keine 'Schuld', sie hat mich nicht 'überredet', niemand hat das getan! Und es ist auch keine vorübergehende Phase; schließlich lebe ich schon über drei Jahre so.
Ich hoffe, Du verstehst mich ein bißchen, Mutti! Ich will Dir wirklich nicht wehtun; ich habe nur beschlossen, Dir nichts mehr vorzumachen.
Ich würde mich sehr freuen, wenn Du mir wieder schreibst und/oder wir weiter darüber reden. Es soll kein Tabu-Thema werden! Sag' mir, wenn ich Dir helfen kann!
Ganz liebe Grüße von Lisa"

In ihrem Antwortbrief schreibt sie: "... Ich glaube, jetzt bin ich doch froh, daß ich alles weiß. Du mußt wissen, was immer geschieht, ich stehe zu Dir! ..."

Dann ist erstmal Sendepause. Etwas anderes knallt in mein Leben und beschäftigt mich in der ersten Jahreshälfte 1983 so sehr, daß kaum Raum für irgend etwas anderes bleibt.

Ciao, Christine!

Nach einer Zeit, in der "linke" Sachen hinter meinem Rücken laufen und ich nur an meinen schlaflosen Nächten spüre, daß irgend etwas nicht stimmt, rückt Christine damit heraus, daß sie sich in Silke verliebt hat (jawohl, die Silke, mit der auch Lucie eine Beziehung hatte!) ...

Eine Welt bricht zusammen! Die Welt der letzten drei Jahre; die Welt, in die niemand anders so weit vordringen konnte, daß unsere Beziehung dadurch bedroht wurde. Die Welt, in der ich mich immer so sicher und geborgen gefühlt habe, daß ich mir nicht vorstellen konnte, jemals daraus vertrieben zu werden ... Eine halbe Stunde nachdem Christine mir das eröffnet hat, flüchte ich das erste Mal zu Lucie und heule mich bei ihr aus. Ich bleibe erstmal dort. In den Tagen darauf gibt es nichts außer Gedanken an Christine, Unverständnis darüber, wie alles so kommen konnte, Wut, Sehnsucht, Enttäuschung und das Gefühl, alles nur ansatzweise zu spüren und gar nicht richtig zuzulassen.

Ich kann es einfach nicht glauben! Es darf nicht wahr sein! Anstatt den Schmerz zu spüren, schreibe ich über ihn:

SCHMÄRZ

Schmerz im März
kein Herz mehr -
März im Schmerz
kein Scherz mehr -
Ach, wär's doch
April, April!

In den nächsten drei Monaten hangele ich mich an jeder erdenklichen Hoffnung hoch, die angeknackste Welt doch noch kitten zu können. Christine verhält sich uneindeutig, und ich nehme nur die Signale wahr, die meine Illusion weiter am Leben erhalten. Ich gehe in unsere Wohnung zurück ... flüchte wieder zu Lucie ... gehe wieder zurück ... und stehe letztendlich doch vor einem Trümmerhaufen.

Es dauert drei Monate, bis ich end-gültig wahr-nehme, was los ist. Ganz langsam sickert die Wahrheit tropfenweise durch mich und meinen Körper hindurch: Es ist vorbei!

Während dieser Trennungszeit bin ich, blind für die Realität, hinter Christine hergelaufen - genauso, wie ich früher unermüdlich meiner Mutter hinterhergewetzt bin - ohne zu sehen, daß sie mich beide gar nicht mehr haben wollten! Von beiden habe ich mir sehr viel bieten lassen - und es nicht einmal gemerkt.

Inzwischen (September 1983) bin ich allmählich offen dafür zu sehen, wie ich in meinen übrigen Beziehungen die zu meiner Mutter wiederhole. Davon wollte ich vorher, besonders während der Trennungsphase, einfach nichts wissen. Jetzt werden mir die Parallelen um so deutlicher: Meine Mutter und Christine - zwei Frauen, die ich idealisiert habe, obwohl ich von beiden wahnsinnig verletzt wurde.

Die Trennung von Christine ist mit Sicherheit nicht zufällig in die Zeit dieser Arbeit gefallen. In welcher Beziehung beides zueinander steht, könnte noch genauer beleuchtet werden, würde aber den Rahmen sprengen. Auf alle Fälle hat die Trennung auch wieder Rückwirkungen auf den Prozeß mit meiner Mutter, wie aus folgenden Zeilen meines Tagebuchs hervorgeht:

Come-out-Nachspiel

Ein Besuch bei meinen Eltern

> "Ich fahre mit sehr gemischten Gefühlen hin; fühle mich nach der Trennung von Christine viel zu angeknackst, um die stressige Atmosphäre, die ich von zu Hause kenne, aushalten zu können. Hab' eigentlich auch keinen Bock, wieder Theater zu spielen, so im Stil von: 'Na, wie geht's denn, Lisa?' - 'Ach, ganz gut.' oder 'Geht so!'
> Ich kann mir aber auch keine Möglichkeit denken, mich mit meinen augenblicklichen Schwierigkeiten wirklich zu zeigen; hab' keine Ener-

gie, mich der Reaktion meiner Mutter auszusetzen, die ich mir ungefähr so vorstelle: 'Siehste, hab ich dir ja gleich gesagt. Mit Frauen ist es auch nicht besser, höchstens schlimmer! Naja, vielleicht merkst du jetzt ja doch noch, daß das nicht das Richtige für dich ist!'
Nee, das könnte ich gerade jetzt am allerwenigsten ertragen. Was ich bräuchte, wär' Verständnis und Wohlwollen, aber das kann ich mir von ihr in bezug auf alles, was 'damit' zu tun hat, sowieso nicht vorstellen. Also beschließe ich, lieber nicht zuviel von mir preiszugeben und unverfängliche Antworten zu geben. Das hab' ich schließlich jahrelang geübt!
Aber dann kommt es doch anders: Als wir abends im Wohnzimmer vorm Fernseher sitzen und mein Vater gerade rausgegangen ist, ergreift sie diesen ersten Moment, den wir allein verbringen, und sagt, daß sie von Tante Regina gehört hat, ich hätte Schwierigkeiten mit Christine - ob das denn stimmt. (Regina hatte ich's kurz am Telefon erzählt, allerdings mit der Bitte, es nicht gleich an meine Mutter weiterzugeben!)
Im ersten Moment bin ich geschockt, weiß nicht, was ich sagen soll, fühle mich fast wie ertappt. Aber dann, als ich anfange, ein bißchen zu erzählen, bin ich doch froh, daß es jetzt raus ist. Natürlich kommt auch einmal ein 'Mit Frauen ist es doch noch viel schlimmer!' (womit sie gar nicht so unrecht hat!), aber ansonsten fühle ich mich verstanden. Damit hatte ich wirklich nicht gerechnet! Ich kann sogar ein bißchen weinen, was mir in der ganzen letzten Zeit unmöglich war. Ich bin nicht sicher, ob ich ihr vermitteln kann, *was* mir den Schmerz bereitet, daß es nicht darum geht, nicht mehr mit Christine zusammenwohnen zu können, sondern um etwas anderes. Aber auf alle Fälle geht es um Gefühle - und das ist revolutionär! Ein Anfang von dem, was ich mir immer gewünscht habe: mit ihr über das reden, was wirklich anliegt!
Später kommen mir Gedanken wie: Durch die Trennung von Christine komme ich meiner Mutter näher - verrückt!
Am nächsten Morgen fragt sie auch noch nach meiner Forschungsarbeit, von der sie bis jetzt nur weiß, was ich im letzten Sommer erzählt habe, nämlich daß es um Mütter und Töchter gehen soll. Eigentlich wollte ich es ihr ja mal in einer ruhigen Minute eröffnen, nicht so in der Küche am Herd; aber jetzt, wo sie mich so fragt ... Ich benutze zum ersten Mal das Wort 'lesbisch' in ihrer Gegenwart! Sie ist geschockt, aber nicht so sehr, wie ich's erwartet hatte - oder zeigt sie's nicht? Sie fragt, ob wir über die Reaktionen der Mütter schreiben. Ja, aber nicht nur; hauptsächlich über uns selbst. Ob das denn überhaupt angenommen wird oder gleich im Papierkorb landet? Nein, da soll sie

sich mal keine Sorgen machen, die Leute bei uns sind ganz fortschrittlich. Dann ist das Thema vom Tisch. Na gut, jetzt ist auch das gesagt! Wie geplant fahre ich schon am nächsten Tag wieder nach Hamburg zurück, aber ich wäre zum ersten Mal seit langem wirklich gern länger geblieben. Ich fahr' bestimmt bald wieder hin."

(Ende der Tagebuchaufzeichnung)

Inzwischen bin ich wieder etwas auf dem Boden der Realität gelandet, auch in bezug auf meine Mutter. Der eben beschriebene Tag war wohl eher eine Ausnahmesituation. Danach war ich noch dreimal bei meiner Mutter zu Besuch. Auf den Spaziergängen, die sich seit dem Come-out eingebürgert haben, ging's aber bestenfalls um die Frage, wo ich denn jetzt wohnen werde. Kein Wort mehr von der Trennung, keins von meinem Lesbisch-Sein, keins von der Forschungsarbeit. Ich hab' auch nichts von all dem angeschnitten. Es war mir schlicht und einfach zu anstrengend! Ich habe keine Lust mehr, ihr nachzulaufen - Punkt.

Mein Nabel blutet
zwar
doch halt dich fest Mutter
ich seil
mich ab

Sandra Bruhn

Lucie

"Es" der Mutter sagen - damit wollte ich mir Zeit lassen, bis es wirklich für mich anlag. Dieser Zeitpunkt war dann allerdings schneller erreicht, als ich gedacht hatte. Zufall oder nicht: Letztendlich hatten Lisa und ich unser Come-out zur gleichen Zeit. Weihnachten 1982 wird unseren Müttern eine bleibende Erinnerung sein. Und das kam so:

Am 18.12.1982, noch völlig nichtsahnend und eigentlich nur bereit, mal wieder einen kleinen Schritt nach vorn zu machen, rief ich bei meiner Schwester und meinem Schwager an, um zu fragen, ob ich meine (neue) Freundin zum Geburtstag meines Schwagers mitbringen dürfte. Damit kam für mich ein Stein ins Rollen, der unaufhaltsam weiterlief. Birgit hatte Lust, meine Familie kennenzulernen (das hatte bisher noch nie eine gewollt), und ich hätte sie gern mitgenommen. Also fragte ich in dem sicheren Glauben, daß es gehen würde. Mit einer Ablehnung hatte ich nicht gerechnet. Nachdem mein Schwager "nein" gesagt hatte, ging ich gedankenverloren von der Telefonzelle nach Hause. In mir arbeitete es plötzlich wie verrückt, die ganzen Diskussionen der letzten Wochen mit Lisa tauchten in mir auf.

Und plötzlich wurde mir klar: Ich gehe gar nicht hin und rufe auch nicht mehr an. Stattdessen verbrachte ich ein wunderbares Wochenende mit Birgit. Schließlich entschloß ich mich, meinem Schwager einen Brief zu schreiben und ihm zu erklären, warum ich nicht gekommen war. Ich schrieb los wie im Rausch, schrieb von meinen Beziehungen zu Frauen, aber auch von dem Frust, den meine Familie bisher für mich bedeutet hatte:

"Lieber Henry, 20.12.1982
dafür, daß ich am Samstag nicht mehr gekommen bin, bin ich Dir noch eine Erklärung schuldig. Ich muß zugeben, daß es mich sehr 'geschockt' hat, wie Du reagiert hast: Familienfest, keine anderen eingeladen, also darf ich auch niemanden mitbringen. Mit einem Mal fühlte ich mich brutal mit meiner Familiensituation konfrontiert, in der kein Platz für mich und *mein* Leben ist. Als ich von der Telefonzelle nach Hause ging, wurde mir das siedendheiß bewußt. Ich habe dann kurzerhand, aus Trotz wenn Du so willst, beschlossen, daß ich den Tag mit meiner Freundin verbringe und nicht mehr komme. Zuerst wollte ich noch mal anrufen, aber dazu hatte ich dann einfach keine Lust mehr.

Aber es war nicht nur Trotz, sondern auch die bewußte Entscheidung von mir, mein Leben nicht mehr einfach ignorieren zu lassen und mich selbst nicht mehr zum Heucheln zu zwingen. Ich will nicht mehr, immer wenn ich mit der Familie zu tun habe, mein Leben und meine Identität draußen vor der Tür lassen und mit Dingen konfrontiert werden, die mich nicht interessieren. Ich will nicht wissen, wer mit wem gerade Tennis gespielt hat, wo gerade ein Besäufnis war, wie gerade die Geschäftssituation ist und wie schlecht es Arbeitgebern geht. Für mich sind diese Gespräche oberflächlich. Ich will wissen, was in einem Menschen vorgeht, will auch Interesse an mir verspüren, an meinem Leben.

Ich weiß, daß ich schon sehr lange einen Außenseiterstatus in der Familie habe, der toleriert wird, wenn ich nicht zu sehr auffalle, mich ruhig verhalte. Ich habe es bis jetzt getan, weil ich Angst vor meiner eigenen Offenheit hatte (und auch noch etwas habe), Angst vor Auseinandersetzungen, vor Verletzungen, vor Unverständnis, vor Diskriminierungen. Aber am letzten Samstag ist mir der Geduldsfaden gerissen. Ich muß mal reinen Tisch machen, endlich mal ehrlich sein und dann mal sehen, ob ich auch noch so akzeptiert werde, wie ich tatsächlich bin. Es geht nämlich nicht um irgendeine Freundin, die ich mitbringen wollte, sondern es handelt sich um die Frau, die ich liebe. Und überhaupt liebe ich seit Jahren nur Frauen, aber diese meine wichtigste Seite mußte ich immer verheimlichen, dafür war kein Platz,

egal wie gut oder wie schlecht es mir ging in den letzten Jahren. Zum Glück lebe ich in Zusammenhängen, ich denen ich mich nicht verleugnen muß, und ich habe inzwischen gelernt, daß es für mein Wohlbefinden wichtig ist, offen aufzutreten. Sonst wäre ich wahrscheinlich schon längst am Schein der Normalität erstickt. So brauchte ich mich nur ein wenig zu verschlucken, wenn ich zu Familientreffen gegangen bin. Meine Schwestern können ihre Ehemänner mitbringen, ich muß zugucken, werde aber dezenterweise auch nicht mehr gefragt, ob ich einen Freund, Verlobten oder Ähnliches habe. Eins weiß ich jedenfalls: Ich kann meine Zeit besser und sinnvoller verbringen, als mich mit Menschen auseinanderzusetzen, die mich und mein Leben eigentlich ignorieren, nichts von dem wissen wollen, wie ich lebe und liebe.
Ich möchte nicht mehr aus lauter Pflichterfüllung zu Familienfesten kommen. Ich will lieber mit den Menschen meiner Familie zu tun haben.
Jetzt möchte ich langsam zum Ende kommen. Mir ist beim Durchlesen aufgefallen, daß ich im Grunde nicht nur Dir, Henry, schreibe, sondern allen meinen Verwandten, und ich möchte gern, daß auch alle diesen Brief lesen. Meinen Eltern werde ich noch extra schreiben. Ich glaube, daß das nötig ist, sonst kann ich keinem mehr gerade ins Gesicht blicken. Ich möchte auch noch mal sagen (vielleicht ist es Dir noch nicht so recht aufgefallen), daß ich am letzten Samstag eigentlich einen ziemlichen Schritt auf Dich/Euch zu gemacht habe, was von mir angeboten habe, was Du leider abgelehnt hast. Für die Zukunft würde ich mir wünschen, erstmal was von Dir/Euch zu hören, und zum anderen, daß Ihr nicht mehr so tut, als ob ich kein Leben hätte, sondern daß ich auch mal gefragt werde, ob ich meine Freundin mitbringen möchte bzw. ob sie vielleicht Lust dazu hat. Und überhaupt würde ich mir wünschen, daß es in unserer Familie etwas persönlicher zugeht, nicht mehr die Fassade Priorität hat. Sollte es Dir/Euch nicht möglich sein, zu 'so einer Schwester' zu stehen, werde ich mich wahrscheinlich so schnell nicht mehr sehen lassen. Das wäre für mich ein Bruch, der mir schwerfiele, für mich aber auch wichtig und notwendig wäre, weil ich zu meinem Leben stehen will. Ich möchte genauso glücklich sein können wie Du/Ihr.
Liebe Grüße, Lucie"

Nun sollten's alle wissen - auch meine Eltern. Gedacht, getan. Ich schrieb ihnen einen Brief:

"Liebe Mutter, lieber Vater, 21.12.82
wahrscheinlich habt Ihr Euch Gedanken um mich gemacht, als ich am Samstag nicht gekommen bin. Es ist mir nichts passiert, außer daß ich beschlossen habe, Euch nichts mehr vorzumachen: Ich kann nicht mehr mit der Lüge und der Oberflächlichkeit leben, die ich immer verspürt habe, wenn ich mit Euch, meiner Familie, zu tun hatte. Euch ist sicherlich genauso klar wie mir, daß Ihr von mir und meinem Leben eigentlich sehr wenig wißt. Ich habe nicht viel erzählt, Ihr habt mich auch vorsichtshalber nicht gefragt. Vielleicht haben wir alle Angst davor gehabt, die Wahrheit zu sagen bzw. sie zu hören. Für Euch ist es wichtig gewesen, daß Eure Töchter 'gut' unterkommen, was für Euch wohl heißt: heiraten, ein gutes, geregeltes Auskommen haben, vielleicht Kinder kriegen. Ich war schon immer anders, paßte nicht so recht in Eure Vorstellungen, zumindest nicht in Deine, Mami. Mir hat es früher viel ausgemacht, daß ich eigentlich für Dich, Mami, nie richtig war. Es war vor einigen Jahren entsetzlich für mich festzustellen, daß es in meinem Zuhause keinen Platz für meine Probleme gab. Ich habe mich dann alleine auf den Weg gemacht, mit mir und meinem Leben klarzukommen. Und ich habe Menschen kennengelernt, die mir geholfen haben. Ich weiß und ich rechne es Euch hoch an, daß Ihr mich immer auf Eure Art unterstützt habt, Euer Interesse an mir gezeigt habt in Form von Geld, Socken, Pullovern usw. Ich war und bin dankbar dafür und habe gedacht, daß Ihr mich ja doch mögt, aber seit Jahren ist bei mir das Gefühl da, daß ich Euch was vormache, Euch eigentlich nie richtig etwas von dem erzähle, was mich beschäftigt. Manchmal habe ich auch gedacht, daß Ihr nichts wissen wollt, weil es Euch der letzten Illusion über mich berauben würde.
Vielleicht habt Ihr immer noch insgeheim gehofft, daß ich irgendwann doch noch mal mit einem Ehemann ankomme. Ich werde es nicht tun, weil ich Frauen liebe, Beziehungen zu Frauen habe. Und am Samstag wollte ich meine Freundin mitbringen, was für mich ein enormer Schritt der Öffnung war, der zurückgewiesen wurde. Es war für mich ein schöner, aber auch beschwerlicher Weg, zu diesem 'unnormalen' Leben zu stehen. Ich bin stolz, daß es mir immer besser gelingt, und jetzt ist für mich die Zeit gekommen, daß ich es auch Euch sage. Schließlich habt Ihr jahrelang für mich gesorgt und wußtet bisher nicht, was da eigentlich draus geworden ist. Ihr wußtet nicht, ob es mir gut oder schlecht geht, was ich eigentlich mache. Mein Bedürfnis war es immer, Euch mehr von mir zu erzählen. Ich habe es nur nie geschafft, weil ich Angst vor Euren Reaktionen hatte. Ich habe diese Angst immer noch, nur jetzt will ich mein Leben nicht mehr verheimlichen, auch wenn es für Euch ein Schock ist. Ich habe immer den

Wunsch gehabt, daß für mich und mein Leben Platz in der Familie ist, daß unsere Familientreffen an Oberflächlichkeit verlieren. Ihr wißt ja, daß es mir nie gefallen hat, ständig über Tennisspielen oder Geschäfte zu reden. Mich hätte mehr interessiert, wie es Euch und den anderen tatsächlich geht, hätte mir mehr Herzlichkeit, mehr Persönliches gewünscht. Und ich habe nicht den Mut und die Kraft aufbringen können, das zu verändern.

Ich will Euch nicht schockieren, vielleicht habt Ihr Euch das alles eh schon gedacht, sondern ich will endlich ehrlich sein und wünsche mir, daß Ihr mich auch so akzeptieren könnt, daß sich etwas mehr Offenheit entwickelt. Ich wünsche mir, daß ich mit meinem Leben nicht mehr ignoriert werde, sondern vielleicht auch mal meine Freundin mitbringen kann bzw. gefragt werde, ob ich oder sie das möchte. Ich möchte nicht, daß Ihr die Augen zumacht vor mir oder mich womöglich kopfschüttelnd betrachtet. Es würde mir schwerfallen, aber wenn ich den Eindruck bekomme, daß ich so nicht erwünscht bin, dann werde ich mich so bald auch nicht mehr blicken lassen. Ich hoffe sehr, daß Ihr mir antwortet. Ich habe mich nicht getraut, Euch dies alles telefonisch zu sagen. So habe ich mich sicherer gefühlt, konnte ganz ehrlich sein. Ihr könnt es mir glauben, es ist nicht einfach für mich, Euch reinen Wein einzuschenken, aber es ist notwendig.

Wegen Weihnachten: Erstmal werde ich überhaupt nicht kommen, weder Heiligabend noch am zweiten Feiertag. Dazu weiß ich noch zu wenig über Eure Reaktionen. Ich habe keine Lust, Weihnachten in entsetzte Augenpaare zu blicken oder mich verletzen zu lassen. Aber Omi werde ich anrufen oder vielleicht auch hinfahren, mal sehen.

Ich weiß, daß ich viel von Euch verlange, aber ich hoffe auch, daß Ihr ein bißchen versteht, daß ich nicht ständig mein Leben verleugnen kann.

Alles Liebe, Lucie"

Solange ich diesen Brief schrieb und er unterwegs war, saß ich zu Hause wie auf Kohlen, schreckte bei jedem Telefonklingeln auf und ging oftmals nicht ran. Ich hatte plötzlich Angst, es könnte mein Vater sein, der sich Sorgen um mich macht. Am Abend bevor der Brief ankam, war es aber doch soweit. Mein Vater rief an, ob ich wegen Weihnachten Bescheid wüßte. Kein Wort zum letzten Wochenende. Ich sagte ihm dann, daß morgen ein Brief kommen würde, in dem ich mal alles aufgeschrieben hätte, was mir schon lange unter den Nägeln brenne, und ob ich Weihnachten kommen würde ... wohl eher nicht. Er war betroffen, weinte fast am Telefon und versuchte, mir zu entlocken, was ich denn geschrieben hätte. Ich beruhigte ihn, daß es nichts Schlimmes sei, und er solle man mal den Brief lesen. Dann legten wir auf. Er wollte am nächsten Tag wieder anrufen. Für mich begann die entsetzlichste Nacht der letzten Zeit. Ich schlief schlecht und warf mir schon fast vor, daß ich diese Offensive gewagt hatte. Was mutete ich ihnen damit zu? Zuerst hatte ich ein gutes Gefühl zu den Briefen, aber in der Zeit des Wartens auf Reaktionen kamen mir immer mehr Zweifel an der Richtigkeit meines Tuns. Es waren fast Schuldgefühle: Ich fühlte mich für den Schmerz meiner Eltern verantwortlich. Jedenfalls, ich schlief so schlecht wie selten zuvor, konnte nicht einschlafen, muß auch viel geträumt haben und wachte früh wieder auf, fühlte mich entsetzlich elend, was dann erst im Laufe des Tages besser wurde.

Schließlich löste sich diese Spannung auf: Mein Vater rief mittags gegen 13 Uhr an. Er war völlig aufgewühlt, seine Stimme versagte ihm fast. Er und meine Mutter waren geschockt und nichtsahnend, aber es wäre für sie völlig klar, daß ich immer wieder nach Hause kommen könne, sie nicht mit mir brechen würden. Jetzt sahen sie auch ein, daß ich Weihnachten nicht kommen wollte, und Omi sollte ich man nichts sagen (was ich auch nicht getan habe). Mit meinen Eltern verabredete ich mich für den 29.12.1982 bei mir zum Kaffee.

Abends rief dann mein Schwager an und sagte, daß er mich deshalb doch nicht diskriminieren würde und mich selbstverständlich in Zukunft mit meiner Freundin einladen würde. Wir redeten noch darüber, daß ich mich in der Familie immer sehr zurückgezogen habe, schlecht ansprechbar war. Er hatte sich das ja wohl als einziger gedacht, bei dem Besuch in unserer Wohngemeinschaft vor einigen Jahren. Er und meine Schwester würden mich jedenfalls immer verteidigen in der Familie.

Er ist auch gleich zu meiner anderen Schwester und ihrem Mann gegangen, aber die wären wohl nicht so offen (bis heute, September 1983, habe ich nichts von ihnen zu dem Brief gehört); und ob ich meinen Eltern denn wirklich schreiben müßte. Da konnte ich ihn ja schon beruhigen. Er meinte dann auch noch, daß mir ja ein Stein vom Herzen fallen müßte. Das war auch so. Ich war danach in einem euphorischen Rauschzustand; zumal ich gleich darauf einen Strauß mit 25 roten Rosen und einen Liebesbrief von Birgit (sie war inzwischen in Italien) bekam. Den Abend konnte ich mich kaum noch einkriegen und hatte dann noch ein langes Gespräch mit meiner Mitbewohnerin über Mütter und Familie. In Gedanken war ich auch noch bei Lisa, fragte mich, wie es ihr wohl ginge.

Erstmal war ich erleichtert, fuhr Weihnachten nicht zu meinen Eltern, verbrachte mit der Oma einen netten Nachmittag, an dem sie mich fragte, wie ich eigentlich lebe. Schluck. Ich hab' einiges erzählt vom Frauenhaus-Buch, vom Studium, vom Taxifahren und wie mein Tag verläuft, aber vom Lesbisch-Sein hab' ich nichts erzählt und fand es auch richtig so. Als ich bei ihr war, rief meine Mutter an, um Omi zu erzählen, daß meine Schwester gerade eine Tochter bekommen hatte. Ich sprach auch kurz mit meiner Mutter, aber sie war reserviert, kühl - na, dann bis morgen. Da wollten sie ja kommen, meine Eltern.

Ich hab' die Weihnachtsgeschenke noch fertig gemacht, die Wohnung aufgeräumt, Kuchen gekauft. Als sie kamen, hab' ich gleich Sherry serviert und Zigaretten geraucht, um mich zu beruhigen. Sie hatten Baldrian genommen, wie sie später erzählten, und sind extra wegen der Aufregung mit der Bahn gefahren statt mit dem Auto.

Mein Vater kam gleich auf den Brief zu sprechen, den sie nun schon dutzendmal gelesen hatten. Meine Mutter wollte mir erst schreiben, tat es dann doch nicht. Und nun kam es: Sie hatten hin und her überlegt, wie das denn zu verhindern gewesen wäre, was mir denn gefehlt und was es mit meinem Studium zu tun hätte. Meine Mutter meinte, normal wäre, wenn Mann und Frau zusammen seien - oh, dieser verächtliche Blick dabei! Das saß.

Fast hätte ich mich mit meiner Mutter gestritten. Sie fragte, wie ich das meinte, daß ich nie "richtig" für sie gewesen sei. Das sei doch nicht wahr, sie hätte immer mein Bestes gewollt. Ich sagte, daß sie immer gegen das war, was ich wollte. Plötzlich fiel mir ein, woran ich mich im Selbsterfahrungsseminar erinnert hatte. Da hat sie an meinem Aussehen herumgenörgelt. Das Äußere war ihr wichtig. Ich gab zu, daß ich sicherlich nicht einfach war, so dickköpfig. Ich sagte, daß sie mich, statt sich mit mir zu beschäftigen, mit Schokolade vollgestopft hätte. Das Gespräch wurde aufgebrachter. Mein Vater schlichtete. Meine Mutter beschwerte sich auch noch darüber, daß ich mich nicht mehr blicken lassen wollte. Mein Vater und ich widersprachen, so hätte ich es nicht geschrieben. Ich stellte klar, daß das nicht meine Absicht sei, sondern daß es mir schwerfallen und ich es auch nur tun würde, wenn ich den Eindruck gewänne, daß sie mich nicht akzeptierten.

Am Ende war ich randvoll mit Gedanken an früher, schweißgebadet und völlig aufgewühlt. Ich hatte mich noch nie in einer Situation befunden, in der ich mit so vielen Vorurteilen konfrontiert wurde, wie an diesem Tag. Ich verfluchte mich dafür, daß ich diesen Schritt gemacht hatte - welche Zumutung für meine Eltern! (Inzwischen, im Juni 1983: und welche Zumutung für mich!) Außerdem veränderte sich ja nun auch meine Rolle: Ich mußte mich jetzt in der Familie auseinandersetzen, konnte mich nicht mehr so einfach zurückziehen, mußte mich erklären, und genau das fiel mir so schwer.

In dem Gespräch merkte ich, daß sie auch sonst völlig andere Vorstellungen haben. (Meine Mutter: "Daß Du ja nicht jedesmal eine andere Freundin mitbringst!") Wie kann ich mich ihnen begreifbar machen?

Dann spürte ich sehr deutlich, daß ich sehr unsicher wurde, wenn ich mit meiner Mutter allein war. Ich merkte, daß Aggressionen gegen sie hochkamen, genau wie früher: Sie sagte etwas, ich fühlte nur Wut und Widerstand in mir, polterte zurück, von psychologischem Einfühlungsvermögen keine Spur. Ich ging nicht auf sie ein, sie nicht auf mich. Es war nur Kampf. Und ich hätte es so gern anders gehabt. Als sie weggingen, schaffte meine Mutter mich endgültig: Sie konnte mich nicht angucken, als sie mir zum Abschied die Hand gab - sie wendete sich ab. Meinen Vater konnte ich umarmen. Was für mich zurückblieb, war der Wunsch, daß sie auf mich eingehen. Aber um das zu erreichen, muß ich zuerst auf sie eingehen; zumindest bezogen auf meine Mutter.

Nach diesem Treffen brauchte ich viel Zeit, diese Erfahrungen zu verdauen. Ich wartete sehnsüchtig darauf, daß Lisa von ihren Eltern zurückkehrte, um mit ihr über unsere Erfahrungen zu reden. Zu diesem Zeitpunkt war ich nicht glücklich, diesen Schritt gemacht zu haben, ich sah nur Schwierigkeiten auf mich zukommen: Ich hatte von meinen Eltern und meiner Familie mehr Offenheit, mehr Ehrlichkeit und mehr Raum für mich beansprucht. Wenn ich aber selbst gar nicht in der Lage dazu war, was dann? Ich merkte, daß es mir leichtfallen würde, solange es mir gutginge. Was aber, wenn ich Schwierigkeiten hätte? War das dann nicht eine Bestätigung dafür, daß ich mir lieber doch einen Mann angeln sollte, daß es mit Frauen eben doch nicht so toll ist? Lisa und ich prägten danach für uns den Begriff "verdammt zum Glücklichsein". Wenn wir schon so leben, müssen wir zumindest glücklich sein, was immer das auch heißen mag. Um mir klarer darüber zu werden, was an diesem Nachmittag abgelaufen war, nutzte ich eine Woche später das Supervisionsseminar, das Lisa und ich zur Anleitung unserer geplanten Lesben-Gruppe besuchten:

> "Wir machen Rollenspiele. Ich sage, daß ich gerne die Situation mit meinen Eltern spielen würde. Nach einem Versuch zu dritt entscheiden wir, daß nur Lisa, die meine Mutter hervorragend spielt (ich habe regelrecht Angst vor ihrem Blick, spüre dieselben Reaktionen wie bei meiner Mutter), und ich weitermachen. Wir spielen 'Mutter und Kind'. Ich fühle mich ohnmächtig - ich will diese Ohnmacht nicht mehr. Ich will, daß sie mich versteht, mich akzeptiert. Ich habe das Gefühl, daß die Situation sehr echt ist. Ich gerate in Rage, suche nach Argumenten, sage aber immer nur, wie 'beknackt' sie denkt. Mir wird plötzlich auch klar, daß ich eigentlich denke, daß meine Mutter total blöd ist. Das Gespräch ist ein einziges Hickhack, nichts von Sich-Öffnen, nur Dichtmachen und Aggressionen.
> Die Leiterin unterbricht. Eine Teilnehmerin stellt fest, daß ich furchtbar kämpfen muß und daß die Situation 'schizophren' sei: Um das zu kriegen, was ich will, nämlich, daß sie mich versteht und akzeptiert, muß ich erstmal auf meine Mutter eingehen, sie verstehen, sie akzeptieren. Ich bekomme nur etwas gegen Vorleistung desselben. Die Leiterin schlägt vor, die Situation noch mal zu spielen. Ich will erst nicht, weil es mich so anstrengt, tue es dann doch. Ich konzentriere mich auf das, was Lisa-Mutter sagt, gehe darauf ein, frage nach, ohne Wut. Sie öffnet sich mehr, doch dann wieder der Rückfall in die alten Strukturen. An dieser Stelle brechen wir ab. Lisa hat wirklich sehr echt gespielt, sowohl von der Mimik, die ausdrückte 'ich laß nichts an mich ran', als auch von der Sprache her. Bei mir setzten sofort meine 'Mutter-Mechanismen' ein, die nur schwer zu überwinden waren.

> Dieses Rollenspiel hat mich sehr angestrengt, aber auch erleichtert." (Tagebuchnotiz)

Ich war froh, daß es endlich mal Menschen gab, nämlich die Frauen im Seminar, die meine Situation ernst nahmen und mir sagten, daß ich es ja auch nicht ganz einfach hätte. Und ich hatte diese Beziehungsstruktur nicht mehr nur im Kopf begriffen. Mein emotionales Chaos beruhigte sich, und ich konnte ohne Angst am nächsten Tag zum Geburtstag meines Vaters fahren. Ich war gespannt, was passieren würde:

> "Sie waren sehr nett zu mir. Mein Vater hat mich sogar gefragt, ob ich Birgit mitbringen will. Es war sehr unkompliziert und für mich eine Atmosphäre von mehr Nähe. Meine Eltern haben zwar unser 'Thema' nicht wieder angesprochen, aber ich spürte, daß es da war. Meine Mutter hat mich wieder angesehen. Bei der Abfahrt fragten sie noch, ob ich denn auch wiederkäme. Klar. Jetzt im nachhinein bin ich froh, diesen Schritt gemacht zu haben, fühle mich erleichtert, wieder ein Stück mehr meiner Identität gemäß." (Tagebuchnotiz)

In der Zeit danach bis Mai 1983, wo Lisa und ich einen Strich unter alle laufenden Prozesse setzten, um uns an den Beschreibungs- und Auswertungsteil zu machen, bewegte sich nicht mehr viel für mich in bezug auf meine Familie. Die Unruhe, die ich angestiftet hatte, legte sich, und solange ich sie nicht wieder störte, blieb es auch ruhig. Dieses Thema ist offensichtlich so peinlich, daß alle froh sind, wenn Ruhe ist. Ich hatte/habe es immer in meiner Hand, ob schlafende Wölfe geweckt werden oder nicht.

Trotzdem hat sich etwas geändert

Inzwischen fahre ich nicht mehr so oft zu meinen Eltern. Anfänglich, weil ich das Gefühl hatte, ich kann nur hinfahren, wenn ich mich emotional in der Lage fühle, möglichen Konflikten standzuhalten. Mittlerweile besuche ich sie nur, wenn ich wirklich Lust dazu habe - es ist für mich noch weniger Verpflichtung als vorher. Ich bin auch mit einem anderen Gefühl dort - selbstbewußter, das ganz große Theater ist vorbei. Wir reden mehr miteinander, meine Eltern reden mehr von sich, und ich erzähle unbeschwerter, obwohl: Es ist längst nicht alles. Aber ich schweige nicht mehr mit dem Gefühl, ich muß etwas verheimlichen, sondern ich entscheide, daß ich manches nicht sagen will.

Mein Vater hat Birgit und mich immer wieder eingeladen. Ich habe das als eine enorme Leistung von ihm empfunden, aber wir sind nie darauf eingegangen, weil unsere Beziehung immer wieder von unvorhersehbaren Krisen geschüttelt wurde, so daß ich keine festen Termine abmachen wollte - ich hätte sie womöglich nur wieder absagen müssen. Treffen mit meiner ältesten Schwester und ihrer Familie, die immer noch nicht reagiert haben, umgehe ich. Ich habe immer keine Zeit, wenn ich bei ihr eingeladen bin, aber ich will auch nicht - nur das sage ich nicht offen. Auch etwas, was sich nicht geändert hat.

Ende Februar besuche ich meine andere Schwester und ihren Mann - leider ohne Birgit. Sie ist krank, und außerdem ist unsere Beziehung zu dem Zeitpunkt aufs Äußerste angespannt: Ihr (männlicher) "Lover" aus Italien ist gerade da. Trotzdem verbringe ich einen schönen Abend mit Julia und Henry. Ich kann endlich mal etwas von meiner Lebensrealität erzählen, was ich mache, wie ich lebe. Eine fundamentale Wandlung in meinen familiären Zusammenhängen, wenn für mich auch eine Schwierigkeit bleibt: Ich erzähle nicht, wie es mir mit Birgit und ihrem Geliebten geht. Ich sage nur, daß sie krank ist. Trotzdem: Ich spüre mehr Nähe. Zweimal kommt es dann doch zu Treffen mit der Familie, bei denen Birgit dabei ist. An meinem Geburtstag, an dem ich meine Verwandten zum ersten Mal zu mir eingeladen habe, und beim Ausräumen der Wohnung meiner Oma, die leider ins Altenpflegeheim muß.

Beide Male wird "das Thema" nicht angesprochen, aber "es" ist da. Hin und wieder spüre ich neugierige und gleichzeitig verunsicherte Blicke - vor allem auf meinem Geburtstag, wo sehr deutlich wird, daß ihnen mein Leben sehr fremd und ungewohnt ist. Allein schon die Tatsache, daß immer wieder Frauen kommen, die mir gratulieren wollen, kurz vorbeischauen und dann wieder gehen, ist irritierend - und mir auch irgendwann zu viel, weil ich nicht mehr weiß, worauf ich mich konzentrieren will. Mein Vater produziert sich als Alleinunterhalter, in dieser Form sehr ungewohnt für ihn. Sollen keine Pausen entstehen? Oder hat er Angst, daß ihm etwas entgeht? Meine Mutter sieht bedrückt aus - es scheint ihr nicht zu gefallen. Ich nehme ja auch meine hausfraulichen Pflichten anders ernst als sie und meine Schwestern. Die halten sich zurück. Nur meine Nichte scheint von allem unberührt. Sie kümmert sich leidenschaftlich um Julias Baby. Ich fühle mich in meinem Verhalten Birgit gegenüber gebremst und auch ein bißchen wie auf dem Präsentierteller. Zärtlichkeiten verheimlichen wir - ich fühle mich beobachtet. Das wäre wohl zu viel - jedenfalls empfinde ich die Situation so. Und meine Lust auf Konfrontation ist sehr gering geworden.

Es ist leider nach wie vor so, daß unserem Umgang nichts Selbstverständliches anhaftet. Das ist es, was ich eigentlich will: Ich will mit mir, meinem Leben und anderen selbstverständlich umgehen können. Zumindest in meinem familiären Rahmen ist es mir nicht möglich. Erstmal habe ich gesagt, was ich sagen wollte; für alles andere fühle ich mich nicht mehr allein verantwortlich. Ich will nicht allein gegen Mauern anrennen - und ich fühle mich auch nicht mehr schlecht dafür, daß ich nicht alles anspreche.

Im nachhinein fiel mir noch folgendes auf: In erster Linie haben die Männer meiner Familie auf mich reagiert - mein Vater und Henry. Bei Henry mag das klar sein, denn ich habe ihm geschrieben, wohl auch in der Erwartung, daß er für mich am angenehmsten reagieren würde. Aber meinen Eltern habe ich gemeinsam geschrieben - trotzdem hat überwiegend mein Vater auf mich reagiert, und er ist es auch, der sich weiterhin um mich gekümmert hat bzw. kümmert. Er ruft an - nicht meine Mutter.

Manche mag es wundern, daß ich diese Arbeit nicht über meinen Vater schreiben wollte, wo ich doch eigentlich zu ihm die intensivere Beziehung gehabt habe. In bezug auf ihn hatte ich nie das Gefühl, daß er mir auf unangenehme Weise in meinem Leben im Wege gestanden hat - bei meiner Mutter schon. Mein Verhältnis zu ihr war immer etwas Ungeklärtes für mich, zwischen Haß und Liebe hin- und hergerissen. Wie geht das zusammen?

Mein Verhältnis zu meinem Vater ist nicht mehr ungetrübt, seitdem ich festgestellt habe, daß er jungen Frauen nachsieht, sich gerne als alter Kavalier produziert. Ich denke auch darüber nach, welche Rolle er zwischen den vier Frauen bei uns zu Hause einnahm und wie wenig Möglichkeiten meine Mutter hatte, sich zu entfalten. Es gäbe bestimmt Interessantes an der Gesamtfamilienstruktur zu entdecken, aber für mich war es in bezug auf meine jetzige Lebensrealität viel wichtiger, meine Mutterbeziehung zu verstehen.

Trotzdem wollte ich ihn und den Rest meiner Familie in mein Come-out einbeziehen. Ich brauchte diese Rückendeckung. Vor einem Come-out gegenüber der ganzen Familie hatte ich weniger Angst, als "es" nur meiner Mutter zu sagen. Außerdem entsprach es meinem Bedürfnis, überhaupt offener mit mir und meinem Leben umzugehen.

Come-out auf allen Ebenen

Auf der Suche nach anderen Lesben

Nach dem ausgedehnten Ausflug zu den Müttern werden die LeserInnen nun gebeten, sich durch den folgenden Zeit- und Ebenenwechsel nicht verwirren zu lassen und sich in Lucies und Lisas Prozeß des Forschungsarbeitsschreibens zurückzuversetzen. Neben all der Aufregung und Energie, die das konkrete Come-out für die beiden bedeutet hat, sind sie ja nebenbei noch damit beschäftigt, ihre Examensarbeit darüber anzufertigen. Im folgenden ein Blick darauf, was sich inzwischen auf *dieser* Ebene des Prozesses tut und was sie im Winter 1982/83 an inhaltlicher Arbeit entwickeln.

Die großen Fragen, die im Sommer 1982 ja nur aufgeschoben wurden, lauten immer noch:

- Wie soll es weitergehen?
- Was machen wir mit unseren Muttertexten?
- Was passiert mit den zwei anderen Themenbereichen unseres Grundgerüstes, das wir zu Beginn der Arbeit entwickelt haben: *Lesbische Identität* und *gesellschaftliche Realität als Lesbe*?
- Und: Immer wieder meldet sich das Bedürfnis, uns mit anderen Lesben auszutauschen; aber wie tun wir das?

Abgesehen von diesen "offiziellen" gibt es sowohl für Lisa als auch für Lucie "heimliche" Reste. Beide haben Wünsche, die sie sich gegenseitig nicht vermitteln können. Lisa liegen die Mutter-Geschichten noch im Magen. Ihr ist unwohl dabei, die Texte jetzt einfach auf sich beruhen zu lassen, und sie sucht nach einem Weg, sie zu bearbeiten. Sie hat Lust, ihre Geschichten nach Strukturen in der Mutter-Tochter-Beziehung abzuklopfen und etwas Theoretisches dazu zu schreiben. Was sie davon abhält, dieses Bedürfnis energischer einzubringen, ist, daß sie so ein Vorgehen selbst für zu "herkömmlich" hält und solche Kritik auch von Lucie befürchtet. Lucie hingegen will den Gedanken, der ihr in den Semesterferien gekommen ist, weiterverfolgen: Wo wiederholen sich die Strukturen der Beziehung zur Mutter in den Liebesbeziehungen zwischen Frauen? Wo stehen uns diese Strukturen immer wieder im Wege?

Bei genauerem Hinsehen ergänzen sich diese beiden Bedürfnisse, aber wir sind in dieser Zeit nicht in der Lage, das zu erkennen. Wie zu erwarten ist: Viel später stoßen wir wieder auf diese Themen, obwohl wir uns zunächst auf einen anderen Weg begeben. Wir nehmen uns den Punkt vor, der außerhalb dieser unterschiedlichen Interessen liegt und bei dem wir uns gegenseitig das größte Einverständnis unterstellen. Wir wollen nicht nur bei uns selbst bleiben, sondern auch andere

Frauen befragen. Wir sind inzwischen neugierig auf die Erfahrungen anderer Lesben: Haben sie ähnliches erlebt? Wie gehen sie mit ihren Müttern, ihrem Leben und ihren Beziehungen um?

Diese Neugierde ist stärker als die Vorsicht, die wir bei der Frage spüren: Wie können wir andere Frauen "beforschen", ohne sie zu Forschungsobjekten zu machen? Wir kommen zu der Überzeugung, daß wir inzwischen in der Lage sind, unsere eigenen Erfahrungen rückzuvermitteln, so daß der Forschungsprozeß zumindest seine Einseitigkeit verliert. Wir können uns vorstellen, einen Weg zu finden, der feministischen Forschungsmaßstäben entspricht.

Anfänglich wissen wir nicht, auf welche Weise wir unseren Wissensdurst stillen sollen. Zur Auswahl stehen folgende Möglichkeiten:

- freie Interviews mit Lesben und/oder Müttern lesbischer Töchter,
- einen Artikel von uns in verschiedenen feministischen Frauenzeitschriften veröffentlichen. Dabei wollen wir die lesbischen Leserinnen auffordern, einen Phantasiebrief an ihre Mütter zu schreiben (nach dem Motto: "Was ich meiner Mutter schon immer mal sagen wollte") und uns diesen zur Verfügung zu stellen,
- lesbische Freundinnen von uns bitten, dasselbe zu tun,
- eine Veranstaltung auf der "Hamburger Frauenwoche" (Bildungsveranstaltung für Frauen) im Frühjahr 1983 anbieten.

Wir können uns nicht entscheiden. Deshalb überlegen wir, was wir eigentlich von den Frauen bzw. was wir mit diesem Schritt für uns und die Arbeit erreichen wollen:

Wichtig ist uns, daß die Frauen selbst ein großes Interesse an dem Thema und daran, daß es beforscht wird, haben, um zumindest ein gewisses Maß an Gleichberechtigung zwischen Forscherinnen und Beforschten herzustellen.

- Wir wollen unsere bisherigen Erfahrungen vermitteln und unser weiteres Vorgehen darstellen, um unsere Arbeit durchschaubarer zu machen.
- Wir wollen unsere Arbeit einer größeren Frauenöffentlichkeit zugänglich machen, damit sie nicht auf dem Schreibtisch verstaubt und zumindest Anreiz für praktische Veränderungen ist.
- Wir wollen an tiefere Erfahrungen von Frauen gelangen. Wir wollen Gefühle erreichen. Nach dem, was wir selbst erlebt haben, erscheint uns das besonders wichtig.

Infolge dieser Überlegungen kristallisiert sich langsam das Bild einer angemessenen Methode heraus. Einmalige Interviews erscheinen uns nicht praktikabel. Das ist uns nicht genug Kontakt, zu wenig Öffentlichkeit, und außerdem haben Interviews ein großes Maß an Einseitigkeit. Wir merken, daß wir mit mehreren Frauen arbeiten wollen. Eine einmalige Veranstaltung auf der Frauenwoche kommt uns inzwischen zu oberflächlich vor und würde wahrscheinlich auf einen sehr einseitigen Vortrag von uns hinauslaufen. Es müßte schon ein Workshop über mehrere Tage sein.

Am meisten hängen wir an der Idee mit den Briefen an die Mütter. Wir wollen unsere lesbischen Freundinnen und durch einen Artikel auch andere Lesben dazu auffordern, uns so einen Brief zu schreiben. Dadurch erhoffen wir uns einen tieferen Zugang zu der Beziehung zur Mutter. Wir wollen vermeiden, daß die Frauen über ihre Mutterbeziehung intellektualisieren, und stattdessen fördern, daß sie ihre Gefühle zulassen. Es scheint, als ob dadurch unser Bedürfnis sowohl nach Tiefe als auch nach Breite des Materials befriedigt werden könnte, ohne Frauen zu Forschungsobjekten zu machen.

Als wir schon fast dabei sind, so einen Artikel zu schreiben, wird Lisa auf eine neue Idee gestoßen. Warum machen wir eigentlich keine Gruppe zu unserem Thema? Für Lisa ist das *die* Lösung. Sie wollte sowieso "endlich mal was Praktisches machen" und ist deshalb in ein Supervisionsseminar gegangen, in dem ausschließlich Frauen sitzen, die Frauengruppen anleiten wollen. Für Lisa liegt es nahe, sich nicht noch zusätzlich eine Gruppe aufzuhalsen, sondern dieses Vorhaben mit der Forschungsarbeit zu verbinden. Sie fängt so viel Feuer, daß sie dafür gut ihre Unzufriedenheit über die unabgeschlossenen Mutter-Geschichten loslassen kann. Es spricht viel für so eine Gruppe:

- Es wäre ein kontinuierlicher Kontakt zu den Frauen möglich.
- Mehr Intensität und ein tieferer Austausch wären wahrscheinlich.
- In diesem Rahmen wäre es möglich, konkrete Veränderungen einzuleiten, beispielsweise selbstbewußter lesbisch zu leben.
- Unsere eigene Betroffenheit würde uns zu "teilnehmenden Anleiterinnen" machen, d.h. wir könnten außer Ideen und Anregungen für den Gruppenverlauf auch immer wieder uns selbst und unsere Erfahrungen einbringen. Dies würde unseren Vorstellungen von praktischer Frauenforschung am meisten entsprechen.
- Durch das Supervisionsseminar gäbe es eine Möglichkeit, Schwierigkeiten in der Gruppe und zwischen uns zu bewältigen - wir stünden nicht allein damit da.

Lucie muß erstmal nach Luft schnappen. Auf der rationalen Ebene leuchten ihr die Vorteile dieser Idee ein. Auf der irrationalen merkt sie viel Abwehr, aber auch ein neugieriges Kribbeln. Sie spürt, daß sie sich vor einer Auseinandersetzung mit ihrer Kritik an Therapiegruppen und der Leiterinnenfunktion drücken will. Andererseits bemerkt sie ein zaghaftes Interesse. Ein Versuch könnte sich lohnen! Letztlich überrascht sie Lisa damit, daß sie diese Idee gut und richtig findet und unbedingt eine Gruppe machen will.

Mit dieser Entscheidung fällt noch eine andere: Wir beschließen, uns auf gleichbetroffene Frauen zu konzentrieren. Wir wenden uns von der Idee, die Mütter zu beforschen, ab.

Vordergründig geht es hauptsächlich um die Mutter-lesbische Tochter-Beziehung aus der Sicht der Töchter. "Lesbische Identität" und "gesellschaftliche Realität als Lesbe" geraten zunächst in den Hintergrund. Aber keine Angst, sie tauchen wieder auf - genauso wie unsere heimlichen Bedürfnisse.

Von da ab beschäftigen wir uns hauptsächlich mit der Vorbereitung und Ankündigung der Gruppe. Wir gehen zusammen ins Supervisionsseminar. Wir schreiben einen Artikel für die "Hamburger Frauenzeitung", den wir zusätzlich an verschiedenen Frauen-Treffpunkten aushängen (Artikel s. S. 106). Außerdem geben wir eine Anzeige in der "Tageszeitung" auf, mit der wir für unsere Gruppe werben. Danach warten wir gespannt auf Reaktionen. Würden sich überhaupt Frauen dafür interessieren?

Wie geht es Lucie und Lisa während dieser Zeit?

In dieser Phase ihrer Zusammenarbeit geht es darum, eine gemeinsame Vorgehensweise abzustecken, eine für beide akzeptable Möglichkeit zu entwickeln, an andere Frauen heranzutreten. Unausgesprochene Fragen bestimmen die Atmosphäre: Wer setzt welchen Weg durch? Kann ich mich mit meinen Ideen behaupten? Werde ich untergebuttert?

Bis zu diesem Zeitpunkt hatten sie solche Konfrontationen ja geschickt umgangen, indem jede immer relativ unabhängig von der anderen vor sich hinpuzzeln konnte. Das geht jetzt nicht mehr!

Der erste Konflikt entzündet sich an der Überlegung, wie ein Workshop in der Frauenwoche aussehen könnte, den sie als eine Möglichkeit in Erwägung ziehen, um sich mit anderen Frauen auszutauschen: Lisa hat das Bedürfnis, so eine Veranstaltung gut vorzubereiten und zu planen. Lucie hat aus ihrer Frauenhaus-Forschungsarbeit herrührende Zweifel an einem zu festen Konzept, das sie bei Lisa heraushört und kritisiert. Sie befürchtet, daß Lisa ihre Kritik persönlich nimmt, und verpackt sie deshalb besonders schonend. Lisa fühlt sich persönlich kritisiert! Eigentlich hat sie nämlich selbst ein sehr gespaltenes Verhältnis zu vorstrukturierten, geplanten Dingen, d.h. zu Sicherheit: auf der einen Seite ein Bedürfnis danach, auf der anderen Seite eine tiefe Abneigung dagegen. Lucie haut mit ihrer Kritik zielsicher in diese Kerbe. Lisa fühlt sich mit dieser Sicherheitsseite abgelehnt und mißachtet. Sie hat verschwommene Erinnerungen an das "Stell dich nicht so an" ihrer Mutter. Daß Lucie diese Seite aber auch einfach nicht verstehen will!

Lucie hat befürchtet, daß Lisa sich persönlich angegriffen fühlt, und es ist prompt passiert. Lucie lehnt tatsächlich etwas an Lisa ab, aber nicht ihr Sicherheitsdenken, sondern ihr ständiges Sich-abgelehnt-Fühlen. Daß Lisa sich aber auch ständig in Frage stellen läßt! Dabei geht Lucie immer wieder an die Decke.

Sie hat diese ihr auch bekannten Selbstzweifel satt, sie will endlich lernen, zu ihren Stärken zu stehen, das Positive zu sehen. Sie will sich und ihre Erfahrungen nicht mehr in Frage stellen. Aber Lisa scheint gar keinen Wert auf diese zu legen.

Sie fällt ihr einfach in den Rücken und sabotiert Lucies Bemühen. Lisas ständiges In-Frage-Stellen bedroht Lucies Vorhaben, zu sich zu stehen. Lucies Zu-allem-Stehen bedroht Lisas Alles-in-Frage-Stellen. So entsteht ein Teufelskreis, in dem jede sich von der anderen mißachtet und nicht ernstgenommen fühlt. Jede fühlt sich dadurch, daß die andere so etwas extrem anderes vertritt, in ihrer Wahrheit bedroht.

Diese Struktur ist Lucie und Lisa, zumindest vom Gefühl her, nicht unbekannt. Mit dem Durchschauen des Mechanismus' haben sie zu diesem Zeitpunkt allerdings noch Schwierigkeiten. Dieser Konflikt hat sich in Abwandlungen schon häufiger eingeschlichen (eigentlich seitdem sie sich kennen), und tut das, je enger die Zusammenarbeit wird, immer mehr. Für den eben beschriebenen Fall durchbrechen Lucie und Lisa den Zirkel zum ersten Mal, indem sie, als es ihnen zu bunt wird, ihr Unbehagen aussprechen und über die Situation reden. Das hilft erstmal - doch hält nicht lange vor. Der nächste Ärger wartet schon.

Vielleicht mögen auch die "heimlichen" Reste dazu beigetragen haben, daß es in dieser Zeit viel kracht. Beide setzen sich nicht für ihre Bedürfnisse in bezug auf die Arbeit ein, weil sie meinen, für diese bei der anderen keinen Raum zu finden. Lucie hat das Gefühl, daß Lisa ihr Interesse an parallelen Strukturen zwischen Tochter-Mutter-Verhältnis und Frauenbeziehungen nicht verstehen will - und wenn sie's nicht verstehen will, hat sie eben selbst schuld. Lucie kämpft nicht um Anerkennung.

Lisa dagegen fühlt sich in ihrem Interesse an einer Aufarbeitung der Muttertexte nicht ernstgenommen und befürchtet, daß Lucie das zu "herkömmlich" ist. Sie ist mal wieder dabei, das, was ihr ein Bedürfnis ist, abzuwerten und für nicht richtig zu halten. Beide halten sich vornehm zurück und unterstellen sich gegenseitig ziemlich viel. So kommt es in einer Art Übersprungsreaktion dazu, daß sie sich an einem neuen Punkt treffen: bei anderen Frauen.

Unoffenheit ist Trumpf. Reden, ohne sich zu erreichen, was sie schon aus der Beziehung zu ihren Müttern kennen, wiederholt sich zwischen Lucie und Lisa und spielt auch beim nächsten Konflikt eine große Rolle. Es geht um den Artikel für die "Hamburger Frauenzeitung":

Dieser Artikel soll ein Aufruf an alle Frauen sein, die Lust haben, eine Gruppe zum Thema "Lesben und ihre Mütter" zu machen. Gleichzeitig ist er aber auch die erste öffentliche Darstellung ihrer Arbeit - das stürzt Lisa in arge Konflikte, die ihr erst später bewußt werden: Auf der einen Seite ist ihr wichtig, daß der Artikel ansprechend ist ("... und immer schön artig sein und einen guten Eindruck machen, Lisa!"). Seine Veröffentlichung in der Zeitung hat für sie etwas von Selbstdarstellung. Lisa identifiziert sich mit dem Artikel. Deshalb gibt sie sich besondere Mühe, als sie einen Entwurf schreibt, und ist mit dem Ergebnis auch recht zufrieden. Die andere Seite: Lisa hat gelernt, daß sie sich nichts darauf "einbilden" soll, in bestimmten Bereichen (hier: Schreiben) kompetent zu sein. Schon früh hat sie mitgekriegt, daß das eine Gefahr für den Kontakt zu ihrer Umwelt bedeutet. Statt zu ihren Stärken zu stehen, soll sie sich bloß nicht für "was Besseres" halten!

Wie sag ich's meiner Mutter?

Kate Millett schreibt in "Flying" (1983, 30), nachdem sie durch einen Zeitungsartikel ihr öffentliches Come-out als Lesbe hatte: "... Und der Schmerz, den meine Mutter empfand. Meine Schuldgefühle ihr gegenüber - eine bessere Rache als jede Beschimpfung. Ein Massaker."

Die Beziehung zur Mutter ist die erste homoerotische Beziehung im Leben jeder Frau. Im allgemeinen ist es ein sehr dauerhaftes, mehr oder weniger liebevolles Verhältnis, das keine Seitensprünge duldet - eine echte Zweierkiste!

Da A, die Erfahrenere, schon gelernt hat, daß Frauen sich hauptsächlich über ihre Beziehungen definieren anstatt über sich selbst, bringt sie das so schnell wie möglich auch B, der Jüngeren, bei. So definieren sie sich erstmal übereinander, auf daß die Bande noch enger werden. Wer dann A sagt, muß auch B sagen!

Manchmal stellt sich im Laufe der Jahre heraus, daß A, die ursprünglich wollte, daß B alles ganz anders und besser machen sollte als sie, ein leibhaftiges Spiegelbild vor sich hat.

Schwierig wird es, wenn B keine Lust mehr darauf hat und untreu wird - besonders dann, wenn Sexualität, die bis dahin tabu war, unausgesprochen an Bedeutung gewinnt. Sie treibt einen Keil zwischen die beiden Frauen, die nie gelernt haben, sich und die andere als sexuelle Wesen zu akzeptieren. Für den Fall, daß B heterosexuell wird, kann A sich wenigstens damit trösten, die Rolle, die sie selbst so gut beherrscht, richtig weitervermittelt zu haben. Aber was, oh Göttin, wenn B lesbisch bleibt?! Was hat A da nur falsch gemacht?

Das ist wohl die häufigste Reaktion, wenn eine Mutter hört, daß ihre Tochter lesbisch ist. Jubel und Begeisterung dürften dagegen selten auftreten. Die symbiotische Mutter-Tochter-Beziehung, wie wir sie oben etwas überspitzt dargestellt haben, macht es vielen Lesben schwer, ihren Müttern davon zu erzählen. Doch gerade das Come-out der Mutter gegenüber, egal wie die Beziehung zu ihr ist, scheint für Lesben besonders wichtig zu sein - und besonders schwierig! Selbst für die, die ihre Mütter schon aufgeklärt haben, ist die Sache damit noch lange nicht gegessen - geschweige denn für die, die es noch vor sich haben ...

Wir, Lisa und Lucie, gehören zu den letzteren. Wir haben beide seit längerem das Bedürfnis, unseren Müttern von unserer lesbischen L(i)ebensweise zu erzählen. Wenn sie das nicht wissen, wissen sie nichts von uns! Trotzdem tun wir es nicht. Um uns noch intensiver mit diesem Problem, das bestimmt nicht nur ein individuelles ist, auseinanderzusetzen, beschlossen wir, unsere Examensarbeit in Psychologie darüber zu schreiben. Wir sind von diesem Thema so begeistert, weil wir dabei unseren persönlichen Interessen nachgehen können und immer selbst Betroffene unserer Arbeitsprozesse sind, was unseren Vorstellungen von Frauenforschung entspricht.

Seit ca. 1/2 Jahr beschäftigen wir uns also damit, was es uns so schwermacht, unsere Mütter aufzuklären. Was hat das mit dem Phänomen Mutter-Tochter-Beziehung zu tun? Was mit unserem Selbstverständnis als Lesben? Und was mit unserer gesellschaftlichen Realität als Lesben? Wir sind erstmal von uns selbst ausgegangen, was uns viel Spaß und neue Erkenntnisse gebracht hat, aber jetzt brauchen wir euch! Wir suchen Lesben, die Lust haben, sich auf Selbsterfahrungsbasis intensiver mit diesem Thema auseinanderzusetzen. Wir stellen uns eine Gruppe von ca. acht Frauen vor, die sich ca. achtmal trifft und mit Hilfe von z.B. Rollenspielen, Traumreisen und anderen Medien (Briefen, Fotos, Bildern) daran arbeitet. Wir stellen uns vor, daß so eine Gruppe allen viel Spaß machen kann und wir alle Wichtiges dazulernen. Klar ist, daß wir nur dann etwas für unsere Examensarbeit verwenden, wenn ihr damit einverstanden seid. Wenn ihr Lust dazu habt, meldet euch bis zum

15.1.1983 bei Lisa, Tel.: 007
oder Lucie, Tel.: 0815.

P.S.: Falls euch so eine Gruppe zu viel Aufwand erscheint, ihr aber trotzdem von diesem Thema angesprochen seid, dann macht folgendes: Schreibt eurer Mutter einen Brief, in dem ihr endlich einmal all das sagt, was ihr ihr schon immer sagen wolltet! Wenn ihr Lust habt, schickt ihn an uns (und an eure Mutter?!) und legt eure Adresse und Telefonnummer bei, damit wir Kontakt zu euch aufnehmen können. Wir sind unheimlich gespannt, was passieren wird ... !

Diese beiden Seiten stürzen Lisa in ein schmerzvolles Dilemma: gut sein, ohne dazu zu stehen - Stärken haben, ohne sich stark fühlen zu dürfen.

Bei Lucie ist das etwas anders: Natürlich ist auch ihr wichtig, daß der Artikel "sich gut macht", aber er nimmt nicht in solchem Maße Einfluß auf ihr Selbstwertgefühl. Lucie hat eine pragmatischere Einstellung zu diesem Artikel als Lisa. Auch sie macht einen Entwurf. Jetzt geht es darum, sich zu einigen: Was wird gedruckt? Lisa ist eigentlich restlos von ihrem Vorschlag überzeugt, findet ihn einfach besser als Lucies, hat aber Schwierigkeiten, zu ihren Fähigkeiten zu stehen und Raum für sich und ihren Entwurf zu beanspruchen. Anstatt darauf zu vertrauen, daß sie ihre Wünsche und Bedürfnisse umsetzen kann, wittert sie einen Machtkampf, für den sie sich schon im voraus wappnet. Lucie:

> "Als wir unsere Vorschläge für den Artikel besprechen, erlebe ich Lisa als sehr hart: Alle meine Kritik versucht sie vom Tisch zu wischen. Ich erschrecke mich fast vor dieser Seite von Lisa, ziehe mich im Gespräch zurück, kapituliere vor ihr. Vor mir selbst rechtfertige ich mich damit, daß ich ihren Vorschlag tatsächlich grundsätzlich besser finde und es somit eine gute Entscheidung ist, diesen Entwurf zu nehmen. So kann ich zu dem stehen, was wir zusammen nach außen vertreten, aber die Konflikte unter uns sind dadurch weder offen gemacht noch beseitigt."

Lucie hat das Gefühl, daß ihre Meinung mal wieder nicht so wichtig ist. Die Vehemenz, mit der Lisa ihre zaghafte Kritik niederschmettert, kränkt sie. Ihre Äußerungen, Eindrücke und Vorschläge werden nicht gewürdigt. Hinter Lisas Verhalten steckt zum einen das Mißtrauen, ob sie tatsächlich durchsetzen kann, was sie will. Deshalb muß sie schon mit fliegenden Fahnen vorwegpreschen. Zum anderen kann sie sich einfach nicht vorstellen, daß Lucie Lisas Vorschlag wirklich besser findet und das auch in Ordnung für sie ist. Hinter jeder kleinen Kritik vermutet Lisa einen Versuch, ihren Artikel kaputtzumachen. Die Kritik kommt nicht konstruktiv an, sondern hat einen schlechten Nachgeschmack. Lisa projiziert all ihre eigenen Skrupel, sich etwas auf ihren Entwurf "einzubilden", in Lucie hinein und unterstellt ihr, daß diese ihr das Abdrucken ihres Artikels mißgönnt.

> "Lisa fragt mich, ob es mir nichts ausmachen würde, daß jetzt ihr Text abgedruckt wird, und ich sage 'nein'; aber ich habe den Eindruck, sie glaubt es mir nicht. Ich muß mich sogar noch dafür rechtfertigen, daß es mir nichts ausmacht. Dabei stimmt es tatsächlich!" (Lucie)

Von Anfang an schwingt in Lucies Kritik noch etwas mit: zwar keine Konkurrenzgedanken, wie Lisa sie heraushört, aber die Enttäuschung darüber, daß offenbar kein Wert auf ihr Urteil gelegt wird. Die Verletzung darüber schickt sie an Lisa zurück, bei der diese aber vollkommen schief ankommt, nämlich als In-Frage-Stellen ihres ganzen Artikels. Ein einziges großes frauenspezifisches Mißverständnis!

Schließlich bleibt der Artikel bis auf kleine Veränderungen tatsächlich so stehen. Was übrigbleibt, sind auf beiden Seiten ungute Gefühle über den Verlauf dieser Entscheidung - aber keine Sorge, die kommen schon früh genug an anderer Stelle wieder zum Vorschein.

So sehr es den eingefleischten Vermeidungsstrategien von Frauen widerspricht, es ist doch einfach immer wieder so: Wo's kracht, entsteht letztlich Kontakt! Kurz vor Weihnachten besucht Lisa Lucie zum ersten Mal in ihrer neuen Wohnung. Dieses Treffen ist wie ein Come-out zwischen den beiden.

Lucie:

> "Ich war völlig fertig an dem Tag und hatte alles abgesagt, bis auf das Treffen mit Lisa. Es entwickelte sich dann beim Essen ein Gespräch, das endlich den Schleier, der lange Zeit zwischen uns war, wegzog. Plötzlich war da wieder etwas von den alten Gefühlen, der alten Vertrautheit. Zum ersten Mal hatte ich den Eindruck, daß wir die Veränderungen, die die andere in der Zwischenzeit gemacht hatte, tatsächlich wahrnehmen und akzeptieren konnten. Unser Umgang vorher war zeitweilig eher geschäftsmäßig und bestimmt von alten Strukturen, die sich in der Zeit unserer Wohngemeinschaft und Beziehung entwickelt hatten. Nach diesem Gespräch war ich sicher, daß wir unsere gemeinsame Arbeit fertigbekommen und daß wir sie gut machen würden."

Lisa:

> "Ich hatte an diesem Tag großen Mut zum Risiko. Ich war in einer Therapiesitzung gerade auf meine Kontaktvermeidung gestoßen worden. Die kannte ich auch von meinem Zusammensein mit Lucie. Diesmal sprang ich über meinen Schatten - und es war gut! Auch meine Beziehung zu Christine hatte indirekt damit zu tun. Unsere Liebe basierte auf Abgrenzung von der Außenwelt, unsere Nähe lebte von der Distanz zu anderen. Ich hatte schon lange keine Lust mehr darauf! Mein Schritt auf Lucie zu war ein Schritt raus aus diesem Muster, raus aus der Kontaktvermeidung. Kein Zufall, daß die Veränderungen alle zur gleichen Zeit ins Rollen kamen: mit Lucie, mit Christine, mit meiner Mutter."

Wie bereits erwähnt, passieren ein paar Tage später Dinge, die Lucie dazu bringen, ihr Come-out auch jetzt zum Weihnachtsfest zu machen. Das ist natürlich irre! Bis jetzt hat jede ihre "Come-out-Kiste" immer ziemlich allein mit sich herumgeschleppt - plötzlich stecken Lucie und Lisa in derselben Situation. Das hatten die beiden nie geplant. Plötzlich treffen sie sich kurz vorm Etappenziel und sprechen sich gegenseitig noch mal Mut zu, bevor sie den letzten Anlauf nehmen. Wer könnte sich besser vorstellen, wie's einer ergeht, als eine, die in derselben Haut steckt? Lucie und Lisa fühlen sich sehr solidarisch miteinander, viel mehr als sonst über die gemeinsame Arbeit. Praxis verbindet! An ihren weihnachtlichen Come-out-Schauplätzen fragen sich beide ab und zu, wie es der anderen wohl gerade gehen mag - ein Gefühl von Rückendeckung. Lucie:

> "Ich wartete darauf, Lisa wiederzusehen, um mit ihr über ihre und meine Erfahrungen zu reden. Ich war neugierig auf sie und wollte ihr von mir erzählen. Ich sah sie dabei mehr als Freundin und nicht als Mitforscherin. Ich freute mich, sie mit meinem Come-out zu überraschen, war stolz, daß ich es nun auch geschafft hatte. Möglicherweise stand auch dahinter, daß ich ihr nun etwas bewiesen hatte und meinen Come-out-Druck endgültig los war. Seit dem Konflikt um den Frauenzeitungsartikel hatte ich schon ein wenig das Gefühl, ich müßte jetzt auch mal was leisten."

"Danach" tauschen Lisa und Lucie ihre Erfahrungen aus, entdecken Ähnlichkeiten in ihren Reaktionen und Gefühlen und arbeiten sie zusammen auf. Come-out auf allen Ebenen - Lucie und Lisa erreichen sich wieder! Die Kühle ist weg - wenn auch längst nicht die Konflikte ...

Begegnung mit anderen Lesben

Zurück zum Januar 1983 und der Frage: Werden sich überhaupt Frauen für unsere Gruppe interessieren? - Sie tun es! Es melden sich neun Frauen. Außerdem erhalten wir zwei Briefe. Im folgenden werden wir einen verkürzten Abriß des Gruppenverlaufs wiedergeben, um den LeserInnen ein Bild vom Geschehen in der Gruppe "Lesben und ihre Mütter" zu vermitteln. Auf eine detaillierte Beschreibung des Gruppenprozesses und auf alles, was unter den Begriff *Gruppendynamik* fällt, haben wir verzichtet, weil es den Rahmen unserer Arbeit sprengen würde. Das in dieser Gruppe entstandene Material (Tonbandprotokolle, Bilder, Texte) ist wesentlicher Bestandteil der Gesamtauswertung im 3. Kapitel.

An dieser Stelle beschreiben wir nur die Zusammensetzung der Gruppe, ihren Verlauf sowie unsere Arbeitsweise, wobei wir uns - wie auch in der Auswertung - auf die Frauen stützen, die kontinuierlich in der Gruppe mitgearbeitet haben.

Wir laden alle Frauen zum ersten Treffen am 10.2.1983 - Weiberfastnacht - in Lucies Wohnung ein, wo wir einen geeigneten Raum für so eine Gruppe zur Verfügung haben. Von da ab treffen wir uns einmal pro Woche abends für ca. drei Stunden, insgesamt zehnmal bis zu unserem letzten Treffen am 1.5.1983 - nach der Walpurgisnacht. Drei Frauen springen ziemlich bald ab. Im folgenden einige Worte zu dem Hintergrund, den die Teilnehmerinnen mitbringen:

Alle Frauen, die an der Gruppe teilnehmen, stammen aus dem "Dunstkreis" der Frauenbewegung. Das bedeutet, daß sie sich alle mehr oder weniger mit ihrer gesellschaftlichen Realität als Lesben und als Frauen auseinandergesetzt haben und versuchen, diese zu verändern, anstatt sich an den Rand dieser Gesellschaft drängeln zu lassen oder ihr Dasein im Dunkeln zu fristen.

Diese Auswahl, die den Gruppenverlauf auf inhaltlicher Ebene entscheidend mitbestimmt, ist dadurch entstanden, daß wir unser Angebot ausschließlich in Frauenbewegungszusammenhängen bekanntgemacht haben bzw. über persönliche Kontakte an Frauen herangetreten sind. So ist es dann auch nicht verwunderlich, daß sich die meisten Frauen schon kennen, denn die "Szene" ist nicht besonders groß. Außer Lisa und Lucie sind noch dabei:

Doris, 34, hat einen 15jährigen Sohn, jobbt, hat keinen Kontakt mehr zur Mutter, die seit 19 Jahren weiß, daß sie lesbisch ist.

Friederike, 24, Studentin, hat Kontakt zu ihrer Mutter, die nicht weiß, daß sie lesbisch ist.

Heike, 23, Krankenschwester, hat seit zwei Jahren keinen Kontakt mehr zur Mutter, die nicht weiß, daß sie lesbisch ist.

Kerstin, 24, jobbt nach abgebrochenem Studium, hat ein intensives, spannungsgeladenes Verhältnis zur Mutter, die von Anfang an von ihrer lesbischen Entwicklung weiß.

Sarah, 26, Studentin, Mutter weiß seit 7 Jahren, daß sie lesbisch ist, das Verhältnis ist von heftigen Auseinandersetzungen geprägt.

Ute, 27, Krankenschwester, Mutter weiß nicht, daß sie lesbisch ist, hat aber Kontakt zu ihr.

Vor dem Startschuß zur Gruppe stehen noch einige Vorüberlegungen. Zum einen müssen wir darüber nachdenken, wie wir die Gruppe anleiten wollen, und zum anderen stehen wir vor der Frage, wie wir die Gruppe begleiten, um die Erfahrungen für unsere spätere Arbeit festhalten zu können.

Wir suchen nach Hilfen im Supervisions- und im Forschungsseminar. Dort berichten wir Ende Januar 1983 vom derzeitigen Stand unserer Arbeit und unseren offenen Fragen: Wie können wir das Gruppengeschehen dokumentieren? Welche Hilfsmittel setzen wir sinnvollerweise ein?

Im Anschluß an diese Diskussion entscheiden wir uns, nach vorheriger Absprache mit den Frauen bei jeder Gruppensitzung ein Tonband mitlaufen zu lassen. Außerdem schreiben wir im Anschluß an die Sitzungen beide ein Kurzprotokoll. Zusätzlich bitten wir die Frauen, uns nach Abschluß der gesamten Gruppe ein persönliches Fazit dieser Zeit zu schreiben. Während der Sitzungen, beispielsweise im Anschluß an Traumreisen, malen die Frauen Bilder und schreiben Texte.

Im Supervisionsseminar holen wir uns praktische Hilfen für die Gestaltung der Gruppenabende. Ein grobes Konzept schält sich heraus: Die erste Sitzung ist zum Kennenlernen. Wir erzählen von unserer Forschungsarbeit und von unseren Vorstellungen zur Gruppe, machen deutlich, was wir von den Frauen wollen (Tonband, Fazit) und wie wir unsere Rolle sehen. Außerdem ist uns wichtig, daß die Frauen Raum für eigene Wünsche und Vorstellungen bekommen.

Danach beginnen wir jedes Treffen mit einer Entspannungsübung, die wir abwechselnd anleiten, und bringen in Form von Traumreisen, Rollenspielen u.ä. Angebote in die Gruppe ein. Wir bereiten die Sitzungen von Mal zu Mal vor. Wir haben kein festes Konzept im Kopf. Wir orientieren uns daran, was sich in der Gruppe entwickelt, d.h. daß wir die Bedürfnisse der Frauen berücksichtigen und sie nicht mit Forschungsinteressen erschlagen wollen. Trotzdem verlieren wir unser Anliegen nicht aus den Augen. Zwischen diesen beiden Interessen gibt es während der ganzen Zeit keinen Gegensatz.

Wir verstehen uns als *teilnehmende Anleiterinnen* - eine allerdings nicht immer einfache Zwitterposition. Teilnehmend sind wir insofern, als wir von derselben Situation wie die anderen Lesben der Gruppe betroffen sind und einen Erfahrungsaustausch mit ihnen wollen. Wir vermitteln kein Wissen, sondern gehen davon aus, daß ein Zusammentragen der Erfahrungen jeder dieser Fachfrauen unser gemeinsames Wissen bereichert. Anleiterinnen sind wir insofern, als wir Angebote machen, mit deren Hilfe wir uns Zugang zu unseren Erfahrungen verschaffen wollen. Solche Methoden haben wir im Psychologiestudium kennengelernt und schätzen die Bereicherung, die sie mit sich bringen können, höher ein als die Gefahr, dadurch Hierarchien herzustellen. Wir wollen unser Wissen nicht zurückhalten, sondern es den Frauen zur Verfügung stellen. Die Verantwortung für das Gruppengeschehen soll trotzdem bei allen liegen.

Die Position, die wir hier beschreiben, ist ein Produkt unserer gemeinsamen Arbeit daran. In dieser Klarheit können wir sie erst in der 3. Sitzung vertreten, nachdem es in und zwischen uns Unklarheiten über unsere Rolle gegeben hat, die sich auch auf die Gruppe übertragen und zwischen uns zu einem heftigen Konflikt geführt haben. Diesen beleuchten wir später noch näher.

Zu Beginn sind wir Vertreterinnen der beiden Seiten des Begriffs *teilnehmende Anleiterin*: Lisa repräsentiert mehr den Pol "Anleiten" und Lucie den Pol "Teilnehmen".

Diese Unterschiede sind in unserer unterschiedlichen Geschichte mit Therapie begründet. Lisa hat im Laufe ihres Studiums wichtige Erfahrungen mit Therapie und Selbsterfahrung gemacht und sich entschieden, diesen Weg weiterzugehen, d.h. auch irgendwann selbst therapeutisch zu arbeiten. Die Gruppe ist für sie eine Möglichkeit, in diese Rolle hineinzuschnuppern und, soweit sie es mit ihren Frauenforschungsvorstellungen vereinbaren kann, das Anleiten auszuprobieren.

Lucie hat nach dem zweiten Semester für sich beschlossen, nie als Therapeutin zu arbeiten - ihr einziges therapeutisches Konzept ist die Selbsthilfe/Hilfe zur

Selbsthilfe. Infolgedessen will sie in dieser Gruppe in erster Linie Teilnehmerin sein.

Im Laufe der konkreten Arbeit entdecken beide die Vorteile der anderen Seite. Lisa wird immer mehr Teilnehmerin, und Lucie findet immer mehr Spaß am Anleiten. Auch die Frauen der Gruppe nehmen dieses Konzept bereitwillig auf und tragen tatsächlich Verantwortung für sich, die anderen Frauen und den Gruppenverlauf.

Ein Unterschied zwischen den anderen Frauen und uns bleibt allerdings: Wir haben ein großes Interesse an der Aufarbeitung der Gruppe. Dieses Interesse teilen die Frauen nicht. Das zeigt sich schon daran, daß längst nicht alle am Ende ein Fazit geschrieben haben.

An dem Produkt unserer Arbeit wiederum haben alle Interesse: Sie wollen sehen und hören, was wir mit der Gruppe angefangen haben. Unsere Position unterscheidet sich von der der anderen auch dadurch, daß wir das Supervisionsseminar im Hintergrund haben. Es stellt sich im Verlauf der Gruppe als sehr hilfreich heraus - wir vertuschen unsere Probleme zwar nicht vor der Gruppe, aber wir bearbeiten sie woanders, um nicht zu sehr vom Inhalt wegzukommen. Damals war uns leider noch nicht so klar, welche Verbindung zwischen unserer Beziehung und dem Thema besteht.

Nach dem Abschluß der Gruppe müssen Lisa und Lucie wieder umschalten. Der Austausch mit den Frauen hat ihnen viel Spaß und neue Erfahrungen gebracht. Aber jetzt müssen sie wieder an die Forschungsarbeit denken. Die großen Fragen: Was fangen wir jetzt mit dieser Gruppenerfahrung an? Wie machen wir weiter? Wo stehen wir jetzt eigentlich?

Wir stellen fest, daß wir längst nicht mehr bei den Müttern sind - die sind nach dem Come-out, das mittlerweile längst passé ist, und nach dem Verlauf der Gruppe nicht mehr interessant für uns. In einem Gespräch mit unserem Betreuer Ende April 1983 erkennen wir: Es geht nicht mehr um die Frage "Wie sag' ich's meiner Mutter?", sondern das kleine "s" ist inzwischen Trumpf. Was ist "es" eigentlich? "Was heißt hier *lesbisch*?" ist die Frage. Es geht um lesbisches Selbstverständnis, um unsere Identität. Wir sind also wie von selbst beim zweiten Strang unseres anfänglichen Gerüsts gelandet. Die Gruppe hat diese Entwicklung wesentlich mitbeeinflußt. Der Gruppenverlauf und der Prozeß unserer Arbeit haben dieselbe Dynamik: weg von unseren Müttern, hin zu uns.

Begegnung mit uns

"Was nicht in uns selbst ist, das regt uns nicht auf."
(Hermann Hesse)

Lucie und Lisa und sechs Lesben drumrum - der beste Zündstoff für alte Konflikte in neuen Gewändern. Die wichtigsten werden wir hier beschreiben, weil sie wahre Musterbeispiele für Strukturen in und zwischen Frauen sind. Es geht um Sich-Raum-Nehmen, um Kompetenz und Konkurrenz ...

Lisa wird in der ersten Gruppensitzung mit einem alten Problem konfrontiert: Sie hat das Gefühl, von den Frauen aus der Gruppe nicht wahrgenommen zu werden. Die gucken alle immer nur Lucie an! Lucie kann ja auch so gut reden. Und Lisa wird immer stiller, gerät zunehmend in den Hintergrund. Dabei würde sie sich auch gern so frei ausdrücken können wie Lucie, die auf diese Weise so viel Aufmerksamkeit und Anerkennung bekommt. Die Kompetenz, die Gruppe anzuleiten, wird offensichtlich Lucie zugeschoben - und gerade diese Fähigkeit wollte Lisa doch unter Beweis stellen. Der altbekannte Minderwertigkeitswurm nagt an ihrem Selbst.

So sieht es jedenfalls für Lisa aus. Tatsächlich haben die anderen Frauen sie sehr wohl wahrgenommen, nur in ihrer eigenen Wertung schneidet Lisa schlechter ab als Lucie. In der Situation fühlt sich Lisa aber von allen verkannt und ist nach der Sitzung dementsprechend unzufrieden. Als Lucie und sie darüber reden, bleibt der Konkurrenzgedanke unausgesprochen. Stattdessen machen sie einen faulen Kompromiß für die nächste Sitzung: Diesmal soll Lisa mehr zum Zug kommen und die Hauptverantwortung übernehmen. Gesagt - getan. Lisa fühlt sich ganz gut dabei, dafür wird Lucie zunehmend unwohl in ihrer Haut. Am Ende der Sitzung macht sie ihrem Unmut Luft und sagt, daß sie sich die ganze Zeit zurückgehalten hat, um Lisa ihren Raum zu lassen. Diese fühlt sich vor der Gruppe bloßgestellt, denn Lucie erzählt noch von den Hintergründen ihrer Abmachung. Das ganze Fiasko wird dann erst in der Supervisionsgruppe geklärt. In einem Rollenspiel, in dem Lucie und Lisa ihre Positionen tauschen, stoßen sie auf einen verteufelten Mechanismus:

Lucies Stärke war eine zu große Bedrohung für Lisa; in der ersten Sitzung fühlt sie sich im Vergleich zu ihr unbedeutend und klein. Lucie nimmt mit ihrem ganzen Wesen mehr Raum ein als Lisa, die sich dadurch in die Ecke gedrängt fühlt. Anstatt sich auch einfach ihren Raum zu nehmen, darum zu kämpfen und möglicherweise zu verlieren, bittet sie Lucie durch die Absprache für die zweite Sitzung, den Raum an sie abzutreten. Ihr Appell an Lucie ist, auf den Raum zu verzichten und ihn Lisa zu überlassen, damit diese auch mal zum Zug kommt und das Gleichgewicht zwischen ihnen wiederhergestellt ist. Um es kraß zu sagen: Lucie soll sich kleiner machen, damit Lisa wieder größer erscheint.

Die eigene Größe wird an der der anderen gemessen. Die ewige Verwobenheit mit der anderen, ob es die Mutter, die Schwester oder die Freundin ist - frau vergleicht sich. Anstatt sich gegenseitig hochzuziehen, die Stärke der anderen anzuerkennen und sie vielleicht als Anreiz für sich selbst zu nutzen, scheinen Frauen sich dadurch so bedroht zu fühlen, daß sie eher versuchen, die andere mit sich runterzuziehen - und das nicht offen, sondern durch Hilflosigkeit, Schwäche, Appelle an Rücksichtnahme usw. Die Mitleidsfalle klappt zu - nur sitzt das Opfer nicht mehr allein drin.

Aus Lisas und der Geschichte vieler anderer Frauen ist nachvollziehbar, warum sie diesen für alle Beteiligten verhängnisvollen Trick anwenden: Frauen dürfen nicht wirklich stark sein, sich anderen nicht überlegen fühlen. Das wäre viel zu gefährlich für die Männer-Welt. Sie lernen, sich zurückzuhalten und ihre Sehnsucht nach Selbstverwirklichung zu unterdrücken. Das Ergebnis ist oft, daß der Wunsch, Macht zu besitzen, nicht weniger wird, sondern sich Schleichwege sucht. So einen Schleichweg ist auch Lisa gegangen, als sie versuchte, Lucies Überlegenheit zu schmälern, um selbst wieder an Stärke zu gewinnen. Frauen haben über die Zeit ihrer Unterdrückung hinweg die subtilsten Taktiken entwickelt, ihre Umwelt so zu manipulieren, daß sie in ihr überleben können. Nur halten sie sich selbst und andere Frauen auf diese Weise davon ab, sich wirklich zu befreien.

Und da Frauen, auch untereinander, ja so rücksichtsvoll sind, lassen sie sich - wie in diesem Fall Lucie - leicht darauf ein, Raum abzutreten; eigentlich ist es ja auch unverschämt, so viel zu beanspruchen! Die unguten Gefühle darüber kommen dann erst währenddessen oder gar hinterher. Lucie hat sich nicht aus eigenen Motiven zurückgehalten, sondern Lisa den Raum eigentlich sehr unfreiwillig überlassen. Der Motor war ihre alte Angst, andere in die Ecke zu drängen, wenn sie einfach so aus sich herauskommt. Da hat sie ja gerade mit Lisa schon so einige Erfahrungen gemacht. Wie kann sie sich einbringen, ohne andere einzuschränken - und ohne mit ihrem alten Muster zu reagieren, sich dann einfach zurückzunehmen?

Was die Sache für Lucie verschlimmert, ist, daß ihre Stärke von Lisa überhaupt nicht anerkannt, sondern nur als Bedrohung aufgefaßt wird. Dadurch erfährt ihr Verhalten eine Abwertung. Lucie wünscht sich, daß Lisa das, was sie an Lucies Verhalten so einschränkt, einmal als etwas Positives anerkennt und sich nicht nur davon beeinträchtigt fühlt. Ein weiterer Hintergrund für diesen Konflikt ist folgender:

Für Lisa entspringt die Idee mit der Gruppe bekanntlich ihrem Bedürfnis, das, was sie während ihres Studiums gelernt hat, auch mal an die Frau zu bringen, sich als Anleiterin auszuprobieren. Doch da meldet sich ihr "Frauenforschungsgewissen" und unterstellt ihr böse Absichten. Will sie die Frauen be-forschen, will sie Hierarchien herstellen, will sie von ihnen profitieren? Die Verkörperung dieses Frauenforschungs-Über-Ichs ist Lucie, von der Lisa eine Ablehnung ihrer Vorstellungen befürchtet. Wieder ist es ihre Angst, etwas zu Herkömmliches, Frauenforschungswidriges zu wollen. Nur - diesmal spürt sie auch selbst Bedenken. Sie merkt, daß die Gruppe für sie so etwas wie ein Versuchsfeld ist. Sie birgt die Möglichkeit, ihre Kompetenz auf dem Psycho-Sektor zu testen. Sie hat Skrupel, aber es ist trotzdem einfach so. Auf diesem Hintergrund wird der eingangs beschriebene Konflikt noch klarer, denn dort ging es um Kompetenzfragen. Lisa kam sich doppelt schäbig vor: einmal, weil sie das Bedürfnis nach Anerkennung verspürte und Angst hatte, die Frauen dafür zu mißbrauchen - zum zweiten, weil dieses Bedürfnis ihrem Gefühl nach noch nicht mal befriedigt wurde.

Mit der Klärung im Supervisionsseminar und einfach auch mit der praktischen Arbeit verändert sich Lisas Einstellung. Sie löst sich langsam von dem Druck, etwas beweisen zu wollen. Ihre Vorstellungen, so eine Gruppe zu machen, entfernen sich immer mehr von den festgelegten Rollen Anleiterin/Teilnehmerin. Bei Lucie ist die Entwicklung gegenläufig. Durch die praktische Erfahrung erkennt sie die Vorteile, die so eine Anleitung mit sich bringen kann. Sie löst sich allmählich von den Bedenken, die sie demgegenüber hatte. Die beiden bewegen sich aufeinander zu.

Trotzdem: Das Vorbereiten der Gruppensitzungen ist meist anstrengend und schwierig. Es wird besonders zäh, als Lucie mal wieder einen Anlauf nimmt, ihr immer noch bestehendes Interesse an Parallelen zwischen der Mutter-Tochter-Beziehung und der Liebesbeziehung einzubringen. Lisa hat eine Sitzung verpaßt, in der Lucie auch einen Trend des Gruppeninteresses in diese Richtung wahrgenommen hat. Lisas Ohren sind für dieses Thema inzwischen vollkommen taub geworden. Sie steckt in der dicksten Krise mit Christine, will einfach nicht wissen, was das Ganze auch noch mit ihrer Mutter zu tun hat. Nach einigen vergeblichen Versuchen gibt Lucie auf und reagiert auf altbekannte Weise.

> "Lisa wollte beim nächsten Mal unbedingt die Frauen fragen, was sie weiter machen wollen - nun gut, dachte ich, soll sie fragen; die anderen werden ja wohl dasselbe sagen wie vorher. Vielleicht hört sie es dann! Von mir will sie ja mal wieder nix wissen! - Die alte Geschichte: Ich bin verletzt, weil Lisa offenbar keinen Wert auf mein Urteil legt, kein Vertrauen zu mir hat. Und ich kann innerlich triumphieren, als die Frauen tatsächlich dasselbe sagen und noch meinen, das hätten sie ja schon das letzte Mal erzählt."

Letztlich gerät das Thema doch wieder in den Hintergrund, weil aktuellere Fragen anliegen. In der eben beschriebenen Auseinandersetzung wird der Grundstein für einen Konflikt gelegt, der erst einige Wochen später im Supervisionsseminar ausbricht:

Die übliche Runde, in der jede Studentin vom Stand der von ihr angeleiteten Gruppe berichtet, bleibt bei Lucie und Lisa stecken, und ehe sie sich versehen, haben die anderen sie durch ihre widersprüchlichen Aussagen über die Gruppe am Wickel. Lisa bedauert, durch ihre Beziehungskrise so wenig Energie für die Gruppe übrig zu haben. Die anderen bohren, und es kommt heraus, daß sie nicht ganz zufrieden mit dem ist, was in der Gruppe läuft. Alles könnte ein bißchen intensiver sein. Während sie redet, spürt sie schon einen kalten Wind von rechts wehen - da sitzt Lucie. Dann braust diese los: Sie hat dieses ewige Abwerten satt! Ihrer Wahrnehmung nach hat sich die Gruppe toll entwickelt und arbeitet kontinuierlich an einem Thema. Sie will das nicht immer alles in Frage stellen lassen. Als Lisa auch noch sagt, daß vielleicht alles anders wäre, wenn sie selbst mehr Energie hätte, geht Lucie endgültig der Hut hoch. Sie haben beide zu dem Zeitpunkt nicht mehr Energie - es nützt nichts zu sagen: "Wenn ..., dann aber ...!" Es *ist* eben nicht so.

Und welcher unausgesprochene Vorwurf an Lucie steckt eigentlich dahinter? Daß Lisa sich allein für alles verantwortlich fühlt, nur alles von ihr abhängt, sie Lucie nichts zutraut? Noch nachträglich ärgert sich Lucie, daß sie mal wieder auf ihre eigenen Strukturen und die zwischen ihr und Lisa reingefallen ist. Sie hat eine zutreffende Einschätzung von dem gehabt, wohin der Gruppenwind weht: "Strukturen in Mutter- und Liebesbeziehungen zwischen Frauen"; aber sie hat sie zurückgenommen, als sie bei Lisa auf Widerstand stößt und selbst keine geniale Idee findet, dieses Thema in die Gruppe einzubringen. Sie hat mal wieder nicht nachdrücklich genug um das gekämpft, was ihr eigentlich wichtig ist. Sie gibt sich viel zu früh zufrieden - statt Spargelcremesuppe, die sie eigentlich will, gibt sie sich mit klarer Kloßbrühe ab; nach dem Motto: Hauptsache, es ist Suppe.

Inzwischen (Oktober 1983) dämmert Lucie langsam, daß sie sich viel zu wenig traut, Verantwortung für sich zu übernehmen und auch mal einen Mißerfolg zu riskieren. Sie versteckt sich lieber dahinter, später sagen zu können: "Siehste, das habe ich ja schon damals gesagt!" - ein fadenscheiniger Triumph.

Die verschiedenen Einschätzungen haben sicherlich auch mit Lisas und Lucies unterschiedlichen Erwartungen vor Beginn der Gruppe zu tun, über die beide nicht gesprochen haben. Lucie hat keine großen Hoffnungen gehabt, ist eher skeptisch gewesen und ist jetzt angenehm davon überrascht, was sich in der Gruppe entwickelt hat. Lisa hat mehr von der Gruppenarbeit erwartet und ist jetzt unzufrieden. Außerdem stehen wir im Gruppenprozeß an einem Punkt, der sich im nachhinein als der schwierigste herausstellt. Wir wenden uns gerade von den Müttern ab, kommen zu uns und unserem Selbstverständnis und suchen nach einem Weg der Verbindung - genau der Punkt, der uns ohnehin am unklarsten ist.

Im Gegensatz zu früheren Konflikten dieser Art empfindet Lucie sich als aggressiver Lisa gegenüber und wird immer unzufriedener mit ihrem Sich-Zurücknehmen und ihren verspäteten Triumphen - die genügen ihr nicht mehr. Außerdem wird ihr deutlicher, wie sehr es sie verletzt, wenn sie das Gefühl bekommt, Lisa will sie mit ihren Anliegen nicht wahrnehmen und anerkennen - egal, ob diese dafür gute Gründe hat oder nicht.

Anerkennung - das ist ja auch für Lisa die zentrale Achse, um die sie sich immer, immer dreht und die sie doch nicht zu fassen kriegt. Das Problem ist, daß das, was sie macht, nie gut genug sein kann. Sie hat im Laufe ihres Lebens sehr hohe Ansprüche an sich entwickelt - und parallel dazu eine immense Angst, etwas falsch zu machen. Ein Fluchtweg aus dieser atem-beraubenden Zwangsjacke ist, selbst alles schlechtzumachen, bevor die anderen es tun könnten. Und darin ist Lisa perfekt. Sie findet noch in der köstlichsten Suppe ein Haar - wenn sie sie selbst gekocht hat. Das Haar ist dann der beste Beweis dafür, daß sie ja eigentlich *noch* besser kochen kann!

Wenn frau die Welt so sieht, kann auch solch eine Gruppe nie gut genug laufen. Lisas Unzufriedenheit mit der Gruppensituation bedeutet "eigentlich kann ich's noch besser". Als sich in der Supervisionssitzung langsam dieser Zusammenhang herauskristallisiert, versteht Lisa es sogar, sich auch dafür wieder zu verteufeln, wodurch der Konflikt nur verheerender wird. Ihr paßt das Bild nicht, das da von ihr entsteht: Lisa, die Perfektionistin, die sich, anstatt zu sehen, was in der Gruppe läuft, lieber an ihre einmal geplanten Konzepte hält - Lisa, die Prozeßfeindin, die bei allem, was in der Gruppe passiert, die Forschungsarbeit im Hinterkopf hat. Es ist ihr peinlich, diese Seite vor den anderen Frauen zu offenbaren. Lucie kommt ihr dagegen so engelhaft vor. Sie verkörpert wieder all das, was Lisa gern wäre und nicht zu sein meint. Das trägt nicht gerade zur besseren Verständigung zwischen den beiden bei. Solange sich Lisa derart ver-teufelt und die anderen ver-engelt, wird sie in ihrer Zwangsjacke steckenbleiben und nach Luft ringen.

Lisa Diabola in ihrem Element!

Obwohl die Auseinandersetzungen dieser Arbeitsphase wesentlich heftiger sind als die vorherigen, sind sie nicht so bedrohlich. Lucie und Lisa sind konfliktfähiger geworden. Der Groll rumort nicht mehr so lange im Verborgenen, sondern kommt gleich auf den Tisch. Sie begreifen Stück für Stück, was sie immer so zur Verzweiflung bringt, und sind gleichzeitig eher dazu bereit, den Schattenseiten ins Auge zu blicken. Sie sind froh, daß das geht, ohne sich die Köpfe einzuschlagen und sich nie wiedersehen zu wollen.

Auch durch Lisas Beziehungskrise kommt es zu einer weiteren Annäherung zwischen den beiden. Lisas Situation nimmt eine entscheidende Wende. Sie legt eine Grenze dafür fest, was sie sich noch von Christine bieten lassen will. Wenn die erreicht ist, will sie gehen.

> "Das habe ich mit mir selbst abgemacht, vom Kopf her festgelegt, weil meine innere Grenze anscheinend immer noch in weiter Ferne liegt. Ich habe ja schon 'ne ganze Menge mit mir machen lassen. Einen Tag, nachdem ich mir diese Kopf-Grenze gesetzt habe, ist sie auch schon erreicht. Ich weiß, daß ich jetzt gehen muß - schnell, bevor ich von den Entzugserscheinungen eingeholt werde! Zu Lucie, das ist klar. Sie und Grit haben mir ja angeboten, daß ich wiederkommen kann, sobald es nötig ist. Ich habe sogar noch die Schlüssel - toll, solche Freundinnen zu haben!"

Lisa bleibt fünf Wochen dort. Lucie:

> "Lisa wird in dieser Zeit neben Birgit zur wichtigsten Bezugsperson für mich. Mir gefällt es, wieder mit ihr zusammenzuwohnen. Ich bin dutzendmal kurz davor, mich von Birgit zu trennen - ich ertrage die ständige Bedrohung durch deren italienischen Liebhaber nicht. Aber statt zu gehen und zu sagen: 'Na, sie wird schon sehen, was sie davon hat!', stelle ich mich der Situation, konfrontiere Birgit mit meinen Ängsten, meinen Zweifeln, meiner Wut und meiner Verletzung. Ich versuche, mich zu öffnen, statt mich innerlich aus dem Staub zu machen, aber es fällt mir unendlich schwer und stürzt mich immer wieder in emotionale Abgründe. Trotzdem ist es für mich der Anfang einer Veränderung. Ich vermute auch hier Parallelen zu der Beziehung zwischen meiner Mutter und mir. Diese Zusammenhänge werden mir allerdings erst später klar. Das Thema der Arbeit zieht sich nicht nur bei Lisa durch ihre privaten Beziehungen, sondern auch bei mir. Diese Gemeinsamkeiten und die fortschreitende Arbeit verbinden uns immer mehr."

Im Mai 1983, nach der letzten Gruppensitzung, beschließen Lucie und Lisa, einen Strich zu ziehen und die Materialsammlung zu beenden. Sie machen sich an die Beschreibung und Auswertung der Geschehnisse der letzten eineinhalb Jahre und fangen mit der Prozeßrückblende an. Sie wollen diesen Zeitabschnitt so genau wie möglich reduplizieren - d.h. mit all seinen Widersprüchen und seiner Vielschichtigkeit dokumentieren. Richtig, das bisher Gelesene ist eben dieser Rückblick.

Die LeserInnen können versichert sein, daß auch danach noch einiges zwischen den beiden passiert. U.a. machen sie in jenem Sommer zusammen einen "Forschungsarbeitsurlaub" in einem kleinen Dorf in der Provence - und im Herbst zieht Lisa richtig bei Lucie ein. Sie stoßen hart an die Grenzen ihrer Freundschaft - und sie werden auch in ihr bestärkt. Doch wir sind der Beschreibung überdrüssig und überlassen es nun dem reichhaltigen, selbstgesammelten Erfahrungsschatz unserer LeserInnen, die Geschichte weiterzuspinnen ...

3. Kapitel

Was heißt hier lesbisch?

Der heiße Brei - "es" oder lesbische Selbstfindung

Im vorangegangenen Kapitel haben wir uns über den Ausflug zu unseren Müttern und über die Begegnung mit uns und anderen Lesben an die für uns viel existentiellere Frage nach unserem lesbischen Selbstverständnis herangetastet.

Lesbisch-Sein - was heißt das eigentlich? Das war der "heiße Brei", um den wir über ein Jahr lang herumgeschlichen sind. Diese Frage stand von Anfang an hinter unserer Themenwahl. Sie tauchte zwar schon in den ersten Texten auf, aber wir setzten sie damals nicht in den Mittelpunkt unseres Interesses. Wir hatten gute Gründe dafür: Dieses kleine "s" in unserem anfänglichen Thema "Wie sag ich's meiner Mutter?" war uns zu heiß. Schließlich wußten wir nicht, worauf wir dabei stoßen würden, welche Ängste und Zweifel, die wir in verborgenen Winkeln unseres Selbst erahnen konnten, dabei hochkämen.

Es dauerte eine Weile, bis wir uns trauten, der Wahrheit ins Auge zu schauen. Über Umwege gelangten wir dann schließlich doch dorthin, wo die größte Angst saß, aber auch das meiste Interesse. Die List hatte ihre Schuldigkeit getan. Das unscheinbare "s" entpuppte sich als Kernstücke unserer Arbeit, sorgte im weiteren Verlauf für den Titel "Was heißt hier lesbisch?" und bündelte unsere Energie wie ein Brennglas, das auf unser lesbisches Selbstverständnis gerichtet war. Mit der Zeit stellten wir fest, daß der Brei längst nicht so heiß gegessen wie gekocht wird. Doch zunächst hatten wir erhebliche Schwierigkeiten, einen Zugang zu diesem Thema zu finden. Wir merkten, daß wir erstmal den Begriff *Identität* für uns mit Inhalt füllen mußten. In der Diskussion darüber kamen wir zu folgender Begriffsbestimmung, die auch im weiteren Verlauf der Arbeit Grundlage für uns ist:

Unser Verständnis von Identität schließt sich eng an das Wort selbst an. Identität bedeutet für uns *identisch sein*. Ich bin identisch, wenn meine innere Welt und das, was ich davon zum Ausdruck bringe, sich decken, wenn ich einen Einklang zwischen meinem *Innen* und meinem *Außen* schaffe. Dringt das, was an Gedanken, Gefühlen, Ideen usw. in mir ist, auch nach außen, spiegelt es sich in der Umwelt wider, sowohl für mich als auch für andere wahrnehmbar? Oder verleugne ich mein Inneres, lasse es verkümmern oder unterdrücke es sogar? Identität ist nichts, was einfach da ist. Ich muß immer darum ringen, indem ich erkenne, was in mir ist, und geeignete Wege finde, meine Umwelt damit zu konfrontieren. Voraussetzung dafür ist, daß ich Kontakt zu meinem inneren Selbst habe. Erst dann kann ich es auch verkörpern.

> "Wenn wir außerhalb unserer selbst leben - und damit meine ich, nur nach äußeren Richtlinien anstatt nach unserem inneren Wissen und Bedürfnis; wenn wir von den erotischen Wegweisern in uns selbst entfernt leben, dann wird unser Leben durch äußere, entfremdete Formen eingeschränkt, und wir passen uns den Bedürfnissen einer Struktur an, die sich nicht auf menschliche und schon gar nicht auf individuelle Bedürfnisse gründet. Doch wenn wir von innen heraus zu leben beginnen, in Berührung mit der Macht der Erotik in uns selbst, und wenn wir uns von dieser Macht im Einwirken auf unsere Umwelt inspirieren lassen, dann werden wir allmählich im eigentlichen Sinne verantwortlich für uns selbst. Wenn wir nämlich unsere innersten Gefühle zu erkennen beginnen, können wir uns notwendig nicht mehr mit Leiden und Selbstverleugnung begnügen - oder mit jener Abstumpfung, die in unserer Gesellschaft so oft die einzige Alternative dazu zu sein scheint. Unsere Handlungen gegen die Unterdrückung werden selbstbestimmt, von innen her motiviert und mit Macht erfüllt." (Audre Lorde 1983a, 192)

Gerade diese Fähigkeit wird besonders Frauen im Laufe ihres Lebens systematisch entzogen. Infolgedessen leben viele von uns mit unvollständigen bzw. falschen Bildern ihres Selbst. Auch dafür gibt es gute Gründe: Diese Pseudo-Identitäten schützen uns vor unbequemen Wahrheiten, vor einem Anderssein in dieser Gesellschaft, in der wir am besten überleben können, wenn wir den vorgesehenen Rollenbildern entsprechen. Was bleibt noch von uns übrig, wenn wir nicht mehr das sein wollen, was wir sein sollen? Genau vor dieser Frage fürchteten auch wir uns.

Im Anschluß an diese Vorüberlegungen machten wir uns Ende 1983 daran, unsere Coming-out-Geschichten aufzuschreiben, die auf den nächsten Seiten dokumentiert sind. Danach folgen zu demselben Thema Auszüge aus den Tonbandprotokollen der Gruppensitzungen. Am Ende dieses Kapitels werten wir die vorangegangenen Erfahrungen aus, stellen die Probleme des lesbischen Selbstfindungsprozesses dar und gehen ihnen auf den Grund.

Lisa: "Coming-out ist ...

wenn ich mir zum ersten Mal die Erlaubnis gebe, meine Liebe zu Frauen als Liebe zu benennen." (frei übers. nach Adrienne Rich 1980)

Geliebt habe ich Frauen schon immer - aber es dauerte lange, bis ich es erkannte.

Den frühesten Hinweis auf die Faszination, die Frauen schon immer auf mich ausübten, habe ich darin gefunden, daß ich in Spielfilmen, die ich mir leidenschaftlich gern anguckte, die Frauen immer weitaus interessanter fand als die Männer. Ich hatte nur Augen für die Frauen, die Männer verblaßten neben ihnen, verloren ihre Konturen, waren alle gleich, grau in grau. Aber die Frauen ... Buntes, schillerndes Leben ging von ihnen aus - und Schönheit. Meine Augen klebten an ihren pfirsichhäutigen Hollywood-Profilen.

Katrin war zwar keine makellose Schönheit, aber meine erste große Liebe. Das wurde mir allerdings erst klar, nachdem wir sieben Jahre unserer Jugend die besten Freundinnen füreinander gewesen waren. In diesen sieben Jahren gingen wir zusammen zur Schule, tauschten Hausaufgaben und Liebschaften aus, erfanden Wortschöpfungen für verschiedene Kuß-Stile und schrieben gemeinsam an "Bravos" Dr. Sommer. Wir redeten viel miteinander, am liebsten über Jungen, mit denen wir gerade unsere ersten Erfahrungen sammelten. Vordergründig galt mein Hauptinteresse zwar diesen Jungen und dem, was ich mit ihnen erlebte, aber viel spannender fand ich meist, mich mit Katrin darüber auszutauschen. Andere Freundschaften konnten nicht an die Nähe, die wir teilten, heranreichen. Ich hatte das sichere Gefühl, daß wir die wichtigsten Menschen füreinander waren. Diese unausgesprochene Übereinkunft wurde nur durch die Beziehung zu Mike bedroht, die ich mit siebzehn, achtzehn hatte. Als diese zu Ende ging, hatte ich das Gefühl, auf irgendeine Art zu Katrin zurückzukehren.

Nach dem Abitur gingen wir in verschiedene Städte - ich bekam Verlustängste. Wir taten viel, um die Intensität unserer Freundschaft aufrechtzuerhalten, und ich merkte nur noch heftiger, wie wichtig sie mir war. Alles wohlgemerkt unter der Bezeichnung "Freundschaft", denn etwas anderes gab es ja zwischen Frauen nicht. Ich hatte zwar große Trennungsängste und war ständig eifersüchtig auf Katrins neue Freundinnen, aber machte mir nicht klar, was ich wirklich für sie empfand. Sie ist die Hauptperson meiner damaligen Tagebuchaufzeichnungen, in denen ständig von *uns* die Rede ist - ein *wir* als Ausdruck meiner Sehnsucht nach Symbiose? Ich schreibe liebevoll wie von einer langjährigen Geliebten - ohne diese Liebe als solche zu benennen.

Ich bin schockiert, als sie mir mit achtzehn erzählt, daß sie sich in eine Frau verliebt hat - ein Schlag, der doppelt sitzt: einmal, weil sie diese Ungeheuerlichkeit so offen ausspricht - zum zweiten, weil nicht ich diese Frau bin, sondern eine andere. Ich bin enttäuscht, daß sie sich nicht in mich verliebt hat, und merke zum ersten Mal, daß diese Möglichkeit die ganze Zeit in unserer Beziehung mitschwingt. Bin ich nicht schon lange, lange in sie verliebt?

Langsam werde ich mir über die Intensität unserer Beziehung klarer, traue mich aber noch nicht, an Gefühle zu denken, die bis dahin eigentlich für männliche Geschöpfe reserviert waren. Der Brief, in dem ich vorsichtig anfange, sie zu formulieren, wird leider von der Post verbummelt. So erfährt zu diesem Zeitpunkt (ich bin neunzehn) nur mein Tagebuch davon:

> "Schade, daß ich kein Typ bin; dann wär das ja gar keine Schwierigkeit, richtig mit Katrin zusammenzusein - komischer Gedanke; warum erst ein Typ sein, und was heißt 'richtig'?"

Richtig mit ihr zusammen zu sein, hätte Sexualität bedeutet - beides war mir unheimlich. Am unkompliziertesten war die Vorstellung, eine von uns wäre ein Mann, was ich allerdings auch gleich wieder verwerfe, denn "warum erst ein Typ sein?" Gute Frage! Zwischen den Zeilen steht, daß auch Liebe zwischen Frauen möglich ist. Das macht mir allerdings so viel Angst, daß ich gleich das "was heißt 'richtig'?" anschließe, was soviel bedeutet wie: "Das haben wir doch gar nicht nötig. Wir sind auch so 'richtig' zusammen!"

So drücke ich meine Liebe, die ich noch immer nicht als solche erkenne, weiterhin verschlüsselt aus, überhäufe sie mit Geschenken, sehne mich nach ihren Besuchen und schicke ihr besprochene Cassetten ... Einmal hatten wir uns vorgenommen, die Leute auf einer Fete damit zu "schocken", daß wir Zärtlichkeiten austauschen. Vordergründig ging es darum, Aufsehen zu erregen, worüber wir uns schon im voraus köstlich amüsierten; aber was meiner Meinung nach eigentlich dahintersteckte, war, daß wir uns eine Legitimation schaffen mußten, es mal auszuprobieren. In Gedanken lebte ich schon auf diesen Abend hin - endlich eine Gelegenheit! Leider kam dann alles ganz anders als geplant. Unser Vorhaben fiel ins Wasser. Ich fühlte mich von Katrin zurückgesetzt und war sehr enttäuscht. Warum hat mich das damals eigentlich nicht stutzig gemacht? Heute finde ich jedenfalls eindeutig, was ich für sie empfand. Wieviel Energie muß ich aufgewendet haben, es *nicht* wahrzunehmen!

Lesbisch? - Das Wort brachte ich zu dieser Zeit noch in keinster Weise mit mir in Zusammenhang. Schließlich reagierte ich noch in vorgeschriebener Weise auf Männer, verliebte mich ab und zu in welche und hatte kurze, oft unglückliche Affären. Das Unglück bestand darin, daß ich meist ziemlich schnell das Gefühl bekam, daß mann nur einen Teil meiner Person meinte, nicht mich in meiner Ganzheit, mit Haut, Haar und Seele - sondern Lisa reduziert, meist auf Körper oder Intellekt. Meine Gefühlswelt schien mir bei Männern zu kurz zu kommen. Und nur über emotionale Verbundenheit entstand für mich wirkliche Nähe. Ich bekam nicht, was ich suchte. Die wohl liebevollste und fairste Beziehung zu einem Mann bezeichnete ich damals nicht als solche. Ich habe mich nie ganz auf ihn eingelassen, ihn nie als meinen Freund ausgegeben. Aber er war's!

Zusammen mit der Frauenbewegung tauchte dann langsam der Begriff "Frauenbeziehung" auf. Mit meinem Umzug nach Hamburg machte ich Annäherungsversuche an die Frauenbewegung. Irgend etwas zog mich fast magisch an. Genauso schnell wie Veranstaltungen für mein Studium hatte ich die Frauengruppe des Fachbereichs aufgetan; dann folgten die Frauenwohngemeinschaft und der Frauenfachschaftsrat (studentische Interessenvertretung; für zwei Semester, in denen Lisa dabei war, in Frauenhand). Ich begriff, was ich diffus schon lange in mir fühlte: Viele meiner Probleme sind nicht meine individuellen, sondern hängen mit meiner Situation als Frau zusammen. Es gab Zeiten, in denen mir die Kronleuchter reihenweise aufgingen. Stück für Stück schuf ich mir Bezüge, die eine praktische Konsequenz aus diesem Bewußtsein waren. Frauen wurden großgeschrieben; und die Männer verblaßten immer mehr, genau wie damals in den Hollywood-Filmen.

Ich weiß nicht mehr, wann ich den Gedanken zum ersten Mal zuließ, aber irgendwann konnte ich mir vorstellen, mich ganz auf Frauen zu beziehen. Ich schloß die Möglichkeit nicht mehr aus - alles im Kopf wohlgemerkt. Im nachhinein denke ich, daß das ein hartes Stück Arbeit war. Ganz langsam habe ich mir die Möglichkeit geschaffen, meine Liebe zu Frauen zuzulassen. Durch meine Auseinandersetzung damit, z.B. durch Gespräche mit Lucie, verlor der Gedanke an Bedrohung und Ungeheuerlichkeit; er wurde immer selbstverständlicher. Ich habe mir Stück für Stück die Erlaubnis gegeben, meine Liebe zu Frauen als Liebe zu benennen - mir abgeschottetes Land, auf das ich unbemerkt schon ständig Ausflüge unternommen hatte, zurückzuerobern.

Dann verliebte ich mich "richtig" in Katrin. Ich war überwältigt von den Gefühlen, die ich endlich zulassen konnte. Da gab's ja Erotik! Ich konnte ja sogar mit einer Frau flirten! Und sie erwiderte diese Gefühle! Katrin und ich redeten darüber, anstatt etwas zu tun. Davor hatten wir wohl doch zu viel Angst.

Dann kam Lucie. Endlich hatte ich eine Frauenbeziehung. Lesbisch war ich deswegen noch lange nicht - so dachte ich mir das jedenfalls. Ich hatte eben einfach meine Möglichkeiten erweitert. Manchmal wunderte ich mich, wie leicht mir das fiel. Ich hatte keine Angst, in der Öffentlichkeit beispielsweise Zärtlichkeiten auszutauschen, weniger als jetzt. Es war alles wie ein Spiel und hatte noch keine Konsequenzen. Es schien mir das Natürlichste der Welt - als hätte ich nie etwas anderes gemacht, als darauf gewartet, meine Gefühle auf eine Frau zu richten. Genauso wie ich es vorher für Männer getan hatte, konnte ich plötzlich ein Liebesgedicht für eine Frau schreiben. Es ging! Ich konnte meiner Liebe Ausdruck verleihen. Ich staunte über mich.

Jetzt denke ich, daß meine damalige Unbeschwertheit damit zusammenhing, daß "eine Frauenbeziehung haben" noch keine Ausschließlichkeit für mich bedeutete, noch keine Endgültigkeit; es war noch nicht mit den ganzen verinnerlichten Urteilen über Lesbisch-Sein besetzt, hatte noch keine existentielle Bedeutung für mich. Es war eher etwas Neues, Tolles, Spannendes; ich konnte jetzt auch mitreden, wenn es um Frauenbeziehungen ging - der geheime Gradmesser dafür, wie ernst es Frauen mit dem Feminismus war.[7]

Aber festlegen wollte ich mich nicht. Es bedeutete nicht, daß ich nichts mehr mit Männern zu tun haben wollte! Nach Lucie verliebte ich mich dann auch noch in einen, wohlweislich aber vollkommen aussichtslos. Es war von Anfang an klar, daß nichts daraus werden würde. Mußte ich mich einfach noch mal meiner Gefühle für Männer versichern? Für den Zeitraum eines Jahres hielt ich mich für bisexuell, Frauenbeziehungen gegenüber sehr zugeneigt, aber nicht so "radikalfeministisch", daß ich gar nichts mehr mit Männern zu tun haben wollte. Ich war eben offen für alles - und merkte zunehmend, wie unerträglich das war. Trotzdem: Ohne diese Hintertür, hätte ich wohl nicht den Mut gehabt, weiter ins Unbekannte zu gehen. Ich glaube, das Gefühl, immer noch Beziehungen zu Männern aufnehmen zu können, hat mir erst die Möglichkeit gegeben, meine Liebe zu Frauen ganz zu entdecken.

Dann kam Christine!

Und ich ließ meine Liebe ganz zu - mit einer Intensität, wie ich sie noch nie erlebt hatte. Und es war vollkommen selbstverständlich und natürlich, daß sie eine Frau war.

Sofort steckten wir in ganz normalen Beziehungskonflikten, so daß ich gar nichts Ungewöhnliches an unserer Liebe entdecken konnte, außer der Intensität unserer Gefühle. Und die setzte die seltenen Anflüge von Zweifel außer Kraft.

Was sich sooooo gut anfühlte, konnte nur richtig sein!

Als ich meine Liebe zu Frauen zuließ, hatte sie so viel Kraft, daß sie mich einfach mitriß.

Lesbisch? - Tja, allmählich machte ich mir Gedanken darüber. Ich klammerte mich zwar immer noch an meine Idee der Bisexualität, aber diese kam durch die gelebte Liebe zu Frauen bedrohlich ins Wanken. Es war ja nicht nur die Beziehung zu Christine, ich hatte mich ja inzwischen auch in meinen übrigen Lebensbereichen langsam aber sicher ausschließlich auf Frauen konzentriert. Eigentlich hatte ich schon lange keinen Platz mehr für Männer. Aber ihnen auch noch ausdrücklich den Zugang zu verwehren, indem ich mich als Lesbe bezeichnete, davor scheute ich zurück. Auf der anderen Seite wuchs das Bedürfnis, mich zu ent-scheiden. *So* fühlte ich mich jedenfalls äußerst unwohl in meiner Haut. Wer war ich denn überhaupt? Wollte ich mich denn nun ganz auf Frauen beziehen? Oder auch noch auf Männer? Oder was eigentlich? Ich hatte keinen Boden mehr unter den Füßen, ich hing in der Luft, zwischen den Stühlen.

Meine Identität oder zumindest das, was ich dafür gehalten hatte, war aus den Fugen geraten. Ich befand mich in einem Vakuum. In dieser Krise steckte ich

---

7 Ti-Grace Atkinsons These, Feminismus sei die Theorie, Lesbisch-Sein die Praxis, verwandelte sich phasenweise in ein Frauenbewegungs-Dogma. Viele Frauen fühlten sich unter Druck, sich als "Praktikerin" zu erweisen (vgl. Jill Johnston 1976, 135).

damals, nur merkte ich relativ wenig davon. Ich war viel zu verliebt, um mir tiefschürfende Gedanken über meine Veränderung zu machen. Immer spürbarer wurde allerdings das Bedürfnis, mich zu entscheiden. Ich brauchte Klarheit, ich brauchte Identität.

Die wuchs unterdessen unmerklich wie ein Schmetterling im Kokon, jeden Tag ein Stück mehr. Ich nahm diesen Vorgang kaum wahr; die lautlose Metamorphose wurde vom Alltagslärm übertönt. Erst als ich meine Umgebung veränderte und auf die achtmonatige Amerikareise ging, bemerkte ich den Wandel. Was sich langsam in mir geklärt hatte, drückte ich jetzt aus. Ich reiste als Frau, die sich auf Frauen bezog. Identität braucht ein Gegenüber, besonders wenn sie sich verändert. Stärker als in meinem Leben in Hamburg war ich auf der Reise damit konfrontiert, mich vor- und darzustellen, zu sagen, wer ich bin. Außerdem traf ich auf Menschen, die mich noch nicht kannten. Ich mußte keine alten Bilder von mir zerstören, was ja oft ein schwieriges Unterfangen ist, sondern konnte gleich das "neue" entwerfen.

Ich merkte mehr und mehr, wieviel von mir diese Frauenbezogenheit ausmachte - und mit jedem Mal, wo ich diese ausdrückte, wuchs die Sicherheit in mir. Ich mußte mir auch mehr als im Alltag in Hamburg überlegen, was meine wirklichen Bedürfnisse waren, mit wem und womit ich zu tun haben wollte. Dabei kristallisierten sich immer deutlicher Frauen und Frauenprojekte heraus. Ich besuchte mehrere Land-Lesben-Projekte und lebte zwei Monate in der Schwulen-und-Lesben-Hochburg San Francisco. Im Laufe der Reise bezeichnete ich mich zum ersten Mal als Lesbe. Vielleicht war das etwas distanziertere amerikanische "I'm a lesbian" dafür am Anfang ganz hilfreich.

Wie auf der Griechenlandreise nach der Trennung von Lucie hatte ich auch zu Beginn der Amerikareise eine kurze Episode mit einem Mann. Es war wieder Frust und bestätigte mich nur in meinem Weg. Mußte ich mich noch einmal rückversichern, bevor ich mich ganz einlassen konnte?

Es kann kein Zufall sein, daß ich von vielen Lesben, die auf längeren Reisen waren, gehört habe, daß sich ihr Lesbisch-Sein währenddessen herauskristallisiert hat. Ich glaube, durch die Reise habe ich mir eine besondere Möglichkeit geschaffen, zu meiner lesbischen Identität zu finden. Durch die ständige Auseinandersetzung mit dem "Wer bin ich?" lebte ich sie einfach. Dadurch wurde sie immer realer, und ich konnte sie wieder ein Stück mehr leben ... ein sich wechselseitig befruchtender Prozeß. Es machte nicht irgendwann "plopp", der Groschen fiel, und die fertige Lesbe kam heraus - es war eher ein organisches Wachsen, sich Entfalten, Ent-Puppen. Ich habe lange überlegt, aber ich kann keinen Zeitpunkt festmachen, ab dem ich mich als Lesbe fühlte. Es war ein Prozeß, der sich über zwei Jahre hinzog, bis ich einigermaßen Klarheit hatte, der damit aber noch lange nicht abgeschlossen war und der auch jetzt noch läuft und läuft und läuft. Coming-out ... ein lebenslanger Prozeß (vgl. Lising Pagenstecher 1979).

Mit der Reise endeten diese zwei Jahre Identitätssuche, auf der ich mich gefragt hatte: "Bin ich eine Lesbe?" Ich hatte die Antwort gefunden; sie lautete "Ja!" Die nächste Frage, die mich beschäftigte, lautete:

"Bin ich eine *richtige* Lesbe?"

Diese Frage taucht zwischen den Zeilen schon in dem Brief auf, den ich Lucie aus Amerika schicke. Was noch daraus hervorgeht, ist der Appell, mich als hundertprozentige Lesbe anzuerkennen. Tat ich das denn selbst? Wozu hatte ich es nötig, mir solche Bestätigung zu holen?

Ich traute mir selbst nicht so ganz über den Weg. Ich hing zwar nicht mehr in der Luft, ich hatte meine Liebe zu Frauen als Liebe erkannt, und es ging mir gut mit meinem lesbischen Lebensgefühl, doch im allerletzten Winkel meiner Seele nagte der Zweifel. Am liebsten versteckte er sich und wenn er mal auftauchte, hatte er verschiedene Gesichter:

War ich denn eine "richtige" Lesbe, war ich überhaupt radikal, konsequent und offensiv genug? Alle anderen schienen selbstverständlicher und sicherer mit ihrem Lesbisch-Sein umzugehen. Ein anderes Gesicht: Hatte ich mich vielleicht nur "beeinflussen" lassen? War es überhaupt *meine* Entscheidung, die ich da gefällt hatte? (Übrigens wurde auch genau das von meiner Mutter angezweifelt.) Ich beruhigte mich mit dem Gedanken, daß es schließlich kein Zufall gewesen sein könne, daß ich damals in der Frauenbewegung, in der Frauenwohngemeinschaft usw. gelandet war, sondern daß mich etwas dahingezogen hatte, was schon seine Berechtigung habe. Das mußte ich mir immer wieder versichern.

Das dritte und bedrohlichste Gesicht: Hatte ich es überhaupt lange genug mit Männern ausprobiert? Mit welchem Recht konnte ich behaupten, daß das nichts für mich sei? Ich war doch eigentlich nur einmal "richtig" mit einem zusammengewesen, und das war schon lange her. (Dieser Einwand kam übrigens auch von meiner Mutter.) Hatte ich vielleicht "nur" Angst vor Männern und mir der Einfachheit halber Frauen ausgesucht?

Diesen Gedanken steckte ich so schnell wie möglich wieder weg. Das wäre ja Vermeidungsverhalten, und sowas konnte ich nicht akzeptieren. Aber tief drinnen nagte er weiter. Lisa Diabola zweifelte, wie es ihre ureigenste Art ist. Über dem neuen Lesben-Outfit, made in USA, lag der Grauschleier! Ich traute meinen Gefühlen nicht; ich mußte die ungeheure Entscheidung, die ich getroffen hatte, löchrig machen, um ihr die Ungeheuerlichkeit, die Macht zu nehmen. Wie kann frau sich auch einfach dazu bekennen, Frauen zu lieben?

Diese Selbstzerfleischungsmaschinerie erfüllt außerdem die Funktion, nicht die volle Verantwortung für das zu übernehmen, was ich tue. Ich hinterfrage es ja gleichzeitig permanent. Der verinnerlichte Mechanismus funktioniert. Er verhindert, daß ich mir die Frechheit herausnehme, selbst über mein Leben, über meine Identität zu bestimmen. Es ist der eingefleischte Zweifel an meiner Eigenständigkeit, an der Fähigkeit, mein Leben zu bewältigen, es selbst in die Hand zu nehmen. Es ist immer derselbe Zweifel, der in verschiedenen Gewändern auftaucht. Auf eines davon möchte ich hier genauer eingehen. Es heißt: "Steh' ich richtig zu meinem Lesbisch-Sein?"

Schon auf der Reise wurde ich mit meinen ersten Come-out-Schwierigkeiten konfrontiert. Ich merkte, wie schwer es mir manchen Leuten gegenüber fiel, meine Identität zu offenbaren. Ich fühlte mich "relativ" lesbisch, immer in Abhängigkeit von den Menschen, denen gegenüber ich mich zeigte. Je mehr ich mit unliebsamen Reaktionen rechnete, desto weniger lesbisch stellte ich mich dar. Gleichzeitig verteufelte ich mein Verhalten. Ich hatte das Bild einer "richtigen", offensiven Lesbe vor mir, ein viel zu hoher Anspruch, den ich aber verkörpern wollte. Ich konnte meine defensive, vorsichtige, abschätzende Haltung nicht akzeptieren. Die einzige Erklärung, die ich dafür fand, hieß: "Ich stehe eben nicht genug dazu!" Ich suchte den Fehler bei mir, anstatt zu sehen, daß es gute Gründe dafür gibt, sich die Menschen anzugucken, bevor frau ihnen von lesbischer Liebe erzählt. Als ich aus Amerika zurückkam, wollte ich dieses "Manko" beheben. Wenn schon Lesbe, dann auch eine "richtige". Ich wollte etwas tun, um mehr "dazu" zu stehen.

Jetzt glaube ich, daß letztendlich das die Antriebskraft dafür war, sowohl diese Arbeit zu schreiben, als auch meiner Mutter zu sagen, daß ich lesbisch bin. Meine heimliche Antwort auf die Frage "Warum sag' ich's meiner Mutter nicht?" lautete anfangs "Weil ich nicht genug dazu stehe!" Auf diese Antwort wollte ich auf keinen Fall stoßen, sie war mein "heißer Brei", um den ich mich herumdrückte.

Eine völlige Überraschung war dann, dieses "Manko" allmählich auch bei anderen Lesben zu entdecken. Selbst Lucie, die ich für offensiv und in ihrer Lesben-Identität gefestigt hielt, schien ab und zu Probleme damit zu haben. Das war ein Aha-Erlebnis und der erste Schritt, mich nicht mehr dafür anzuklagen. Es mußte noch Gründe *außerhalb* meiner Person geben, die für meine Unsicherheiten, meine Zweifel und Krisen in bezug auf das Lesbisch-Sein verantwortlich waren. Mit der Forschungsarbeit machte ich mich auf die Suche nach diesen Zusammenhängen. Diesen Weg bin ich Schritt für Schritt weitergegangen. Die Arbeit hat ihre Funktion erfüllt, ich stehe jetzt wirklich mehr zu meinem lesbischen Leben, aber viel wichtiger war für mich, die Schuld für dieses "Ich stehe nicht genug dazu!" nicht mehr bei mir zu suchen, sondern als verinnerlichten Selbstzweifel zu verstehen, als einen Mechanismus, der mich von der Macht und Kraft fernhält, die dieser Weg in sich birgt.

Lucies Coming-out: "Ich bin anders"

"Frauen, die zur Angst erzogen wurden, erleben Ärger und Wut allzu oft als existenzvernichtende Bedrohung. Nach dem männlichen Konzept brutaler Gewalt sind wir gelehrt worden, unser Leben hänge von der Gunst der patriarchalen Macht ab. Wir mußten um jeden Preis vermeiden, jemand anderen ärgerlich oder wütend zu machen, weil daraus nur bittere Lehren zu ziehen waren: Wir wurden als schlechte Mädchen abgestempelt, als unerzogen, als Mädchen, die nicht taten, was man von ihnen erwartete. Und wenn wir unsere Machtlosigkeit hinnehmen, kann natürlich jeder Ärger, jede Wut vernichtend für uns sein." (Audre Lorde 1983b, 105f)

Als Kind war ich so ein "schlechtes Mädchen". Später habe ich lernen müssen, die "Gunst der patriarchalen Macht" auf meine Seite zu ziehen. Ich bin nicht mehr unangenehm aufgefallen. Ich hatte ein sicheres Gespür für die Dinge, mit denen ich *nicht* anecken würde, die im Rahmen des Tolerierten lagen. Anflüge von Wut und Ärger erlebte ich als sehr unangenehm, peinlich und verachtenswert. Ich war überzeugt davon, daß ich durch emotionale Äußerungen, die möglicherweise den Rahmen sprengten, nichts erreichen würde. Vielmehr nahm ich an, daß sie mir nur schaden könnten.

Aber wo blieben diese Gefühle? Sie erstarben nicht völlig, sondern kanalisierten sich zunehmend in dem *heimlichen* Gefühl: "Ich bin anders". Damit konnte ich mich innerlich abgrenzen, Distanz zwischen mich und andere legen und sogar Distanz zu mir selbst schaffen.

Insbesondere diente dieses "Ich-bin-anders"-Gefühl dazu, die Begegnung mit meinem Lesbisch-Sein zu vermeiden, und gleichzeitig war es schon früh der Ausdruck davon. Problemlos könnte ich "anders" durch "lesbisch" ersetzen: *Ich bin lesbisch.* Im folgenden will ich meine "Wie-wurde-ich-lesbisch?"-Geschichte darstellen, die Angriffe gegen mein "Ich-bin-ich (=lesbisch)"-Gefühl und meine Strategien, zumindest das geheime Gefühl "Ich bin anders" für mich zu erhalten. "Anders" ist immer noch besser als gar nichts, nicht wahr?

Heute glaube ich manchmal, daß ich schon immer geahnt habe, daß ich lesbisch bin. Ich hatte keinen Begriff für dieses Gefühl - es fiel wie vieles, für das ich keine Worte hatte, unter die Devise: "Ich bin eben nur anders als die anderen." Daß ich anders sein mußte, entnahm ich den Reaktionen meiner Umwelt. Meine Mutter tat sich dabei besonders hervor.

Ich war anders, weil ich groß, kräftig, später auch noch richtig dick war. Ich trug immer Hosen, spielte leidenschaftlich gern mit Jungen und Jungenspielzeug. Ein "richtiges Mädchen" war ich nicht und wollte es auch nicht sein. Bis zum Gymnasium war das auch ziemlich uneingeschränkt so möglich. Nur meine Mutter beklagte sich hin und wieder - sie wußte schon, daß ich nicht so bleiben durfte.

Wie recht sie hatte - sie war auch bald nicht mehr allein mit ihrer Meinung: LehrerInnen und MitschülerInnen unterstützten sie. Ich hatte nur noch die Wahl zwischen Anpassung und Untergehen - auf Konfrontation kam ich gar nicht erst. Weder die Jungen noch die Mädchen meiner Klasse wollten zunächst etwas von mir wissen - ich fühlte mich außen vor. Den LehrerInnen tat ich, glaube ich, leid - weil ich mich immer noch mit Jungen schlug? Ich fand das ungerecht, aber was sollte ich tun? Mir fiel kein offensives Mittel zur Gegenwehr ein.

Kurz vor dem Wechsel auf das Gymnasium hatte ich einen epileptischen Anfall, dessen Ursachen nie geklärt wurden. Heute begreife ich ihn als Ausdruck meiner inneren Zerrissenheit zwischen dem, was ich war, und dem, was ich sein sollte. Zusätzlich konnte ich auf diesem Wege "legal" anders sein, und er sicherte mir für einige Jahre ein gewisses Maß an Aufmerksamkeit und Narrenfreiheit. Zur selben Zeit entdeckten die Ärzte auch ein kleines Loch in meinem Herzen - noch etwas, das mich von den anderen unterschied, worauf ich über Jahre achten mußte und wofür ich Aufmerksamkeit bekam. Ich selbst kam mir sehr besonders vor.

Außerdem hatte ich noch ein Geheimnis. In meinen Träumen als Kind tauchten immer wieder sexuelle Phantasien sowohl mit Frauen als auch mit Männern auf - ich genoß sie und konnte mir kaum vorstellen, daß sie etwas Schlechtes sein könnten; aber ich wußte sofort, daß ich sie für mich behalten mußte.

Ich machte mir keine Gedanken darüber, daß ich sowohl von Frauen als auch von Männern träumte. Das war egal, denn darüber hätte ich sowieso nicht reden können. Über Sexualität wurde bei uns zu Hause nie geredet. Ich glaube, ich hielt mich auch für die einzige, die solche Träume hatte, denn niemand erzählte von so etwas - ein Grund mehr, mich für anders und sogar für etwas Besonderes zu halten.

Dann war noch etwas anders oder zumindest ungewöhnlich. Ich hatte, bis ich zehn Jahre alt wurde, einen gleichaltrigen Freund. Außerdem liebte ich meinen Vater über alles. Bei den anderen Mädchen, die ich kannte, war der Vater meistens fürchterlich, und Freunde hatten sie auch nicht. Zu Hansi, meinem Freund, und zu meinem Vater hatte ich ein Verhältnis, wie es zu Vertretern des männlichen Geschlechts später nicht mehr möglich war. Ich habe mich nie mehr so gleichberechtigt gefühlt wie als Kind. Ich habe Hansi geliebt, mich mit ihm gestritten, geschlagen und wieder vertragen, Abenteuer erlebt, Entdeckungen und verbotene Spiele gemacht - die Sehnsucht nach so einer Beziehung ist bei mir heute noch oft da.

Unsere Eltern haben uns dann immer mehr auseinandergebracht und vorgegeben, das läge daran, daß ich jetzt etwas Besseres sei (ich war auf dem Gymnasium und er nicht), aber ich glaube, der Grund war, daß er jetzt ein richtiger Junge werden sollte und ich ein richtiges Mädchen. Schließlich wurde er ja schon dafür verspottet, daß er immer noch mit so einem komischen, dicken Mädchen herumlief.

Der soziale Druck wurde immer größer, und wir konnten uns dem nicht mehr entziehen.

In der ersten Zeit auf dem Gymnasium habe ich sehr gelitten. Ich durfte nun nicht mehr so sein, wie ich war, ich mußte mich verändern. Nach außen schaffte ich es, mein Ansehen durch Freundlichkeit, Humor, Lässigkeit und Ironie aufzubessern. Irgendwann sagte mal eine Klassenkameradin: "Ich hätte ja nicht gedacht, daß du so nett bist!" Da war ich stolz; das war es, was ich wollte. Sie nahmen mir ab, was ich nach außen vorgab. Aber innerlich gab es eine andere Welt: Ich grenzte mich ab, hielt mich für etwas Besonderes, und niemand wußte davon. Ich lernte gut, mich nach außen hin anzupassen und nicht unangenehm aufzufallen - nach innen hatte ich ganz andere Gefühle. Eigentlich fand ich nämlich alle um mich herum ziemlich "blöd", bis auf wenige Ausnahmen. Ich hatte eine Insel in mir gefunden, die mir niemand rauben sollte. Ich unterdrückte alles in mir. Meine Sprache war die der Ironie (die Sprache von Unterdrückten), hinter der ich mich verstecken konnte, mir alle Wege offenhielt. Ich konnte sogar noch sagen: "Ich lüge ja nicht; wer hören will, was ich sage, kann es hören." Ich lernte gut, damit Verletzungen, die durch Festlegung oder Konfrontation hätten entstehen können, aus dem Weg zu gehen. Das kannte ich ja von meiner Mutter: Mit Wut und Zorn, d.h. Konfrontation, erreiche ich gar nichts. Obwohl es mir gar nicht lieb ist, taucht meine Mutter hier wieder auf.

Meinen Eltern erzählte ich nie etwas von meinen Schulproblemen. Ich löste sie dadurch, daß ich immer besser in der Schule wurde - gute Zensuren sichern ja ein ruhiges Leben. Nur nicht auffallen, ich wollte es leicht haben. In der siebten Klasse war ich am Ziel: Ich hatte nur Zweien im Zeugnis - das reichte bis zum Abitur. Ich brauchte mich nicht mehr anzustrengen, um diesen Standard zu halten. Und außerdem bewegte ich mich sicher in meinen zwei Welten. Ich kannte alle Tricks, nicht unangenehm aufzufallen und einen hohen Beliebtheitsgrad zu haben. In mir drinnen waren das Gefühl, "anders" zu sein, und das sichere Bewußtsein: Dieses Geheimnis muß ich hüten, das darf niemand erfahren.

Ich grenzte mich von den anderen in meiner Klasse ab. Bis zu einem gewissen Grad wollte ich zwar integriert sein, aber ich identifizierte mich nicht mit ihnen, ich fand sie "blöd" und die Spielchen, die zwischen den Jungen und Mädchen abliefen, "oberblöd". Damit wollte ich nichts zu tun haben. Ich konnte allerdings auch nicht sagen, *womit* ich was zu tun haben wollte. Meine Gefühle, Leidenschaften, Wut und Ärger tat ich beiseite und ersetzte sie durch universelle Toleranz, Verständnis für alles und jede/n. Dadurch konnte ich Bedeutung für andere bekommen, ohne etwas von mir sagen zu müssen. Irgendwoher mußte ich ja auch mein Selbstbewußtsein kriegen.

Meine Energie, die in der Pubertät "normalerweise" darauf ausgerichtet sein soll, das "andere Geschlecht" zu entdecken, lenkte ich auf das Handballspielen, das Training eines Mädchen-Teams und meine heimliche Liebe zu Frauen. Frauen interessierten mich immer mehr. Das war eigentlich ungewöhnlich für mich, weil ich Mädchen früher immer "doof" fand. Damals hatte ich keine Worte für mein Empfinden - sie übten einfach eine besondere Faszination auf mich aus, ob es nun meine Sportlehrerin, eine Handballfreundin oder Heide Rosendahl (mehrfache Olympiasiegerin 1972 in der Leichtathletik) war. Ich machte mir keine Gedanken darüber, was das bedeuten könnte - das Wort "lesbisch" gab es für mich nicht. Wenn ich es gekannt und gewußt hätte, daß das was "Unnormales" ist, dann hätte ich wahrscheinlich sogar diese zaghaften Gefühle unterbunden.

Männliche Wesen interessierten mich nicht mehr. Ich habe mich reihenweise "heimlich" in Frauen verliebt und war immer wieder enttäuscht, wenn sie sich Männern zuwandten. Das habe ich mir allerdings nie eingestanden, wem sollte ich dieses "Unerhörte" auch erzählen? Ich gab mich mit dem bißchen zufrieden, was ich an Zuwendung und Interesse bekam; immerhin besser als gar nichts. Ich stand immer wieder mit dem Bewußtsein da, allein zu sein mit meinem Erleben. Ich war eben anders, und wenn man anders ist, muß man gewisse Abstriche machen.

Glücklich war ich mit diesem ewigen Anderssein nicht, aber dafür hatte ich eigentlich kein Empfinden. Gefühle gab es für mich nicht. Keine Gefühle, keine Verletzung - vor letzterem wollte ich mich schützen. Verletzung ist Schwäche, und schwach wollte ich nicht sein; dann wäre das Bild, das ich nach außen abgab, in die Brüche gegangen, und was dann?

Manchmal war ich stolz darauf, mich "anders" zu fühlen, und manchmal war es entsetzlich; dann wäre ich gerne "normal" gewesen. Ich hätte auch gern mit Jungen herumgeflirtet - aber eigentlich gefiel es mir nicht. Ich hatte das Gefühl, mich anbiedern und kleiner machen zu müssen, als ich war, um "Erfolg" zu haben.

Hin und wieder probierte ich es dann doch mit Männern - wenn ich Skilaufen war oder mit dem Sportverein weggefahren bin. Eigentlich reizte es mich nicht so besonders, aber ich bewies anderen dadurch, daß ich "das" auch konnte. Außerdem schützte es mich davor, daß sie meinem Geheimnis auf die Spur kamen. Kurz vor dem Abitur beschloß ich, daß ich nun endlich mit einem Mann schlafen wollte, besorgte mir die Pille und tatsächlich: Ich war einen Sommer lang glücklich verliebt und machte schöne sexuelle Erfahrungen. Ansonsten war der Genuß nicht groß. Ich fühlte mich unterschätzt und als Anhängsel betrachtet. Das wollte ich nicht sein. Leider kam er mir mit der Trennung zuvor.

In dieser Zeit liegen auch meine ersten offensichtlicheren lesbischen Gefühle: Während einer Jugendgruppenreise nach Griechenland flirtete ich heftig mit einer Frau. Für mich war die Nähe zu ihr nur möglich, weil ich zu Hause meinen Freund hatte, in den ich glücklich verliebt war. Das wußten alle, denn ich lief immer nur mit strahlenden Augen herum - aber: Ob es nur an ihm lag?

Langsam konnte ich es nicht mehr vor mir verheimlichen, offenbar hatte ich einen starken Hang zu Frauen. Nach außen hin tat ich zwar so, als ob mich nichts anrührte, aber innerlich sah es anders aus.

Ich fing mit meiner Berufsausbildung an und verliebte mich in Astrid. Nachdem wir zusammen einen Hauch lesbischer Subkultur geschnuppert hatten, wurde daraus für uns beide die erste lesbische Beziehung. Weder am Arbeitsplatz noch im Sportverein wußte jemand etwas davon, unsere Eltern schon gar nicht. Wir hatten schnell heraus, wie wir uns verbergen konnten und was unter dem harmlosen Deckmantel "gute Freundin" alles möglich war. Nur enge Freundinnen erfuhren, wie es wirklich um mich stand, und in der Regel hatte ich eine gute Intuition bei ihrer Auswahl. Sie waren ansprechbar für mein Leben.

Ansonsten wurde ich überall in meinem Alltag mit einer heterosexuellen Kultur konfrontiert, beispielsweise in den Gesprächen am Arbeitsplatz: Ich kriegte die Geschichten über Ehemänner und Freunde mit, den Tratsch, vielsagende Bemerkungen über scheinbar lesbische Frauen. Damit wollte ich nichts zu tun haben, ich distanzierte mich allerdings innerlich, statt diese Gespräche zu unterbrechen. Ich hörte mir alles widerspruchslos an. Wenn ich schon nicht so bin wie die anderen, muß ich mir ja wenigstens ihre Geschichten anhören. Ich war viel toleranter in meinen Reaktionen, als ich es von ihnen in bezug auf mich erwartete, fast, als ob ich einen irreparablen Mangel wieder ausgleichen müßte. So nett wie ich war, mußten sie mich einfach mögen. Sie sollten mich "trotzdem" akzeptieren, obwohl sie gar nicht wußten, was "trotzdem" war.

Gemocht- oder Geliebtwerden hatte für mich immer damit zu tun, was ich für andere leiste, nicht mit dem, was ich bin. Auch in dieser Zeit beziehe ich meinen Selbstwert im wesentlichen daraus, daß ich mich von anderen abgrenze, mich vergleiche, und immer etwas finde, worin ich mich besser fühlen kann.

Auch Astrid gegenüber fühlte ich mich überlegen, aber es machte mich nicht mehr zufrieden. Ich ahnte, daß irgend etwas falsch lief, aber ich begriff nicht, was. Die einzige Möglichkeit, die ich sah, war, mich von ihr zu trennen.

Ein halbes Jahr später ging ich fast gleichzeitig Beziehungen zu Marion und Robert ein. In der Sexualität mit Robert entdeckte ich meine Lust, aber der emotionale Bezug bestand zu Marion. Ich mochte Robert sehr gerne, aber ich empfand mich ihm gegenüber zum Stereotyp erstarrt und ihn umgekehrt auch. Mein Gefühl für ihn fand nach meinem Empfinden keinen angemessenen Ausdruck in unserer Beziehung. Außerdem zog mich etwas anderes immer mehr in den Bann: die Frauenbewegung. An dem Tag, an dem ich zum ersten Mal in der "Frauenkneipe" Tresendienst machte, trennte ich mich von Robert. Meine letzte Illusion von Normalität - Beziehungen zu Männern, Kindern, Leben auf dem Bauernhof, glücklich und harmonisch - zerschlug sich.

Auch die Beziehung zu Marion überdauerte die Frauenbewegung nicht. Sie lebte mit einem Mann zusammen, so daß ich mich auch hier mal wieder abgrenzen und mich anders fühlen konnte. Ich schützte mich durch innerliche Distanz vor der Enttäuschung. Ich hatte Angst, daß der Mann schließlich doch wichtiger wäre als ich, weil ich eine Frau bin - ein guter Grund, mich nicht wirklich einzulassen. Lieber trennte ich mich von ihr, bevor ich die Schmach der Zweitrangigkeit ertragen mußte. "Natürlich" hatte letztlich der Mann Priorität - nicht nur für andere Frauen, sondern auch für mich.

In dieser Zeit war ich unbeschwert bisexuell und fühlte mich damit unerhört progressiv. An meine Zukunft dachte ich nicht. Dafür war ich zu jung, und schließlich wollte ich etwas erleben. Doch die Gefühle für Frauen verschwanden nicht. Hinzu kam, daß ich mich immer mehr mit den politischen Standpunkten der Frauenbewegung identifizierte. Die Männer purzelten einfach aus meinem Leben heraus. Ich entschied mich *für Frauen* und Frauenbewegung, aber nie *gegen Männer*; es gab bald einfach nur keine mehr, die in meinem Leben Raum erhielten. Dieser Prozeß begann kurz nach Studienbeginn im Sommer 1978. In dieser Zeit benutzte ich auch zum ersten Mal das Wort "lesbisch", als ich Lisa in der "Frauenkneipe" sagte, mit was für einer Frau sie zusammenziehen würde.

In dieser Zeit bricht alles Alte Stück für Stück zusammen.

Ich fange an zu leben, aber auch zu leiden. Ich trenne mich von alten Freundinnen und Freunden, suche mir neue Zusammenhänge mit Frauen. Aber es fällt mir schwer, denn auch jetzt fühle ich mich immer wieder "anders". Ich hatte gedacht, daß ich mich nun endlich einmal heimisch fühlen würde. Aber ob Frauengruppe, Frauenwohngemeinschaft, "Frauenkneipe" oder sonstwo, irgendwann fühle ich mich immer anders und fremd, grenze mich ab. Dasselbe passiert in Liebesbeziehungen. Andererseits ist es sehr erholsam für mich, endlich einen Bereich zu haben, wo ich nichts mehr verheimlichen muß. Allerdings ist es nicht gerade einfach, so schnell von Verdunkelung auf Offenheit umzuschalten.

Die folgenden Jahre werden ein ständiges gefühlsmäßiges Auf und Ab. Mein Leben wird anstrengend, denn mein früherer Gleichmut schwindet langsam: Ich habe wieder Gefühle! Darüber bin ich froh, auch wenn ich dadurch eher das Risiko eingehe, daß es mir schlechtgeht. Das Leben wird für mich zu einem ständigen Coming-out: Ich konfrontiere meine Umwelt immer stärker mit mir als Lesbe und entdecke schrittweise mein Inneres wieder - meine Wut, meinen Zorn und meine Liebe; die Gefühle, die vorher nicht zu meinem Selbstkonzept paßten und die ich mir zwecks Überleben verboten hatte. Auf diese Art war ich nie schwach, konnte mich überlegen fühlen. So eine Veränderung vollzieht sich nicht schlagartig - immer wieder bleibe ich an meiner alten Hülle kleben, die ich mir zwar selbst geschaffen habe, mit der ich mich aber nicht mehr identifiziere. Innerlich fühle ich mich, wie gehabt, "anders". Statt meine Mitmenschen zu konfrontieren, grenze ich mich wieder ab und bleibe auf meinem Geheimnis sitzen: So, wie ich wirklich bin, will mich niemand, kann mich niemand gebrauchen.

Nach einer einsamen, depressiven Zeit im Herbst 1978, in der ich zum ersten Mal Angst vor einer Zukunft als einsame alte Lesbe bekomme und auch daran zweifle, ob mit mir alles so richtig ist, flüchte ich mich in diverse Liebesabenteuer, bis ich mich schließlich völlig verliebe und verliere. Zum ersten Mal in meinem

Leben habe ich keine Kontrolle mehr über mich. Meine Gefühle führen mich, und ich entdecke nie dagewesene erotische und sexuelle Empfindungen. Was so schön ist, darf nicht lange dauern - sie trennt sich von mir, und ich leide in einer ebenso nie dagewesenen Form. Ich komme zu dem Schluß, daß Lieben, Lust, Leiden, Trennung und Schmerz in lesbischen Beziehungen wohl zum täglichen Brot gehören.

Ich weiß nicht, wie ich diesem offenbar schickalshaften Zwang entgehen kann und tröste mich damit, daß ich zu herkömmlichen Zweierbeziehungen nicht in der Lage bin. Das ist es nicht, was ich will. Aber was will ich eigentlich? Ich halte es mit Zarah Leander: "Nur nicht aus Liebe weinen, es gibt auf Erden nicht nur die eine. Es gibt so viele auf dieser Welt; ich liebe jede, die mir gefällt." Aber ich frage mich, ob ich denn wirklich jede lieben kann, die mir gefällt.

Irgendwo tief in mir drinnen bleibe ich unzufrieden. Ich ziehe mich immer mehr zurück - aus der Universität, den Frauenzusammenhängen, aus der Wohngemeinschaft. Ich konzentriere mich auf wenige Frauen. Ich gehe meiner heimlichen Sehnsucht nach einer festen Zweierbeziehung nach, als Silke in meinem Leben auftaucht. Irgendwas wehrt sich in mir gegen eine solche Beziehung, und erst ein Fieberanfall bringt die Entscheidung dafür. Ich verliere mich zum zweiten Mal.

Damals wie heute tauchen immer wieder Zweifel in mir auf. Meine Zukunft fängt an, mir Kopfzerbrechen zu machen. Ich stelle fest, daß lesbisches Leben keine vorgegebene, anerkannte Perspektive hat - stattdessen sitzt mir die Sehnsucht nach der idyllischen, immerwährenden trauten Zweisamkeit im Nacken. Mit einem netten jungen Mann wäre das so leicht - aber mit einer Frau?

Ich habe das Gefühl, etwas zu suchen, bin unzufrieden damit, wie mein lesbisches Leben in der Praxis aussieht. Frauen überall, wohin ich blicke, aber ich fühle mich oft allein und verloren. Mir wird angst und bange vor meiner Eifersucht, vor meinen Besitzansprüchen, vor drohender Abhängigkeit von anderen Frauen. Ich habe das Gefühl, viel gelernt zu haben, mich immer mehr von herkömmlichen Normen zu lösen, mich zu häuten, aber irgendwie ist es immer zu spät - am Ende jeder Beziehung weiß ich, was hätte besser sein können, wenn .... ja, wenn wir alle schon so weit wären! Ich verändere mich und verändere mich, aber wo soll das alles noch hinführen? Plötzlich taucht für mich die Frage nach einem Lebensziel auf und macht mir angst.

Meine Krise kommt nicht in dem Moment, wo ich mich als lesbisch entdecke, sondern als ich versuche, lesbisch zu leben. Von äußeren und verinnerlichten gesellschaftlichen Einflüssen, die mich an meiner lesbischen Identität zweifeln lassen könnten, kann ich mich meist leicht abgrenzen - darin bin ich fast perfekt. Wenn andere vorurteilig denken müssen, ist das ihr Problem - ich laß' mich davon nicht in Frage stellen. Die Herausforderung ist mein konkretes Lesbenleben, wo ich mit Distanzierung nicht weit komme. Ich muß mich zeigen, nur, was habe ich mir und anderen Frauen zu bieten? Von meinem Gefühl her eher nichts. Ich glaube, daß ich Angst habe, mir und anderen Frauen wirklich ins unmaskierte, nackte Gesicht zu blicken, Angst vor dem, was ich dann sehen könnte. Das ist mir unheimlich. Ich suche mich zwar, aber ich tue auch viel, um mich nicht zu finden. Diese Forschungsarbeit verstehe ich als den Versuch, dieser Angst nachzugehen.

"Das war revolutionär!"

Im Anschluß kommen die Teilnehmerinnen unserer Gruppe "Lesben und ihre Mütter" zu Wort. Sie beschreiben, wie sie ihr Lesbisch-Sein entdeckt haben. Die Zitate und Gesprächsausschnitte stammen aus den Tonbandaufzeichnungen unserer Gruppensitzungen.

Sarah

"Ich bin damals erst kurz in der Frauenbewegung gewesen und hatte schon vorher gemerkt, daß es Frauen gab, die ich ganz toll fand. Aber Lesben waren eher solche mit Krawatte, Bart und Anzug und ganz entsetzlich, aber nicht ich! Und dann gab's eine Lesbengruppe. Da bin ich dann hingegangen, und (flüsternd) da haben zwei Frauen sich geküßt! Es ging, und die sahen so aus wie ich! So richtig wie normale Frauen eben aussehen. Und da ist bei mir irgendwie die Revolution losgegangen, und ich hab' mich auch in diesen illustren Zirkel eingereiht!"

Friederike

"Mit dreizehn, vierzehn war ich mit einer Frau zusammen, meiner Busenfreundin - ein toller Ausdruck! Mit der war ich auch noch mit achtzehn, zwanzig so zusammen, daß wir miteinander geschlafen haben. Zwischendrin hatte ich zwar mal einen Freund, und sie hatte mal einen, aber trotzdem ging es immer noch weiter. Irgendwann war dann Schluß mit ihr, und ich war mit einer anderen Frau zusammen, aber auch wieder mit Typen, allerdings nur kurz. Mit Typen dauerte das nie so lange bei mir. Es fing dann eigentlich erst damit an, daß ich zu Hause ausgezogen bin und daß ich Jane kennengelernt hab' und mit ihr zusammengezogen bin. Da fing der ganze Frauenpowerkram erst für mich an."

Lisa: "Und hast du dir mit dreizehn nicht tierische Gedanken gemacht, was das für dich heißt?"

Friederike: "Nee, irgendwie nicht. Also für mich war das ganz normal. Ich fand das völlig spannend und toll so. Es war auch etwas, was ging. Typen durften nie bei mir zu Hause pennen, aber meine Freundin durfte immer bei mir schlafen; das war überhaupt kein Problem."

"So seit einem dreiviertel Jahr ungefähr oder seit einem Jahr ist es für mich sozusagen klar, daß ich lesbisch bin. Und vorher war ich angezogen von Frauen und verliebt in Frauen und hatte immer einen Freund. Und alle anderen Typen haben mich auch nicht interessiert. Bei ihm habe ich auch immer schon bedauert, daß er keine Frau ist. Das war alles schon klar. Bevor ich mit ihm zusammenkam, hab' ich auch schon gesagt: 'Ich will nicht mehr mit Typen.' Mit ihm war ich dann aber noch zusammen. Und das war so der totale Zwiespalt. Ich hab' mich wirklich total lesbisch gefühlt und hatte aber diesen Freund. Deshalb konnte ich nicht sagen: 'Ich bin lesbisch.' Heute denke ich, es war einfach so eine Abhängigkeit von diesem Freund und daß ich mit ihm noch irgendwas durchmachen mußte."

Ute: "Und was hat sich verändert, seit du das klar weißt?"

Kerstin: "Einfach, daß diese Spaltung aufgehört hat. Ich hab' es als sehr schmerzhaft empfunden, nirgends hinzugehören. Ich konnte mich den Lesben nicht zugehörig fühlen, weil ich einen Freund hatte. Ich kannte allerdings auch kaum Lesben. Und bei den anderen fühlte ich mich auch total isoliert, weil ich nicht so sein konnte wie die. Dieses ewige Geflirte und so, das war nicht meine Ebene. Da hab' ich mich total einsam gefühlt. Es war im Grunde echt eine Horrorsituation. Im Traum hab' ich meinen Freund als Frau gesehen. Wir hatten auch keine typische Heterosexualität. Das war irgendwie so ein Wischiwaschi. Hinterher war es dann gut, da wußte ich: 'So, jetzt kannst du auch wirklich auf Lesben zugehen.' Das war schön. Ich hab' mich auch mehr als ich selbst gefühlt, nicht so zerrissen. Ja, und ich konnte mich auch annehmen danach. Ich war stolz, endlich den Durchbruch geschafft zu haben. Darauf war ich stolz. Ja, und das, was ich hier erzählt habe, hat meine Mutter auch gewußt, in fast allen Details."

Doris: "Hattest du das Gefühl, daß sie mit Bisexualität besser umgehen konnte?"

Kerstin: "Ja, die ganze Zeit über hatte ich eben auch immer noch diesen Freund. Das ist ja auch das Normale."

Doris: "Als Alibi?"

Kerstin: "Nee, ich denke, daß das für meine Mutter eher der Grund sein konnte, mein Lesbisch-Sein zu ignorieren. Ich konnte ja auch in der Familie sagen: 'Ich hab' einen Freund.' Und sie konnte es auch sagen; das war das Normale. Was mit dem ist und was sonst noch ist, das war egal."

Doris

"Es fing an, als ich im Wohnheim wohnte, und da dann immer mit einem Mädchen zusammen war. Ich war damals sechzehn Jahre. Diese Freundschaft hielt nicht lange, dafür war sie ziemlich intensiv - aber immer unter Ausklammerung der Sexualität. Nur wenn sie betrunken war, fielen die Hemmungen - woraufhin ich dann zusah, daß sie sich betrank. Das fing dann an, mich zu stören; und auch, daß ich keine Möglichkeit hatte, Frauen kennenzulernen, ausgenommen auf dem Kiez (Hamburger Vergnügungsviertel an der Reeperbahn, auch der Ort lesbischer Subkultur - Anm. d. V.), weil ich dachte, da ist es erlaubt. Dadurch, daß ich mit diesem Mädchen sehr eng zusammen war und auch in so einer Clique gewesen bin, hab' ich den Erzeuger meines Kindes kennengelernt ... Und überhaupt, bevor ich die andere Seite nicht kenne, kann ich sie auch nicht verurteilen."

Lisa: "War da auch so ein Gedanke wie: 'Das muß ich doch wenigstens mal ausprobieren'?"

Doris: "Ja, einmal das und auch, daß ich keine Möglichkeit gesehen hab', Beziehungen zu Frauen zu leben. Damals war es noch ein bißchen anders. Da war es noch nicht so offen. Da gab es keine Frauenzeitung, da gab es keine Kontaktanzeigen. Ich fühlte mich, wenn mir das richtig klar wurde, irgendwie allein auf der Welt. Ich konnte es auch niemandem erzählen. Ich stellte fest, daß ich mich einfach mehr zu Frauen hingezogen fühlte, und das nächste war, daß ich merkte, irgendwie geht das doch. Ich war aber auch nicht mehr bereit, weiter Theater zu spielen .... Und ich hatte das Gefühl, daß es gut ist, daß es so ist."

Ute

"Ich hab' das unheimlich lange verdrängt. Eigentlich kam es schon mit siebzehn ganz klar zum Vorschein. Ich hatte keinen Gedanken daran, mit Männern zusammenzusein. Mich haben eigentlich immer nur Frauen interessiert. Irgendwie wurde man so in diese Mühle eingeschleust. Ich kannte auch gar keine Lesben, weil Frauen nie erzählt haben, daß sie sich für Frauen interessieren; und dann bist du so in dieser Mühle. Männer dagegen reden eigentlich ziemlich viel über Lesben.

Ich hab' das unheimlich verdrängt, obwohl es überall wieder rausgekommen ist. Nach außen hab' ich dann vertreten: 'Ich könnte mir auch gut vorstellen, mit einer Frau zusammenzusein.' Das geschah aber alles nur unterbewußt. Vielleicht wollte ich Lesben auch nicht verstehen. Mit Schwulen hatte ich eigentlich immer Kontakt, ich kannte immer welche. Die konnte ich immer unheimlich gut verstehen. Damit hab' ich mich auseinandergesetzt, hab' mich auch unheimlich dafür interessiert, warum Schwule schwul sind. Ich war immer ganz merkwürdig daran interessiert, aber im Grunde hab' ich damit ja überhaupt nichts zu tun. Ich hab' mich auch teilweise in Schwule verliebt. Heute ist mir das alles ganz klar. Es war das Gleichgeschlechtliche, was mich so anzog. Jetzt interessieren mich Schwule überhaupt nicht mehr."

Heike

"Es war, als ich zwölf oder dreizehn war; da bin ich abends mit einer Freundin aus dem Elternhaus abgehauen. Ich hab' dann auch mit ihr zusammen bei ihrer Tante, mit ihren Eltern gewohnt. Als wir eine Zeit zusammenwaren, haben wir zusammen geschlafen, haben uns gestreichelt, in den Arm genommen. Nach zwei, drei Jahren hat sie mich eines Tages einfach so fallengelassen und ist mit einer anderen Freundin zusammengewesen. Ich war tierisch eifersüchtig, hab' geheult und geschrien. Ich war so fertig. Von heut' auf morgen war's aus, Schluß!

Als ich mit der Ausbildung anfing, mit fünfzehn im Internat, hab' ich mich total verschossen. Sie war achtzehn und hatte auch schon eine Beziehung mit einer Freundin. Mit fünfzehn, sechzehn, siebzehn hab' ich die ersten Typen kennengelernt. Da hab' ich gedacht, die reden schon alle von Typen, irgendwie muß ich auch mal was machen. Ich hab' zu meiner Freundin gesagt: 'Ich hab' jetzt einen Typen kennengelernt, das muß ich jetzt erst mal mitmachen.' Ich war ein Dreivierteljahr mit dem Typ zusammen. Ich bin dann wieder zu meiner Freundin zurückgegangen und hab' gesagt: 'Ich halt' das nicht aus.'"

Doris: "Und wann war das, daß du das Gefühl hattest, daß du Lesbe bist?"

Heike: "Vor knapp einem Jahr, da wurde mir das bewußt. Da habe ich das erste Mal eine Frau so richtig geliebt. Vorher war es immer Verliebtsein oder so. Das habe ich bei Typen ja nie gehabt. Und ich weiß nicht, ich habe mir gesagt: 'Das gibt es also nur bei Frauen.' Das wurde mir so bewußt."

Lisa: "Und wie hast du dir das vorher erklärt, daß du dich in Frauen verliebt hast? Hast du dir da keine Gedanken drüber gemacht?"

Heike: "Ja, als ich mit fünfzehn, sechzehn total verliebt war, hatte ich das Wort 'lesbisch' noch nie gehört. Ich hab' das irgendwie mal gelesen, konnte aber gar nichts damit anfangen. Ich sah immer nur, daß meine Schulkameradinnen mit Typen herumhingen. Ich wußte nicht, wo ich nur unter Frauen sein konnte, bis ich endlich darauf kam, daß es auch eine Frauenkneipe gibt."

Lisa: "Wie war das, so die Klarheit zu haben, lesbisch zu sein?"

Heike: "Ja, das war revolutionär!"

Der weite Weg ans andere Ufer - Von Strömungen, Strudeln und Untiefen

Insgeheim gingen sowohl Lisa als auch Lucie davon aus, daß es kaum gemeinsame Erfahrungen auf dem Weg des "Ent-Puppungsprozesses" Coming-out geben würde. Schon unsere eigenen Geschichten erschienen uns *so* unterschiedlich. Als schließlich unsere und die Texte der Frauen aus der Gruppe schwarz auf weiß vor uns lagen, stellten wir fest, daß es doch erstaunliche Parallelen gibt.

Im nachhinein erscheint uns unser ursprünglicher Gedanke fast absurd: Warum sollte es eigentlich keine Ähnlichkeiten geben? Ist das vielleicht auch einer der subtilen Mechanismen, die tief in uns verankert sind und uns davon abhalten, unsere Gemeinsamkeiten mit anderen Frauen zu entdecken? Ein Mechanismus, der uns unser Empfinden als individuelles Manko wahrnehmen und damit als unwichtig erscheinen läßt? Besonders Frauen scheinen ja dazu zu neigen, immer wieder die Schuld bei sich selbst zu suchen. Solange wir uns isolieren, haben wir keine Kraft, uns zu wehren, und genau das dient der Aufrechterhaltung herrschender Strukturen. Sie werden nicht in Frage gestellt, weil die, die es tun könnten, selten in der Lage sind, die Gemeinsamkeiten in ihren Erfahrungen zu entdecken, sie in eine kollektive Macht umzuwandeln und dadurch Normen ins Wanken zu bringen. Einmal mehr mußten wir feststellen, wie gut wir die Regeln dieser Gesellschaft beherrschen. Wir tragen selbst dazu bei, das aufrechtzuerhalten, was es uns so schwermacht, unser Leben zu leben.

Wir gehen davon aus, daß alle Frauen die Möglichkeit haben, sich für ein lesbisches Leben zu entscheiden. Es ist eine Frage des Zulassens. Wir betrachten hier, wie es den Frauen, die offen dafür werden, während dieser Selbstfindungsphase ergeht. Dabei sind wir zu dem Schluß gekommen, daß es einige Punkte gibt, die in allen Geschichten auftauchen, so daß frau sogar von "Meilensteinen" oder "Etappen" auf dem Weg der lesbischen Selbstfindung sprechen kann - ohne damit alles in ein festes Schema pressen zu wollen, denn es gibt auch große Unterschiede. Beispielsweise können diese Etappen unterschiedlich lang sein oder unterschiedliche Bedeutung im Leben einer Frau haben. Jede Frau geht auch auf ihre eigene Art mit diesen Herausforderungen um. Außerdem muß berücksichtigt werden, in welcher Zeit eine Frau aufwächst und ob sie Bedingungen vorfindet, die ein lesbisches Coming-out begünstigen oder nicht. Wir kennen einige ältere Frauen, die erst jetzt, zum Teil nach langjährigen Ehen, wagen, lesbisch zu leben. Die Impulse der Frauenbewegung der letzten Jahre sind in diesem Zusammenhang sehr wichtig.

Was wohl alle Frauen ähnlich erleben, sind die Gefühle, die diesen Prozeß begleiten. Keine von all denen, die wir dazu befragt haben, findet es völlig selbstverständlich, von sich zu sagen, daß sie lesbisch ist. Das mag auf dem Hintergrund der gesellschaftlichen Normen vielleicht eine banale Feststellung sein. Wir wollen hier trotzdem noch einmal deutlich machen, wie schwer es ist, sich gegen etwas Allgemeingültiges zu entscheiden, und daß die Schwierigkeiten, zu dieser Erkenntnis zu gelangen, nicht nur individuell sind. Schließlich haftet ihr immer etwas Bedrohliches, Unerhörtes, Unsagbares, Unnormales an, denn sie richtet sich gegen das unantastbare Gebot der Heterosexualität. Diese Assoziationen zum Lesbisch-Sein sind zwar gesellschaftlich geprägt und entsprechen nicht eigentlich *unserem* Empfinden - doch gehen sie nicht spurlos an uns vorüber, weil wir sie selbst so tief verinnerlicht haben. Das Coming-out ist daher als ein vorsichtiges Herantasten an die "Ungeheuerlichkeit" und an diese Verinnerlichungen zu verstehen, wie Lisa es in ihrem Coming-out-Text beschreibt:

> "Es machte nicht irgendwann 'plopp', der Groschen fiel, und die fertige Lesbe kam heraus - es war eher ein organisches Wachsen, Sich-Entfalten, Ent-Puppen. Ich habe lange überlegt, aber ich kann keinen Zeitpunkt festmachen, ab dem ich mich als Lesbe fühlte. Es war ein Prozeß, der sich über zwei Jahre hinzog, bis ich einigermaßen Klarheit hatte, der damit noch lange nicht abgeschlossen war und auch jetzt noch läuft und läuft und läuft."

Auch die folgenden Zitate belegen, daß diese Entwicklung von einem ständigen Wechselbad der Gefühle begleitet ist; sie entstammen den jeweiligen Coming-out-Geschichten der einzelnen Frauen. Häufig treten Zweifel und Einsamkeit auf. Lisa: "Ich traute meinen Gefühlen nicht." Doris: "Ich fühlte mich, wenn mir das richtig klar wurde, irgendwie allein auf der Welt. Ich konnte es auch niemandem erzählen." Dem gegenüber stehen Gefühle der Erleichterung, "endlich den Durchbruch geschafft zu haben" (Kerstin) oder einer nie erlebten Intensität, die, wie Lisa sagt, "die seltenen Anflüge von Zweifel außer Kraft setzten".

Im folgenden werden wir auf weitere ins Auge springende Gemeinsamkeiten dieses Findungsprozesses eingehen. Wir denken, daß diese Punkte nicht nur bei uns und den Frauen der Gruppe auftauchen, sondern auch bei vielen anderen, die sich entschließen, lesbisch zu leben.

Die gute Freundin oder: Wie frau "es" vor sich selbst verbirgt

Unter dem Deckmantel *gute* oder *beste* Freundin machen viele Frauen erste liebevolle Erfahrungen miteinander. Sowohl bei Lisa und Lucie als auch bei Doris, Heike und Friederike tauchen am Anfang ihrer lesbischen Selbstfindung Frauen auf, denen sie sich auf besondere Weise verbunden fühlen. Manchmal ist es die intensivste Freundschaft, die an Bedeutung alle anderen überragt (Lisa und Katrin). Manchmal sind es "kribbelige Gefühle" (Lucie), die körperlich nicht ausgelebt werden, oder auch Beziehungen, die von erotischer Anziehung über Zärtlichkeit bis hin zu Sexualität reichen (Friederike, Doris und Heike). Egal wie die Beziehung aussieht, sie läuft unter der Bezeichnung *Freundschaft* und hat nichts mit *Liebe* zu tun, denn die ist ja für Männer reserviert.

Für diesen Zeitraum des Prozesses scheint uns wesentlich zu sein, daß die Bedeutung dieser intensiven Nähe unhinterfragt bleibt bzw. nicht realisiert wird. Auf eine geradezu ursprüngliche, naive Art und Weise werden diese Beziehungen einfach gelebt, sie haben eine fast unbeschwerte Offenheit. Dies ist ein vortrefflicher Schutz, sowohl nach außen als auch nach innen. Die jeweilige Frau versteckt vor sich selbst, was eigentlich vor sich geht, auch dadurch, daß die Möglichkeit, sich doch auf Männer einzulassen, jederzeit präsent ist. Geschieht dies dann von Seiten der "guten Freundin", bedeutet das zwar Frustration, die aber nur bedingt realisiert wird:

> "Ich habe mich reihenweise 'heimlich' in Frauen verliebt und war immer wieder enttäuscht, wenn sie sich Männern zuwandten. Das habe ich mir allerdings nie eingestanden, wem sollte ich dieses 'Unerhörte' auch erzählen? Ich gab mich mit dem bißchen zufrieden, was ich an Zuwendung und Interesse bekam; immerhin besser als gar nichts." (Lucie)

Welches Recht hätte auch die in zweifacher Hinsicht "unerhörte" Frau darauf, ihre Freundin davon abzuhalten, sich in einen Mann zu verlieben, eifersüchtig und enttäuscht zu sein oder sie gar für sich zu beanspruchen? Würde sie es sich herausnehmen, müßte sie gleichzeitig zugeben, daß sie eine Frau liebt. Diese Entdeckung darf zu diesem Zeitpunkt aber noch nicht sein. Kaum eine Frau will sich in diesem Stadium Gedanken darüber machen, was ihre Gefühle möglicherweise bedeuten könnten. Es gibt gute Gründe, ihre Enttäuschung zu verbergen. Offenbar haben viele Frauen zunächst große Angst vor der Berührung mit ihrem Lesbisch-Sein und verwenden ihre Kraft darauf, "so etwas" nicht bei sich zu entdecken. Sie versuchen, die mögliche Wahrheit erst einmal vor sich selbst zu verheimlichen, weil sie eine Bewußtwerdung zu diesem Zeitpunkt nicht verkraften könnten:

> "Ich hab' das unheimlich lange verdrängt. Eigentlich kam es schon mit siebzehn ganz klar zum Vorschein. Ich hatte keinen Gedanken daran, mit Männern zusammenzusein. Mich haben eigentlich immer nur Frauen interessiert. Ich hab' das unheimlich verdrängt, obwohl es überall wieder rausgekommen ist. Nach außen hab' ich dann vertreten: 'Ich könnte mir auch gut vorstellen, mit einer Frau zusammenzusein.' Das geschah aber alles nur unterbewußt. Vielleicht wollte ich Lesben auch nicht verstehen." (Ute)

Wir halten diese Verschleierungstaktik für außerordentlich wichtig für den weiteren Verlauf des lesbischen Selbstfindungsprozesses. Wir begreifen sie als sinnvollen

Selbstschutz, als lebenswichtigen Widerstand, ohne die die schrittweise Kontaktaufnahme zum Lesbisch-Sein vielleicht gar nicht möglich wäre:

> "Wenn ich es (das Wort 'lesbisch') gekannt und gewußte hätte, daß das etwas 'Unnormales' ist, dann hätte ich wahrscheinlich sogar diese zaghaften Gefühle unterbunden." (Lucie)

Dem stehen die immer eindeutiger werdenden Gefühle für Frauen gegenüber. Auf Dauer ist diese Diskrepanz nicht zu ertragen. Lucie sucht sich dafür einen Schleichweg, indem sie sich sagt: "Ich bin halt einfach anders." Anders ist eben immer noch besser als lesbisch oder unnormal. Den Begriff *lesbisch* kennt zu diesem Zeitpunkt kaum eine Frau. Und wenn sie ihn kennt, dann hat sie ihrem Empfinden nach nichts damit zu tun. Lucie: "Das Wort 'lesbisch' gab es für mich nicht." Zwei Frauen aus unserer Gruppe meinen dazu:

> "Das ist auch ganz einfach das, was du bei diesem Wort empfindest. Für mich war das lange Zeit so, daß ich dieses Lesbisch-Sein für mich nicht haben wollte, weil ich mich irgendwie in eine Schublade gepackt gefühlt habe. Ich wollte jedenfalls dieses Wort nicht." (Friederike)

> "Lesben waren eher solche mit Krawatte, Bart und Anzug und ganz entsetzlich, aber nicht ich!" (Sarah)

Auch hier ist der Effekt dieser Abgrenzung wieder deutlich: Die eigenen Gefühle tragen nicht den stigmatisierten[8] Begriff "lesbisch", sondern heißen eher "spannend" und "toll" - Worte, die sowohl in Friederikes als auch in Lisas Coming-out-Geschichte fallen. Sie haben nichts Endgültiges, Festgelegtes und sind deshalb nicht so bedrohlich. Sie können zugelassen werden, was sicherlich schwerer wäre, wenn sie schon "lesbisch" heißen würden. Eine gewisse Gedankenlosigkeit erweist sich in diesem Fall geradezu als nützlich.

In dem Moment nämlich, in dem sich frau eingesteht, daß sie etwas mit dem Wort "lesbisch" zu tun hat, taucht die Angst vor dem Unnormalen, vor der Ungeheuerlichkeit auf. Genau die Angst, die frau vorher so erfolgreich vermieden hat, würde dann spürbar werden.

---

8 "Stigma ist, so Goffman, 'die Diskrepanz zwischen virtualer und aktualer sozialer Identität' - eine Eigenschaft, die einen Menschen in unerwünschter Weise anders macht, als wir es erwarten würden." (Susanne v. Paczensky 1981, 23f)

Männer - ob hetero, ob schwul oder: Warum wir nicht um das Vanilleeis herumkommen

Bei der Betrachtung des lesbischen Selbstfindungsprozesses haben wir mit Erstaunen festgestellt, welch große Rolle Männer dabei spielen.

> "Und überhaupt, bevor ich die andere Seite nicht kenne, kann ich sie auch nicht verurteilen." (Doris)

> "Da hab' ich gedacht, die reden schon alle von Typen, irgendwie muß ich auch mal was machen." (Heike)

> "Irgendwie wurde man so in diese Mühle (gemeint ist die Mühle der Heterosexualität) eingeschleust. Ich kannte auch gar keine Lesben, weil Frauen nie erzählt haben, daß sie sich für Frauen interessieren; und dann bist du so in dieser Mühle." (Ute)

> "Es bedeutete nicht, daß ich nichts mehr mit Männern zu tun haben wollte! Nach Lucie verliebte ich mich dann auch noch in einen. (...) Ich glaube, das Gefühl, immer noch Beziehungen zu Männern aufnehmen zu können, hat mir erst die Möglichkeit gegeben, meine Liebe zu Frauen ganz zu entdecken." Und:
> "Hatte ich es überhaupt lange genug mit Männern ausprobiert? Mit welchem Recht konnte ich behaupten, daß das nichts für mich sei? Ich war doch eigentlich nur einmal 'richtig' mit einem zusammengewesen, und das war schon lange her!" (Lisa)

> "Hin und wieder probierte ich es dann doch mit Männern. (...) Eigentlich reizte es mich nicht so besonders, aber ich bewies anderen dadurch, daß ich 'das' auch konnte. Außerdem schützte es mich davor, daß sie meinem Geheimnis auf die Spur kamen." (Lucie)

Es mit Männern probieren müssen, nicht auffallen dürfen, sich von der eigenen Normalität überzeugen müssen - die Verschleierungstaktik wird fortgeführt. Diesmal unter dem Deckmantel "Mann", denn Männer halten den Schein der Normalität aufrecht - vor uns selbst und vor anderen.

> "Ich konnte ja auch in der Familie sagen: 'Ich hab' einen Freund.' (...) Das war das Normale. Was mit dem ist und was sonst noch ist, das war egal." (Kerstin)

Frau kommt um die gesellschaftliche Priorität *Mann* nicht herum. In irgendeiner Form muß sie sich immer mit Männern auseinandersetzen. Die bloße Wahl von Frauen ist nicht zulässig, während die Festlegung auf Heterosexualität unhinterfragt bleibt. Frauen-liebende-Frauen sehen sich immer wieder dem verinnerlichten gesellschaftlichen Druck ausgesetzt, sich auf Männer beziehen zu müssen. Oder, wenn sie sich entscheiden, dies nicht zu tun, ihre Andersartigkeit zu rechtfertigen. Zumindest wollen sie sich nicht vorwerfen lassen, es nicht mit der "Normalität" versucht zu haben. Die Richtigkeit der eigenen Gefühle für Frauen ist erst dann bestätigt, wenn Erfahrungen mit Männern entsprechend frustrierend waren. Paradox, aber wahr: Es zählt nicht allein, daß Gefühle für Frauen da sind. Nein, sie bekommen erst in dem Moment Bedeutung, in dem es mit Männern nicht "klappt".

Auf diesem Hintergrund hält sich das weitverbreitete Vorurteil: Lesben sind von Männern frustrierte Frauen, die, um überhaupt Befriedigung zu erfahren, sich der "zweiten Wahl", nämlich Frauen, zuwenden. Nach dieser Theorie müßte die Anzahl der Lesben ins Unermeßliche steigen, denn auch die Erfahrungen heterosexueller Frauen mit Männern sind oft nicht besonders befriedigend bzw. unterscheiden sich nicht sonderlich von den heterosexuellen Erfahrungen lesbischer Frauen.

Wenn frau eigentlich Beziehungen zu Frauen vorzieht, *können* Beziehungen zu Männern nicht zufriedenstellend sein. Oder anders gesagt: Wenn frau eigentlich Schokoladeneis will, aber ständig Vanilleeis essen muß, wird ihr irgendwann sehr schlecht davon werden. Weil aber alle anderen Vanilleeis lieber zu haben scheinen und frau sich mit ihrem Schokoladeneis ziemlich allein fühlt (die anderen gucken auch immer so!), nascht sie dann vielleicht doch noch mal vom Vanilleeis - um festzustellen, daß es ihr immer noch nicht schmeckt.

Die mit Männern gemachten Erfahrungen hatten bei uns und bei den Frauen unserer Gruppe einen faden Beigeschmack: mal frustrierend, mal unbedeutend, mal nicht reizvoll genug. Lisa hat das Gefühl, daß nur ein Teil von ihr von Männern gewollt wird. Lucie fühlt sich nicht gleichberechtigt, muß sich kleiner machen als sie ist, um "Erfolg" zu haben. Das sind nur zwei beispielhafte Auswirkungen der patriarchalen Unterdrückung, der Frauen in dieser Gesellschaft ausgesetzt sind. Ein gewisser Verlust ihrer Würde haftet Frauen in den Beziehungen zu Männern an - eine Erfahrung, die Frauen tagtäglich in der einen oder anderen Ausprägung machen können, sofern sie diesen Zustand nicht schon als selbstverständlich hingenommen haben.

In Verbindung mit den Gefühlen für Frauen verdichten sich die wenig befriedigenden Erfahrungen mit Männern langsam zu der "Befürchtung", lesbisch zu sein. Aber frau kann sich doch nicht einfach gegen Männer entscheiden! Denn Lesbisch-Sein heißt zunächst meist: *gegen* Männer, was schon an sich ein Unding ist, und nicht *für* Frauen, was ein fast noch größeres Unding ist. Der Wert einer Frau ist auch in unserem Zeitalter immer noch abhängig von ihrer Zugehörigkeit zu einem Mann, was erst dann besonders auffällt, wenn sie sich auf Frauen bezieht und mit ihrer und anderer Frauen Zweitrangigkeit konfrontiert wird. Kein Wunder, daß frau sich schwertut, sich auf Frauen festzulegen. Leichter, als dieser Wahrheit ins Gesicht zu blicken, scheint es zunächst zu sein, von sich zu sagen: "Ich bin bisexuell", wie es Lisa, Lucie oder Kerstin tun. Eine andere Möglichkeit ist intensiver Kontakt zu schwulen Männern, wie ihn Ute beschreibt:

> "Mit Schwulen hatte ich eigentlich immer Kontakt. Die konnte ich immer unheimlich gut verstehen. Damit hab' ich mich auseinandergesetzt, hab' mich auch unheimlich dafür interessiert, warum Schwule schwul sind. Ich war immer ganz merkwürdig daran interessiert, aber im Grunde hab' ich damit ja überhaupt nichts zu tun. Ich hab' mich auch teilweise in Schwule verliebt. Und heute ist mir das alles ganz klar."

Beides, Bisexualität und Umgang mit Schwulen, sind eindeutige Schritte weg vom "Normalen", der erste deutliche Kontakt zur "Nicht-Normalität", wenn auch mit einem Hintertürchen: Es sind immer noch Männer da, die den Schein wahren - frau kann immer noch zurück. Genau dieses Gefühl braucht sie, um überhaupt weitergehen zu können.

Langsam werden die Grenzen der vorgeschriebenen heterosexuellen Normen aufgebrochen, und die Angst vor dem Lesbisch-Sein wird geringer. Was immer noch fehlt, sind entsprechende Bilder, mit denen frau sich identifizieren kann. Das herkömmliche Klischee der "Frauen in Männergewändern", wie es auch Sarah beschreibt, ist dazu nicht geeignet.

Trotzdem drängt irgend etwas langsam aber sicher zur Entscheidung. Viele Frauen, wie beispielsweise Lisa und Kerstin, sehen sich dem Gefühl innerer Zerrissenheit ausgesetzt und spüren einen mächtigen Zwang, sich zuzuordnen, um einen Standort zu haben. Der Wunsch "irgendwo hinzugehören" wächst, die innere Gespaltenheit wird unerträglich, und die Diskrepanz zwischen dem, was frau in sich fühlt, und dem, was sie nach außen lebt, wird immer größer - bis die Entscheidung für Frauen schließlich doch fällt. Die Zeit, in der Männer als Deckmantel und Alibi benutzt werden *müssen*, um den Schein zu wahren, und *sollen*, weil frau sich nicht einfach Frauen zuwenden darf, ist dann vorbei.

Doch die Erleichterung, die meist auf diese Entscheidung folgt, hält auch nicht ewig vor.

"Was sich so gut anfühlt, kann nur richtig sein!"

Die einzige Hilfe in diesem Findungsprozeß ist das Vertrauen auf die deutlichen Gefühle für Frauen, im Sinne von: "Was sich so gut anfühlt, kann nur richtig sein!" (Lisa) Es ist nicht mehr möglich, die erschreckende Wahrheit zu verheimlichen, denn die Gefühle verschwinden nicht, sie werden eher stärker; letztlich sogar größer als die Angst vor dem Abweichen von der Norm. Trotzdem ist es ein beschwerlicher Weg, begleitet von Schuldgefühlen und Zweifeln, denn welche Frau kann schon am Anfang ihres Coming-out im Sinne eines Filmtitels von Rosa von Praunheim denken: "Nicht die Lesbe ist pervers, sondern die Gesellschaft, in der sie lebt"? Frau hat schon Erfahrung damit, den "Fehler" bei sich selbst zu suchen. Dieser Mechanismus greift auch jetzt.

Oft hat diese Entscheidung auch noch eine andere unangenehme Begleiterin: die *Einsamkeit*. Kontakt- und Austauschmöglichkeiten mit Frauen in ähnlichen Situationen bestehen erstmal meistens nicht. Außerdem: Welche Frau erzählt schon von diesen Gefühlen, selbst wenn sie sie hat? Wir haben es ja auch lange nicht getan. Gerade als ob "so etwas" nicht existent sei, obwohl bei uns so eindeutige Gefühle vorhanden sind. Solange wir keine anderen Lesben entdecken, müssen wir unser Anderssein gleich zu Anfang teuer bezahlen, und zwar mit Selbstzweifeln und Einsamkeit.

Die Verinnerlichung des Stigmas "lesbisch = unnormal" trägt zur Verdunkelung der eigenen Existenz bei. Kein Wunder, daß immer mal wieder der Wunsch nach "Normalität" wach wird:

> "Stattdessen sitzt mir die Sehnsucht nach der idyllischen, immerwährenden trauten Zweisamkeit im Nacken. Mit einem netten jungen Mann wäre das so leicht - aber mit einer Frau?" (Lucie)

Bei Lucie äußert sich die Verinnerlichung des Stigmas so, daß sie selbst davon überzeugt ist, kein Recht auf Anerkennung zu haben und sich deshalb um so mehr darum bemüht:

> "Wenn man anders ist, muß man gewisse Abstriche machen." Und:
> "Sie sollten mich 'trotzdem' akzeptieren, obwohl sie gar nicht wußten, was 'trotzdem' war."

Der Preis für die "Unnormalität" wird wie selbstverständlich von Lucie akzeptiert. Sie unterstützt dadurch das System, das keine Abweichung duldet - in ihr selbst steckt etwas, was sie von einer offenen Konfrontation abhält.

Die Verheimlichung vor der eigenen Person hat zwar ein Ende gefunden, aber damit ist "es" nicht getan. Auf die Dauer ist die Diskrepanz zwischen dem Innen, das sich verändert hat, und dem Außen, das mehr Schein als Sein ist, nicht zu ertragen. Es muß eine Öffnung nach außen folgen, damit eine permanente Identitätskrise verhindert wird.

Rückenstütze Frauenbewegung

Für uns und die Frauen aus der Gruppe war die Frauenbewegung in mehr oder weniger starkem Ausmaß eine Hilfe, dieser permanenten Krise zu entgehen - was nicht heißen soll, daß sich dadurch alle Probleme in Luft aufgelöst haben.

Lisa beschreibt in ihrem Coming-out-Text, was viele Frauen erfahren, wenn sie anfangen, sich mit der Lebensrealität von Frauen in unserer Gesellschaft zu beschäftigen. Sie stellt fest, daß ihre Probleme mit Männern nicht ihre individuellen sind und daß es schon gar nicht ihre Schuld ist, daß Beziehungen zu Männern oft frustrierend sind. Dieser Schritt weg von der eigenen Person, hin zu einem Verständnis von übergreifenden Machtstrukturen kann sehr wichtig für ein lesbisches Coming-out sein.

In einer Gesellschaft, die auf Hierarchie, Gewalt, Minderwertigkeit von Frauen und Zwangsheterosexualität[9] aufbaut, ist es kein Wunder, daß Beziehungen zu Männern unbefriedigend sind, denn in diesen Beziehungen spiegeln sich die gesellschaftlichen Machtverhältnisse wider.

Aber wir wollen an dieser Stelle nicht weiter auf die Inhalte der Frauenbewegung eingehen, sondern vielmehr darauf, was für lesbische Frauen in diesem Zusammenhang wichtig ist:

> "Ich bin damals erst kurz in der Frauenbewegung gewesen. Und dann gab's eine Lesbengruppe. Da bin ich dann hingegangen, und (flüsternd) da haben zwei Frauen sich geküßt! Es ging, und die sahen so aus wie ich! So richtig wie normale Frauen eben aussehen. Und da ist bei mir irgendwie die Revolution losgegangen!" (Sarah)

Die Frauenbewegung macht's möglich. Wie in Sarahs Fall löst sie unter Umständen die letzten Ängste vor dem Lesbisch-Sein auf. Außerdem wirkt sie der Vereinzelung von Lesben entgegen, und es entstehen Kontakte zu Frauen, die genauso empfinden. Lesbisch-Sein ist kein Tabu mehr. Es ist selbstverständlicher, in Frauenbewegungszusammenhängen lesbisch zu sein als in der "feindlichen Umwelt". Es erfährt hier eine andere Wertschätzung, teilweise sogar eine besondere Faszination.

Diese Erfahrung bedeutet erst einmal eine große Erleichterung und Befreiung, denn es ist wieder ein Stück mehr identisches Leben möglich. Die Frauenbewegung macht Mut - aber es handelt sich auch um eine Insel mit Tücken. Schließlich spiegeln sich in jeder von uns und in den Beziehungen zwischen Frauen die gesellschaftlichen Verhältnisse wider. Eifersucht, Neid und Konkurrenz sind nicht einfach verschwunden, nur weil Frauen jetzt politisch zusammenarbeiten oder/und Frauen lieben. Der ständige Kampf gegen den "patriarchalen Müll" in und um uns ist anstrengend und kraftraubend, und wir dürfen nicht vergessen, daß außer uns niemand ein Interesse daran hat, daß wir erfolgreich daraus hervorgehen.

---

9 Zwangsheterosexualität bedeutet für uns, daß Frauen keine Wahl gelassen wird: Sie werden zu Heterosexualität verdammt, indem "(...) einfach behauptet oder stillschweigend vorausgesetzt (wird), daß Heterosexualität die 'sexuelle Vorliebe' der 'meisten Frauen' sei." (Adrienne Rich 1983b, 139)

Die Wüste am anderen Ufer - Von der Schwierigkeit, frauenidentifiziert zu leben

Nicht umsonst dauert der Prozeß, den wir beschrieben haben, oft sehr lange - lebenslang. Die Frauen, die diesen Weg gehen, geben viele Sicherheiten auf und wissen noch nicht, was sie dafür wiederbekommen. Der Weg ist steinig, und manchmal taucht vielleicht der Gedanke auf, ihn einfach wieder zurückzugehen - wenn da nicht dieses tiefe Wissen darum wäre, daß es doch die richtige Richtung ist. Der Weg ist so bedrohlich, weil er zu uns selbst führt bzw. ins Nichts ...

"Da kam mir das auch mit der Wüste ..."

An dieser Stelle werden wir versuchen, den Prozeß, die Schritte und die Schwierigkeiten eines Coming-out mit unserer speziellen Situation als Frauen in Zusammenhang zu bringen. Wie inzwischen hinreichend bekannt ist, werden wir nicht als Frauen geboren, sondern dazu gemacht (vgl. Ursula Scheu 1977).

Das hat folgenden Effekt: Das tiefste Gefühl, das ich als Mädchen schon mit der Muttermilch einsauge, ist, daß ich allein nichts wert bin. Erst meine Bedeutung für *andere* gibt meinem Leben einen Sinn. Deshalb bin ich ständig auf der Suche nach Menschen, für die ich da sein kann, damit sie mir wiederum meine Daseinsberechtigung bestätigen. Früher bekam ich dieses befriedigende Gefühl vielleicht, wenn ich meiner Mutter ein Lächeln entlocken konnte und wußte, daß sie mich noch liebhat. Später - vorausgesetzt ich bin eine "normale" Frau - habe ich selbst Kinder und einen Mann, von denen ich weiß, daß sie mich brauchen. Aber eigentlich bin ich tief innen ein leeres Gefäß, das von außen gefüllt werden muß - ich bin abhängig!

Dieser Aspekt des normalen "Weiblichkeitstrainings" (vgl. Signe Hammer 1975) bewirkt, daß Frauen sich hauptsächlich über Beziehungen definieren - in einer patriarchalischen Gesellschaft bedeutet das: über den Mann. Ihr Selbstwert hängt zu großen Teilen vom Kontakt zu anderen Menschen (Männern) ab. Im Umgang mit ihnen spiegelt sich ihre Existenz. Dem liegt eine eigentlich sehr positive weibliche Beziehungs*fähigkeit* zugrunde, wie Jean Baker Miller (1976) sie in ihrem Buch "Die Stärke weiblicher Schwäche" beschreibt - nur wird dieses ungeheure Potential gesellschaftlich mißbraucht. Frauen lernen früh, diese Fähigkeit in den Dienst einer männerdominierten Welt zu stellen, um daraus ihre Existenzberechtigung zu schöpfen. Was sie dabei nicht lernen, ist Selbst-Bewußtsein, Eigenständigkeit, Verantwortung für sich und ihr Leben.

Dem können auch Lesben sich nicht entziehen. Auch wir sind mit dem Märchen aufgewachsen, daß eines Tages der Prinz vorbeikommt, uns wachküßt und auf sein

Schloß führt - wenn wir nur so sind, wie er uns haben will. Genauso wie alle anderen Frauen haben wir gelernt:

Frau ist, worauf sie sich bezieht!

Was passiert, wenn frau plötzlich nicht mehr weiß, worauf sie sich bezieht - oder wenn der Bezugspunkt wechselt, von einem Geschlecht zum anderen?

Ist sie dann nicht mehr?

Friederike hat in einer Traumreise, die wir während einer Gruppensitzung durchgeführt haben, ein sehr plastisches Bild für diesen Zustand und das entsprechende Gefühl gefunden:

> "In dem Moment, als du fragtest, was das Lesbisch-Sein für mich heißt, hab' ich gedacht, ich kann dazu eigentlich gar nichts sagen. Erstmal weiß ich gar nicht, was es für mich heißt! Und nachher kam das nämlich mit dieser Wüste. Da hieß es plötzlich für mich: Es schränkt mich nicht ein und heißt irgendwie 'alles'. Das ist auch 'ne ganz immense Freiheit für mich, nicht abhängig zu sein."

Lisa: "Hm, keine Grenzen und so?!"

Friederike: "Ja, und ich glaub, in dem Moment kam mir das auch mit dieser Wüste, daß da irgendwie *nichts* mehr ist. Ja, daß ich für mich selbst sagen muß, was es ist, aber es eigentlich gar nicht sagen kann! Und daß ich da eigentlich auch unheimlich verloren bin."

Lisa: "Aber es ist eigentlich 'ne tolle Wüste?"

Friederike: "Ja, irgendwie war das toll - aber es war auch so, daß ich in der Wüste, so vom Gefühl her, erstmal völlig an einem Fleck gefangen war, daß ich da auch unheimlich festlag und auch nicht aufstehen konnte, und diese Schwere! Ich fing dann beim Fuß an, und der wurde plötzlich ganz dick. Der war eben nicht mehr zum Laufen da. Völlig irre!
Ich denk, daß mein Leben nicht so sehr von meinem Lesbisch-Sein beeinflußt ist, weil ich eben auch viel mit Typen auf der Arbeit oder sonstwo konfrontiert bin. Aber daß es mir doch irgendwie 'ne unheimliche Freiheit gibt; nicht abhängig zu sein von jemandem. (...)
Also, was mir da auch noch in den Kopf kommt über mich, ist, daß dieses 'Allein im Nichts' etwas ist, was ich überhaupt nicht gut kann. Ich brauch' ganz dringend immer Leute um mich rum. Deshalb ist diese Vorstellung, daß da nichts ist, was mich ablenken könnte von mir, ganz schön bedrohlich. (...)
Toll war, daß ich für mich gesagt hab': 'Ich kann das jetzt gar nicht sagen, was das Lesbisch-Sein für mich eigentlich ist.' Daß das eben erstmal was ganz Leeres war, nichts war."

Sarah: "Aber daß es auch irgendwie dein eigenes Ding ist, was es heißt!"

Friederike: "Ja, aber daß ich das auch überhaupt nicht so auf der Reihe hab'."

Lisa: "Es ist ja vielleicht auch ein großer Raum, so wie 'ne Wüste, den du erstmal füllen mußt, mit Erfahrungen."

Adrienne Rich schreibt zu dem "Nichts" in uns Frauen:

> "Das Nichts ist die Schöpferin, der Mutterboden - keine bloße Hohlheit und Anarchie. Aber in Frauen wurde es mit Lieblosigkeit, Leblosigkeit und Unfruchtbarkeit gleichgesetzt. Man hat uns gedrängt, unsere 'Leere' mit Kindern zu füllen. Man wollte uns eben nicht in die Dunkelheit des Urgrundes hinunter lassen.
> Doch wenn wir es wagen können, ist das Etwas, das aus diesem Nichts geboren wird, der Beginn unserer Wahrheit." (1983a, 180)

Frauen, die sich nicht mehr wie antrainiert auf Männer, sondern auf Frauen - also auch auf sich selbst - beziehen, wissen erstmal nicht, wer sie sind, haben keine Worte für das, was sie leben. Was vorher ihre Existenzberechtigung ausgemacht hat, ihr Da-Sein für andere, für Männer, haben sie auf dem Weg verloren. Der Weg führt in die Wüste - ein Bild für den endlosen, weiten, bedrohlichen, schönen Raum, der sich auftut, wenn frau es wagt, sich auf sich selbst zu beziehen. Zunächst ist da nur Leere, frau steht "allein im Nichts". Sie wird mit ihrer eigenen Identitäts*losigkeit* konfrontiert. Was sie vorher für ihre Identität gehalten hat, stellt sich als Behelfs-Identität heraus.

Wir bezeichnen diese Ersatz-Identität als *Männer-Identifizierung*, weil sie, wie vorhin beschrieben, auf der Definition über Männer und über männliche Werte fußt. Männer-Identifizierung ist nach unserem Verständnis von Identität = Identisch-Sein eine fremdbestimmte, nicht-innengeleitete Identifizierung von Frauen. Identisch-Sein bedeutet, Kontakt zum eigenen Inneren zu haben und dies nach außen zu bringen. Solange Frauen sich dem Weiblichkeitstraining entsprechend über Männer definieren, sind sie außengeleitet, beziehen ihren Wert nicht aus ihrer eigenen Mitte, sondern aus der Bestätigung durch Männer und den Diensten, die sie für sie erfüllen. Diese Männer-Identifizierung ist eine einigermaßen sichere Stütze, um als Frau durchs Leben zu kommen, aber frau findet auf diese Weise niemals Halt in sich selbst.

Ein Come-out als Lesbe bedeutet infolgedessen eine existentielle Identitätskrise. Eine Frau, die es wagt, sich auf Frauen zu beziehen, streift die ihr aufgezwungene Männer-Identifizierung ab und macht sich auf die Suche nach einer noch nicht greifbaren Frauen-Identifizierung. Sie hat nie gelernt, sich auf sich selbst oder andere Frauen zu beziehen. Was sie erwartet, ist zunächst eine Wüste, eine Leere, ein Vakuum. Frau ist nicht geübt darin, Kontakt zu sich selbst aufzunehmen, ihre Antennen nach innen auszufahren, ihre Bedürfnisse zu erkennen und ihnen gemäß zu handeln. Sie hat nicht gelernt, identisch zu sein, d.h. das, was in ihr ist, nach außen zu bringen.

"Coming-out ist, wenn ich mir zum ersten Mal die Erlaubnis gebe, meine Liebe zu Frauen als Liebe zu benennen." (Adrienne Rich 1980)

Auf diesem Hintergrund betrachten wir ein Come-out als einen ersten Schritt zum Identisch-Werden und das lebenslange Coming-out als einen langsamen Prozeß des Identisch-Werdens. Ich fange an, identisch zu sein, wenn ich die Liebe zu Frauen, die ich *in* mir spüre, auch nach *außen* zum Ausdruck bringe, sie zulasse und lebe. Ich habe Kontakt zu mir und meinen Gefühlen aufgenommen, ich nehme sie ernst und setze sie um. Jeder Schritt, den ich auf diesem Weg gehe, macht mich ein Stück identischer.

Identisch-Scin und -Leben setzt voraus, daß ich einen Bezug zu mir selbst, zu meinem Körper und meinem Innenleben habe. Wie schwer das für Frauen sein kann, zeigen unsere eigenen Erfahrungen und die der Frauen aus der Gruppe - genau das ist uns verwehrt worden.

Frauen sind perfekt darin, sich entsprechend den Erwartungen und Bedürfnissen anderer zu verhalten, sich anzupassen und auszurichten. Sie sind wahre Weltmeisterinnen, wenn es darum geht, anderen Wünsche von den Lippen abzulesen und zu erraten, was gerade von ihnen erwartet wird. Sie haben gelernt, ihre Fühler nach außen auszustrecken und die Umwelt nach Ansprüchen, die an sie gestellt werden, abzutasten. Ihre Fühler nach innen sind dabei verkümmert. Wenn sie in all diesen Bereichen funktionieren, sind sie "gute" Frauen. Der Preis dafür ist, daß sie sich selbst aufgeben, ihre Eigenständigkeit, ihre Würde als Person.

"Sind Frauen als Frauen normal, gelten sie als Personen für unnormal; gelten sie als Personen für normal, sind sie als Frauen unnormal." (Elizabeth Janeway in: Signe Hammer 1975, 97)

Frauen, die anfangen, sich als Personen ernstzunehmen, gelten als "unnormal". Das ist gerade Lesben hinreichend bekannt. Aber was viel schwerer wiegt als diese Diskriminierung von außen, ist die in uns eingepflanzte Schwierigkeit, uns wichtig zu nehmen, ein Gefühl für uns selbst zu entwickeln und damit identisch zu sein.

"The woman in your life is *you*!"[10]

Das ist leichter gesagt als gelebt. Was frau dazu benötigt, ist eigene Wertschätzung, die sie *dann* auch anderen Frauen gegenüber empfinden kann. Der Weg zu einem frauen-identifizierten Leben ist schwierig, wie ja aus all unseren Come-out-Beispielen hervorgeht. Gleichzeitig mit dem Prozeß des Identisch-Werdens treten Mechanismen auf, die versuchen, uns von unserem Weg abzubringen. Immer wieder werden wir von unseren Zweifeln eingeholt. Diese können bei verschiedenen Frauen sehr unterschiedliche Gestalten annehmen, wie schon am Beispiel von

---

10 Song von Alix Dobkin - lesbische, jüdische Sängerin aus den USA; Übers.: "*Du* bist die Frau deines Lebens!"

Lucie und Lisa deutlich wurde. Diesen Zweifeln ist gemeinsam, daß sie ihre Nahrung aus folgendem tiefen Grundgefühl beziehen:

Was Frauen aus sich heraus machen, kann irgendwie nicht ganz in Ordnung sein. Da sie nicht gelernt haben, einen Bezug zu ihrer eigenen inneren Quelle herzustellen, trauen Frauen ihren Gefühlen und Bedürfnissen nicht. Wie sollen sie auch, wenn sie sich eigentlich nur um die Belange anderer kümmern "dürfen"? Also hinterfragen sie ihre eigenen Bedürfnisse. Für Frauen, die sich entschließen, sich auf Frauen zu beziehen, ist folgendes wohl am bedrohlichsten: Sie übernehmen Verantwortung für *ihr* Leben! Und das haben sie am allerwenigsten gelernt.

Wieviel einfacher wäre es doch, sich wieder an die Hand nehmen zu lassen, so wie wir's gewohnt sind! Nicht selten treten in so zweifel-haften Zeiten Sehnsüchte nach "Normalität" auf - sie entspricht zwar nicht unseren Bedürfnissen, aber ist wenigstens einigermaßen lebbar.

Ein Come-out als Lesbe fordert also eine innere Entwicklung, die der normalen weiblichen Sozialisation grundsätzlich widerspricht und viel weitreichender ist als "nur" die Verweigerung Männern gegenüber. Da keine von uns sich dieser Sozialisation entziehen konnte, wird jede auch immer mal wieder von ihren Fangarmen eingeholt. Der Prozeß des Coming-out ist krisengeschüttelt, und mit jedem Schritt des Identischer-Werdens geht die Krise einher.

"Ist es nur, weil ...?"

> "Also, vom Kopf her ist es mir klar: Ich muß mir nicht erklären, warum ich lesbisch bin, weil halt die Heterofrau sich auch nicht erklärt, warum. Das denke ich im Kopf, aber gefühlsmäßig neige ich dazu, mir das irgendwie *doch* zu erklären; oder daß ich mir überleg': 'Ist es nur 'ne Phase; und wenn du da irgendwas gefunden oder erfüllt hast, kann's wieder umschlagen?' Ich hab' auch so 'ne Angst, daß es sowas sein könnte. Immer dieses: 'Ist es nur, weil ...?', wo dann irgendwas Abwertendes drinsteckt!" (Kerstin)

"Ist es nur, weil ...?" - dieser Frage scheint jede Lesbe auf dem Weg des Identisch-Werdens zu begegnen. Wir erläutern sie hier stellvertretend für die vielen anderen Formen, die der Zweifel annehmen kann. Sie ist vielleicht einer der gefährlichsten Mechanismen, uns und unsere Entwicklung in Frage zu stellen. Diese Frage sucht die Ursache für unsere Andersartigkeit in uns selbst, anstatt die Motive für ein Abweichen von der Norm als gute Gründe anzuerkennen. Sie beinhaltet ein Versagen unsererseits, anstatt Machtverhältnisse zu hinterfragen. Auch darin sind Frauen perfekt: sich selbst die Schuld in die Schuhe zu schieben. Wenn ich mit dem Gefühl aufwachse, irgendwie nicht ganz in Ordnung zu sein, liegt es nahe, den Fehler bei mir zu suchen, wenn etwas "schiefläuft". So wenig Bedeutung sich Frauen sonst zumessen, bei der Fahndung nach den Schuldigen landen sie meistens bei sich selbst.

"Ist es nur, weil ..." beinhaltet die Abwertung unserer Lebensweise durch uns, sie bedeutet die Verinnerlichung des Stigmas, das mit Lesbisch-Sein verbunden ist. Wir nehmen uns und unsere Gefühle nicht ernst, wenn wir uns diese Frage stellen.

Wie tief die Verinnerlichung der Norm steckt, haben Lucie und Lisa beispielsweise beim Come-out ihren Müttern gegenüber gespürt. Das Abweichen von der gesellschaftlichen Norm, die ja gerade von der Mutter so hervorragend verkörpert wird, weckt Schuldgefühle. Dieser gegen uns gerichtete Mechanismus nimmt viel von der Kraft, die wir eigentlich für unsere Selbst-Verwirklichung brauchen. Solange ich das Bild, das diese Gesellschaft von Lesben hat, akzeptiere, kann ich mich selbst nicht akzeptieren. Wir müssen stattdessen anfangen zu verstehen, warum die Gesellschaft uns so nicht gebrauchen kann.

Die drei Punkte nach dem "Ist es nur, weil ...?" können auf unterschiedliche Art gefüllt werden, der Inhalt ist austauschbar. Wichtiger als der Inhalt scheint uns der tieferliegende, in allen Beispielen auftauchende Selbstzweifel zu sein, der frau einholt, wenn sie anfängt, ihren Weg zu gehen.

> "Manchmal denk' ich, das ist doch nur, weil alles so schiefgelaufen ist in meinem bisherigen Leben. Ist es also doch *nur* ein Symptom?" (Kerstin)

Aus einer Gruppensitzung:

Kerstin: "Das wird auch irgendwie so 'ne Herabminderung, wenn ich mich jetzt mit meiner Mutter beschäftige. Dann kommt mir die Frage: 'Suche ich 'ne Frau, oder suche ich nur 'ne Frau wegen meiner Mutter?' Das ist dann eben doch nicht das Echte, das Wahre; keine Heterofrau ist nur mit einem Mann zusammen, weil ihr Vater ..."

Lucie: "Das hört sich natürlich sehr psychoanalytisch an, als Erklärung für unsere Sexualität. Ich bin auch ganz leicht geneigt, so darüber nachzudenken. Sowas hab' ich ja auch drin, mich selbst krank, schlecht oder so zu finden, anstatt mir zu sagen: 'Warum muß ich das überhaupt erklären? Keine andere muß erklären, warum sie mit Männern schläft, warum sie gelb lieber mag oder rot oder blau.' Und trotzdem: Ich kenn' das auch gut, daß ich das auch immer wieder mache."

Die Frage nach den Gründen meines Lesbisch-Seins und der Rechtfertigungsdruck, der aus diesem Gespräch hervorgeht, drücken schon aus, daß "es" doch keine ganz so selbstverständliche Sache für eine Lesbe ist, wie sie vielleicht oft vorgibt. Wir haben die Vermutung, daß viele Lesben sich diese Zweifel gar nicht erst eingestehen, sondern darüber hinweggehen und auf diese Weise damit allein bleiben. Krisen in der lesbischen Identitätsfindung sind fast ein Tabu-Thema in Lesbenkreisen. Tabuisiert sind diese Krisen, weil jede Frau sie für sich wiederum als individuelles Versagen interpretiert und sie nicht mit ihren Ansprüchen, lesbisches Selbstbewußtsein auszustrahlen, vereinbaren kann.

Uns erscheint besonders wichtig, daß Frauen ihre Selbstzweifel endlich als einen durch patriarchale Sozialisation entstandenen Mechanismus verstehen, der automatisch dann funktioniert, wenn sie ihre Selbst-Verwirklichung angehen - um sie genau davon möglichst fernzuhalten!

"Ich sag's zwar überall, aber ..."

Der Weg ans "andere Ufer" ist nicht einfach - er wird von Strömungen und Strudeln, von Identitätskrisen und Selbstzweifeln begleitet. Wenn endlich "Land in Sicht" ist, ist das meist immer noch kein Grund, Sektkorken knallen zu lassen. Denn immer noch schwimmt frau gegen den Strom - und dieser wird wohl, zumindest bis an *ihr* Lebensende, weiter in die andere Richtung fließen.

In diesem Strom ein Gefühl für die Richtigkeit des eigenen Weges zu entwickeln und auszubauen, ist schwierig. Die auf den vorangegangenen Seiten beschriebenen Mechanismen weiblicher Sozialisation erschweren es zusätzlich, eine ungebrochene lesbische Identität zu entwickeln. Auch aus folgenden Kommentaren, die die Frauen aus der Gruppe zu ihrem Lesbisch-Sein geschrieben haben, geht die in den meisten Fällen ambivalente Einstellung zum eigenen Lesbisch-Sein hervor:

> "Ich bin lesbisch ... ja! Dagegenleben kostet viel Kraft. Mit Sexualität umgehen ist schwierig, Göttin, aber ich hab' auch Kraft und bin stark.
> Bin ich glücklich mit dem Lesbisch-Sein? Na ja, glücklicher wäre ich, wenn die Umwelt nicht so feindlich wäre, wenn nicht so viele unterschiedliche Erwartungen an mich wären ...
> Steh' ich genügend zu meinem Lesbisch-Sein? Nein! Ich sag's zwar überall, sogar im Fernsehen, ich bin sicher keine versteckte Lesbe. Selbstbewußt, kämpferisch, stark steh' ich auch für lesbische Präsenz an der Uni, beim Job ... aber: in akzeptablen Maßen! Ich bin die nette, freundliche, zur Not auch sehr bestimmt handelnde Lesbe, sicher auftretend - manchmal könnte ich fast 'ne PR-Managerin[11] sein für Lesbizität.
> Ich hab' Angst, bestimmte Normen zu übertreten. Ich weiß auch nicht so genau, ein bißchen find' ich mich angepaßt." (Sarah)

---

11 PR-Managerin ist hier i.S.v. "Pressesprecherin" zu verstehen.

"Eine lebenswichtige Tatsache. Es macht mich zufrieden, aber auch gleichzeitig unsicher, da ich noch nicht genau weiß, inwieweit ich dazu stehen und es zulassen kann. Allerdings habe ich ein gutes Gefühl, weil ich weiß, daß es der richtige Weg ist. Frauen spielen für mich die wichtigste Rolle im Leben - wahrscheinlich eine noch wichtigere, als mir wirklich klar ist." (Ute)

"Was Lesbisch-Sein für mich bedeutet: Stärke bekommen, Wärme, Zufriedenheit, Geborgenheit. Starke Bereitschaft für viele Dinge, Glücklichsein, wieder Freude am Leben, Probleme leichter bewältigen, an vielen Dingen wieder Freude gewinnen." (Heike)

"Ich bin damit nicht glücklich, sondern zufriedener als vorher. Ich stehe nicht voll dazu." (Kerstin)

"Ich bin Lesbe und stehe dazu; in jeder Hinsicht. Positive und negative Sachen kann ich nicht beantworten, nach welchem Kriterium? Für mich gibt es da keine Wertung." (Doris)

Was heißt hier "lesbisch"?

Nach der Vorarbeit, die wir auf den letzten Seiten geleistet haben, wollen wir uns nun an die Frage herantrauen, mit der unsere Arbeit überschrieben ist. Wir umreißen an dieser Stelle Gesichtspunkte, auf die wir in Zusammenarbeit mit unserer Gruppe gestoßen sind. Die "lesbischen Sicht der Welt", die wir dabei entwickeln, ist unsere. Den LeserInnen ist es selbst überlassen, ob sie sie teilen oder nicht.

Wie schon aus Friederikes Schilderung hervorgeht, kann frau zunächst gar nicht benennen, was sie eigentlich lebt, wenn sie sich für Frauen entscheidet. Sie landet in der Wüste. Sie ist aus der Rolle gefallen, mit der sie bis zu diesem Zeitpunkt etikettiert war. Sie hat noch keine neue Identität, folglich auch noch keinen neuen Namen für sich gefunden - höchstens den stigmatisierten Begriff "lesbisch".

Kein Wunder, daß wir bei dem Versuch, in der Gruppe eine "Definition"[12] für unser Lesbisch-Sein zu finden, auf Schwierigkeiten stießen. Lesbische Identitätslosigkeit äußert sich eben auch in Form von Sprachlosigkeit und einem Mangel an Worten, die zum Ausdruck bringen, was wir empfinden. Jetzt unser Versuch, die -losigkeit zu überwinden:

---

12 Wir setzen dieses Wort in Anführungszeichen, weil seine Bedeutung unserem Vorhaben eigentlich grundsätzlich widerspricht. Wir wollen den bereits vorhandenen Schubladen, in die Lesben gesteckt werden, keine weitere hinzufügen, sondern uns unserem Leben auf eine umfassendere Art annähern.

Was ist unsere lesbische Identität? Was bedeutet Frauenidentifizierung?

Wenn wir uns noch einmal sämtliche Begleiterscheinungen eines lesbischen Coming-out in Erinnerung rufen, wird deutlich, daß unser Lesbisch-Sein mehr ist als das, wofür es landläufig gehalten wird. In dieser patriarchalen Gesellschaft wird lesbische Liebe als *sexualpathologische* Abweichung gesehen. Frauen werden über ihre Funktion entweder als Mütter oder als Sex-Objekte definiert. Als Lesben erfüllen wir beide Funktionen nicht mehr, werden aber weiterhin über Sexualität definiert, in etwa so: Lesben sind Frauen, die mit Frauen schlafen.

Aus allem Vorangegangenen wird jedoch deutlich:

Lesbisch-Sein ist *mehr* als eine sexuelle Vorliebe!

Der patriarchale Versuch, uns über unsere sexuellen Praktiken zu definieren, läuft darauf hinaus, uns wieder auf unseren Körper zu reduzieren, wodurch Männer seit Jahrtausenden ihre Macht über Frauen aufrechterhalten. In unserer Gruppe entwickelte sich darüber folgendes Gespräch:

Sarah: "Ich würd' auch nicht sagen: 'Ich bin 'ne Lesbe, weil ich mit Frauen schlaf.' Weil, wirklich lange, lange Zeit hab' ich nicht mit 'ner Frau das Bett geteilt, sondern mit meiner Katze. Und trotzdem hab' ich mich eher in den hehren Zirkel der Lesben eingereiht als in irgendwas anderes. Ich denk', weil ich schon versucht hab', selbstbestimmt zu leben und mich nicht einlullen und einsacken zu lassen und das zu leben, was von mir erwartet wird, sondern ein Stück weit auch meine eigenen Sachen irgendwo reinkommen zu lassen."

Doris: "Ich möcht' aber auch noch mal sagen, daß auch die Sexualität, also jetzt wird sie wieder ausgeklammert. Ich finde, die gehört dazu! Die ist ein Teil des Lesbisch-Seins!"

Lisa: "Ich möcht' nur nicht darüber definiert werden: 'Aha, Lesbe, schläft mit Frauen!' - und das ist *alles*."

Sarah: "Aber vielleicht über das *Wie*, das ist vielleicht das Ding!"

Das "Wie", dessen Zweideutigkeit für allgemeines Gelächter in der Gruppe sorgt, ist die Frage nach *unserer* Sexualität. Wir haben es bitter nötig, uns auf die Suche nach ihr zu machen, ein neues Verständnis von ihr zu entwickeln, um sie nicht mehr mit eingeimpften heterosexuellen Überbleibseln zu verwechseln. Dazu ein weiteres Zitat von Adrienne Rich:

> "Während die Bezeichnung 'lesbisch' in ihrer patriarchalischen Definition mit einschränkenden, klinischen Assoziationen behaftet ist, werden andererseits Freundschaft und Kameradschaft zwischen Frauen vom Bereich der Erotik ausgenommen, was die Erotik selbst beschränkt. Indem wir jedoch die Skala dessen, was wir als lesbische Existenz begreifen, vertiefen und erweitern, zeichnen sich die Umrisse

> eines lesbischen Kontinuums ab, und wir entdecken Erotik allmählich nach weiblichen Maßstäben: als etwas, das auf keinen einzelnen Körperteil und nicht einmal auf den Körper als solchen beschränkt ist; als eine nicht nur diffuse, sondern, wie Audre Lorde es beschrieben hat, allgegenwärtige Energie, die sich im 'Teilen, Mitteilen von Freude - körperlicher, emotionaler oder psychischer Freude' und in gemeinsamer Arbeit ausdrückt; als machtverleihende Freude, die uns 'weniger willens macht, Ohnmacht oder jene anderen demütigenden und für mich unnatürlichen Zustände wie Resignation, Verzweiflung, Selbstzurücknahme, Depression und Selbstverleugnung zu akzeptieren.'" (1983b, 160)

Die Entdeckung unserer Sinnlichkeit würde ein ungeheures Potential an Macht freisetzen. Zur "Definition" unserer Lebensweise gehört demnach auch ein neues Verständnis unserer Liebensweise, die totale Umwälzung unseres Sexualitäts-Begriffes.

Nun zum zweiten patriarchalen Versuch, die verlorene Macht über uns zurückzugewinnen. Wenn wir nicht in die Sexualitäts-Schublade gesteckt werden, dann in folgende: "Lesben sind Frauen, die keine Sexualität mit Männern haben, und, wenn sie radikal sind, nicht mal mehr mit ihnen Kaffee trinken."

Da ist zwar was dran, aber haben wir nicht schon genug Zeit damit verloren, uns über Männer zu definieren? Haben wir es nötig, uns jetzt noch darüber definieren zu lassen, was wir *nicht* mehr mit ihnen machen? Dies ist eine andere männliche Art, uns in ihre Bahnen zurückzuholen und sich selbst da noch einen Platz zu erschleichen, wo keiner mehr ist. Es ist ein Versuch, Frauen-Existenzen letztlich doch über Männer zu definieren, und sei es darüber, was sie *nicht* mehr mit ihnen machen.

Lesben, die sich hauptsächlich über die Abgrenzung von Männern definieren, unterstützen dieses Bestreben, indem sie ihnen eine Bedeutung beimessen, die ihnen gar nicht mehr zusteht. Das *Nein* Männern gegenüber ist einfach eine Folgeerscheinung des *Jas* für Frauen. Trotzdem erfährt das, was mit Männern passiert bzw. nicht passiert, offensichtlich mehr Beachtung, so daß die "Priorität Mann" auf diese Weise aufrechterhalten wird. Die Frechheit, daß ich das Vanilleeis dankend ablehne, scheint wichtiger zu sein als die Tatsache, daß ich die Schokoladen-Variante vorziehe - wo doch alle anderen begeisterte Vanilleeis-Fans sind (oder?). Dadurch daß ich ständig mit der Rechtfertigung meines Neins beschäftigt bin, bleibe ich auf eine bestimmte Art doch mit dem Vanilleeis verstrickt, kann mich dem Schokoladeneis also immer noch nicht ganz widmen und in Ruhe genießen.

Unser Bemühen, Frauen an die erste Stelle unseres Lebens zu stellen und das patriarchale Grundgesetz ihrer Zweitrangigkeit zu kippen, wird auf diese Weise unterwandert - auch von uns selbst. Die Bedeutung von Frauen, die Stärke unseres Jas für sie wird ein weiteres Mal geschmälert. Daher:

Lesbisch-Sein ist *mehr* als die Verweigerung Männern gegenüber.

Lesbisch-Sein ist etwas vollkommen *anderes*!

Aber was? In der Gruppe machten wir bei der Beantwortung dieser Frage zunächst einige Umwege über Negativ-Definitionen. Wir konnten sagen, wer wir *nicht* mehr sind, was wir *nicht* mehr wollen, aber unsere Existenz *positiv* zu füllen, fiel schwer. Nach und nach kristallisierten sich dann aber doch folgende Kriterien heraus:

"Selbstbestimmt leben",
"mich nicht einlullen und einsacken lassen",
"nicht das leben, was von mir erwartet wird", sondern
"meine eigenen Sachen machen",
"mich suchen, mich erfahren, mich kennenlernen",
"mich nicht aus den Augen verlieren",
"mir treu bleiben",
"meine Würde behalten".

All diese Begriffe füllen das, was wir als Prozeß des Identischer-Werdens bezeichnet haben: nicht mehr außenorientiert leben, ausgerichtet auf das, was mann von mir erwartet, sondern innengeleitet, mich selbst wichtig nehmend. Die "Definition" unseres Lesbisch-Seins ergibt sich also aus den Begleiterscheinungen unseres Coming-out, aus dem Prozeß des Identisch-Werdens. Lesbisch ist all das, was wir auf dem Weg von der Männer- zur Frauenidentifizierung lernen und mitnehmen. Lesbisch-Sein bedeutet, all das auch zu leben!

> "Frauen, die bei sich selbst bleiben und ihre Würde behalten und sich nicht selbst verlieren, die haben was Lesbisches an sich." (Lisa)

Mich mit meiner gesellschaftlichen Zweitrangigkeit, mit meiner Erziehung zur Minderwertigkeit, mit der patriarchalen Grundregel von der Priorität des Mannes zu arrangieren, hat etwas Ent-Würdigendes. Wir haben uns auf die Suche nach unserer verlorenen Würde gemacht, die uns zusammen mit unserer Selbst-Bestimmung abhanden gekommen ist. Wir versuchen, uns und anderen Frauen die Bedeutung zu geben, die ihnen zusteht. Sarah hat das auf folgende Formel gebracht:

> "Lesbisch-Sein heißt, daß ich erstmal lernen muß, mich selbst zu lieben! Das ist die Voraussetzung dafür, daß ich andere Frauen lieben kann."

Mich auf mich selbst beziehen, mich lieben und dadurch auch andere Frauen - das, wovon uns unsere Sozialisation zu entfernen versucht - hat weitreichende Konsequenzen. Wir sind lang noch nicht so weit, viel zu tief steckt die Frauenverachtung in uns und wirkt sich auf unsere Beziehungen zu anderen Frauen aus. Aber allein die ersten Schritte in diese Richtung wälzen fundamentale Grundregeln unserer Sozialisation und unseres bisherigen Lebenskonzeptes um. Wenn ich anfange, mich selbst zu lieben, schlägt sich das auf mein ganzes Leben, auf meine Lebensweise nieder:

> "Ich bin vor zwei Jahren mal auf 'ne Demo gegangen mit so einem großen Transparent: 'Lesbisch-Sein ist keine Eigenschaft, sondern eine Lebensform!' Und das ist so, weil du es nicht isolieren kannst und sagen kannst: '*Das* ist jetzt das Lesbisch-Sein!', sondern weil es einfach 'ne Art ist zu leben." (Sarah)

Dies drückten wir zu Beginn unserer Forschungsarbeit intuitiv durch den Begriff "unsere L(i)ebensweise" aus. Sarah meint dasselbe, wenn sie sagt: "Ich denk', daß ich als Lesbe versuchen kann, die Trennung zwischen Leben und Lieben aufzubrechen!" Lesbisch-Sein ist eine andere Möglichkeit, mit mir umzugehen, die sich, wenn ich damit anfange, auf mein gesamtes Leben auswirkt.

Lucie: "Bei der Frage: 'Wo könnt' ich sagen, daß mein Leben was mit Lesbisch-Sein zu tun hat?', da hab' ich so gedacht: 'Oh, eigentlich ja überall, aber das ist mir schon so normal; ich denk' da gar nicht mehr drüber nach, daß ich mit Frauen zusammenlebe.'"

Sarah: "... daß du dich mit Frauen streitest, daß du Frauen liebst ..."

Lucie: "Ja, und daß ich sie hasse. Wie ich Männer angucke, das hat auch was damit zu tun, das hat sich auch sehr verändert. Sogar die Art, wie ich diese Examensarbeit schreibe, hat für mich was damit zu tun."

Kerstin beschreibt Lesbisch-Sein als *"... so 'ne Liebe, die das Leben durchflutet."* Damit hat sie's wohl auf eine sehr schöne Art für viele getroffen!

Unser Fazit:
Lesbisch-Sein ist der Versuch, die patriarchale Trennung in entweder-oder, die Reduktion auf dies-oder-das durch die Liebe zu uns selbst und anderen Frauen aufzuheben und uns ganzheitlich zu erfahren. Wir wollen nicht mehr entweder sexuell oder emotional (re-)agieren, sondern unsere Vielfalt ent-falten, um zusammen heiler zu werden. Lesbisch-Sein ist nicht auf einen Teil unserer Identität beschränkt, sondern zieht sich durch alle Lebensbereiche.

> "Lesbisch-Sein heißt leben ... leben heißt Lesbisch-Sein!" (Doris)

Lesbisch-Sein bedeutet, wie wir aus all dem ersehen können, eine *völlige* Umwälzung: Ein Coming-out als Lesbe läuft den Zielen der weiblichen Sozialisation grundsätzlich entgegen. Es bedeutet das Herausschälen einer neuen Identität, von der außengeleiteten Männeridentifizierung zur innengeleiteten Frauenidentifizierung. Alles, was mit diesem Prozeß einhergeht - statt über Männer mich über mich selbst zu definieren, meine Bedürfnisse ernst- und mein Leben in die Hand zu nehmen - das Konglomerat all dieser revolutionären Einzelschritte, *das heißt hier lesbisch!*

> "Frauenidentifikation ist eine Quelle der Energie, ein potentielles Trampolin der weiblichen Macht, die unter der Institution der Heterosexualität mit Gewalt beschnitten und vergeudet worden ist. Daß die Realität und Offenkundigkeit der Leidenschaft von Frauen für Frauen geleugnet und ihnen die Wahl von Frauen als Verbündete, Lebensgefährtinnen und Glieder einer Gemeinschaft versagt wurde; daß diese Frauenbeziehungen zwangsweise verheimlicht wurden und sich unter massivem Druck schließlich auflösen mußten - all dies hat zu unschätzbaren Einbußen an weiblicher Macht geführt. Einbußen an unserer Macht, die sozialen Beziehungen der Geschlechter zu verändern und uns selbst und einander zu befreien." (Adrienne Rich 1983b, 164)

Wo der heiße Brei gekocht wird oder: Lesbische (Über-)Lebensstrategien

Der Brei - also unsere lesbische Identität - ist nicht an sich heiß, sondern lediglich im Vergleich zu seiner Umgebung. Erst das Abweichen von der lauwarmen Durchschnittstemperatur macht den Brei so heiß, daß frau sich - gelinde ausgedrückt - die Zunge daran verbrennt:

> "Die Homosexualität in ihrer spezifischen Ausprägung ist nur in Abhängigkeit von der jeweiligen Antihomosexualität in einer Kultur verstehbar." (Jutta Brauckmann 1981, 81)

Die gesellschaftliche Antihomosexualität drückte sich beispielsweise im Mittelalter in Verfolgung und Todesstrafe[13] für gleichgeschlechtliche Liebe aus. Heute greifen subtilere Mechanismen zur Aussonderung, Ghettoisierung und Isolation, die auf feinere Art das gleiche Ziel verfolgen, nämlich Homosexualität gesellschaftlich unsichtbar und dadurch nicht-existent zu machen.

> "Keine Minorität entkommt dem Schatten ihrer Vergangenheit."
> (Charlotte Wolff 1973, 64)

Wir werden nicht mehr umgebracht, sondern tun es höchstens selbst. Selbstmord ist einer der Fluchtwege aus einer Situation, die für manche Lesben nicht zu bewältigen zu sein scheint, weil wir unsere Minderwertigkeit und Unerwünschtheit zu sehr verinnerlicht haben.

> "Es ist ein Beweis für den individuellen Mut der Lesbierinnen, daß sie nicht täglich aus dem Fenster springen!" (Frauenliebe 1975, 80)

Was der Antihomosexualität zugrunde liegt, ist *Homophobie*[14], die Angst der heterosexuellen Normalbevölkerung vor ihren eigenen homosexuellen Anteilen, eine Angst, die sie an denen abreagieren, die diese Anteile nicht verdrängen. Die Folge davon, nämlich die Stigmatisierung lesbischer Frauen, ist der Versuch, die patriarchale Ordnung wiederherzustellen und bereits entgleiste Frauen in die alten Bahnen zurückzuholen bzw. andere davon abzuhalten, diesen Schritt überhaupt zu wagen.

Im letzten Kapitel haben wir beschrieben, wie schwer es ist, die eigene Homophobie zu überwinden. Selbst wenn ich das einigermaßen geschafft habe, muß ich immer wieder gegen die meiner Umwelt kämpfen. Meine noch wackelige Frauen-

---

13 Karolingisches Gesetzbuch von 1532, Art. 116: "So Mann mit Mann, Weib mit Weib, Mensch mit Vieh Unkeuschheit treibet, die haben auch das Leben verwirket" (zit. in: Charlotte Wolff 1973, 64). Wir gehen in diesem Zusammenhang nicht weiter auf die unterschiedliche Diskriminierung weiblicher und männlicher Homosexueller ein.

14 Der Begriff "Homophobie" wurde 1972 von G. Weinberg in: "Society and the Healthy Homosexual" geprägt (vgl. Martin Siems 1984, 9).

identifizierung wird ständig auf die Probe gestellt. Die gesellschaftliche Lesben-feindlichkeit drückt sich beispielsweise so aus, wie es im folgenden eine Frau beschreibt, die abends im Fernsehen ein öffentliches Come-out als Lesbe hatte und am nächsten Tag wie immer zur Arbeit ging:

> "Wie es war? Es war grauenhaft. Es war schlimmer, als ich es jemals erlebt habe ... Als ich hochkam im Bus, da saßen drei Arbeiter aus dem nächsten Packraum, die sagten - der eine hat gleich mit dem Finger auf mich gezeigt: 'Ach guck mal die, die war gestern da im Film!' 'Wat, die war da drin? Gehört die auch zu den Lesbischen da?' Die Frauen im Betrieb, mit denen ich sonst immer geredet habe, wichen alle vor mir zurück ... Sie guckten mich ganz entgeistert an, dann drehten sie sich um, und der ganze Kreis ging weg. Dann kam ich in den Packraum. Die Männer dort lachten und machten Witze, und einer kam zu mir und klopfte mir auf die Schulter und fragte, ob ich nicht mal meine Freundin mitbringen und hier 'ne Nummer vorführen würde. Ach, in dem Moment war in unheimlich deprimiert.
> Ja, und in der Art und Weise ging es weiter. Als ich in die Kantine kam - das weiß jetzt also der ganze Betrieb -, da guckten die Leute gleich auf, als ich aus dem Lift kam, verstummte das Gespräch. In meinem Raum, in dem ich arbeite - übrigens nur mit Männern zusammen, mit denen ich mich sonst einigermaßen verstanden habe -, wurde jede meiner Verhaltensweisen nun sofort irgendwie interpretiert: In dem Moment, wo ich mit den Schuhen schlurfte, war es gleich ein 'kesser-Vater-Gang', und als ich mir eine Zigarette anzündete, hieß es: 'Siehste! Die raucht so 'ne starken Zigaretten, die ist also so eine!'" (Ina Kuckuc 1975, 12)

Diesem Lesben-Haß setzt frau sich aus, wenn sie sich zu erkennen gibt. Lisa und Lucie erlebten dies am deutlichsten, als sie sich ihren Müttern offenbarten und sich "wie Abschaum" fühlten.

> "Meine Mutter meinte, normal wäre, wenn Mann und Frau zusammen seien - oh, dieser verächtliche Blick dabei! Das saß. (...) Ich hatte mich noch nie in einer Situation befunden, in der ich mit so vielen Vorurteilen konfrontiert wurde wie an diesem Tag." (Lucie)

Aus dem Gespräch zwischen Lisa und ihrer Mutter:

> "'Aber Lisa, überleg' doch mal: Wenn alle so denken würden, dann würde die Erde ja bald aussterben! Frauen mit Frauen, das ist doch einfach unnatürlich!' (--- Das prallt nicht so einfach an mir ab. So was sickert durch viele kleine, ungeschützte Poren tief in mich ein. Ich fühl' mich zunehmend mies, krank, abartig.)"

Und etwas später:

> "*So* schäbig hab' ich mich selten in meinem Leben gefühlt!"

Welche Möglichkeiten zur Bewältigung dieser Situation haben wir eigentlich? Bei genauerem Hinsehen entpuppt sich lesbisches (Über-)Leben als permanente Gratwanderung zwischen zwei Abgründen: Wenn ich mein Lesbisch-Sein verstecke, werde ich zwar anerkannt, aber nicht für das, was ich bin, sondern für das, wofür ich gehalten werde. Im Grunde werde ich also nicht wirklich akzeptiert. Wenn ich mein Lesbisch-Sein offenbare, werde ich erst recht nicht akzeptiert, sondern diskriminiert.

Wie ich es auch drehe und wende, ich bin immer damit konfrontiert, daß sich meine Umwelt falsche Vorstellungen von mir macht: Passe ich mich an und zeige mich nicht, werde ich ganz selbstverständlich für eine heterosexuelle Frau gehalten, also verkannt und nicht wirklich geachtet. Stehe ich offen zu meinem lesbischen Leben, laufe ich Gefahr, auf erhebliche Vorurteile zu stoßen, gegen die ich mich dann wehren muß. Ich habe immer nur die Wahl zwischen zwei sauren Äpfeln: *Anpassung* und *Konfrontation*. Beide Möglichkeiten sind anstrengend und schwierig.

> "Ich frag' mich, womit ich mir mehr antue: Wenn ich es verheimliche oder wenn ich Energie reinstecke, mich offen zu machen. Wenn ich am Arbeitsplatz bin und z.B. immer denke: 'Wenn die wüßten!' oder 'Die wissen ja gar nicht, wer ich bin!', damit tu' ich mir auch unheimlich viel an." (Lisa)

Und:

> "Dagegenleben kostet viel Kraft." (Sarah)

Es kostet nicht nur Energie, sich zu offenbaren, sondern auch, sich ständig für etwas anderes halten zu lassen, was ja auch bedeutet, nicht identisch zu sein. Weder permanenter Kampf noch chronisches Sich-nicht-identisch-Fühlen tragen zu innerer Ruhe und Wohlbefinden bei. Aus unseren eigenen Texten, gerade am Anfang der Arbeit, wird deutlich, daß wir ein großes Bedürfnis hatten, uns nicht länger zu verstecken und unsere Umwelt nicht mehr im falschen Glauben über uns zu lassen.

Auf dem Hintergrund von Selbstverleugnung kann kein wirklicher Kontakt zu anderen Menschen entstehen. Würde die andere Person noch genauso auf mich reagieren, wenn sie "davon" wüßte? Bin ich so gemeint, wie ich bin, oder der "normale" Schein von mir? Wirklicher Kontakt und ein identisches Leben sind menschliche Grundbedürfnisse. Ein Mangel daran schränkt das psychische Wohlbefinden ein und öffnet selbstzerstörerischen Prozessen wie Selbstmordabsichten, Drogen- und Alkoholabhängigkeit Tür und Tor. Ich kann keine Würde und Selbstachtung vor mir haben, wenn ich ständig Teile meiner Identität ausblenden oder verdunkeln muß. Der Preis für das Wahren des Scheins ist hoch: Ich verrate mich selbst.

Aus der Tatsache, daß wir diese Arbeit so schreiben, wie wir sie schreiben und daß wir unseren Müttern erzählt haben, wie wir leben, wird ersichtlich, daß wir inzwischen den Konfrontationskurs vorziehen. Er fällt uns nicht leicht - vor allem deshalb, weil er eine Verhaltensmöglichkeit ist, die Frauen zunächst nicht so nahe liegt. Weibliche Sozialisation bringt uns eher bei, uns auszurichten statt anzuecken.

> "Ich hatte nur die Wahl zwischen Anpassung und Untergehen - auf Konfrontation kam ich gar nicht erst." (Lucie)

Mit Anpassung kennen wir uns besser aus. Deshalb ist es gerade für uns wichtig, uns die Konfrontation zu erobern. Das versetzt uns in die Lage, je nach Situation zwischen beiden Möglichkeiten zu wählen und nicht selbstverständlich der Anpassung anheimzufallen, nur weil uns konfrontatives Verhalten nicht zur Verfügung steht.

Das andere Extrem, schonungsloses Konfrontieren, kostet viel Kraft und Energie - vielleicht gerade die Kraft, die wir zum Überleben brauchen. Wir finden es inzwischen wichtig, einen Ausgleich zwischen beiden Verhaltensmöglichkeiten zu schaffen. Dadurch daß wir uns die Konfrontation zugänglicher gemacht haben, können wir wählen und bewußt entscheiden, wie wir uns in einer Situation verhalten wollen: uns offenbaren oder schweigen. Wir schauen jetzt, was wir uns zumuten wollen, denn hinter jeder Konfrontation steckt die Angst vor Verlust oder Abwendung.

Diese Forschungsarbeit ist letztlich als schrittweises Erarbeiten von Konfrontationsstrategien zu verstehen - sowohl in bezug auf unsere Mütter als auch auf unsere sonstige Umwelt.

"Ach, wie gut, daß niemand weiß ..."

Wie schaffen wir es denn nun immer wieder, uns anzupassen? Welche Strategien haben wir entwickelt, um der Angst vor der Entdeckung zu entgehen?

Die wohl "bewährteste" Vorgehensweise ist die des Verbreitens von Halbwahrheiten, was bedeutet, einen Teil der Wahrheit einfach auszusparen und mein Gegenüber in ihrem/seinem Glauben zu lassen.

> "So unter jungen Leuten, da versteck' ich mich nicht. Und sonst, wenn ich gefragt werde, so von meiner Nachbarin, ja, das ist so'n Zwischending. Nicht, daß ich mich verstecke, aber auch nicht, daß ich es offen darlege. Also, ich erzähle: 'Ich heirate nicht, und ich hab' auch keinen Freund, und ich will auch keinen haben!' Aber ich sag' nicht: 'Ich bin lesbisch!'" (Kerstin)

Wir reagieren, aber wir agieren nicht und setzen uns dabei dem "Streß ständiger Wachsamkeit" aus (vgl. Charlotte Wolff 1973, 147). Diese Strategie läßt sich überhaupt nur deshalb aushalten, weil wir nicht direkt lügen, sondern "nur" einen Teil der Wahrheit verschweigen. Aber auch diese Notlügen schaffen oft Gefühle von Unzufriedenheit.

Lisa: "Ich hab' einen Job beim Professor und sitz' mit seiner Sekretärin in einem Zimmer. Das ist eine 'stinknormale' Frau, so Mitte vierzig, Ehemann und Kinder. Und da guckt sie mich an und sagt: 'Ihnen geht das aber nicht gut!' Und ich sag': 'Ja, ich bin in einer Trennung!' Sie geht natürlich selbstverständlich davon aus, daß es ein *Typ* ist. 'Hat ihr Freund Sie denn verlassen?' Schluck, jetzt müßtest du eigentlich sagen: 'Hmm, es ist 'ne Frau!' Und wenn ich besser drauf gewesen wäre, glaube ich, hätt' ich das auch gemacht, aber so hab' ich nur gesagt: 'Ja'. Es ging nicht, und es hat mich echt verfolgt! Ich hab' gedacht: 'Scheiße, warum hab' ich es nicht gesagt?' Das hat mich dann ganz fertiggemacht."

Kerstin: "Wenn ich sowieso schon fertig bin, dann muß ich noch kämpfen. Denn das wäre ja Kampf für dich in dem Moment, und eigentlich brauchst du vielleicht Trost oder Fürsprache."

Lisa: "Ich kann das nicht einfach genauso sagen wie: 'Ja, es ist 'n Typ!' Es hätte mich was gekostet, und in dem Moment hatte ich keine Kraft. Vielleicht merk' ich das ja nur dann, wenn ich dafür wirklich keine Kraft mehr habe. Sonst sag' ich immer: 'Es ist aber 'ne Frau!' Ich investiere meine Energie und merk' vielleicht gar nicht, wie anstrengend das ist! Ich hab' so die Horrorvision, daß ich jetzt noch ein halbes Jahr mit ihr zusammenarbeiten muß und sie mich jedesmal fragt: 'Und wie ist es jetzt mit Ihrem Freund?' Und dann denk ich, kann ich auch nicht nach drei Monaten sagen: 'Übrigens, was ich ganz vergessen hab', Ihnen zu sagen: 'Das war meine Freundin.' (Allgemeines Gelächter)"

Solange Lesben sich verleugnen, weil ihnen das Offenbaren noch nicht zur Verfügung steht, liegt gerade für sie als Frauen die Gefahr nahe, sich dies als eigenes Versagen anzukreiden. Diese selbstauferlegte, verinnerlichte Zurückhaltung, das Schweigen oder Vermitteln von Halbwahrheiten ist oft auch ein Produkt unserer eigenen Projektionen. Wir gehen wie selbstverständlich davon aus, daß wir auf unangenehme Reaktionen stoßen, wenn wir uns so zeigen, wie wir sind, und oft bleibt es bei dieser unüberprüften Annahme. Wir übertragen unsere verinnerlichte Homophobie auf unsere Umwelt. Wir übernehmen selbst die Verleugnung unseres Lebens und sprechen uns dadurch unsere Existenzberechtigung ab.

> "Ich hatte immer gedacht: 'Wenn ich nur selbstbewußt genug bin, das locker zu sagen, wüßt' ich keinen Grund, warum andere irgendwas

> Komisches denken sollten.' Nur, ich war nicht so sicher. Irgendwann ging mir dann auf, daß ich selbst ganz doll verinnerlicht habe, was man über Lesben alles denkt; daß da auch der Mechanismus drinsteckt, es ja nicht öffentlich zu machen; daß ich, obwohl ich lesbisch bin, gut gelernt habe, es weiterhin zu verheimlichen, und mich selbst solch einem Leben im Dunkeln, im Versteck unterwerfe." (Lucie)

Oder:

> "Ich denk auch, daß ich da Erfahrungen von früher mit reinkriege ... den anderen unterstelle, wie die reagieren. Ich weiß noch, als ich so zehn, elf war, hab' ich mit meiner Mutter mal geredet; da war'n noch andere dabei, auch zwei Frauen. Und da ging es dann nachher darum: 'Die sind bestimmt lesbisch ...!' Und damals gingen in meinem Kopf, ich weiß jetzt nicht woher, Geschichten mit Gummipenis und solchen Sachen umher. Das hatte ich irgendwie im Kopf. Wenn ich heute von meinem Lesbisch-Sein erzähle, dann läuft bestimmt unbewußt ab, daß ich den anderen unterstelle, die denken jetzt auch so was von mir; und das stimmt ja vielleicht gar nicht." (Kerstin)

Einerseits können es Projektionen sein, durch die wir uns Raum nehmen, uns einschränken, anpassen. Andererseits existiert eine reale Bedrohung. Es gibt so viele falsche Vorstellungen und entwürdigende Bilder über Lesben, so viele Klischees und Vorurteile. Sie entsprechen meistens nicht dem, was ich selbst damit verbinde. Und schon wieder werde ich für etwas anderes gehalten, als ich bin - jetzt nicht mehr für heterosexuell, sondern für das, was mit Lesbisch-Sein verbunden wird. Ich werde in eine vorurteilsbeladene Schublade gesteckt - und alles, was ungewöhnlich an mir ist, wird mit dem Etikett *Lesbe* erklärt. Esse ich Müsli, essen alle Lesben Müsli; habe ich kurze Haare, haben alle Lesben kurze Haare; habe ich Beziehungsprobleme, haben gleich alle Lesben welche, und warum nehmen sie sich dann nicht lieber gleich einen Mann?

> "Du stehst immer für alle Lesben! Wenn du als Lesbe bekannt bist, dann bist du *die Lesbe*, dann sind Lesben so. Das ganze Image steht und fällt mit dir." (Sarah)

Wie soll es da noch einen selbstverständlichen Umgang miteinander geben?

Im 2. Kapitel haben wir eingehend beschrieben, wie wir mit dem Öffentlichmachen unseres Forschungsthemas - also auch unseres Lesbisch-Seins - umgegangen sind. Es ist ein deutliches Beispiel dafür, wie wenig selbstverständlich uns damals der Umgang mit unserem eigenen Leben war. Wir beherrschen die Kunst der Halbwahrheiten und die Strategie, "es" unauffällig in irgendwelchen Nebensätzen fallenzulassen.

Gleich am Anfang traut Lisa sich im Forschungsseminar nicht zu sagen, daß sie eigentlich über *lesbische* Töchter und ihre Mütter schreiben will. Zunächst sind es noch *feministische* Töchter. In einem Papier für das Seminar, in dem wir unsere Arbeit vorstellen, schieben wir in einer Randbemerkung ein, daß wir lesbisch sind. Die Situationen, in denen wir im Forschungsseminar über unsere Arbeit reden, sind uns immer etwas unangenehm; wir sind aufgeregt. Doch Göttin sei Dank, "sie fallen nicht wie die Hyänen über uns her". Es ist ein Zeichen für unsere tiefsitzende Homophobie, wenn wir mit so etwas rechnen und dankbar sind, daß die anderen nicht tun, was wir ihnen unterstellen. Anfangs ist es uns unangenehm und peinlich, nach dem Thema unserer Arbeit gefragt zu werden, und wir entscheiden je nach Situation, ob wir die ganze oder die halbe Wahrheit preisgeben.

> "Lange Zeit habe ich gehofft, daß mich niemand fragt, worüber ich meine Forschungsarbeit schreibe." (Lucie)

Mit der Entscheidung für die Arbeit wählen wir zwar die Konfrontation, wir haben aber auch unsere Schwierigkeiten mit ihr. Wir merken, wie wenig konfrontativ wir vorher waren und warum. Während des Schreibens sind wir immer wieder verunsichert, müssen über Grenzen in uns hinweggehen und uns an ein offeneres Umgehen gewöhnen. Wir tasten uns langsam an den Konfrontationskurs heran, wobei wir schließlich erkennen, daß die Devise auch nicht "Offenheit um jeden Preis" heißen kann. Wir lernen, auch unsere Ängste vor der Konfrontation zu akzeptieren. Wir werden geduldiger mit uns.

> "Ich hab' mir mal vorgenommen, daß ich, wenn ich das Gefühl habe, ich möchte erzählen, daß ich lesbisch bin, das dann auch können möchte. Aber inzwischen denk ich auch, wenn ich mich nicht dazu in der Lage fühle, zu schlapp bin oder Angst hab', daß jetzt tatsächlich doch mal 'ne Reaktion kommt, die mir nicht paßt, dann laß ich das und hab' kein schlechtes Gefühl mehr dazu und mach' das ein anderes Mal." (Lucie)

Diese Entwicklung im Umgang mit dem Forschungsthema läuft parallel zum Prozeß der lesbischen Selbstfindung. Dort haben wir ja auch entdeckt, welche Steine uns in den Weg gelegt werden, um es zu erschweren, uns als lesbisch zu begreifen und zu akzeptieren. Für die Schwierigkeiten, die wir mit unserem Lesbisch-Sein haben, dürfen wir uns nicht auch noch die Schuld in die Schuhe schieben. So hat auch Lisa viel von ihrem Druck verloren, "es" immer und überall erzählen zu müssen und sich schlecht zu fühlen, wenn sie es nicht kann.

In der Art und Weise, wie wir sowohl mit dem Forschungsthema als auch grundsätzlich mit unserem Lesbisch-Sein umgehen, spiegelt sich noch eine andere Strategie: Wir machen die Wahrheit über uns für andere mundgerecht und möglichst annehmbar. Wir betreiben "angepaßte Konfrontation" und sind bemüht, es den anderen leicht zu machen, uns *trotzdem* noch zu mögen. Wir haben Trost und Verständnis für unsere Mütter. Lisa (in einem Brief an ihre Mutter):

> "Ich kann verstehen, daß Du Zeit brauchtest und immer noch brauchst. Ich weiß auch, daß Du geschockt warst (bist?) und das Ganze lieber nicht gewußt hättest, daß es Dir wehtut und Dich enttäuscht. Aber das ist nicht nötig, Mutti! Ich bin so 'normal' wie alle anderen, ich habe ein Bedürfnis nach Nähe und Liebe wie alle anderen, ich bekomme das nur von Frauen, und es geht mir sehr gut dabei."

Lucie (in einem Brief an ihre Eltern):

> "Ich will Euch nicht schockieren, vielleicht habt Ihr Euch das alles eh schon gedacht, sondern ich will endlich ehrlich sein und wünsche mir, daß Ihr mich auch so akzeptieren könnt."

So liebe Lesben kann man doch gar nicht verstoßen!

Im Verlauf der Forschungsarbeit haben wir uns langsam mehr Selbstbewußtsein verschafft und uns mehr unserer Identität gemäß verhalten, wie Lucie es nach dem Come-out ihren Eltern gegenüber beschreibt:

> "Ich bin auch mit einem anderen Gefühl dort - selbstbewußter, das ganz große Theater ist vorbei. Wir reden mehr miteinander, meine Eltern sprechen mehr von sich, und ich erzähle unbeschwerter, obwohl: Es ist längst nicht alles. Aber ich schweige nicht mehr mit dem Gefühl, ich muß etwas verheimlichen, sondern ich entscheide, daß ich manches nicht sagen will."

"Immer auffallen ist halt auch scheiße!"

So bringt es Kerstin, eine Teilnehmerin unserer Gruppe, auf den Punkt. Die Anstrengung, die ein permanentes Auffallen mit sich bringt, ist nur eins der Probleme, die sich aus dem "Konfrontationskurs" ergeben. Außerdem verlangt er, daß wir immer offensiv, stark, selbstbewußt und sicher sind - auch etwas, was Frauen nicht gerade auf den Leib geschneidert ist.

> "Du mußt halt auch *stark* sein, immer, du mußt ständig für was kämpfen, kannst dir keine Schwächen erlauben. Sobald du irgendwie mal Anlaß gibst, kann es dir passieren, daß dir jemand eine reinhaut. Du mußt immer für dich selbst einstehen, das nimmt dir niemand ab." (Lucie)

Wir müssen uns immer wieder über Vorurteile, falsche Vorstellungen usw. hinwegsetzen. Hinzu kommt etwas, was sich offenbar als Konsequenz aus der Konfrontation ergibt und was sowohl Lisa als auch Lucie nach ihrem Come-out der Mutter gegenüber gespürt haben: *Wir sind verdammt zum Glücklichsein!* Wenn wir schon "so" sind und akzeptiert werden wollen, dann muß es uns damit auch viel besser gehen als mit Männern. Die Entscheidung für ein lesbisches Leben gewinnt dadurch offenbar an Beweiskraft. Wer würde es wagen, uns unser Glück zu verbieten? In einer Gruppensitzung entwickelte sich dazu folgendes Gespräch:

Sarah: "Das läuft auf Bluff hinaus: Als Lesbe bist du angeblich immer glücklich. Weil wir alle nach außen vermitteln, zur herben Außenwelt hin, daß Lesbisch-Sein so halb das Ei des Kolumbus ist; nicht ganz, aber schon halb. Ich denk', daß das falsche Bilder sind. Ich will auch nicht nach außen gehen und sagen: 'Ich hab' andauernd Probleme.' Aber irgendwie ist das so dieser Bluff. Es stimmt ja nicht, wir haben ja andauernd Probleme."

Lisa: "Das ist ja auch immer ein guter Grund. Ich kann immer sagen: 'Ich bin Lesbe, weil mich das glücklich macht.' Ich brauch' diesen Bluff auch als Grund."

Lucie: "Als Rechtfertigung?"

Lisa: "Ja, ich bin verdammt zum Glücklichsein; den Eltern oder der Mutter gegenüber. Wenn ich sage, daß es auch problematisch ist, dann wird es viel fragwürdiger, was ich da eigentlich mache."

Ute: "Jaja, genau."

Lisa: "Also, nach außen hin: Sonnenschein!"

Lucie geht es ähnlich:

> "Ich weiß gar nicht recht, ob ich damit glücklich bin, daß ich meinen Eltern und auch meiner restlichen Verwandtschaft erzählt hab', daß ich lesbisch bin. Ich weiß es wirklich nicht. Irgendwie hab' ich jetzt das Gefühl, ich muß viel mehr von mir präsentieren. Es macht mir jetzt auch viel mehr aus, wenn die Situationen komisch oder schwierig sind; und vor allen Dingen, wenn in der Beziehung mal was schiefläuft. Ich hab' einen Horror davor, meinen Eltern sagen zu müssen: 'Mir geht es nicht so gut!' Da graut mir total vor."

Offen lesbisch zu leben bedeutet, ständig auf dem Präsentierteller zu sein, sich immer mit den Problemen der anderen, nämlich mit ihrer (und teilweise auch noch mit unserer eigenen) Homophobie auseinanderzusetzen - da bleibt nicht viel Platz zum Ausruhen, denn wir sind ständig mit einer heterosexuellen Umgebung konfrontiert (offenbar fällt denen die Konfrontation leichter ...). Wir entziehen uns selbst gesellschaftliche Anerkennung und Sicherheit, wenn wir uns offenbaren. Wir laufen Gefahr, unverstanden zu bleiben und verletzt zu werden.

> "Ich weiß schon, daß meine Löckchen für etwas stehen. Ich hab' das Gefühl, ich hab' zur Zeit nicht den Hintergrund - oder ich schaff' ihn mir nicht - wirklich ganz auszuprobieren, was es eigentlich heißt, frauenidentifiziert zu leben. Ich hab' das Gefühl, *dann* eck' ich wirklich überall nur noch an. Ich brauch' so meine kleinen Rückzüge - und auch ein bißchen Bestätigung hier und da, obwohl ich das eigentlich ablehne. Im Moment kauf' ich mir über 'ne relative Anpassung ein Stück weit die Sicherheit, ein bißchen akzeptiert zu werden. Ich trau' mich also nicht, wirklich herauszufinden, welche Konsequenzen es haben könnte, als Lesbe zu leben. Ich trau' mich auch nicht, all meine Stärke damit auszuprobieren." (Sarah)

Wie schon Tucholsky sagte:

> "Nichts ist schwieriger und nichts erfordert mehr Charakter, als sich im offenen Gegensatz zu seiner Zeit zu befinden und laut zu sagen: 'Nein!'"

Eine Insel mit Tücken

Aus all dem wird deutlich, warum Frauen-liebende-Frauen sich Räume suchen, in denen sie relativ unbeobachtet miteinander umgehen und sich gegenseitig Unterstützung geben können. Sie schaffen sich Inseln. Für uns und die Frauen der Gruppe ist diese Insel das Umfeld der Frauenbewegung. Nachdem wir weiter vorn von der positiven Bedeutung dieses Zusammenhanges berichtet haben, folgen jetzt noch ein paar Worte zu den Schattenseiten.

Nach der ersten Erleichterung darüber, daß ich tatsächlich nicht die einzige Frau bin, die Frauen liebt, kann es passieren, daß ich mich wieder vor die Wahl zwischen Anpassung und Konfrontation gestellt fühle: Passe ich mich den Normen der Frauenbewegungsszene an, oder konfrontiere ich sie mit mir?

Muß ich womöglich schon wieder "irgendwie sein", wo ich doch gerade den Erwartungen, die an mich als Frau gestellt wurden, adieu gesagt habe? Die hundertfünfzigprozentige Superradikallesbe, strotzend vor Selbstbewußtsein, stark, kämpferisch, eben ideal, hat überhaupt keine Schwierigkeiten mit ihrem Lesbisch-Sein. Sie hält weder was von Männern noch von Kindern und hat erst recht nichts mit ihnen zu tun.

Dieses "Ideal" hatte sich zeitweilig in die Frauenbewegung eingeschlichen und diente als Maßstab für den ideologischen Marktwert einer lesbischen Feministin. Es erfüllte die Aufgabe, die eigentliche Orientierungslosigkeit zu überdecken. Haben wir nach der Absage an herrschende Normen, auf der Suche nach einer neuen Moral doch nur neue Normen geschaffen? Statt *lieb* und *nett* zählen jetzt *radikal* und *lesbisch*?

Wir suchen neue Modelle und tappen in die Fallen verinnerlichter Normen, die wir unter neuen Vorzeichen reproduzieren. Dazu gehört auch das Tabu, über die Schwierigkeiten mit unserem Lesbisch-Sein zu sprechen.

> "Ich denk', das pflanzt sich fort, auch in unsere Kreise rein. Du darfst plötzlich keine Tabus mehr berühren, du darfst nichts mehr aufbrechen und Widersprüchlichkeiten klarmachen. Und jede scheint so glatt und klar und ruhig und glücklich und gelassen mit ihrem Lesbisch-Sein zu leben. Und das ist nicht wahr, ist so total nicht wahr! Diesen Bluff nach *außen*, also das Nest nicht zu beschmutzen, verstehe ich ja noch, aber nicht, daß sich das als Struktur auch nach innen fortpflanzt." (Sarah)

> "Irgendwie gibt es ja auch so 'ne Norm, mindestens hundertprozentig dazu zu stehen. Die Lesbe muß erst noch geboren werden, die überhaupt keine Schwierigkeiten hat, es nach außen zu vertreten!" (Lisa)

Es gab und gibt Tendenzen in der feministischen Lesbenbewegung, die uns "radikal" über die Brüche in uns hinweggehen lassen. Statt zu bemerken, daß uns Modelle, Bilder und Ideale für ein Miteinander-Umgehen fehlten, gab es gleich neue in alten Gewändern. Das Vakuum, in dem Lesben leben, wurde nicht realisiert. Wir haben versucht, unsere Identitätslosigkeit zu überwinden, ohne sie überhaupt festzustellen. Wir würden ja auch vor dem Nichts stehen. Die Angst davor läßt uns alte Normen durch neue ersetzen.

Friederike (zu Sarah): "Was für mich rüberkommt, ist das, wovor ich auch unheimlich viel Schiß hab': mich irgendwo in 'ne Szene zu begeben, wo Druck auf mich ausgeübt wird. Und so hört sich das für mich an: Daß du irgendwo gelebt hast, wo Druck auf dich ausgeübt wurde, der verhindert hat, daß du dich selbst wahrgenommen hast. Wo also eine Anforderung an dich gestellt wurde, bestimmte Sachen nicht zuzulassen, die an dir sind, die aber nicht sein dürfen."

Sarah: "Das ist sicher die eine Seite. Das ist der Preis für 'ne andere Seite: daß du Sicherheit kriegst."

Wie auch in der feindlichen Umwelt kann frau sich über die Anpassung an die Normen der Frauenbewegungsszene ein gewisses Maß an Sicherheit und Anerkennung erkaufen. Aber:

> "Irgendwie find ich's fatal, wenn Brüche da sind, die ständig umgangen werden. Die werden sich immer bemerkbarer machen und dich

selbst in totale Widersprüche reißen. Und wenn auch die ganze Bewegung ständig neue Tabus aufbaut und das einfach nicht sehen will, ist das bestimmt nicht der Weg, wo's weitergeht." (Lisa)

"Normen haben doch immer auch mit Abhängigkeit zu tun. Und ich denk, gerade *das* will ich doch in der Lesbenbewegung eigentlich mal loslassen: Abhängigkeit von anderen und besonders - wie es früher war oder für andere Frauen noch ist - Abhängigkeit von Männern. Wenn ich dann die Abhängigkeit in einer anderen Gruppe weiterlebe, indem ich Normen schaffe und die miterfülle, das ist doch keine Befreiung. Ein schöneres Ziel wäre, wenn jede unabhängig von irgendwelchen Normen das lebt, was ihr guttut. Auf der anderen Seite stimmt das schon mit der Sicherheit, die du in so 'ner Bewegung bekommst. Die ist auch nicht zu verachten." (Lisa)

Frauen lernen schnell und können sich gut anpassen. So haben wir auch in Windeseile die Normen der Szene angenommen, richten uns nach ihnen aus oder haben zumindest unsere liebe Müh', uns von ihnen abzugrenzen, ohne ein schlechtes Gewissen zu bekommen; beispielsweise, wenn es um Männer oder Kinder geht:

"Als ich mich vor zweieinhalb Jahren in einen Typen verguckt hatte, da hab' ich mit einigen ausgewählten Freundinnen, möglichst mit denen, die in anderen Städten wohnen, darüber geredet, auch alles Lesben. Und dann hab' ich von unheimlich vielen gehört, daß denen das auch ab und zu und hin und wieder mal passiert und daß sie dann auch in totale Identitätskrisen fallen und es nicht ausleben. Da hab' ich keinen Bock drauf. Wenn Lesbisch-Sein heißen soll, daß ich weiß, was gut für mich ist, dann will ich das auch ausprobieren. Und für mich ist das im Moment nicht so wie für dich, Doris, daß ich denke, das ist die einzige Lebensform, in der ich immer und immer leben werde. Und dann denk ich gleich wieder: 'Oh, Gott, das darf keine andere hören!' Mit der Moral bin ich gleich immer gut dabei." (Sarah)

Indem Lesben sich an die Normen ihrer "Insel-Szenerie" anpassen, erheben sie immer noch keinen Anspruch auf sich selbst und hindern sich daran, identisch zu leben:

"Bei mir ist es so, daß ich an meinem Geburtstag nicht weiß, wie ich mich verhalten soll, wenn all die Lesben kommen und auch irgendein männlicher Freund - ob es deshalb zu peinlichen Situationen kommt, oder ich lieber gleich gar keine Party veranstalte. Das sitzt mir schon in den Knochen, daß ich da nicht ganz drüber bin." (Kerstin)

"Eine Lesbe hat keine Kinder und mag möglichst keine Kinder. Und ich mag Kinder unheimlich gerne! Mit viel Seelenmüh' hab' ich mich

> getraut, das erstmal für mich herauszufütschern und es dann auch zu sagen. Ich mag auch gerne Babysitten, und ich denk auch drüber nach, ob ich ein Kind haben will oder nicht. Zur Zeit will ich sicherlich keins, aber das heißt nicht, daß ich immer und immer und nie ein Kind haben will! Ich seh' auch nicht ein, warum 'ne Lesbe nicht ein Kind haben sollte, wenn sie nun gerade mal eins will." (Sarah)

Seitdem die Frauenbewegung nicht mehr ausschließlich das Patriarchat um uns herum zu bekämpfen versucht, sondern auch *in* und *zwischen* uns, verändert sich einiges. Sexualität, Stärke, Schwäche, Konkurrenz, Macht und Ohnmacht sind nicht mehr die Tabus, die sie einmal waren. Auch das Verbot, Normen zu hinterfragen, gerät ins Wanken. Daß das vonnöten ist, zeigt sich an Äußerungen wie der folgenden:

> "Der Zwang zum Starksein - das ist nämlich auch etwas, das sich so in die Lesbenzusammenhänge reinzieht. Ich krieg' Anerkennung und werde geachtet, wenn ich eine gewisse Stärke repräsentiere, mich hervortue, d.h. wenn ich was leiste. Und das sind Prinzipien, die ich eigentlich ablehne. Leistungsgesellschaft, ick hör dir trapsen - wir sind ja alle ach-so-alternativ!" (Lucie)

Hier findet sich auch in unseren Kreisen ein Prinzip wieder, das Lisa und Lucie und sicherlich viele andere früh gelernt haben und an das wir tief in uns fest glauben: Wir werden für das geliebt, was wir für andere verkörpern, für das, was wir für sie leisten - und sind damit abhängig von ihnen. Unsere pure Existenz reicht nicht aus. Und wir müssen viel leisten, um unsere Angst vor Verlust und Abwendung zu bekämpfen, was die möglichen Folgen sein können, wenn wir unsere Funktion für andere verlieren.

Vielleicht liegt hier der Schlüssel zu einer Veränderung. Können wir es schaffen, sowohl mit unseren Stärken als auch mit unseren Widersprüchen, unseren Ängsten und Zweifeln identisch zu sein? Auf diese Art und Weise ließe sich der Kreislauf der Individualisierung durchbrechen, den wir mit unseren Krisen immer wieder allein durchlaufen. Solange wir uns nicht erlauben, unsere Brüche zu sehen, hindern wir uns, wirklich frei zu werden. Wenn Lesbisch-Sein heißen soll, die Liebe zu mir selbst zu entdecken und zu wissen, was gut für mich ist, dann darf es keine Abwertung dessen geben, was ich als richtig für mich empfinde - weder durch mich noch durch andere. Normen und Tabus verdecken Wahrheiten, die vielleicht unangenehm sind. Sie machen gleich und halten gerade Frauen davon ab, sich endlich selbst und das *andere* in anderen Frauen zu entdecken. Gerade dieses andere ist offenbar bedrohlich. Von daher halten wir es für besonders notwendig, "die Unterschiede wahrzunehmen und anzugeben, uns damit zu befassen, wo unsere (negativen) Gefühle über unsere Verschiedenheit herrühren, und wie wir diese Gefühle und somit uns selbst verändern können." (Michelle Cliff 1983, 21)

Das uralte Rezept für den heißen Brei - Verinnerlichte Frauenverachtung

"Ich sag' zwar: 'Ich bin 'ne Lesbe, weil ich mich lieb' und weil ich deshalb auch die Fähigkeit habe, andere Frauen zu lieben.' - Ich kann aber noch nicht mal richtig sagen, daß ich mich wirklich liebe!" (Sarah)

Welche Frau kann das schon voller Überzeugung von sich behaupten? Welche Frau nimmt sich *wirklich* an, inklusive aller Stärken und Schwächen? Wenn wir diese Fähigkeit besäßen, wären wir schon ein großes Stück weiter.

Durch unsere Liebe zu anderen Frauen haben wir uns auf die Suche nach der Liebe zu uns selbst gemacht. Aber: Frauenliebe, sowohl uns selbst als auch anderen gegenüber, ist gut versteckt und schwer zugänglich gemacht worden. Was uns seit unserem ersten Atemzug aus der Welt entgegenschlägt, ist das Gegenteil:

Frauenhaß
Frauenunterdrückung
Frauenverachtung

Im folgenden werden wir hierfür übergreifend den Begriff *Frauenverachtung* benutzen. Wir meinen damit die entwürdigende Haltung dieser Gesellschaft gegenüber Frauen, eine Einstellung, die sie zu Menschen zweiter Klasse degradiert und die Machtstellung der Männer sichert. Diese Verachtung führt, wenn sie offen ausgedrückt und in die Tat umgesetzt wird, zu physischer Gewalt gegen Frauen; wenn sie verdeckt bleibt - was genauso gefährlich ist -, zur Entwürdigung eines ganzen Geschlechts.

Was dahintersteckt, ist die Angst der Männer vor der Weiblichkeit. Das, was eine Frau zur Frau macht, ihre Gebärfähigkeit, das Nähren-Können eines Kindes, ihre Beziehung zu ihrem Körper und seinem Zyklus, ist dem Manne schon seit Evas Zeiten zutiefst unheimlich und bedrohlich. Um diese Macht zu untergraben, wurden Frauen mitsamt ihrer Sexualität durch den Dreck gezogen, Menstruationsblut als etwas Schmutziges hingestellt und die Kinderproduktion je nach Lage der Nation von Männerhand kontrolliert. Weiblichkeit wurde entwertet, um ihr die eigentliche Macht zu nehmen. Der Unterschied zwischen sogenannten "männlichen" und "weiblichen" Attributen in unserem heutigen Wertesystem ist ein deutliches Zeichen für Frauenverachtung. Nach dem *herr*schenden Bild sind Frauen eher passiv, sensibel und emotional labil, d.h. ausgestattet mit Eigenschaften, die in einer Leistungsgesellschaft wie unserer wenig zu gebrauchen sind, keinen Wert haben. Weibliche Reproduktionsarbeit erfährt nicht halb soviel Anerkennung wie männliche Produktionsarbeit. Letztere wäre ohne die unzähligen "Nur-Hausfrauen-

und-Mütter" gar nicht möglich. Nur: Diese Arbeit genießt keine Wertschätzung - auch nicht von denen, die sie verrichten.

Frauenverachtung beginnt mit frauenfeindlicher Sprache und hört mit Vergewaltigung noch längst nicht auf. Zu früheren Zeiten hatte sie, so scheint es zumindest, viel schrecklichere Ausmaße als heute - frau denke z.B. an Hexenverfolgung, Todesstrafe bei Ehebruch, Tötung weiblicher Kinder und das Fußeinbinden in China -, doch der einzige Unterschied ist, daß die Mittel heute, zumindest in der westlichen Welt, "sauberer" sind - und subtiler: Statt der Füße wird das Bewußtsein eingebunden, statt die Mädchen zu töten, wird ihre Identität gebrochen, statt Hexenverfolgung findet "nur noch" Diskriminierung unangepaßter Frauen statt. Frauenverachtung begegnet uns tagtäglich im Mißbrauch der Frau durch Werbung, Presse, Fernsehen. Pornographie und das Degradieren von Frauen zu Sex-Objekten ohne *eigene* Sexualität sind weitere Bestrebungen des Patriarchats, Frauen zu entwürdigen und ihre Minderwertigkeit zu manifestieren. Das Patriarchat fußt auf dem ungeschriebenen Gesetz der Zweitrangigkeit von Frauen. Frauenverachtung ist die seit Jahrhunderten perfektionierte Methode, diese Zweitrangigkeit aufrechtzuerhalten und Frauen von der Quelle ihrer eigenen Macht fernzuhalten.

Das Fatale ist, daß Frauen das System, das sie unterdrückt, selbst zu wesentlichen Teilen stabilisieren. Sie werden schon frühzeitig so lange mit ihrer Minderwertigkeit berieselt, bis sie davon überzeugt sind. Diesen Mechanismus nennen wir *verinnerlichte Frauenverachtung*. Sie ist die in uns einbetonierte, gegen uns selbst gewandte Frauenverachtung des Patriarchats. Verinnerlichte Frauenverachtung wird frühzeitig dort in uns eingepflanzt, wo Selbstachtung, Ich-Stärke und Selbstwertgefühl wachsen sollten.

Frauen, die Zugang zu ihren eigenen Quellen haben und daraus schöpfen, sind eine Bedrohung für das Patriarchat. Verinnerlichte Frauenverachtung sorgt dafür, daß es entweder gar nicht erst soweit kommt oder daß den Frauen, die sich auf die Suche danach begeben, genügend Steine in den Weg gelegt werden. Sämtliche weiter vorn aufgeführten Coming-out-Schritte und damit einhergehenden Identitätskrisen verstehen wir als Auseinandersetzung mit unserer verinnerlichten Frauenverachtung. Sie begegnet uns bei jedem Versuch, identischer zu werden, und soll uns in alte Bahnen zurückwerfen. Sie ist der Kern unserer Identitätslosigkeit.

Mütter als Medien

Außer der langsamen Einlagerung des verachtenswerten Frauenbildes, das uns die Gesellschaft widerspiegelt, gibt es noch einen anderen Mechanismus, der tiefer ansetzt und um so wirkungsvoller ist:

Das uralte Rezept für verinnerlichte Frauenverachtung wird seit Generationen von Müttern an ihre Töchter weitergegeben. Wir wollen unsere Mütter hier allerdings nicht persönlich zur Rechenschaft ziehen, sondern verstehen sie vielmehr als verlängerten Arm des Patriarchats, nicht als schuldig an diesem Mechanismus - wir würden ihnen Unrecht tun und uns der Verantwortung, etwas zu verändern, entziehen. Im folgenden wollen wir uns anschauen, welches uralte Frauenbild uns über sie vermittelt wurde.

Der Ausgangspunkt ist eine in ihrem tiefsten Innern identitätslose Frau, die von ihren ureigenen Stärken, Bedürfnissen und Potentialen abgeschnitten ist und stattdessen nach äußeren Richtlinien lebt, eine Frau, deren Innen und Außen nicht identisch sind. Mit der Geburt eines Kindes bekommt diese Frau eine Identitätsstütze. Anstatt sich weiter auf den verworrenen Pfaden der Selbstfindung zu verlaufen, hat sie sich jetzt über eine Funktion verwirklicht: Sie ist Mutter! Für den Fall, daß sie eine Tochter geboren hat, könnte es folgendermaßen weitergehen:

Was das Mädchen dann bald am eigenen Leibe erfährt, ist, daß Mutters Leben erst durch *andere* einen Sinn bekommt, z.B. durch die Tochter. Das ist der erste Schritt in die Verstrickung. Beide Existenzen, die der Mutter und die der Tochter, sind voneinander abhängig. Sarah erlebte das in einer Traumreise so:

> "Ihre Erwartung an mich war: 'Gib du, meine Tochter, meinem Leben einen Sinn und einen Nutzen! Tochter, sei meine Stütze!'"

Um sich diesen Sinn zu erhalten, muß die Mutter die Tochter an sich ketten, muß Unabhängigkeits- und Selbständigkeitsbestrebungen unterbinden - genauso wie sie in *ihrer* Kindheit unterbunden worden sind. Unbewußt tut sie alles, um zu verhindern, daß ihre Tochter eine innengeleitete, unabhängige Identität aufbaut. Sie mag nach außen und vor sich selbst etwas anderes vertreten, aber tief drinnen sitzt die Sehnsucht nach Symbiose mit ihrem kleinen Abbild. Helene Deutsch beschreibt das in ihrem Buch "The Psychology of Women" folgendermaßen:

> "Ich wollte einen Ableger von mir, noch ein Ich, ein glücklicheres Ich, ein erfolgreicheres Ich. Meine Tochter sollte ein freier, großzügiger, mutiger Mensch werden, fähig sein, die Dinge nach ihren Wünschen einzurichten. Sie sollte stark sein, klug, schöpferisch und dabei schön, alles was mir selbst fehlt. Sie würde mir das Gefühl geben, daß ich eine wirkliche Verbindung zur Welt hatte." (zitiert in: Signe Hammer 1975, 26)

Überlastet mit solch einem Berg von Erwartungen, die dem unerfüllten Leben der Mutter entspringen, bleibt der Tochter kaum eine Chance, eine eigene Identität zu entwickeln. Dadurch, daß die Mutter *durch* ihre Tochter lebt, bringt sie auch dieser bei, nicht durch sich selbst zu leben - oder, wie Helene Deutsch sagt, "die Verbindung zur Welt" nicht selbst zu suchen, sondern den Umweg über andere zu nehmen. Sie lehrt ihre Tochter, sich als Teil einer Einheit zu verstehen und ihr Leben lang auf der Suche nach Verschmelzung zu bleiben. Ganz tief wird in ihre Seele eingebrannt, daß sie allein nicht überlebensfähig ist und die Erfüllung nur in der engen Verbundenheit zu (einem) anderen Menschen liegt. Sie wird dazu angehalten, die Grenze zwischen sich und anderen zu verwischen, genau wie ihre Mutter die Grenze zwischen sich und der Tochter verwischt hat. So wird es der Tochter unmöglich, ein klares Gefühl für ihre Person zu entwickeln. Sie beginnt, sich unvollständig zu fühlen, wenn keine Person da ist, die ihre Existenz zu einer Einheit ergänzt.

Wenn ich gelernt habe, daß ich abhängig bin, allein nichts wert und im Grunde schwach und hilflos, muß ich versuchen, es meiner Umwelt möglichst recht zu machen, um ohne Schaden durchs Leben zu kommen. Wenn es keine Grenzen zwischen mir und meiner Mutter gibt und ich nur eine Ausdehnung ihrer Person bin, dann muß es auch immer mit mir zu tun haben, wie es ihr gerade geht.

> "Ich war auch mit meiner Mutter so verbunden, ganz doll, ganz eng und ganz lange, so daß ich wirklich gedacht habe: 'Wenn es der nicht gutgeht, geht's mir auch nicht so gut!' Ich hab' auch unheimlich lange gebraucht, um mich abzunabeln, als eigenständige Person dazustehen!" (Sarah)

Ich teile nicht nur Mutters Gemütszustände, sondern weil wir eine Einheit sind, beziehe ich diese auch meist direkt auf mich. Wenn es ihr gutgeht, liegt das an mir, wenn es ihr schlechtgeht, liegt das ebenso an mir. Ich bin für ihr Glück verantwortlich - und ich habe versagt, wenn sie unglücklich ist. Auf diese Weise lernen Mädchen sehr schnell, ihre Außenantennen zu perfektionieren und sich Befriedigung über das Wohlergehen anderer Menschen (der Mutter) zu verschaffen. Wenn ich andere glücklich mache, bin ich etwas wert und darf auch selbst glücklich sein. Dies ist ein Ausdruck der emotionalen Verwobenheit von Frauen mit ihrer Umgebung - und ein Ausdruck des verschütteten Zugangs zu ihrem Innern und den eigenen Bedürfnissen. Das Pendant zu dem Wohlbefinden, das sich einstellt, wenn ich meine Mutter glücklich mache, sind Schuldgefühle, wenn ich es nicht schaffe. Auch sie sind ein Bild für die Verstrickung, ein Zeichen dafür, daß ich unsere Existenzen nicht voneinander trennen kann, keine unabhängige Identität habe.

> "Ich wußte schon, daß ich ihr das Leid nicht angetan hatte, aber ich war insofern schuldig, als ich nicht in der Lage war, sie wieder aufzumuntern. Das, was ich ihr geben konnte, war nicht gut genug, um

die Mundwinkel wieder hochzuziehen und die Falten aus dem Gesicht zu entfernen." (Sarah)

Doris: "Ich wollte auch, daß es ihr gutgeht, aber ich konnte nichts machen. Es konnte ihr nicht gutgehen durch mich ... Außerdem sollte ich ein Junge werden."

Lisa: "Und darüber, daß es *dich* gab, konntest du sie nicht zufriedenstellen!?"

Sarah: "Ja, wenn du dich gleichzeitig auch für deine Existenz entschuldigen mußt, das ist schwierig! Da sein, um jemanden glücklich zu machen und dich dann gleichzeitig dafür entschuldigen ...!"

Wie aus diesen Zitaten deutlich wird, hängt viel von meiner Fähigkeit, die Mutter (die Umwelt) glücklich zu machen, ab - nämlich mein Selbstwertgefühl. Wenn ich es nicht schaffe, bin ich nicht gut genug.

Hier wird der Kern für meine Minderwertigkeit gepflanzt. Für das Glück der Mutter verantwortlich zu sein und es doch nie ganz herstellen zu können, ist eine tödliche Mischung. Meine Existenzberechtigung hängt von einer unlösbaren Aufgabe ab. Ich kann die Identitätslosigkeit meiner Mutter nicht aufheben - aber dadurch, daß ich es versuche, versäume ich, meine eigene Identität zu entdecken. Wenn ich dann eine Tochter zur Welt bringe, setze ich dieses Spiel fort. Auf diese Art und Weise bleiben Töchter in Abhängigkeit, Minderwertigkeit und Identitätslosigkeit gefangen. Sie lernen, sich selbst zu verleugnen und über ihre Bedürfnisse hinwegzugehen. Die der anderen sind immer wichtiger.

An dieser Stelle wird deutlich, daß wir unter verinnerlichter Frauenverachtung auch das Nicht-Achten unserer eigenen Identität verstehen - oder das Versäumnis, uns auf die Suche nach ihr zu machen. Wir kultivieren unsere Ersatz-Identität und werden immer perfekter darin, unseren Selbstwert aus der Befriedigung anderer zu ziehen, auf Kosten des eigenen Ichs. Sarah beschreibt das nach einer Traumreise folgendermaßen:

> "Und dann bin ich ein kleines Mädchen: offen, fröhlich, wohlerzogen, freundlich, geliebt, ein kleiner Sonnenschein, ein liebes, nettes, kleines, hübsches Mädchen, wie es auch die Nachbarin gern hätte. Ich schau' mich an und fühle beim Betrachten des kleinen Mädchens: 'Ja, so ist sie, aber sie ist auch nicht so.' Es ist nicht echt, die Maske ist so perfekt, daß sie von allen für wahr genommen wird. Vor allem das kleine Mädchen glaubt, daß sie ist, für was sie gehalten wird. Nur ein kleines Stück in ihr weiß, daß ihr wahres Ich anders ist; vielleicht nur ein bißchen anders als das Ich, das sie zeigt. Sie ist artig, nett, klein, lieb, freundlich, weil's von ihr erwartet wird, und sie ist perfekt im Erwartungen-Erfüllen. Vielleicht wäre sie auch ohne Erwartungen von

außen artig, lieb, nett, klein, freundlich; aber das kann sie nicht rausfinden."

Auch Lisa beschreibt in ihrem Muttertext, wie ihre frühe Lebensaufgabe darin besteht, es ihrer Mutter recht zu machen. Nicht alle Mädchen gehen diesen Weg. Viele verweigern sich schon früh und lehnen sich gegen die Mütter auf, wie beispielsweise Lucie. Aber auch ihnen wird keine Alternative geboten, ein stabiles Selbstwertgefühl zu entwickeln. Auch sie bleiben mit den Müttern verstrickt und abhängig von ihrer Anerkennung.

Das Fatale ist: Keine von beiden, weder die "brave" noch die "aufmüpfige" Tochter, erfährt diese Anerkennung, bekommt bedingungslose Liebe zu spüren. Nancy Friday interviewte für ihr Buch "Wie meine Mutter" den Kinderpsychiater Dr. Sirgay Sanger:

> "Wir beobachten, daß Mütter ihren Töchtern fast von Geburt an das Gefühl vermitteln, sie seien so, wie sie sind, nicht gut genug. Mutter mäkelt nicht viel an ihrem Sohn herum, aber sie versucht ständig, das kleine weibliche Abbild ihrer selbst zurechtzurücken, vollkommen zu machen, so wie sie an ihrer eigenen äußeren Erscheinung, die für sie nicht vollkommen ist, herummanipuliert. Sie kann ihre unzufriedenen Hände nicht von dem Mädchen lassen." (zitiert in: Nancy Friday 1979, 79)

Unsere Mütter haben sich nicht von uns getrennt. Die Nabelschnur existiert weiterhin. Da sie sich selbst nicht anerkennen, können sie auch uns nicht anerkennen. Jeder kleine Fehler von uns ist *ihr* Fehler. Jede Locke, die nicht richtig sitzt, ist *ihre* Locke. Da die Frauenverachtung in ihnen steckt, können sie auch ihre mit ihnen verstrickten Töchter nicht achten, so daß diese keine Achtung vor sich selbst entwickeln. Ganz früh wird ein Gefühl der Minderwertigkeit in ihnen angelegt, die Überzeugung, irgendwie nicht richtig, nicht gut genug zu sein, nicht *wirklich* liebenswert.

> "Ich habe das Gefühl, meine Mutter liebt mich nicht. Ich hab' immer versucht, gekämpft, daß sie mich doch bloß lieben soll, mich nicht alleinlassen soll, Verlustängste. Aber ihre Liebe war aufgesetzt; sie hat mich nicht geliebt. Ich war so abhängig von ihr. Wir konnten uns nicht verständigen. Ich bin fast immer ganz zornig und wütend und enttäuscht gewesen wegen ihr. Das, was ich wollte, konnte sie mir nicht geben. Da war ich bei ihr angeschissen und an der falschen Stelle." (Kerstin)

> "Manchmal hatte ich das Gefühl, daß sie sagt: 'Du bist meine Tochter, und du bist in Ordnung, du bist richtig, so wie du bist.' - und andere Male wieder gar nicht, überhaupt nicht. Ich glaube, da hat sie sich auch nicht eindeutig verhalten, das war immer unterschiedlich; mal

sollte ich noch ein bißchen hausfraulicher, verantwortungsbewußter oder dies oder das sein. Es war nicht gut genug, wie ich war. Manchmal war sie dann ganz zufrieden mit mir, auch ganz glücklich, daß sie als erstes ein Mädchen gekriegt hat." (Sarah)

In einem Gruppengespräch fand folgender Dialog statt:

Lucie: "Wenn du dir vorstellst, du würdest sie jetzt treffen, was würdest du ihr sagen wollen?"

Doris: "Nimm mich so, wie ich bin!"

Wirklich aussichtslos wird das Ganze aber erst durch folgende Falle: Auf dem Hintergrund ihrer Aufgabe, Frauenverachtung weiterzuleiten, verweigern Mütter ihren Töchtern nicht nur Achtung und Anerkennung, sondern auch die Möglichkeit, sich diese auf eigene Faust zu erwerben. Eine selbständige, unabhängige Tochter ist die größte Bedrohung für eine in ihrer Ersatzidentität gefangene Mutter. Sie stellt Mutters ganzes Leben in Frage. Die Mutter versucht folglich unbewußt, die Unabhängigkeitsbestrebungen der Tochter zu unterbinden bzw. nicht zu fördern. Das läuft in der Konsequenz auf dasselbe hinaus, wie ihr die Füße einzubinden. Die Tochter macht keine großen Sprünge mehr, sie bleibt verstrickt, wird nicht losgelassen und weiß auch nicht, wie es ginge, sich zu lösen. Sobald sie ausprobiert, eigene Wege zu gehen, kommt Mutters Druckmittel *Liebesentzug* zur Geltung - oder die von der Tochter verinnerlichte Variante *Schuldgefühle*.

"Die Bedürfnisse meiner Mutter waren meine, fast deckungsgleich. Das klaffte erst später auseinander, als ich nicht mehr wollte, was sie wollte. Dann gab es Kampf, und jetzt denk' ich, den gab es, gerade weil wir so unheimlich lange dasselbe gewollt und gemacht haben und weil ich mich dem immer angepaßt habe. Als ich dann schrittchenweise was Eigenes machen wollte, hat sie mich festgehalten: 'Geh nicht weg! Mach, was *ich* will!'" (Sarah)

Genau wie vor ihrer eigenen Selbständigkeit hat Mutter unbewußt Angst vor der ihrer Tochter.

"Letztens hat sie mir am Telefon erklärt, sie würde am liebsten an mich als kleines Mädchen denken. Dann hat sie noch einen Brief geschrieben, der unheimlich lieb war, über den ich mich zuerst gefreut hab'. Sie hat ihn geschrieben wie an eine Dreijährige. Zuerst fand ich das schön, fand ich irgendwie gut, mit so 'nem Osterpäckchen dabei. Und dann hat sie am Telefon erklärt, sie würde am liebsten an mich als Kleinkind denken, weil sie mit meinem Erwachsensein nicht zurechtkommt und mein Lesbisch-Sein auch nicht akzeptieren kann. Als erwachsenen Menschen mag sie mich nicht so gern wie als Kind. Erst

> später ist mir das bewußt geworden, da kam auch die Enttäuschung, die Wut, der Schmerz." (Kerstin)

Das Erwachsenwerden der Tochter, ihr Streben nach Unabhängigkeit sind bedrohlich für die Mutter, deren Leben mit dem der Tochter zusammenhängt. Diese Bedrohung scheint sich noch zu steigern, wenn die Tochter den Lebensstil der Mutter nicht fortführt und lesbisch wird. Colette Dowling zitiert in ihrem Buch "Der Cinderella Komplex" die amerikanische Psychiaterin Ruth Moulton. Die Mutter sei

> "oft eindeutig eifersüchtig auf den Drang der Tochter nach Freiheit und Individuation. Sie fürchtet, von der Tochter als unzulänglich bloßgestellt und übergangen zu werden; sie muß ihre eigene beschränkte Lebensweise rechtfertigen, obwohl sie ihr vielleicht nicht viel Glück und Zufriedenheit gebracht hat." (zit. in: Colette Dowling 1984, 126)

Heike bestätigt diese These:

> "Sie ist eifersüchtig auf mich, weil sie immer so leben wollte, wie ich das tu'. Das hat sie auch manchmal zu mir gesagt. Sie hat aber auch gesagt, daß das schlecht ist, wie ich lebe. Sie hat Haß auf Sachen, die ich mache, obwohl sie sie eigentlich gut findet!"

Die Töchter sitzen in der Falle. Sie bekommen weder Wertschätzung und Anerkennung, wenn sie den Erwartungen ihrer Mütter nachkommen, noch wird ihnen die Chance auf Selbstfindung, auf das Aufbauen einer unabhängigen Identität gegeben. Mit der Zeit verinnerlichen sie die Angst ihrer Mütter vor der Unabhängigkeit und bleiben freiwillig in ihren Käfigen sitzen. Unabhängigkeit, so ist ihnen eingetrichtert worden, geht immer auf Kosten der Verbundenheit mit anderen Menschen - und die ist doch ihre tiefste Sehnsucht.

Die Ambivalenz zwischen Abhängigkeit und Unabhängigkeit stürzt Frauen in die schwersten Krisen. Oft siegt auch noch heute der eingepflanzte Abhängigkeits-Kern, die Überzeugung, allein nicht überleben zu können und mit jemandem verbunden sein zu müssen. Dieser Kern sitzt tief. Er wird in der Beziehung zur Mutter, der ersten und vielleicht wichtigsten Beziehung unseres Lebens, angelegt - so wie er auch ihr eingepflanzt worden ist. Es ist der tiefverwurzelte Zweifel an uns selbst, an unseren Gefühlen und Fähigkeiten. Diesen Kern nennen wir *verinnerlichte Frauenverachtung*.

Der von uns beschriebene Weg von der Männer- zur Frauenidentifizierung und die damit einhergehenden Krisen sind eine permanente Auseinandersetzung mit unserer verinnerlichten Frauenverachtung. Immer wieder zweifeln wir an unserer Fähigkeit, alleinverantwortlich durchs Leben zu kommen; immer wieder mißtrauen wir unseren Gefühlen und Bedürfnissen. Verinnerlichte Frauenverachtung ist das größte Hindernis auf dem Weg zur Frauenidentifizierung.

Verinnerlichte Frauenverachtung schlummert in jeder von uns. Sie ist unsere ständige Begleiterin, wenn auch in den meisten Fällen eine sehr unauffällige. Solange wir ihren Gesetzen gehorchen, kommen wir ganz gut durchs Leben. Wir sind vielleicht etwas unzufrieden, aber daran, so sagt uns die Stimme unserer Begleiterin, sind wir wohl selbst schuld und haben es wohl auch nicht anders verdient! Erst wenn wir anfangen, an ihren Grundfesten zu rütteln, um das, was sie versteckt hält, zu ent-decken, bekommen wir ernste Schwierigkeiten mit ihr. Was sie verbirgt, ist Achtung vor uns selbst, Liebe zu uns und anderen Frauen, das Ernst- und Wichtignehmen unserer Person, die nach Frauenverachtungsgesetzen erst an zweiter Stelle kommt. Verinnerlichte Frauenverachtung schlägt besonders dann zu, wenn wir anfangen, uns und andere Frauen an die erste Stelle unseres Lebens zu setzen. Folglich begleitet sie den gesamten Prozeß unseres Coming-out, den Weg von der Männer- zur Frauenidentifizierung. Dies soll nicht darüber hinwegtäuschen, daß sie auch schon vorher in uns steckt - nur, solange wir männeridentifiziert leben, wirkt sie subtil und wird nicht hinterfragt. Wenn wir uns auf den Weg zur Frauenidentifizierung machen, begeben wir uns in Auseinandersetzung mit ihr und beginnen, sie zu überwinden.

Verinnerlichte Frauenverachtung macht es uns schwer, uns selbst und andere Frauen wirklich zu lieben, uns so anzunehmen, wie wir sind, und Achtung voreinander zu entwickeln. Wenn sie die Beziehung zu uns und anderen Frauen behindert, muß sich verinnerlichte Frauenverachtung auch auf diesen beiden Ebenen äußern: *in* uns und *zwischen* uns.

Auf den folgenden Seiten versucht zunächst Lisa und anschließend Lucie, der Frauenverachtung *in* ihnen auf die Spur zu kommen, indem sie den im 2. Kapitel beschriebenen Zeitabschnitt (d.h. die Prozeßrückblende) daraufhin untersuchen. Abschließend widmen sie sich der Frauenverachtung *zwischen* ihnen.

Frauenverachtung in ...

Lisa

Lisa Diabola könnte es glatt noch zur Weltmeisterin in der Disziplin "Frauen-verachten-sich-selbst" bringen. Sie macht ihrem Namen alle Ehre. Die Prozeßrückblende steckt voller Dinge, für die sie sich "verteufelt" und abwertet. Ob es die Zwei in der Englischarbeit ist, über die sie sich als Elfjährige ärgert, oder die Unzufriedenheit, mit der sie das Sommersemester 1982 abschließt und die ihr den Namen *Lisa Negativa* einbringt. Nichts ist gut genug; in jeder Suppe, die Lisa kocht, läßt sich noch ein Haar aufspüren - "das Haar ist dann der beste Beweis dafür, daß sie ja eigentlich *noch* besser kochen kann!" Sie hat so hohe Erwartungen an sich entwickelt, daß sie sie gar nicht erfüllen *kann*, letztlich unzufrieden mit sich bleibt und wieder einen Grund hat, sich zu verachten. Über das Erarbeiten ihres Muttertextes schreibt sie:

> "Ich kann's dadurch nur noch mal in seiner Gesamtheit vor mir ausbreiten und angucken, aber auf die brandneuen, fundamentalen Erkenntnisse werde ich dadurch nicht stoßen (ach Lisa, diese Ansprüche!)."

Alles, was sie macht, könnte noch ein bißchen besser sein. "Ach Lisa, diese Ansprüche!" zeigt, daß sie um diesen Mechanismus weiß und sich sogar *dafür* verteufelt. Auf diese Art und Weise wird wenigstens ihr Dilemma perfekt!

Was Lisa über ihre viel zu hohen Ansprüche verloren hat, ist eine realistische Einschätzung ihrer Stärken und Schwächen. Zu beidem kann sie nicht stehen. Wenn sie tatsächlich mal etwas zu ihrer eigenen Zufriedenheit erledigt, geht ein Gefühl der Scham damit einher, denn eigentlich darf sie "nichts Besseres" (als ihre Mutter) sein:

> "Blusen, die sie tagsüber für mich gebügelt hatte, bügelte ich abends noch einmal, weil sie es eben nicht gut genug gemacht hatte; aber heimlich, denn sie durfte ja nicht wissen, daß ich ihr das nicht zutraute. Ich schämte mich dafür, mich ihr überlegen zu fühlen!"

Sowohl hinter diesen Allmachtsphantasien, die lediglich die andere Seite der Medaille sind, als auch hinter der Unzufriedenheit mit sich selbst steckt Lisas tiefer Zweifel an ihrem Wert. Auch in ihren Liebesbeziehungen läßt sie sich immer wieder bestätigen, wie wenig Achtung sie verdient hat, beispielsweise als Lucie sich von ihr trennt:

> "Ich konnte sie ja nicht zwingen, mit mir zusammen zu sein; also fand ich mich damit ab und nahm meine offensichtliche Minderwertigkeit (warum sollte sie mich sonst verlassen?) schicksalsergeben an; schließlich war ich ja selbst von ihr überzeugt."

Nur wer sich selbst verachtet, kann die offensichtliche Verachtung anderer so wehrlos über sich ergehen lassen. Lisa tritt zu diesem Zeitpunkt nicht für sich und ihre Bedürfnisse ein, sie wird "sich selbst untreu", wie sie sagt. Sie nimmt sich nicht ernst und ihr Leben nicht in die Hand - alles aus der tiefen Überzeugung ihres Un-Wertes.

Ist sie es überhaupt wert, sich selbst zum Thema ihrer Forschungsarbeit zu machen? Ist das (bzw. sie) nicht vollkommen langweilig, von keiner besonderen Relevanz für andere? Das jedenfalls ist eine Angst, die sich anfangs einschleicht und auf verinnerlichter Frauenverachtung fußt. Als sich ein Briefaustausch mit einer Frau ergibt, die ihre Forschungsarbeit auch über Lesben und ihre Mütter geschrieben hat, ist Lisa erleichtert:

"Das Ganze bekommt dadurch eine größere Dimension. Unsere Arbeit ist nicht nur für uns interessant!"

Verinnerlichte Frauenverachtung äußert sich auch in Lisas Umgang mit ihrem Lesbisch-Sein. Der tiefe Zweifel an der Richtigkeit von allem, was sie macht, kommt hier besonders zum Tragen. Er kann verschiedene Formen annehmen, wie sie es auch in ihrer Coming-out-Geschichte beschreibt, doch was sich durchzieht ist, daß der Fehler bei *ihr* liegt. Ist sie lesbisch genug?

"Diese Bedenken fußen teilweise auf meinem Gefühl, daß Lucie zu diesem Zeitpunkt ja eine völlig andere Einstellung zu ihrem Lesbisch-Sein hat als ich, viel mehr dazu steht."

Oder ist es nur, weil ...?

"Da gab es sicherlich auch den irrationalen Wunsch, als vollkommen neue Frau von der Reise zurückzukehren. Die Reise sollte es ja bringen! ... Lesbisch-Sein als Identitäts-'Krücke'?"

Lisa zweifelt und hinterfragt auf der individuellen Ebene. An ihrem Beispiel wird deutlich, wie Frauen die Verachtung des Patriarchats gegen sich selbst wenden und sich dadurch vereinzeln. Die reale Lesben-Diskriminierung dieser Gesellschaft fällt auf den Boden verinnerlichter Frauenverachtung und wächst und gedeiht *in* uns. Dies wird bei Lisa besonders im Come-out ihrer Mutter gegenüber deutlich. Sie hat das Stigma *Lesbe* so verinnerlicht, daß sie schon nicht mehr unterscheiden kann, "ob es tatsächlich die Abscheu meiner Mutter war oder meine auf sie projizierten Zweifel."

Verinnerlichte Lesbenverachtung, unser Nicht-genügend-dazu-Stehen, ist die Potenzierung verinnerlichter Frauenverachtung. Das Ausmaß, das die *Selbst*diskriminierung von Lesben annehmen kann, ist nur auf dem Boden ohnehin vorhandener Zweifel möglich. Verinnerlichte Frauenverachtung nährt das Nicht-Akzeptieren unseres Lesbisch-Seins. Sie sorgt dafür, daß wir uns immer noch mit der Norm *Zwangsheterosexualität* herumschlagen und unser Abweichen davon hinterfragen. Lisa schreibt, nachdem sie "es" ihrer Mutter gesagt hat:

"Ich hab' mich noch nie jemand anders gegenüber dafür, daß ich lesbisch bin, so mies, klein und schlecht gefühlt. Es kam mir noch nie so abartig, andersartig, ja, auch schon fast unnatürlich vor wie auf diesem Spaziergang und hinterher!"

Die reale Verachtung, mit der die meisten Lesben, gerade wenn sie sich ihren Müttern offenbaren, konfrontiert werden, stößt auf unsere eigene verinnerlichte Frauenverachtung. Wenn wir uns wirklich akzeptieren würden, wie wir sind, hätte die Abscheu der Mutter nicht eine solche Macht, würde sie nicht so viel in uns auslösen.

Aber: Die Tatsache, daß wir uns ihrer Verachtung aussetzen, indem wir ein Come-out wagen, bedeutet auch, daß wir anfangen, unsere Identität ernstzunehmen und Achtung vor uns selbst zu gewinnen. Lisa schreibt vor dem Come-out:

> "Das Risiko eingehen, ihre Ablehnung zu ernten, bedeutet auch, mich ein Stück mehr abgenabelt zu haben. Auch wenn es sehr schmerzlich wäre, ich würde ohne sie überleben."

Im folgenden versucht Lisa Anhaltspunkte dafür zu finden, wie die Verinnerlichung von Frauenverachtung in ihrem Fall vonstatten ging. Was in ihren Beschreibungen am meisten ins Auge springt, ist die Erziehung zur Abhängigkeit. Lisa hat früh gelernt, daß sie sich nicht von ihrer Mutter trennen, sich keine eigene Identität aufbauen darf. Schon ihre erste Erinnerung ist eine, wo sie ihrer Mutter nachläuft. Dieses Hinterherwetzen, um sie nicht zu verlieren bzw. um sich selbst nicht zu finden, ist ein Grundmuster ihrer Kindheit:

> "Ich habe das Gefühl, daß ich ihr auf irgendeine Weise oft nachgelaufen bin und sie doch nie richtig erreicht habe."

Hier spricht Lisa das weiter vorn beschriebene Dilemma an. Weder wird die Sehnsucht nach der versprochenen Liebe befriedigt, noch wird die Tochter ermuntert, ihre eigenen Wege zu gehen. "Bezeichnend finde ich dabei, daß ich keine Anstrengung gescheut habe, um sie zu erreichen und wieder bei ihr zu sein."

Höchstwahrscheinlich *war* das sehr anstrengend, *ging* über ihre Kräfte und *hat* sie ermüdet - aber dafür hat Lisa kein Gefühl entwickelt. Sie hat gelernt, sich zu überfordern, ihre inneren Signale zu überhören und den Draht zu sich selbst zu verschütten. Sie hat den Kontakt zu sich aufgegeben, um in Kontakt mit anderen (ihrer Mutter) zu kommen. Verinnerlichte Frauenverachtung zeigt sich hier in der Tatsache, daß sie schon früh über ihre eigenen Bedürfnisse hinweggegangen ist bzw. diese erst gar nicht entdeckt hat. Stattdessen kultivierte auch Lisa ihre Fähigkeit, die Erwartungen anderer (der Mutter) zu erfüllen:

> "Die Fotos zeigen ... ein nettes kleines Mädchen, das immer lächelt, meist mit Puppen ausstaffiert ist, lieb, aber auch lebendig, neugierig, aufgeweckt. Sie zeigen genau die Lisa, die meine Mutter gerne sehen wollte."

Das Nachlaufen und der Versuch, es der Mutter recht zu machen, sind Ausdruck für ein fundamentales Verbot, das über allem hing: Lisa durfte keine eigene Identität haben, sie durfte sich nicht von der Mutter unabhängig machen, sie durfte sich nicht trennen. Der Versuch, sich ein eigenes Leben aufzubauen, wurde mit Schuldgefühlen und Angst vor Liebesentzug gekoppelt. Lisas Tränen, die sie während des Wochenend-Besuchs bei ihrer Freundin weint, sind keine darüber, daß sie die falschen Sachen eingepackt hat, sondern Ausdruck ihres schlechten Gewissens. Sie hat sich von der Mutter getrennt, verlebt unabhängig von ihr ein Wochenende mit der Freundin - und bekommt sofort Schuldgefühle. Auch die Tränen im Zeltlager sind kein Heimweh, sondern Ausdruck ihres schlechten Gewissens. Eigentlich gefiel es Lisa nämlich ganz gut dort - aber konnte sie der Mutter das antun?

Als sie das erste Interesse an Jungen zeigt, das ja auch Trennung von der Mutter bedeutet, besitzt diese noch so viel Macht über ihre Tochter, daß Lisa ihre Flirts sofort abbricht:

> "Sie sagte nicht viel dazu, nur, daß das sofort aufhören müsse; ich sei noch viel zu jung für sowas. Ich habe mich, warum auch immer, in Grund und Boden geschämt und dem Jungen gleich einen Brief geschickt, daß das aufhören müsse; wir seien noch viel zu jung dazu!"

Schuldgefühle, die vermischt mit der Angst vor Liebesentzug der beste Leim sind, um eine Tochter an ihre Mutter zu binden, sitzen Lisa auch heute noch im Nacken. Die immer noch bestehende Verstrickung mit der Mutter bereitet ihr beispielsweise beim Schreiben des Muttertextes große Skrupel und taucht in Form von Schuldgefühlen bis zum Ende der Arbeit immer wieder auf. Selbst die Beruhigung, daß Lisa den Text ja nicht über ihre Mutter, sondern über *sich* und *ihre* Beziehung zu ihrer Mutter schreibt, hält nicht lange vor.

> "Jedenfalls ist da immer wieder dieses Gefühl, daß ich ihr das nicht antun kann - weder lesbisch zu sein, noch meine Arbeit darüber zu schreiben."

Schuldgefühle sprechen auch aus dem Brief, den Lisa ihrer Mutter nach dem Come-out schreibt. Sie sorgen dafür, daß Lisa sich darin sehr kleinmacht, sich nach den vermeintlichen Gedanken der Mutter ausrichtet und versucht, ihr Leben so gut es geht zu verkaufen - ein Stück Selbstaufgabe. Heute würde sie diesen Brief sicherlich anders schreiben. Die Forschungsarbeit hat auch in bezug auf die Verstrickung mit der Mutter ihre Wirkung gehabt. Lisa beendet ihren "Ausflug zur Mutter" mit dem Satz:

> "Ich habe keine Lust mehr, ihr nachzulaufen - Punkt."

Doch zunächst ist sie noch voll und ganz für das Glück oder Unglück ihrer Mutter verantwortlich und deshalb besonders in bezug auf ihre Liebe zu Frauen "verdammt zum Glücklich-Sein":

> "Ich möchte nicht, daß Du Dir darüber graue Haare wachsen läßt, denn dafür gibt es keinen Grund. Du brauchst Dir keine Sorgen um mich zu machen und denken, daß ich mir ein schweres Leben ausgesucht habe. Alle anderen Möglichkeiten wären schlechtere gewesen!" (Auszug aus Lisas Brief an ihre Mutter)

Die Sorgen der Mutter über das Leben der Tochter sind gleichzeitig Sorgen der Tochter, die nicht will, daß die Mutter sich um sie sorgt. Beide Leben sind von Mädchenbeinen an miteinander verquickt.

Lisa hat große Schwierigkeiten gehabt, sich eine eigene, unabhängige Identität aufzubauen, getrennt von der Mutter. Immer damit beschäftigt, ihrer Mutter zu gefallen und in Kontakt mit ihr zu bleiben, hat sie versäumt, sich selbst, so wie sie ist, wahrzunehmen und Achtung vor sich zu entwickeln. Durch die Forschungsarbeit hat sie ein Stück ihrer verinnerlichten Frauenverachtung überwunden. Sie hat gelernt, mehr bei *sich* zu bleiben.

Lucie

> "Ich hab' sie angeschrien und hab' ihr gesagt, ich möchte nie so werden wie du, dann würde ich mich umbringen. Nie, nie will ich so werden wie du."

Als ich Lisa das im Sommer 1982 erzählt habe, war mir die Tragweite dieser Äußerung überhaupt nicht bewußt. Jetzt, im März 1984, höre ich heraus, daß ich schon als Kind intuitiv verstanden habe, daß Frauen und vor allem meine Mutter im landläufigen Sinne etwas Verachtenswertes, etwas Minderwertiges verkörpern. Ich ahnte, daß das auch auf mich zukommen könnte, und *das* wollte ich nicht. Deshalb verachtete ich meine Mutter für das Leben, das sie als Hausfrau und Mutter führte. Außerdem verachtete ich sie dafür, daß sie *mich* verachtete, mir Anerkennung verweigerte. Es gab Meckern und Nicht-Meckern, aber kein Lob.

Alles, was ich richtig und wichtig fand, war für meine Mutter falsch. So wie ich war, durfte ich nicht sein. Ich war anders, als sie mich haben wollte. Die Kleidung, die mir gefiel, gefiel ihr nicht. War ich wütend, durfte ich es nicht sein. Ich hatte das Gefühl, andere mögen mich - sie drohte mir: "So wie du bist, kann dich niemand mögen!" - sie am allerwenigsten, das hieß es jedenfalls für mich. Als ich das Geld aus dem Sparschwein nahm, hatte ich nicht das Gefühl, etwas Böses zu tun, aber sie behauptete es. Mich schmerzt die politische Vergangenheit des Landes, in dem ich lebe - sie rechtfertigte sie noch. Half ich im Haushalt, machte ich alles falsch. Sie wollte mehr von mir wissen - aber was ich dann erzählte, war unerwünscht. Sie wollte ein Bild von mir, aber nicht mich - und sie hat es durch eine permanente Aneinanderreihung von Kleinigkeiten geschafft, mich immer wieder an meiner eigenen Wahrnehmung zweifeln zu lassen. Ich habe mich gewehrt, lief mit meiner Wut aber ins offene Messer: "Wer schreit, hat unrecht!" Selbst dafür hatte sie noch ein passendes Instrument parat.

> "Ich habe mich von ihr nie richtig ernstgenommen gefühlt, später habe ich sie dann nicht mehr ernstgenommen."

Meine Reaktion war, sie mit meiner Verachtung, meiner Abwendung zu strafen. Wir bekämpften uns mit gleichen Haltungen in ähnlich verletzender Weise und verweigerten uns gegenseitige Anerkennung. Ich wollte mich ihrem Spiel entziehen und steckte mittendrin. Meine Situation war fast paradox:

> "Ich habe lange darunter gelitten, daß ich mit meiner Mutter nicht reden konnte. Ihre Anerkennung hätte mir Selbstbewußtsein gegeben. Ich wollte das Gefühl haben, was ich mache, wie ich bin, ist schon richtig. Stattdessen war es so, daß ich sie einerseits mit allen Mitteln bekämpft habe und andererseits nur den Wunsch hatte, daß sie mich anerkennt und Verständnis für mich hat."

Es ist mir einfach nicht gelungen, aus mir heraus einen Wert für mich zu finden. Ich konnte sie mir nicht vom Leibe halten. Immer wieder meckerte sie an mir herum, nörgelte und übertrat ungebeten Grenzen, indem sie sich beispielsweise damit identifizierte, was ich in ihren Augen nach außen darstellte:

> "Mit dir kann man doch nirgendwo hingehen. Was denken denn die Leute von dir? Die denken doch: 'Aus was für einem Haus die wohl kommt!' Das macht doch einen schlechten Eindruck."

Daß sie aus ihrer Rolle als Frau so handelte, habe ich nicht gesehen. Erst viel später

> "bekam ich ein wahnsinnig schlechtes Gewissen, weil ich plötzlich zu der Erkenntnis gelangte, daß ich meine Mutter genau für das mit meiner Verachtung gestraft hatte, worauf ich heute als Feministin hinweise: Frauen bleibt oft kein anderer Weg als der der Hausfrau in die Isolation. Das sind gesellschaftliche Strukturen und kein individuelles Versagen."

Und noch etwas anderes sah ich nicht: Ich kann dieser Verachtung nicht durch Abgrenzung entgehen, denn ich bin auch eine Frau. Wenn ich mich von meiner Mutter distanziere, indem ich sie verachte, distanziere ich mich auch von *mir* und verachte mich und mein Geschlecht.

Als Kind und Heranwachsende empfand ich mich als geschlechtslos, identifizierte mich eher mit Jungen und dem, was sie machten. Mädchen fand ich "doof" und hätte es fast als Beleidigung empfunden, als "liebes Mädchen" bezeichnet zu werden. Mit Mädchen- und Frausein verband ich Dinge, die ich als einengend empfand, ohne Wert und Anerkennung. Was zählte es schon, mit Puppen zu spielen oder Gummitwist? Es war doch viel toller herumzutoben, sich zu schlagen, Fußball zu spielen, zu basteln. Aber Junge wollte ich auch nicht sein. Ich hing in der Luft.

Am Anfang des 3. Kapitels beschreibe ich, wie ich immer wieder versucht habe, durch Distanzierung und Abgrenzung, vor allem von meiner Mutter und anderen Mädchen, mein Ich zu finden. Inzwischen glaube ich, daß es der Versuch war, einem verachtenswerten Frauenschicksal zu entgehen. Zunächst wehrte ich mich noch wütend und aggressiv gegen alle Bemühungen, mich zu einem "richtigen" Mädchen zu machen. Schließlich gab ich den Kampf auf und wurde brav. Ich wollte und konnte das Gefühl, nie richtig zu sein, nicht länger ertragen. Meine Wut und meinen Zorn verwandelte ich in die Energie, die ich brauchte, um in zwei Welten zu leben: In der einen paßte ich mich äußerlich an, in der anderen rebellierte ich nach innen. Es war eine heimliche Rebellion, denn eine offene konnte ich mir nicht leisten.

> "Ich entdeckte meinen Haß und meine Verachtung meiner Mutter gegenüber, meine Ohnmacht, meine Versuche, mich von ihrer Allmacht zu lösen, die aber nur in Distanzicrung mündeten - sie ist eben kein Mensch, den ich lieben kann, und ich bin besser als sie. Daraus mußte ich meinen Selbstwert beziehen."

Ich verachtete sie, und trotzdem brauchte ich sie und andere, denen ich mich heimlich überlegen fühlen konnte. Ich hatte keinen Wert *unabhängig* von meiner Mutter. Ich wollte mich lösen und kam nicht weg. Auch bei mir hatte die frauenspezifische Sozialisation zur Abhängigkeit zugeschlagen. Ich habe zwar versucht, den Spieß durch Verweigerung und Verachtung umzudrehen, aber auch auf diesem Boden konnte ich keine eigenständige Identität entwickeln.

Als ich anfing, Beziehungen zu Frauen zu leben, wurde mir deutlich, wie tief die Verachtung für mich, die ich durch diesen Schritt ja gerade überwinden wollte, eigentlich in mir steckte. Ich glaubte fest, daß der Mann "natürlich" Priorität hat. Ich akzeptierte selbstverständlich die Rangordnung: erst Mann, dann Frau. Dadurch nahm ich Beziehungen zwischen Frauen nicht ernst und schrieb meine Minderwertigkeit in mir fest. Außerdem hatte ich jetzt einen "irreparablen Mangel": schlimm genug, daß ich eine Frau war, jetzt war ich auch noch lesbisch. Das kann frau anderen ja nun gar nicht mehr zumuten!

Ich hatte nicht das Selbstbewußtsein, Raum für mich zu beanspruchen und mich aus mir heraus wertvoll zu fühlen. All das verbarg ich mit Hilfe meiner bewährten Abgrenzungstaktiken hinter einem Wall alles erschlagender Stärke. Ich verachtete alle Frauen, die sich klein, mies, abhängig - eben verachtenswert - machten, wie beispielsweise meine Mutter und Lisa. Ich verbarg das Nichts in mir - was ja auch verachtenswert gewesen wäre - und schaffte es auf diese Weise vordergründig, nicht unter meiner Situation zu leiden.

Durch den Prozeß, den ich mit dieser Forschungsarbeit durchlebt habe, ist mir klar geworden, daß ich etwas vorschnell war: Ich wollte durch Mut zur Stärke, die - wie ich durch die Frauenbewegung gelernt hatte - für Frauen so notwendig ist, meine ungeliebte mickrige, verachtenswerte Seite vertuschen, ohne zu begreifen, daß sie der Kern für die Ohnmacht von Frauen ist. Jeder Schritt des Forschungsprozesses, jede Auseinandersetzung mit Lisa haben mich langsam dazu gebracht, diese Seite gelassener, angstfreier und liebevoller zu betrachten, sie als wesentlichen Teil von mir zu verstehen.

> "Die patriarchalische Struktur konditioniert dazu, daß der einzelne aus dem Gefühl der Minderwertigkeit und aus der Niederlage anderer sein Selbstwertgefühl bezieht. (...) Unterscheidung als Öffnung, nicht als Riegel zur Ein- bzw. Ausgrenzung ist mein Ziel." (Marianne Wex 1977)

> "Als ich (Lucie) 1978 diesen Text las, glaubte ich, einen Schlüssel zu mir und anderen Frauen gefunden zu haben. Das hieß doch, daß ich eigentlich kein unabhängiges Selbstwertgefühl haben kann in dieser Gesellschaft; mein Wert definiert sich darüber, daß ich mich im Vergleich zu anderen einordne. Vor allem muß ich sie schlecht finden, um selbst wertvoll zu sein. Was geschieht aber, wenn ich nicht mehr unterscheide, um Hierarchien zu bilden, sondern, um genau zu schauen, wie ich bin, wie andere sind und um darüber ein tieferes Verständnis von mir und anderen zu bekommen? Das böse Erwachen kam bald, denn was blieb noch von mir übrig, wenn ich mich *nicht* über die Minderwertigkeit anderer definierte?
> Wenn ich 'Unterscheidung als Öffnung, nicht als Riegel zur Ein- bzw. Ausgrenzung' betrachten will, muß ich jedoch wissen, was mich im Unterschied zu anderen ausmacht. Ich muß meine Gefühle begreifen lernen und sie nach außen dringen lassen. Ich muß mich selbst in die Hand nehmen - aus dem Nichts."

"The woman in your life is you" - ja, aber wer ist diese Frau? Auf den letzten Seiten haben wir gesehen, auf welch wackeligen Beinen Frauenidentitäten stehen. Deshalb hat der oben zitierte Satz von Marianne Wex für Frauen eine besondere Bedeutung. Da Frauen nicht lernen, ihre Existenzberechtigung aus ihrer eigenen Mitte zu schöpfen, sind sie auf andere Mittel und Wege angewiesen, sich und ihrem Leben einen Wert zu geben.

Der in dem Zitat angesprochene patriarchale Mechanismus bietet sich als "Ausweg" an - zumal Frauen durch ihre Erziehung zur Abhängigkeit ohnehin lernen, sich nach außen zu orientieren und sich in Relation zu ihrer Umwelt zu setzen. Geschieht dies mit Geringschätzung sich selbst und/oder anderen gegenüber, so kommt es zu dem, was wir Frauenverachtung *zwischen* uns nennen, einem zerstörerischen, nicht-identischen Verhalten, das auf dem Gefühl der eigenen Unzulänglichkeit beruht. Oft ist es die einzige Überlebensmöglichkeit für Frauen, ihren Selbstwert aus "dem Gefühl der Minderwertigkeit und aus der Niederlage anderer" zu beziehen. Frauenverachtung *in* uns führt zu Frauenverachtung *zwischen* uns.

Lisa hat auf den vorangegangenen Seiten beschrieben, wie sie nur ein schwaches Bewußtsein ihres *eigenen* Wertes aufbauen konnte. Sie hat sich meist *in bezug auf* ihre Mutter (oder andere) erlebt, selten unabhängig. So konnte sie kein Gefühl für ihre Stärken und Schwächen entwickeln, auch diese hat sie nur *in Relation zu* anderen erfahren. Hier wird der Grundstein für Konkurrenz unter Frauen gelegt. Anstatt eine eigenständige Einschätzung ihrer Fähigkeiten zu erwerben, lernen Mädchen, sich mit anderen zu vergleichen. Bin ich besser oder schlechter als meine Mutter, meine Freundin, meine Klassenkameradin? Die allgemeine Verstrickung mit anderen Menschen (mit der Mutter) führt dazu, daß auch mein Selbstwert mit ihrem verquickt ist, und sei es, daß ich mich über ihre Unfähigkeiten aufwerte. Lisa:

> "Meine Mutter hat versucht, mir beizubringen, mich nicht für 'was Besseres' zu halten, nur weil ich, im Gegensatz zu ihr, aufs Gymnasium ging. Das war aber die einzige Karte, die ich gegen ihre sonstige Allmacht (...) ausspielen konnte; das einzige, wo sie nicht mithalten konnte, wo ich ihr tatsächlich überlegen war. Für mich spielte ich diese Karte sehr hoch aus. Ich traute ihr nichts mehr zu; ich konnte sowieso alles besser als sie!"

Und Lucie:

> "Wir haben uns oft gestritten, vor allem als ich auf dem Gymnasium war. Ich war die einzige in der Verwandtschaft, und sie konnte bald mit dem, was ich lernte, nicht mehr mithalten. Das spürte ich und versuchte, es auszuspielen. Sie vertuschte ihre Schwächen. Ich habe sehr schnell begriffen, daß sie nicht mehr wußte, wie sie sich gegen mich wehren konnte."

Anstatt Stärke aus ihrer Mitte zu schöpfen, in dem Bewußtsein, daß es ihre ureigene ist, lernen Frauen, sie sich über den Vergleich mit anderen zu holen. Dies ist oft mit Schamgefühlen verbunden und muß geheimgehalten werden, denn in ihnen wirkt ja schon das Gesetz der Zweitrangigkeit von Frauen. "Ich darf mich nicht überlegen fühlen; ich muß mich unterordnen!" sind früh verinnerlichte Glaubenssätze. Diese widerstreitenden Kräfte, sich auf der einen Seite stärker fühlen zu wollen und es auf der anderen Seite nicht zu dürfen, tragen dazu bei, daß Frauen ein sehr gespaltenes Verhältnis zu ihren Fähigkeiten entwickeln: statt Stolz oft Scham, statt Freude Schuldgefühle. Lisa beschreibt die Strategie, doch beides unter einen Hut zu bekommen:

> "Mein kleines, selbstgezimmertes Geheimnis, das mich am Leben hielt: 'Eigentlich bin ich stärker als du!'"

Genauso leicht wie Frauen in Machtphantasien abheben, um ihr Selbstwertgefühl zu verbessern, können sie in die Ohnmacht rutschen, alle anderen über sich und sich selbst an unterster Stelle einordnen. Dieses Phänomen ist schon anfangs als "kleines-Würstchen"-Syndrom vorgestellt worden. Auch hier ist es wieder der Vergleich mit der anderen, der das Selbstwertgefühl ausmacht. Die Vorzeichen sind zwar umgekehrt, Verachtung vor mir selbst, Hochachtung vor der anderen, aber entscheidend ist, daß auch hier keine Begegnung auf *gleicher* Ebene entsteht, sondern eine von Frauenverachtung gekennzeichnete Hierarchie. In der Verstrickung, in der Abhängigkeit ihres Selbstwertes von anderen, vergleicht frau sich und stellt sich entweder auf den Sockel oder macht sich zum kleinen Würstchen. Beides zeugt weder von Achtung vor sich selbst noch vor der anderen.

Egal auf welche Weise frau verstrickt ist, die Menschen um sie herum haben eine entscheidende Bedeutung für ihre Existenz. Der Mechanismus, sich in Relation zur Umwelt zu setzen und dementsprechend auf- oder abzuwerten, führt dazu, daß Frauen sich von der Stärke anderer Frauen bedroht fühlen. Wenn ich selbst keine habe, macht mir die einer anderen Frau angst. Dies beginnt schon in dem Moment, in dem eine Mutter versucht, die Selbständigkeitsbestrebungen ihrer Tochter zu unterbinden.

Eine Strategie, mit der Bedrohung umzugehen, ist der Versuch, der anderen das, was solche Angst macht, zu nehmen. Während der Arbeit mit der Lesbengruppe liefern Lucie und Lisa folgendes Beispiel dafür:

> "Lucies Stärke war eine zu große Bedrohung für Lisa; in der ersten Sitzung fühlt sie sich im Vergleich zu ihr unbedeutend und klein. Lucie nimmt mit ihrem ganzen Wesen mehr Raum ein als Lisa, die sich dadurch in die Ecke gedrängt fühlt. Anstatt sich auch einfach ihren Raum zu nehmen, darum zu kämpfen und möglicherweise zu verlieren, bittet sie Lucie durch die Absprache für die zweite Sitzung, den Raum an sie abzutreten. Ihr Appell an Lucie ist, auf den Raum zu verzichten und ihn Lisa zu überlassen, damit diese auch mal zum Zug kommt und das Gleichgewicht zwischen ihnen wiederhergestellt ist. Um es krass zu sagen: Lucie soll sich kleiner machen, damit Lisa wieder größer erscheint."

Frauenverachtung spielt in sämtlichen im 2. Kapitel geschilderten Konflikten zwischen Lucie und Lisa eine entscheidende Rolle. *"Die andere anders sein lassen"* hat sich während der Arbeit zu einem stehenden Begriff, ja, zu einem Frauenforschungspostulat entwickelt. Es heißt soviel wie: der anderen ihre Stärken und Schwächen zu lassen, sie zu akzeptieren, ohne mich ständig in eine bewertende Beziehung zu ihr zu setzen und sie oder mich zu hinterfragen.

Doch immer wieder hatten Lisa und Lucie gerade damit Schwierigkeiten und fühlten sich durch die Andersartigkeit der anderen in der eigenen Wahrheit bedroht. Besonders zu Beginn des Prozesses und auch noch teilweise gegen Ende befürchteten sie, von der anderen "untergebuttert" zu werden, sich mit der eigenen Position nicht durchsetzen zu können. Daß *beide* dieselbe Angst hatten, zeigt, wie wenig diese der Realität entsprach.

Nichtsdestotrotz haben Lucie und Lisa in ihrem Prozeß einen Großteil der Konflikte überwunden; sie sind immer auseinandersetzungsfähiger geworden. Dies ist vor allem darauf zurückzuführen, daß sie, entgegen der gelernten Muster, mit der Zeit "identischer" mit sich umgegangen sind. Sie haben ihre Bedürfnisse ernstgenommen und ausgedrückt, anstatt sich gegenseitig mit Unterstellungen, Mutmaßungen und Befürchtungen das Leben schwerzumachen. Auch auf dieser Ebene haben sie angefangen, den Konfrontationskurs einzuschlagen - und: Sie haben sich (selbst und gegenseitig) mehr achten gelernt.

Frauenverachtung *in* und *zwischen* uns gehört zusammen. Solange wir uns nicht lieben und unsere verinnerlichte Frauenverachtung zu überwinden suchen, können wir auch die andere nicht wirklich lieben. Fangen wir also bei uns selbst an!

Literatur

Atkinson, Ti-Grace (1978): Amazonen-Odyssee. München.

Baker Miller, Jean (1979): Die Stärke weiblicher Schwäche. Frankfurt.

Beauvoir, Simone de (1951): Das andere Geschlecht. Reinbek.

Brantenberg, Gerd (1983): Vom anderen Ufer. München.

Brauckmann, Jutta (1981): Weiblichkeit, Männlichkeit und Antihomosexualität. Berlin.

Brown, Rita Mae (1978): Rubinroter Dschungel. Reinbek.

Chesler, Phyllis (1977): Frauen - das verrückte Geschlecht. Reinbek.

Cliff, Michelle (1983): Einleitung. In: Macht und Sinnlichkeit 1983, 14-22.

Cramon-Daiber, Birgit, u.a. (1983): Schwesternstreit. Reinbek.

Dowling, Colette (1984): Der Cinderella Komplex. Frankfurt.

Ebbinghaus, Angelika / Kippenhan, Edith / Klöckner, Helga / Lappe, Verena / Nothhorn, Martina / Schaz, Ulrike / Wesselmann, Maria (1982): Wendepunkte. Hamburg.

Franck, Barbara (1979): Ich schau in den Spiegel und sehe meine Mutter. Hamburg.

Frauenliebe (1975): Texte aus der amerikanischen Lesbierinnenbewegung. Berlin.

Friday, Nancy (1979): Wie meine Mutter. Frankfurt.

Hammer, Signe (1979): Töchter und Mütter. Frankfurt.

Janeway, Elizabeth (1971): Man's World, Woman's Place. A Study in Social Mythology. New York.

Johnston, Jill (1976): Nationalität Lesbisch. Berlin.

Kickbusch, Christa / Kickbusch, Ilona (1979): Feminathek. In: Buch und Bibliothek, 31(4).

Kokula, Ilse (1980): Der lange Weg zur Emanzipation. In: Psychologie heute 6/1980.

Kuckuc, Ina (1975): Kampf gegen Unterdrückung. München.

Künstlerinnen international 1877-1977 (1977): hrsg. v. d. Arbeitsgruppe Frauen in der Kunst. Berlin.

Lesbenfront Heft 15/1982: "Unsere Mütter"

Lesbenstich Heft 2/1981: "Lesben und ihre Mütter"

Lorde, Audre (1983a): Vom Nutzen der Erotik: Erotik als Macht. In: Macht und Sinnlichkeit 1983, 187-194.

Lorde, Audre (1983b): Vom Nutzen unseres Ärgers. In: Macht und Sinnlichkeit 1983, 97-108.

Macht und Sinnlichkeit (1983): hrsg. v. Dagmar Schultz, ausgew. Texte von Audre Lorde und Adrienne Rich. Berlin.

Mies, Maria (1978): Methodische Postulate zur Frauenforschung. In: Beiträge zur feministischen Theorie und Praxis, Band 1.

Miller, Alice (1979): Das Drama des begabten Kindes. Frankfurt.

Millet, Kate (1983): Fliegen - Flying. Reinbek.

Offenbach, Judith (1983): Feminismus - Heterosexualität - Homosexualität. In: Pusch, Luise F. (Hrsg.) 1983.

Paczensky, Susanne von (1981): Verschwiegene Liebe. München.

Pagenstecher, Lising (1979): Come-out ... ein lebenslanger Prozeß. In: Unsere kleine Zeitung, Heft 5.

Pagenstecher, Lising (1980): Der geheime Auftrag der Mütter. In: Psychologie heute 6/1980.

Pagenstecher, Lising (1983): Die Wiederentdeckung der Normalität von Frauenbeziehungen. In: Feministische Studien, Heft 1.

Pusch, Luise F. (Hrsg.) (1983): Feminismus. Inspektion der Herrenkultur. Frankfurt.

Rich, Adrienne (1980): Foreword. In: Stanley, Julia Penelope / Wolfe, Susan J. 1980, XIII.

Rich, Adrienne (1983a): Frauen und Ehre - Einige Gedanken über das Lügen. In: Macht und Sinnlichkeit 1983, 173-183.

Rich, Adrienne (1983b): Zwangsheterosexualität und lesbische Existenz. In: Macht und Sinnlichkeit 1983, 138-168.

Scheu, Ursula (1977): Wir werden nicht als Mädchen geboren. Frankfurt.

Schilling, Erika (1981): Manchmal hasse ich meine Mutter. Münster.

Siems, Martin (1984): Coming out. Reinbek.

Stanley, Julia Penelope / Wolfe, Susan J. (1980): The coming out stories. Watertown/USA.

Steffen, Margaret / Burian, Carmen / Griechen-Hepp, Karin / Henz, Doris (1983): Eine Diskussion zum Thema Frauenforschung. Ein Versuch, das 'Unsichtbare' sichtbar zu machen. In: Frankfurter Rundschau v. 21.11.1983.

Stenmans, Renate (1979): Veränderungen der Mutter-Tochter-Beziehung durch homoerotische Entwicklungen. Unveröff. Diplomarbeit, Universität Münster (Erziehungswissenschaften/Soziologie/Publizistik). Münster.

Stenmans, Renate (1980): Die Angst, eine lesbische Tochter zu haben. In: Psychologie heute 6/1980.

Stevens, John O. (1975): Die Kunst der Wahrnehmung. München.

Tapken, Jutta (1983): Elemente einer Theorie weiblicher Subjektivität. Gießen.

Trömel-Plötz, Senta (1984): Gewalt durch Sprache. Frankfurt.

Vopel, Klaus / Vopel, Renate (1979): Selbstakzeptierung und Selbstverantwortung 1. Hamburg.

Wex, Marianne (1977): Körpersprache. In: Künstlerinnen international 1877 - 1977.

Wolff, Charlotte (1973): Psychologie der lesbischen Liebe. Reinbek.